Walter Baco

Die Erhebung

Roman

ALBATROS

Mit freundlicher Unterstützung von

Das Buchcover wurde unter Verwendung eines Scherengreifers von
Demag Cranes & Components GmbH, Salzburg und eines
Aquarells von Karl Scheiblbrandner gestaltet.
Druck: Obersteirische Druckerei, Leoben
Satz, Layout: Media&Grafik

ISBN 3-85219-017-7
Erste Auflage 2001

Vorspiel

Der Inspizient

Wir können annehmen, daß am 24. August des Jahres 2000 ein vollbepacktes Auto den Ort Neumarkt am Wallersee durchkreuzte, das in der Folge ein paar hundert Meter Richtung See weiterfuhr, bis es, bereits in Sichtweite des Sees, doch ein wenig oberhalb desselben, vor einem geräumigen Ferienwohnhaus mit großer Terrasse anhielt.

Wir können weiter annehmen, daß diesem Fahrzeug der erste Stadtschreiber entstieg, den die zu erhebende Stadt ernannt hatte, ein gewisser Jakob Spinne, der sogleich begann, seine Koffer, Taschen, Kartons und Kisten auszuladen und allesamt nach oben zu tragen, um von der im ersten Stock gelegenen Wohnung Besitz zu nehmen.

Nichts hält uns auf, weiter zu spekulieren, daß dieser Vorgang wohl einige Stunden in Anspruch genommen haben muß, zumal Herr Spinne allseits als umständlicher Mensch beschrieben wurde, der gewiß auch einige Möbelstücke in der für ihn bereitgestellten Wohnung zurechtrückte, um sie seinen Bedürfnissen anzupassen, wie immer diese auch beschaffen sein mochten.

Immerhin sollte er zumindest zwei Monate hier bleiben. Er müsse sich wohlfühlen, so hat er vielleicht vor sich argumentiert, schließlich war er doch dazu auserkoren, „das Ereignis" zu dokumentieren.

Es ist zu vermuten, daß der Stadtschreiber danach oder einen Tag später einen Spaziergang unternahm, um die liebliche Landschaft zu erkunden. Da der See seiner Wohnung wesentlich näher lag als der Ort und noch dazu im Sonnenlicht geradezu verlockend nach oben geleuchtet haben muß, können wir schließen, daß dieser erste Rundgang den Neuankömmling wohl hinunter zum See geführt haben wird.

Es würde uns auch nicht sonderlich überraschen, wenn der Stadtschreiber jedoch vor allen anderen Schritten seine Anwesenheit zunächst in der örtlichen Buchhandlung zur Schau stellte, in der Absicht, dort seinen ihm vorauseilenden, zweifelhaften literarischen Ruf zu bekräftigen.

Mit Sicherheit hat er aber bald oder ein wenig später das Ortszentrum besichtigt, um in einer für ihn neuen Umgebung erste Eindrücke zu sammeln. Vielleicht eröffnet sich uns sogar irgendwann die Möglichkeit, herauszufinden, welcher Art die so gesammelten Eindrücke waren. Wahrscheinlich stand ein Antrittsbesuch im Gemeindeamt auf dem Programm. Zweifellos bildete in den ersten Tagen seiner Anwesenheit die Erfüllung dieser Pflicht den Mittelpunkt seiner Aufmerksamkeit; es würde gewiß zum guten Ton gehören, mochte sich Herr Spinne gesagt haben, wenn man wohin eingeladen wurde, den betreffenden, einladenden Personen bekanntzugeben, daß man eingetroffen, wohlauf und bereit zu dem sei, wofür man hierherberufen worden war.

Man kann sich ausmalen, daß bei diesem Antrittsbesuch Höflichkeiten ausgetauscht und wechselseitig Fragen nach der Befindlichkeit beantwortet wurden, vielleicht wurden einseitig Dankesworte formuliert oder Absprachen bekräftigt, möglicherweise da und dort auch leise Erwartungen geäußert oder Nicht-Erwartungen untermauert, vielleicht hat man sich im psychosozialen Raum vorgetastet, ist einander näher gekommen oder wenigstens ansatzweise bekannt geworden.

Sicherlich hat diese Zeremonie nicht der Bürgermeister abgehalten, denn Bürgermeister sind in der Regel beschäftigt und nehmen sich auch für wichtige Besucher nur wenig Zeit. Wie bei derlei Anlässen üblich, hat das Oberhaupt der in Bälde zu erhebenden Stadt seine rechte Hand vorgeschickt, auf daß sie die Rechte des Stadtschreibers zur Begrüßung schüttle und den Gast ein wenig mit der lokalen Szenerie bekanntmache.

Wenn dem so war und wir richtig kombiniert haben, dann ist der Stadtschreiber nach seiner Ankunft also mit dem Gemeindevorstand, Herrn Schalkhammer, zusammengetroffen. Demnach hätte Jakob Spinnes erste offizielle Kontaktaufnahme mit der Bevölkerung etwa am 25. oder 26. August stattgefunden (sieht man einmal von ein paar unverbindlichen und nur auf seine Wohnstatt bezogenen Floskeln ab, die Spinne zweifellos mit der Vermieterin gewechselt haben muß).

Über die Identität dieser Vermieterin können wir nur Vermutungen anstellen, sowohl was ihr tatsächliches Alter und Aussehen wie auch ihre eventuellen verwandtschaftlichen Verflechtungen zum Hofe des Wallnerbauern betrifft, der sich ein paar Meter über dem Ferienwohnhaus befand.

Möchten wir erfahren, wie diese oder jene Gespräche verlaufen sind und welche Eindrücke und Geschehnisse der Stadtschreiber während seines Aufenthalts in diesem Landstrich festhielt, so wird es uns früher oder später nicht erspart bleiben, einen flüchtigen Blick in seine eigenen, von ihm selbst verfaßten Aufzeichnungen zu werfen, obwohl wir mit solch einem Schritt – diese Warnung sei ausgesprochen – den Boden der gesicherten Tatsachen und die objektiven Kriterien der Wissenschaft verlassen und uns auf das zweifelhafte Terrain höchst subjektiv vermittelter Beobachtungen und Empfindungen begeben.

Gar manches wird uns wundern, was dieser Schreiber der Mühe wert hielt aufzuzeichnen; wundern wird uns auch, in welche Situationen ihn sein seltsames Naturell führte und wie unbekümmert und unbefangen er sich diesem Ort näherte, geradeso als hätte er noch nicht gewußt oder geahnt, daß dieser neue Lebensraum auch einen neuen Lebensabschnitt einleiten könnte, der ihn und alles, womit er in Berührung kam, in gänzlich neue Bahnen lenken sollte.

Ich hoffe, Sie finden sich in dem reichlich diffusen und mit spekulativen, teilweise transzendentalen Erwägungen überladenen Schriftstück einigermaßen zurecht (es als *Abhandlung* zu bezeichnen würde ihm wohl zuviel an Ehre erweisen), welches ich – abgesehen von ein paar Anmerkungen – im wesentlichen unverändert ließ, auch wenn mir dies mitunter schwerfiel, wie ich zugeben muß.

Doch gebührt jedem Kollegen, so distanziert man seinem „Schaffen“ auch gegenüberstehen mag, ein Mindestmaß an Loyalität und korrektem Vorgehen, wenn man mit der verantwortungsvollenTätigkeit einer Herausgabe betraut wurde, selbst wenn ein Autor sich – wie im vorliegenden Fall – bemüßigt fühlt, uns Journalisten auf polemische Weise zu denunzieren und keine Gelegenheit versäumt, unsere Arbeit herabzuwürdigen.

So habe ich – schweren Herzens – auch die gesamte Passage, in der unsere Berufsgruppe angegriffen und auf die allseits geläufige, naive Art der Manipulation und sonstiger übler Machenschaften bezichtigt wird, unverändert belassen, um mich nicht dem Verdacht auszusetzen, gerade bei so einem sensiblen Thema einzugreifen oder gar etwa Zensur auszuüben.

Lediglich die Kapitelüberschriften habe ich eingefügt, um den Text für Sie leichter lesbar und etwas übersichtlicher zu gestalten; diese Überschriften hatten sich zumeist jedoch ohnehin andeutungsweise in dem Manuskript versteckt.

Rechtschreibfehler und gelegentliche Wortwiederholungen habe ich ausgemerzt; ein, zwei Absätze, die sich am Schluß bzw. in der Mitte fanden, wurden in den ersten Teil transferiert, ohne daß dies zu nennenswerten Einbußen bei der Lektüre führen würde.

Zwei Kapitel habe ich aus ein paar fragmentarischen Sätzen mit eigener Hand rekonstruiert, wobei ich mir Mühe gab, ungefähr die selbe Wortwahl zu treffen, die auch der Verfasser für gewöhnlich anwendet, was mir ganz gut geglückt ist, wie ich glaube. (Oder merken Sie einen Unterschied? Schreiben Sie mir doch einen Leserbrief, wenn Sie glauben, die entsprechenden Kapitel entdeckt zu haben! Die ersten 100 Einsender erhalten ein *Gratis-Abo* unseres unabhängigen Medien- und Informationsdienstes).

60 Seiten habe ich nach Rücksprache mit einem Germanisten und dem gegenwärtigen Bürgermeister von Neumarkt, dem ich zu großem Dank verpflichtet bin, nach strengster Prüfung eliminiert, da sie kaum Bedeutung für den Verlauf der Handlung haben und überdies kein gutes Licht auf diesen Ort werfen.

Ähnlichkeiten mit Betroffenen, die der Autor tunlichst zu vermeiden trachtete, habe ich wieder kenntlich gemacht, dies rechtfertigt sowohl der zeitliche Abstand zu dem Geschehen – die historische Distanz – wie es auch der gängigen und allgemein anerkannten Editionspraxis entspricht.

Bei all dem dürfen wir jedoch nicht vergessen, daß die Zuordnung, welche der aufgezeichneten Ereignisse nun tatsächlich in der Wirklichkeit, und welche allein in der Einbildung des Autors stattgefunden haben, nicht immer einfach und eindeutig ist, was sowohl dem Verfasser wie auch mir – offen gesagt – beträchtlich zu schaffen machte. Dies läßt sich, ohne allzu viel hineinzuinterpretieren, dem vorliegenden Bericht wohl entnehmen, und dann und wann scheint dieser Stadtschreiber auch eine unbewußte oder gar absichtliche oder halb-absichtliche Verschleierung jener beiden im Grunde doch so extrem verschiedenen, ja diametral einander gegenüberstehenden Daseinsbereiche zu vollziehen.

Doch wir möchten nicht zuviel vorwegnehmen; lassen wir den Autor nun selbst zu Wort kommen, mit seiner ihm eigenen, holprigen Sprache – lehnen wir uns zurück und betrachten wir die von ihm beschriebenen Ereignisse und Personen gutmütig, als nur ganz weit entfernt mit der Wirklichkeit verwandte Auswüchse einer ungezügelten Phantasie und Fabulierlust.

Vor-Erhebungen

Warum ein Stadtschreiber niemals zum Schreiben kommen kann. Ein Schwätzchen da, ein Schwätzchen dort. Bestenfalls Kommunikationszentrale. Alles möchte Stefanie Wallner, seine Vermieterin, über ihn erfahren, dann stößt ihr Mann dazu, später der Sohn und die Schwiegertochter. Jeder scheint begierig, ins Protokoll aufgenommen zu werden.

„Ich konsumiere keinen Klatsch."

„Und darauf sind Sie noch stolz? Hören Sie, diese Einstellung müssen Sie sofort ändern."

Das Anrecht auf Ruhe gilt als verschroben, dachte Spinne, Distanz ist ein Fremdwort.

„Ich habe Ihnen gleich auch das zweite Bett überzogen", sagt die Vermieterin, „denn am Wochenende kommt ja die Freundin – oder die Frau?"

„Beide."

Damit wäre ein guter schlechter Ruf untermauert, ganz dem Bild eines liederlich lasterhaften, durch die Lande streichenden Poeten entsprechend.

Der Stadtschreiber ist ja schon seiner Bestimmung nach eine höchst altkluge Erscheinung, kommentierfreudig; er neigt zu Sticheleien, böswilligen Bemerkungen – allein deswegen ist das von ihm Gesagte nicht unbedingt ernst zu nehmen. Wortkarg – nein, bei weitem nicht.

„Träumen Sie was Schönes. Was man am ersten Tag in einer fremden Stadt träumt, geht in Erfüllung, sagt man."

„Lieber nicht."

Die Bewohner ihrerseits hatten noch keine Ahnung, was für einen Sonderling sie sich einhandeln würden, der bereit war, jedem Geräusch, das seine beschauliche Ruhe zu stören drohte, auf die Spur zu kommen und den Verursacher mit Anzeigen zu verfolgen; ein Querulant, der jeder Beeinträchtigung seines Gesichtsfeldes erbittertsten Widerstand entgegensetzte und die lokalen Urheber dieser Störung zur Rechenschaft zu ziehen beabsichtigte.

Der Buchhändler und die Leichenhalle, die doch nicht frequentiert wurde. Er sah aus wie eine Schildkröte, die langsam mit den Armen rudert und ihren Kopf jedem auf sie zukommenden Wesen entgegenstreckte, und so saß er auch in seinem Laden, ängstlich darauf bedacht, daß sich nicht versehentlich ein Stück Literatur zwischen seine Plüschtiere und Wanderkarten verirrte, für das er am Ende sogar noch bezahlen mußte – selbstverständlich, daß er die Stadtschreiber-Bücher nicht etwa kaufte, sondern bloß gnädig in Kommission übernahm; damit war ihre weitere achtlose, vorwiegend unsichtbare Aufbewahrung besiegelt.

Daß seine Leichenhalle vom Stadtschreiber nicht als Wohnsitz auserkoren wurde, das interessiert ihn weit mehr als die Frage nach irgendwelchen Produkten, die er führt oder nicht führt; nein, das wolle er schon wissen, kommt er immer wieder darauf zu sprechen, warum man sich denn gegen und nicht für einen Aufenthalt in seinem Hause entschieden habe, wo dieses doch durch drei oder gar vier Sterne (weiß Gott, woher) deutlich sichtbar ausgezeichnet wäre. Am Hund läge es nicht, versucht der Sternenflüchtling beruhigend auszuweichen; aha, das hätte er nämlich insgeheim befürchtet.

Sollte man ihm erklären, daß man einen Teil des Stadtschreiber-Salärs freiwillig an Wallnerbauer und Co. weiterleitete, nur um in deren Bleibe einigermaßen gediegen zu residieren? Ansonsten wäre man freilich bei ihm einquartiert worden, da die Gemeinde bei derlei spitzfindigen ästhetischen Auslegungsunterschieden die Macht der Entscheidung im Zweifelsfall doch lieber dem Blick auf das Budget überlassen hätte.

Seine Frau sah gut zwanzig Jahre älter aus als sie war (und schien sich auch so zu fühlen): wächsern, vertrocknet, leblos. Sie verhielt sich, als ob sie kaum noch etwas vom Leben zu erwarten und mit diesem längst abgeschlossen hätte – sie paßte einfach wunderbar in eine perfekt dafür etablierte Wohn-Leichenhalle; da sieht man wieder, wohin einen die Abwesenheit von Literatur bringen kann!

Wohlweislich hatte der Noch-nicht-Stadtschreiber der Noch-nicht-Stadt vor Aufnahme seiner Tätigkeit auf eine Besichtigung der in Frage kommenden Bleibe bestanden. Und so wählte er nicht, noch nicht, den Charme der Leichenhalle, und auch nicht das weiters angebotene, in einem anderen Bauernhof gelegene Zimmer mit den Ausmaßen 2 Meter mal 2 Meter, sondern eben die dritte und einzige Alternative: das Ferienhaus des Wallnerbauern, eine gediegene Wohnstatt über dem See mit Rundum-Terrasse und Blick auf denselben.

Ja, der See. Fast ängstlich weggeräumt vor dieser aufstrebenden Metropole, geschützt allerdings durch eine radikale Uferordnung – nur die idyllischen Bewohner der hinter dem verordneten Uferweg aufgereihten Häuschen dürfen auf dem schmalen Streifen Wiese zwischen Weg und Wasser liegen, „lagern" oder gar im See schwimmen – allen anderen bleibt das örtliche Strandbad, der Sprung aus einem Boot oder in die Illegalität.

Verschämt weist ein kleiner Pfeil, beinahe unsichtbar, „Zum See", so als hätten beide, Stadt wie See, nur wenig miteinander zu schaffen; als wäre der Beiname „am Wallersee" nicht aus Freude und Stolz über dieses Gewässer gewählt, sondern allein deshalb, um Verwechslungen mit anderen Ortschaften gleichen Namens vorzubeugen.

Dieses neckische a.W. nach dem Ortsnamen, das jeder Steirer ohne zu zögern mit „am Wechsel" übersetzen würde, während man in Niederösterreich wohl „am Wild" oder „am Walde" dafür einsetzen würde, und die Erleichterung, als er erstmals die ausgeschriebene Form und damit die Bestätigung vorfand, hierorts auch an einem See teilzuhaben, der vermutlich ebenfalls miterhoben werden muß, was, wie kundige Informanten versichern, bereits im Zuge der Naturschutzmaßnahmen rund um das zu bewahrende Moorgebiet geschehen sei, nämlich die Hebung des See- und

Grundwasserspiegels um gut 40 cm, eine ideale Voraussetzung also für nasse Füße bei einer Querfeldeinwanderung durch schützenswerte Aulandstriche.

Der Hafen kann sich sehen lassen, mit seinen steinernen Schwänen und so. Sogar der Bundesadler ist zugegen. Diese Ente, lebend, befolgt die Seeuferordnung nicht! Baden ist doch verboten!

„Ich bin der Stadtschreiber." – „Wer's glaubt, wird selig", antwortet der Traktorfahrer, der auf nicht zu befahrendem, unwegsamen, möglicherweise demnächst eurokratisch naturgeschützten Gelände entgegenkommt und bekräftigt damit nachdrücklich seine Zugehörigkeit zu den Unseligen, jedenfalls aber seine entschlossene Bereitschaft, diesem frechen, zugereisten Eindringling die Weiterfahrt durch dieses – möglicherweise sein – Gebiet zu verwehren.

Angenommen zwei Kinder aus der Nachbarschaft laufen in den Traktor, oder ein deutscher Jagdbomber stürzt, mit oder ohne Insassen, in den Wallersee: Jedes weitere Gespräch, jede Aufzeichnung wäre von diesem Geschehnis geprägt. Das Aktuelle verdrängt das Allgemeine, raubt den Anreiz an der Beobachtung des Gewöhnlichen.

Ein radikaler Ästhet

Würde Jakob Spinne tatsächlich etwas über Neumarkt a.W. schreiben, dann würde er an dieser Stelle vermutlich die Häuser und Straßenzüge erwähnen, er würde ein paar historische Ereignisse ins Spiel bringen, vielleicht einige der hier lebenden Charaktere umreißen, er würde wohl das eine oder andere markante oder eigentümliche Detail dieses Landstrichs aufspüren und ans Tageslicht zerren. Ein verwegener Gedanke...

Was für ein ächzendes, stotterndes, pfauchendes Ungetüm doch so ein Traktor ist; stinkend obendrein. Bedenkenlos würde man sich einer lokalen politischen Bewegung verschreiben, wenn sie nur fordert: „Mehr Kühe, weniger Lärm." Denn natürlich hatte sich die Abendstille auch von diesem Landstrich verabschiedet, klang höchstens als Coda, als Lamentoso, klagend zwischen den einzelnen Attacken der lärmenden Gewohnheitstäter auf, wurde jedoch im Dezibelbrei erbarmungslos niedergemeuchelt. *Der Landschreiber* – auch kein leichtes Los, ohne jegliche Gesetzesgewalt; lieber noch Land*streicher*, mit reichlich Bargeld ausgestattet und mit einer festen Bleibe über dem Kopf.

Eine mit Traktoren pulsierende Metropole. Der Preis der Bequemlichkeit ist der Lärm. Vielleicht wird es einmal wieder als nobel gelten, an der Straße zu wohnen, wenn tatsächlich lärmfreie, wasserstoffbetriebene Gefährte in Umlauf sind; jetzt ist es nicht nur nobel, sondern auch existentiell unumgänglich notwendig, weit weg von jeder Straße zu leben, geschützt vor Staub und Lärm.

Eine Tankstelle, mitten im Ort, unterstreicht den ehemaligen Charakter einer typischen Kleinstadt-Durchzugstraße, und schräg vis-à-vis davon der Auto-Fachhändler. Leicht vergißt man, daß sich hier einmal der gesamte Verkehr der Bundesstraße zwischen Wien und Salzburg samt Schwerlastwagen durchwälzte (und das zu einer Zeit, als es noch keine Autobahn gab), ehe man eine Umfahrungsstraße baute. Dem Nachbarort Straßwalchen, um nichts minder schön oder häßlich, ist dieses fragwürdige Schicksal noch beschieden: Jahr für Jahr streiten die Bezirks- und Landespolitiker, ob und wann, und wenn, dann wo die längst fällige Umfahrung gebaut werden solle – keine Frage, daß irgend jemand auch dadurch benachteiligt werden wird, wenn plötzlich der Fernverkehr durch seine Felder oder vor seinen Fenstern vorüberdonnert.

Das Wachstum der Stadt soll sich tunlichst entlang der Bundesstraße ausdehnen, insbesondere das gewerbliche Wachstum, so ist es zumindest geplant. Ob man auch weiß, daß man sich, wenn man Gewerbegründe anbietet, eine Umwelt-Beeinträchtigung ersten Ranges einhandelt? Der Geruch rund um Vöcklamarkt beispielsweise, nach Farben und Chemie, stechend, ist nicht nur beeinträchtigend und störend, sondern vermutlich auch in hohem Maß gesundheitsgefährdend. Wer hier zum Schreiber erkoren wird, tendiert wohl bald zum Umwelt-Aktivisten oder gar zum Terroristen. Oder er läßt sich bestechen, wird Mitglied des Gemeinderats, drückt da und dort beide Augen zu und erlaubt einen weiteren Zu- und Ausbau des Firmengeländes, weitere Fabriken und die weitere Zerstückelung und Zerstörung der Landschaft.

Man meint es förmlich zu spüren, wie die Stadt sich in alle Richtungen dehnt und streckt. Wie sie wächst, wie da und dort neue Häuser aus dem Boden schießen, ganze Siedlungen (und trauert um die Wiesen und Wälder, die notgedrungen dabei verloren gehen), die Straßen, die gebaut werden müssen, die Bushaltestellen, die Imbißstuben und die Tankstellen, die Reparaturwerkstätten und Schrottplätze, die Freizeit- und Vergnügungscenter, die Spielhallen und Sportstätten, Kasernen und Truppenübungsplätze, die Friedhöfe und Leichenschauhäuser – das ferne Los jeder Erhebung.

Schon wurde da und dort die Straße verbreitert, schon reichte nicht mehr eine Fahrspur, es mußten zwei oder drei sein, dann zwei auf jeder Seite, und daneben noch eine Spur, für die parkenden oder haltenden Fahrzeuge.

In der Haut des Bürgermeisters möchte ich auch nicht stecken, dachte Spinne. Jedes Stück unberührter Natur, das geopfert wird für ein neuerrichtetes Familienheim (inklusive der dann darin stattfindenden Katastrophen), bedeutet bares Steuergeld für die Gemeindekassa. Wer könnte da schon widerstehen! Unversehens landet die Landschaft im Bordell. (Das es hierzulande nicht gab; eine Marktlücke?)

In meiner eigenen Haut möchte ich auch nicht stecken, dachte Spinne weiter, und das mochte so mancher denken, und dieser Gedanke bildete gewiß einen ersten wertvollen Schritt in Richtung Suizid.

In der Haut des Bürgermeisters steckte ein anderer: Ernst Achatz, der diesbezüglich nicht gefährdet schien und sämtliche vorhandenen oder nicht vorhandenen Widersprüche und Dilemmas offenbar mühelos überwand; möglicherweise eine Voraussetzung für den modernen, gewandten Politiker.

Ein gellendes Hupkonzert auf der Hauptstraße. Was ist dessen Ursache? Ein Stau, ein Unfall gar, die Unachtsamkeit eines wahnwitzigen Fußgängers? Nein, in der Tat: ein Hund am Vordersitz eines parkenden Autos, der sich mit den Pfoten auf die Hupe lehnt. Da stellen sich so manche Fragen. Etwa: Ist er so intelligent, sein Herrchen zu rufen, weil ihm die Warterei einfach zu lange dauerte, hat er sich dies von seinem Herrchen abgeschaut, oder ist er gar so dämlich, es nicht zu bemerken, daß die simple Veränderung seiner Lage eben zum Auslöser dieses unverhofften Mittagsständchens wurde?

Erhebende Gefühle

Der Stadtschreiber wird ins Geschehen gezogen, kann sich kaum abziehen. Er wird zur neutralen Instanz mit beinahe richterlicher Kompetenz.

Dabei weiß er nicht einmal, was eine TMK ist, obwohl sie doch jeden Sonntag aufgeigt, sich ins Kehlchen bläst, die Trachtenmusikkapelle.

„Die Stadt muß sich vermarkten", sagt jemand. „Wieso", antwortet die auswärtige Instanz, „sie hat sich doch gerade *ent*-marktet, will sich zur Stadt erheben, schreitet erhobenen Hauptes über alle Nur-Märkte, Nur-Gemeinden hinweg."

„Ach was, das war doch früher ein *Negerdorf*", sagt jemand anderer. Der Gemeindevorstand hüstelt, möchte über diese doch gedankenlos bedenklich gefärbte Ausdrucksweise hinweghüsteln. Über die Rivalität zu Seekirchen gelte es, zu schreiben, betont er.

Die einen am Ost-, die anderen am West-Ufer des einen Sees. Die einen haben den Zu-, die anderen den Abfluß zum See. Die anderen, das sind *die Seekirchner*. Die haben mehr Einwohner, sind also größer, sagt Schalkhammer, der Gemeindevorstand, überdies wäre dieser Ort organisch gewachsen, hat sich rund um ein Ortszentrum immer mehr vergrößert, so wie sich das gehört. Zwanzig Jahre hätten *die Seekirchner* immer wieder diskutiert, ob sie nicht eine Stadterhebung beantragen sollten, haben hin- und her überlegt, die Vorteile und die Nachteile gegeneinander abgewogen, sind nie zu einem Ergebnis gekommen. Und dann? Jetzt horchen Sie zu. Dann, in diesem Jahr, haben sie sich nach zwanzig Jahren endlich dazu durchgerungen. Als das *die Neumarkter* erfahren haben, gab es kein Überlegen: Binnen zwei Monaten wurde die Stadterhebung für Neumarkt beschlossen.

Doch nicht alle Bürger waren einverstanden. Für und wider.

Was ein Markt ist, soll ein Markt bleiben, sagen die einen. Nein, das ist schon gut, wir werden zur Stadt, die anderen. Ein Gegner ließ sogar verlauten, wenn sich diese Örtlichkeit tatsächlich zur Stadt erheben lasse, dann werde er in seinem Einfamilienhaus die Republik ausrufen, jawohl!

Gemeindevorstand Schalkhammer läßt es sich nicht nehmen, den unkundigen Neuankömmling über die ruhmreiche lokale Vergangenheit zu informieren, zumindest in groben Umrissen. Die Geschichte des „ältesten Markts im Flachgau“ (so der Name dieses Landesteils) reicht doch beinahe bis in die Jungsteinzeit zurück! Um ca. 400 vor unserer Zeitrechnung kamen die Kelten, die Römer gründeten später hier *Tarnantone*, noch heute sind Teile der Römerstraße zu sehen, referiert er und empfiehlt gleich eine Besichtigung, während die hier ausgegrabenen Fundstücke in den Museumsdepots der Landeshauptstadt eher nicht zu sehen sind. Später, so etwa 500 n.Chr., machten sich die Bajuwaren breit, bis ihr Herzog Theodor um ca. 700 dem aus Franken stammenden Bischof Rupert das Land überließ – damit begann die Christianisierung. In der Folge entwickelte sich Neumarkt zu einem Zentrum des Handels und der Handwerkskunst. 1366 erhielt der Ort das Marktrecht, und dann werden es nur noch 634 Jahre sein, bis der Stadtschreiber eintrifft und vorwiegend über sich selbst schreiben wird.

Der Ehrentitel „Stadt“, so kontert der Neuankömmling im launigen Geplauder, bedeutet für einen Zusammenschluß von Individuen ungefähr ebensoviel wie ein akademischer Grad für das einzelne Wesen. In diesem Sinn einer kollektiven Inauguration könnte man Neumarkt durchaus zum „Magister Neumarkt“ befördern, die befreundete Nachbargemeinde vielleicht zu „Doktor Seekirchen“, und Bischofshofen etwa gar zum Professor oder zum Dozenten oder einfacher noch zu „Hochwürden“.

Eine Landeshauptstadt, folgert er weiter, steht unter keinerlei Beweisnotstand, hier reicht als kleines Accessoire ein schmucker Vorname, die Landeshauptstadt würde dann – aus naheliegenden Gründen – wohl mit „Amadeus Iuvavum“ firmieren. Das auf diese Ausführungen folgende Gelächter scheint ihm recht zu geben, so ein hart erkämpfter Gutpunkt!

Der sich selbst beschreibende Stadtschreiber beschreibt an Stadtes statt die innere Stadt, den Marktplatz öffentlich zur Schau getragener Innereien. Ein externer Urbanologe mit chronisch-topographischen Zügen. Auf diesem neuen Markt werden Gefühle feilgeboten, Eindrücke serviert, ein Umschlagplatz für Stimmungen – hier wird das Innere veräußert.

Und im übrigen bekräftige ich durch meine Anwesenheit ausdrücklich die Seeuferordnung in der geltenden Fassung laut Gemeinderatsbeschluß von 1980 und beantrage weiters, das Badeverbot auch auf Enten und andere Flatterwesen auszudehnen, Jagdbomber sowieso.

Die konstruierte Katastrophe

Beides, Flugzeugabsturz wie Traktorunfall erscheint nicht wirkungsvoll genug. Zwar wohnt diesen Ereignissen durchaus das wünschenswert Spektakuläre inne, doch für ein dauerhaftes mediales Interesse ist der *Überlebenskampf* wichtig und richtungsweisend. Man denke nur an Lassing, Galtür oder die Kursk – solche Namen bleiben im Gedächtnis haften. Eingeschlossene, Verschüttete, lebendig Begrabene müssen her, was hilft da eine Erhebung? Ein Geiseldrama, vielleicht.

Gekoppelt noch mit einem Reizthema: *Kindesmißbrauch* etwa. Streifen wir an die Tabus. Der Pfarrer (natürlich aus dem Nachbarort) entführt eine Volksschulklasse, verlangt Lösegeld und vertreibt sich die lange Zeit des Wartens und Verhandelns mit ein paar Schändungen – der Volkszorn kocht über.

Umgekehrt wäre es nicht so leicht: Ein paar rumänische Ex-Geheimdienst-Gangster kidnappen auf der Durchreise einen örtlich bekannten Sittenstrolch. Sie haben gewiß kein leichtes Spiel mit ihren Lösegeldforderungen: zu wenig Sympathien genießt der Entführte, für eine echte Empörung. Die Berichterstattung und die öffentliche Bewertung dieses Vorfalls erweisen sich als äußerst schwieriges Unterfangen für unsere kritischen, dem Volkesgemüt zugeneigten Medien.

In der Tat: Feueralarm. Hat man leichtfertig eine Katastrophe herbeibeschworen? Wahrscheinlich nur eine Übung zum Aufstellen der Festbänke oder das Signal für die Anprobe der neuen Uniformen, die gerade fertig geworden sind. Oder gar ein dringender Lockruf zur Dienstbesprechung angesichts der knapp bevorstehenden Feierlichkeiten?

Kein Jagdbomber in Sicht, keine Friedensmissionen zu erfüllen.

Was diesen Landstrich auszeichnet: Es gibt kaum Landwirtschaft, hier grasen noch die Kühe und Pferde (deshalb lautet auch folgerichtig ein weiterer Punkt der Uferordnung: ‚Reiten verboten'), hier sieht man weithin grüne Wiesen statt kahler Felder, kaum Motorenlärm – die Chancen für einen Traktorunfall stehen denkbar schlecht. (Dies ist ein Widerspruch zu dem vorher Gesagten. Ist es nun ruhig oder nicht? Gibt es nun *zu viele* Traktoren oder *zu wenige*? Entscheiden Sie sich! Bitte um Klarheit, Herr Spinne).

Und wieder die Alarmsirenen. Sind nicht alle Darsteller zur Kostümprobe erschienen?

Da brausen schon ein paar alarmierende Feuerwehrautos heran, offensichtlich die Zuspätkommenden. Ein Hubschrauber kreist – hat der Bürgermeister (aus dem Nachbarort) die Gemeindekassa geplündert und verschanzt sich jetzt in der Kläranlage? Wurde der pensionierte Postbedienstete (aus dem Nachbarort) beim illegalen Glücksspiel ertappt und vergnügt er sich nun illegal mit leichten, leichtgeschürzten Mädchen aus einem illegalen Milieu? Man wird ihn, zu Lande oder zu Luft, stellen und ihn zur Räson und zum weiteren, besonnenen Ruhestand zwingen.

Was dringend fehlt, ist eine neue Grußverordnung. Es kann nicht der Weisheit letzter Schluß sein, daß jeder jeden zu jeder Tageszeit aus gänzlich unersichtlichen Gründen grüßen darf. Sich dabei etwa auf überlieferte, nicht schriftlich fixierte Traditionen – also ein amtlich nicht geregeltes Grußverhalten – zu berufen, erscheint mehr als zweifelhaft. Bei der nächsten Gemeinderatssitzung, als deren kritischer Beobachter ich unangemeldet zu erscheinen beabsichtige, werde ich diesen Entwurf einbringen und mit aller Vehemenz und Härte durchboxen!

Das kümmerliche Angebot an Ansichtskarten hatte Spinne bereits beanstandet, eifrig wurde Abhilfe versprochen, zur Stadterhebung solle man doch neue, aktuelle Bilder wenn schon nicht malen, so doch auf photographischem Wege anfertigen lassen, sodaß die sichtlich ergriffenen Besucher aus nah und fern ihre malerischen Grüße verbunden mit der Kunde von diesem Ereignis in aller Herren und Damen Länder schicken können (auf der Rückseite vielleicht ein kleiner Auszug aus der Seeuferordnung, oder noch passender: aus den neuen Grußregeln).

Keine Rauchsäule steigt in den Himmel, keine Schnellboote durchackern den See – offensichtlich sind alle Missetäter überwältigt, von einem makellos blauen Himmel etwa, haben sich ergeben oder sitzen schmatzend im Wirtshaus und brüten über neuen Untaten.

Die Vermieterin hatte dem Stadtschreiber bedeutungsvoll den Schlüssel zu einer eigenen Badehütte („Sektion Nord") ausgehändigt, als deren Benützer er sich rechtmäßig ausweisen konnte; dies befugte ihn sogar, auch auf der dazugehörigen Wiese zu liegen und so zu den wenigen Privilegierten zu zählen, die von der Seeuferordnung ausdrücklich ausgenommen wurden! Er brauchte nur, wenn ein Ordnungshüter kam, der vielleicht den Rasen mähte oder das Strauchwerk zurechtstutzte, den Badehüttenschlüssel zu drehen und „Sektion Nord" zu rufen – schon war er legitimiert, mußte nicht einmal auf das höhere Privileg „Ich bin der Stadtschreiber" zurückgreifen, das in kritischen Situationen allerdings bisweilen seine Wirkung verfehlte, wie der Zwischenfall mit dem Traktorfahrer bewies.

Natürlich wissen wir um Ihre Verdienste, Herr Alt-Bürgermeister, diesen Seeuferweg überhaupt erst errichtet zu haben, als Sie den privilegierten Landesbeamten gegen deren erbittertsten Widerstand diesen Streifen und damit den Zugang zum See entrissen! Geschickt hatten Sie sich damals die Kanalisierungsarbeiten für dieses Vorhaben zunutze gemacht und dann einfach über den Kanal eine Promenade bauen lassen. Die breite Öffentlichkeit weiß Ihnen diesen Weg, so schmal er auch ist, zu danken.

Grenz-Gänger

Es beginnt die tägliche Gratwanderung, sich tunlichst aus allem Geschehen fernzuhalten und dennoch gerade soweit daran teilzunehmen, daß man darüber berichten kann.

Würde man, so erklärt der Stadtschreiber in vorausblickender Entschuldigung, überall und unentwegt an allem teilnehmen, bliebe ja kaum Zeit und Muße für die eigentliche Tätigkeit des Schreibens – was dann auch meist verstanden wird – zudem würde man vermutlich sogar Schaden nehmen oder wenigstens jenen gebotenen Abstand verlieren, den der gewünschte Blick von außen mit sich bringt.

Was denn ein Stadtschreiber denn tun solle, worüber er zu schreiben habe und warum denn niemand von hier für dieses Amt ausgewählt worden wäre, wird der Auserwählte fortwährend gefragt, es gebe doch gewiß auch in diesem neo-urbanen Umfeld Personen, die des literarischen Beschreibens mächtig sind. Dieser Blick von außen wäre es eben, so seine vorgefertigte Antwort, der den Hiesigen nicht mehr möglich sei, da sie schon zu sehr mit dem Geschehen verwachsen wären und folgedessen das Eigentümliche nicht mehr erkennen könnten.

Des Erklärens müde, wählte Spinne mitunter auch eine Kurzform: „Ich bin das literarische Gewissen einer Stadt."

Kann das gutgehen, einen notorisch zynischen Menschen zum Stadtschreiber zu erheben? Es wird erst entschieden, wie die erlittenen Eindrücke im Dichterhirn verarbeitet und wie sie von dort wieder ausgespieen werden...

Beginnen wir mit den Erhebungen. Es wird ermittelt: *Grenzbegehung*, nach altem Brauch.

Eine alte Sitte soll wiederbelebt werden. In der Antike und im Spätmittelalter mußten die Gemeinderäte und der Bürgermeister (auch wenn sie damals gewiß anders genannt wurden) zum Amtsantritt die Grenzen des von ihnen verwalteten Gebietes abschreiten. Wirklich genaue Vermessungen waren noch nicht möglich, oft diente der Verlauf eines Weges oder eines Flusses als Anhaltspunkt. Ein paar Jugendliche hatten mitzumarschieren, damit sie für die nachfolgenden Generationen ein eindeutiges Zeugnis über den festgelegten oder wieder in Erinnerung gerufenen Verlauf der Grenze ablegen konnten. Als Erinnerungshilfe diente, wie bei anderen wichtigen Ereignissen, Urteilen o.ä. eine Ohrfeige; an sowas erinnert sich doch jeder Heranwachsende gern.

Dieser Brauch, der sogenannte Backenstreich, hielt sich im ländlichen Raum solange, bis ihn etwa um 1850 schriftliche Grundbuchaufzeichnungen ablösten. Aber nicht jede Tradition stirbt mir nichts dir nichts aus. Heute sehen wir statt des einfachen Backenstreiches eine komplexe Abfolge manueller Gedächtnishilfen zur Untermauerung der eigenen, richtigeren Argumentation in Form von handfesten Wirtshausraufereien, fallweise unter Zuhilfenahme von Schußwaffen oder Küchenmessern. (Diese Weiterführung stellt jedoch gewiß bereits eine Folge dekadenter großstädtischer Entwicklungen dar; eine Warnung!)

Also versammelt sich die interessierte, historisch oder sonstwie gebildete und geneigte Einwohnerschaft frühmorgens beim See und marschiert tapfer den verordneten Seeuferweg entlang, der hier *Rupertiweg* heißt, sich dann nach oben schlängelt und ins zu schützende Moorgebiet führt. Das Ufer des *Wallerbaches* begleitend, schreitet sie, nach wie vor geneigt, doch etwas die Nase rümpfend, an der Kläranlage vorbei, die Grenzfelder und Grenzwiesen ab, bis es in der Nähe des etwas abseits gelegenen Bahnhofs zu der historischen *Grenzsteinsetzung* kommen soll; hier stoßen schließlich drei Gemeinden aneinander, was für die Nachwelt historisch protokollarisch zu bewahren ist.

Die interessiertesten Zuseher bei der aufsehenerregenden Grenzsteinsetzung: drei Ziegen – vielleicht als Ehren-Abordnung aus dem Tierreich? Das Protokoll unterzeichnet haben sie allerdings nicht.

Nein, hier handelt es sich um keine Parodie auf die K.u.K.-Zeit, sondern um die gegenwärtige, durchaus ernst gemeinte Abordnung der Ehrengarde, von der die Wanderer empfangen werden. Beim Bahnhof darf gerastet, getrunken und gespeist werden: „Feldversorgung" ist angesagt. Die vom Gendarmerieoberkommandanten bereitgestellte Gulaschkanone spuckt Würstelpaare aus, was das Zeug hält.

Und wie paßt dies zu einer künftigen Stadt? Der Bahnhof, wie weit er auch immer entfernt sein mag, ist gänzlich verwaist, leerstehend, unbesetzt; kein Fahrdienstleiter verleiht dem Schienengeschehen jene amtliche Wichtigkeit, die selbst die gröbsten Verspätungen noch würdevoll korrekt durch einen blechernen Lautsprecher leiert, keine schnuddelige Branntweinstube lockt zweifelhafte Tagediebe und andere zwielichtige Existenzen an, nicht einmal ein mürrisches Taxifahrergesicht, das die Ankommenden vorwiegend auf ihre Finanzkraft hin taxieren würde, ganz abgesehen davon, daß kein Schnellzug jemals aus noch so erhabenen Gründen seine brausende Fahrt ausgerechnet hierorts unterbrechen würde. Das Bezirksgericht soll aufgelöst werden, wollen wilde Gerüchte wissen, und sogar am Postamt bangt man um die vorrangige Stellung, eines jener wenigen, deutlich als wichtiger eingestuften „Verteiler-Postämter" zu sein!

Der Bahnhof ist deswegen so weit weg von der Markt-Stadt, erklärt der Gemeindevorstand gutmütig, weil die Bewohner bei seiner Errichtung eine beträchtliche Angst vor der Eisenbahn hatten – irgendwie verständlich, man schrieb 1856 und fürchtete, daß eine Dampflokomotive die mit Schindeln oder Stroh gedeckten Häuser in Brand stecken könnte. Also baute man die Wohnhäuser lieber in einem Respektabstand von 300 bis 400 Meter, die man nun auch mühsam wieder zurückmarschieren muß, wollte man zurück ins Ortszentrum kommen, und das wollte man, wenn man etwas anderes zu sich zu nehmen pflegte als die zerstampften Kadaver unserer vierbeinigen Brüder aus dem Tierreich. (Ist das nicht etwas polemisch, Herr Spinne? Geben Sie acht, daß Sie nicht tendenziös abtrudeln!)

Nein, dieser Umzug ist noch kein Teil der Erhebungen, auch wenn allen voran die TMK im Gleichschritt musizierend marschiert, dahinter die gleichfalls uniformierte FFW einherschreitet und nach diesen ein paar besonders be-trachtete und in erlesener, dirndlhafter Begleitung stolzierende Exemplare jeweils eine Fahnenstange hochhalten – offensichtlich mit den lokalen Wappen; nein, hier muß es sich um eine ländliche Hochzeit handeln, bei der die Hauptstraße von eifrigen Gendarmen kurzerhand für den Verkehr gesperrt wird, denn lautes Gehupe begleitet das hinter den Marschierenden ja, auf einer Beiwagenmaschine vorfahrende Brautpaar, dem noch dazu – auch das ist möglich – eine ganze Abordnung wilder Rockergestalten auf schwer und grausam brummenden Motorradgeräten folgt, offenbar eine Verschmelzung zweier gegenläufiger Traditionen (vielleicht dem männlichen wie dem weiblichen Part entsprechend) – eine interkulturelle, transtemporäre Vermählung also.

Grenz-Erfahrungen

Kein Wunder, wenn diese lebendigen Eindrücke Jakob Spinne bis in den Schlaf verfolgten und sich dort mit den anderen Inhalten seiner Psyche zu einem abenteuerlichen Knäuel verbanden.

Nicht ein Jagdbomber, sondern ein Hubschrauber, der unentwegt über dem See kreist; dazu wäre er auch viel zu klein, der See, für einen Jagdbomber zum Kreisen. War es ein Rettungshubschrauber oder der eines Landeshauptmannes, der sich mit ein paar Demonstranten – zu deren Leidwesen – solidarisieren will, um sich damit zu profilieren? Jeden Donnerstag versammelten sich vor dem Neumarkter Parlament ein paar hundert Demonstrierende, schrieen Parolen wie „Würstelstand!" oder „Nie wieder Rassehunde!" und schritten dann bis zum Regierungsgebäude, blockierten sämtliche Grenzübergänge, Zufahrtstraßen und Parkplätze. Der Kanzler von Neumarkt beriet sich mit dem einfachen Landeshauptmann sowie dem Bezirkspräsidenten und rief zur Gelassenheit gegenüber seiner Person auf.

Wie man sich denn nur so täuschen konnte, fragte sich so mancher prophetische Wähler: Es war doch ausdrücklich von einem Jagdbomber die Rede, der in den W. stürzen sollte, und nicht bloß so ein kleines Schraubengefährt. Soeben kletterten tropfnaß die Überlebenden aus dem Wasser, sie kamen mit dem bloßen Schrecken davon. Den Hubschrauber würde man schon bergen, sagte der Gendarmerieoberkommandant vor der Gulaschkanone, aus der wie von Zauberhand Würstelpaar um Würstelpaar herausgeschossen wurde. Die drei Ziegen blökten hämisch, eine pinkelte gar auf den neuen Grenzstein! Unterdessen schienen die Hubschrauber-Insassen keineswegs froh, mit dem Leben davongekommen zu sein, sondern suchten sofort mit zorniger Miene nach einem Schuldigen, den sie für den Absturz und ihr unfreiwilliges Bad – samt Übertretung der Seeuferordnung – zur Rechenschaft ziehen konnten. Offenbar glaubten sie an einen Sabotageakt. Da sie niemand Verdächtigen entdeckten, kamen sie geradewegs auf Spinne zu. Es waren furchterregende Gestalten, kurzgeschoren, schwarzgekleidet, mit derben Militärstiefeln. Auch das Brautpaar befand sich in ihrer Mitte, winkte gönnerhaft herüber, doch jetzt gaben die Motorradfahrer richtig Gas. Schon stand einer unmittelbar vor ihm und zog ein Messer – Spinne wußte instinktiv, was sie beabsichtigten, und das war weit schlimmer als jeder Backenstreich: sie wollten ihm die Zunge herausschneiden! Deshalb disponierte er kurzerhand um, erklärte die Nacht für beendet und entschloß sich sicherheitshalber zu einem beschleunigten Aufwachen.

Hoffentlich geht das nicht in Erfüllung, was ich da so träume, dachte er schweißgebadet, als er Frau Wallner unten hantieren hörte; denn die hatte dergleichen behauptet, hoffentlich habe ich mir da nichts eingebrockt...

Doch Stefanie Wallner rumorte nur deshalb so laut herum, weil sie begierig war, ihm die jüngsten Neuigkeiten zu übermitteln, die sie von ihrem Kurzbesuch im Ort mitgebracht hatte, wie sich alsbald herausstellte.

„Was", hatte sie in der örtlichen Bücherei gehört, „Stimmt das? Der Stadtschreiber wohnt bei euch?" Binnen weniger Tage hat sich diese Sensation überall durchgesprochen, das verwundert selbst die Hiesigen. Bald werden die ersten, wie zufällig vorbeipromenierenden Besichtiger anschwirren, die vielleicht einen Blick auf diesen angesehenen Gast erhaschen wollen, dessen Antlitz zwar schon in der Bezirkszeitung zu bewundern war, der dieses sonst aber so beklagenswert selten in der Öffentlichkeit zur Schau stellt. („Wir sind ja so stolz auf Sie", hatte die Wallner ehrerbietig geflüstert, als sie dem Stadtschreiber besagtes Blatt nicht, wie üblicherweise mit der anderen Post auf die Treppe legte, sondern höchstpersönlich überreichte). Ob sie den Stadtschreiber nicht bitten könne, zu einem Besuch in der Bücherei vorbeizukommen, hörte und berichtete sie weiter, wo doch selbst so prominente Persönlichkeiten wie die Sprecher des gesamtösterreichischen Rundfunks dort öffentlich aus ihren Kochrezepten oder ähnlichem vorlasen. „Fragen kann ich ihn schon, ob er es tut, ist eine andere Frage“, hatte sie geantwortet und somit die Frage mehr oder minder indirekt weitergegeben, „Aber die mindeste Voraussetzung ist wohl, daß seine Bücher hier anwesend sind“, ergänzte sie, beinahe schon wie eine perfekt von ihrem Stadtschreiber-Boß ausgebildete PR-Lady, aus purem Einfühlungsvermögen.

Dieses scheinbar leichte Unterfangen, sich die lieferbaren Bücher des Lokal-Prominenten tatsächlich anliefern zu lassen, stellte bereits für den Buchhändler ein schier unüberwindbares Hindernis dar, wenn auch aus dem Grund, daß er ausschließlich nach den tieferen Ursachen für die ihm gänzlich unverständliche Degradierung seines doch nach allen ihm zur Verfügung stehenden ästhetischen Kriterien gestalteten Eigenheimes gesucht hatte, statt nach irgendwelchen Adressen von Verlagen, Aus- oder Zulieferern von irgendwelchen Büchern, die bei ihm – er habe ja vor allem ein Schreib- und Spielwaren-Geschäft, das sehe man doch, und bloß eine Bücher*ecke* – sowieso nie und nimmer einen Käufer fänden, aber wundern würde er sich schon, warum man denn nicht in seinem Haus usw. usw.

Die Bibliothekarin hatte wenigstens versprochen, sich sogleich auf die Suche nach den weiß Gott wo verlegten Büchern zu machen. Auch die Hauptschullehrerin war zunächst einmal mit einer unerwarteten Honorarforderung für ein stadtschreiberliches Auftreten vor heranwachsenden künftigen Stadtbürgern erfolgreich abgeschreckt bzw. mit einer Hürde über die Ernsthaftigkeit ihres Ansinnens geprüft worden. Seine Exzellenz, der K.u.K.-Hofschreiber, konnte es leicht kontrollieren, ob die von Personen des öffentlichen literarischen Lebens besonders leicht über die Lippen fließende Bemerkung, seine Bücher zu bestellen, bloß ein Bekenntnis dieser Lippen darstellte oder aber in die Tat umgesetzt wurde, hatte er doch, bis auf wenige Ausnahmen, die meisten seiner Bücher selbst herausgegeben – ein Umstand, der ihn zwar mit Karl Kraus und anderen vom herkömmlichen Verlagsleben maßlos enttäuschten Literaturdissidenten verband, der aber in allen Fällen zu einer Verbannung aus den Rezensionen der wichtigen großformatigen Zeitungen führte, die ihrerseits wieder im Einflußbereich der angesehenen Großverlage standen. Doch natürlich war keines seiner Bücher, egal wo sie erschienen, auch nur annähernd so erfolgreich wie Moorhuhn 2 oder andere Klassiker der Weltliteratur.

Szenario

Wie aus der allgemeinen Achtung ganz schnell eine *Ächtung* werden könnte.

Man schlägt leichthin vor, in kommunikativen Zeiten wie diesen eine Seite des Stadtschreibers zum kommunalen Auftritt im Internet dazuzuhängen; warum auch nicht? Wer will, kann elektronisch Anregungen geben und Fragen stellen, schließlich ist man eine Person öffentlichen Interesses, gewissermaßen eine urbane Publikations-Instanz, und dieses weltumspannende Netz, das so viele Spinnende zur Zeit gefangen hält, diese Universal-Warteschleife mit inflationärem Gehalt gilt doch als das Medium der Gegenwart schlechthin und wird allerorts immerhin als die ideale Plattform der Begegnung und des Einander-Kennenlernens gepriesen, auch wenn dieses Näherkommen vielleicht nur in der Vorstellung passiert (gegen die Veröffentlichung der privaten, mobilen Telefonnummer wird man noch Einspruch erheben; ein paar Hürden, man kennt diesen esoterischen Brauch, müssen von einem ernsthaft Suchenden und nach Ernsthaftigkeit Dürstenden schon übersprungen werden).

Daraufhin taucht beinahe wie selbstverständlich die Idee auf, warum denn nicht, das allmählich entstehende Schriftstück über die Stadt Stück für Stück ebenfalls im Internet zu publizieren, als Darstellung eines *Prozesses*, klingt irgendwie logisch und modern, sehr zeitgemäß – auf jeden Fall ein Gutpunkt bei allen kunsttheoretisch, kultursoziologisch pseudo-avantgardistisch-installationär angehauchten, imaginär großformatigen Medienkritikern.

Doch kaum haben ein paar ehrenwerte Bürger die Passage über den Kindesmißbrauch gelesen, hagelt es Proteste. „Frechheit“, „Eine Schande“ steht, mit drei Rufzeichen bedrohlich versehen, auf wütenden elektronischen Kommentaren. Der Gemeindevorstand zeigt sich besorgt, zerknittert, denn schließlich hat er das ganze eingefädelt, versucht zu beschwichtigen, zu vermitteln. Schnell spricht sich, wie der Ruhm, nur noch schneller, auch die Schmach herum. Die Hauptschullehrerin hat zwar keinerlei Schritte unternommen, die zu einer literarischen Präsentation des nunmehr etwas ins Zwielicht geratenen Fremdlings führen hätten können, *gottseidank*, wie sie aufatmend für sich feststellt, jetzt aber, wenn Not am Mann und an der Frau herrscht, ist sie zur Stelle: „Eine ganze Schulklasse zu schänden, so eine Ungeheuerlichkeit", erzählt sie dem Gendarmen, der doch noch bei der Grenzbegehung mit anschließender Feldversorgung so freundlich wohlwollend in die von ihm grundsätzlich als ‚sicher' und ‚gesetzeskonform mit kaum nennenswerten Vorkommnissen' eingestufte Umgebung blickte und dessen Miene sich jetzt zusehends verfinstert; kein Zweifel, da muß er Meldung erstatten, der Amtsweg nimmt seinen Lauf.

Neben dem Schuldirektor hat auch der Pfarrer bereits Wind bekommen, mit dem geht in der Sorge um die Moral seiner Schäfchen der Eifer durch, und er läßt bei einer Sonntags-Predigt unmerklich Gottes Zorn einfließen, der auf die Städte Sodom und Gomorra fiel und malt in gleißenden Farben die drohenden Gefahren, die eine Großstadt samt der sie anziehenden verwerflichen Elemente eben in sich berge, auf die bleichen Kirchenwände, von denen sie mit überirdisch warnendem Nachklang auf die verängstigten Bürger herabdonnern, die ihrem Schrecken erst nach und nach mit ein paar Stamperln Birnenschnaps beim Wirten Herr werden.

„Man kann nicht auf so eine Idee kommen", versucht sich der Internist vom Gesundheitszentrum als spartenübergreifender, ferndiagnostizierender Psychologe, „wenn man nicht den Kern so eines Verbrechens bereits in sich trägt." – „Jawohl", ereifern sich ein paar Hausfrauen nach dem Seminar für Blumensteckkunst und Seidenmalerei, „wir müssen unsere Kinder schützen!" Die Seminarleiterin, selbst mehrfache Mutter und nebstbei Inhaberin eines Versandhandels mit Kleinstlebewesen zur biologischen Schädlingsbekämpfung, stimmt energisch zu.

Der Feuerwehrhauptmann und der ehemalige Post-Oberbeaufsichtigte sehen sich durch das inkriminierte Schriftstück gleichfalls diffamiert, bestehen auf einer raschen Klärung dieser beispiellosen Attacke und fordern Konsequenzen.

Der Bürgermeister ist entrüstet, informiert die Bürgermeister der Nachbargemeinden, zu dritt entrüstet man sich dreimal so leicht. Schnell ist alle Rivalität begraben, hat man erst einen gemeinsamen Feind, einen schädlichen Eindringling entdeckt.

Der Gemeindevorstand wird ins Chefzimmer zitiert, dort zur Schnecke gemacht, er versucht zwar noch heroisch, seine eigene Wahl und den doch immerhin mit der Zustimmung des Bürgermeisters Erwählten zu verteidigen und murmelt etwas von der künstlerischen Freiheit und der Freiheit der Kunst im allgemeinen, doch schnell merkt er die Vergeblichkeit seiner Bemühungen, hier sind die Entscheidungen bereits gefallen, jetzt geht es um seine eigene Stellung, da versteht er keinen Spaß und keine Freiheit mehr, zitiert den Stadtschreiber zu sich in sein Zimmer, macht ihn ebenfalls zum schleimigen Kriechgetier mit gepanzerter Schale. Der versucht zu beschwichtigen, das alles wäre doch bloß Phantasie, niemals Wirklichkeit gewesen; egal, entgegnet Herr Schalkhammer schroff, diese Phantasie gehe entschieden zu weit, der erste Teil der Entlohnung werde noch bezahlt oder auch nicht, für den zweiten Teil seines Aufenthalts müsse er schon selbst sorgen, sofern er ihn noch hier zu verbringen wünsche, was er ihm, nach all dem, was nun bereits vorgefallen wäre, kaum anraten könne, und im übrigen sei er schwer enttäuscht, daß er, obwohl er sich doch so für diese Idee der Dokumentation eingesetzt habe, so hintergangen worden sei, sein Vertrauen und seine Großzügigkeit wären schändlich mißbraucht worden, und statt der erhofften Erhebung der Stadt in den Olymp der Weltliteratur hätte er sie der Lächerlichkeit preisgegeben, Spott und Häme über sie gegossen, nachdem dieses junge Juwel im Flachgau ihn, einen offensichtlich geistesgestörten oder sonstwie geschädigten oder defekten Sittlichkeitsverbrecher, zuvor beinahe wie einen Götterboten, einen Herold oder zumindest wie einen Startenor empfangen und genährt habe. Er könne von Glück reden, wenn nicht strafrechtlich gegen ihn ermittelt werde, und selbst das könne man amtlicherseits nicht gewährleisten, wenn er nicht schleunigst das Weite suche, da in der Bezirkshauptmannschaft, wie er gehört habe, schon mit den Vorerhebungen begonnen worden wäre.

Die Bücher, kaum oder gar nicht bestellt, kaum im Schaufenster ausgestellt, verschwinden wieder so schnell, wie sie niemals hingekommen sind. Die vereinzelten Plakate, in denen die stadtschreiberlichen Bücher angepriesen werden (die man wohlweislich erst gar nicht aufhängen ließ), hat entweder der Regen oder, wahrscheinlicher noch, ein erzürnter Vertreter des Elternvereins zerfetzt, mit „Verbrecher" beschmiert oder heruntergerissen (in dieser oder jener, ihm logisch erscheinenden Reihenfolge).

Wie gut, daß kein Traktorfahrer rückwirkend auf die Idee kommen kann, nicht bloß einem kecken Lügner, sondern tatsächlich diesem bezirksweit gefürchteten Strolch begegnet zu sein, denn da hätte er sich wohl etwas bedrohlicher aufgepflanzt und diesen Dahergelaufenen schon etwas beharrlicher, mit der Mistgabel vielleicht, traktiert!

So stolz man anfangs auch auf ihn gewesen wäre, nun wird dem Geächteten seitens der Vermieterin mitgeteilt, daß man auf seine Anwesenheit aufgrund der unerwartet eingetretenen besonderen Umstände in Hinkunft leider verzichten müsse, wann er denn die Koffer packen und abreisen werde, bis Mittag hätte er dazu noch Zeit, dann stünden seine Sachen vor der Türe, gleich beim Misthaufen. Er solle ihr diesen etwas plötzlichen Umschwung nicht übelnehmen, doch wäre die gesamte Familie, die in dem Ort leben müßte und auch gerne hier in Ruhe und Frieden weiter leben würde, und zwar auf länger, nicht bloß – und das war ein nicht ganz zu ignorierender Seitenhieb mit einem bitteren, vorwurfsvollgiftigen Unterton – nicht bloß zwei Monate! allesamt einem enormen Druck ausgesetzt, wie sie „so jemand" auch nur eine Nacht beherbergen könnten, und überdies hätten die vorher doch so ehrfürchtig herbeiglotzenden Spaziergänger plötzlich nur noch mit böser Miene getuschelt und mit Fingern auf das Haus gezeigt, einer habe gar auf das Gartentor gespuckt, schon habe man Angst um das Wohl der Kinder – nein, nicht deshalb, sondern daß sie in der Schule gehänselt oder das Opfer einer Anpöbelung oder einer anderen Schandtat würden.

Nicht einmal in einer Leichenhalle könnte man in so einer Situation noch einen ruhigen Unterschlupf finden...

Welche Vergünstigungen, die er mittlerweile stillschweigend in

Anspruch genommen hat, würden mit dem Verlust jenes Sonder-Privilegien-Status noch entzogen werden?

Die nette Dame in der Wäscherei würde sich nun wegen der Heidelbeer- und Tintenflecken auf des Dichters Hosen keineswegs mehr „ganz besonders ins Zeug legen", wie sie versicherte, nachdem sie dessen Konterfei als mit dem aus der Zeitung zweifelsfrei übereinstimmend identifiziert hatte, sondern ihm die unbehandelten Hosen zerknüllt um die Ohren knallen, möglicherweise mit stärkeren, unauslöschlichen Flecken und den sie begleitenden, vernichtenden Worten: „Baden Sie Ihre Sünden selber aus, Sie Dreckfink!"

Die Schwiegertochter hätte ihr liebenswürdiges Lächeln wohl längst ebenso sicher im Keller verstaut wie das frei zur Benützung stehende Fahrrad.

Statt interessierter Blicke würde ihn eine eisige Verachtung empfangen; statt mit (innerlich) stolzgeschwellter Brust ginge er bald nur noch mit eingezogenem Haupt herum.

Diese Idee einer frühzeitigen Veröffentlichung wird man also nicht weiter verfolgen, man wird sich nicht in die Karten blicken lassen und sich lieber noch einige Zeit in der vergleichsweise bekömmlichen Achtung sonnen – oder sich wahlweise weiter vor ihr verbergen.

Ein gleichermaßen fataler Fehler wäre es, den unfertigen Text teilweise – als Vorabdruck – in einer wie auch immer-formatigen Zeitschrift zu publizieren, genauso wie es stets ein Fehler ist, etwas Unfertiges aus der Hand zu geben; schließlich schreibt man ja nicht an der Charta 77 oder dem Weisenbericht über die Natur der Eurokratie oder an den Vorschlägen zur Einsparung von Einsparungsvorschlägen...

(Diese fiktive Kritik an einer möglichen Kritik macht Sanktionen wegen einer zu weit gehenden Kritik unmöglich, das haben Sie wieder einmal sehr schlau eingefädelt, Herr Spinne, wenn auch ein wenig perfide).

Denkzettel

Nichts von all dem zu bemerken; im Gegenteil, allseits wird der Stadtschreiber mit gebührender Achtung gegrüßt, ehrfürchtig gemustert, angesprochen. Steffi, die Vermieterin, stellt weiterhin eine Schale mit wunderbar frischen, roten Äpfeln auf die Treppe, die Schwiegertochter lächelt unvermindert, und nach wie vor steht ihr Fahrrad, erwartungsvoll ans Garagentor gelehnt, für einen stadt- und landbeschreibenden Ausflug zur Verfügung.

Wenn man von Neumarkt „stadtauswärts" fuhr, dann kam man – nicht etwa nach Köstendorf, sondern nach „Klein-Köstendorf": es sollte niemand sagen, daß er nicht gewarnt worden wäre.

In Köstendorf selbst sah man als erstes die sensationelle Ankündigung eines ungewöhnlichen Verkaufsstandes: IN 100 METERN GUSCHLBAUERS SCHAUMROLLEN oder so ähnlich, und dann, nach 100 Metern taucht sie tatsächlich auf, die Guschlbauersche Schaumrollenbude, unübersehbar, durch und durch in einem grellen Lila.

Wie man Bürgermeister wird: Man läuft den Befreiern entgegen, schwingt eine weiße Fahne und wird von den einmarschierenden Truppen der Einfachheit gleich zum ersten Bürgermeister des Ortes erklärt. So erspart man sich einen nervenzermürbenden, aufwendigen Wahlkampf. Im Zweifelsfall wartet man eben, bis es wieder so weit ist und trägt für diesen Zweck stets ein weißes Taschentuch bei sich.

Kein Wunder, wenn Rivalität herrscht, gleich zu mehreren Nachbarorten, gehörte doch in der wechselvollen Geschichte dieses Landstrichs mal diese oder jene Nachbar-Gemeinde zur Zukunfts-Stadt, einmal schlossen sich andere Ortschaften an, dann trennten sie sich wieder. Sogar der See war einst gänzlich im Besitz von Neumarkt, das allerdings mit ihm auch die Sorgen um die Abwässerbeseitigung geerbt hatte, was man letztlich doch eher als Last empfand, worauf man ihn wieder weiterverschenkte und sich lieber mit den Nachbargemeinden zu einem Abwässerbeseitigungsverbund mit gemeinsamer Kläranlage zusammenschloß und sich so die Kosten wie auch W. selbst teilte.

Na, von einer einigermaßen sinnvollen und aufschlußreichen

Beschilderung der Wanderwege rund um den See haltet ihr wohl gar nichts, ihr Mitglieder des Fremdenverkehrsvereins, so es euch gibt und ihr auf uns Fremdlinge wert legt, oder ist es euch egal, wenn wir uns wieder und wieder im Moor verirren, vor jeder Weggabelung abwägend und zweifelnd sinnieren, im Stillen irgendwelche Orakel befragen, euch aber laut zum Hades wünschen?

Höchstens „Privatstraße", „Betreten verboten", „Besitzstörungsklage" oder „Brutgebiet. Halt! Hunde an die Leine" liest man bisweilen. Die Sorge um das Wild glaubt man euch Grünröcken freilich höchstens insofern, als es euren nächsten Abschuß betrifft. Und viele knapp über dem Boden abgesägte Baumstummel bezeugen einen brutalen Massenmord an alten, trauten Gefährten, die nicht als Freunde und Lebensspender erkannt, sondern nur als Wirtschaftsgut mißbraucht wurden, das es rechtzeitig zu verscherbeln gilt. Es ist ohnehin ein Wunder, daß noch keinem Forstarbeiter ein Baum auf den Kopf gefallen ist, wenn kreuz und quer geschlägert wird; ein kleiner Denkzettel würde nicht schaden...

Jedem mißtrauisch Dreinblickenden möchte man prophylaktisch zurufen: „Sektion Nord!" (und dabei vielleicht ehrfurchterregend den Badehüttenschlüssel drehen) oder gar das Zauberwort „Stadtschreiber", wenn dessen positive Wirkung einigermaßen gesichert erschiene.

Nein, der entgegenkommende Wandersmann will keineswegs jemanden zur Rede stellen, der im Moor auf verbotenen, verschlungenen Wegen radelt oder in einsamen Buchten badet – er ist bloß auf der Suche nach seinen Sumpfbibern, die er hier ausgesetzt hat, aus welchen Gründen auch immer. Nicht einmal er kennt sich aus in diesem Gelände, fragt nach dem Weg in diesem oder jenen Teil des gerade noch zugänglichen Schilfgürtels und will sie dann lieber „bequemer mit dem Mofa" suchen gehen, seine Sumpfbiber, wenn sie sich dadurch nicht erst recht verkriechen. Wer weiß, vielleicht sind *sie* dazu ausersehen, unter seiner Aufzucht die Wege besser sichtbar zu markieren? Die Hoffnung, ungefähr dort wieder aus dem Moor herauszukommen, wo man hineinfuhr, erweist sich meist als trügerisch.

Man stelle sich vor: Parallel zu den Vorbereitungen der Stadterhebungsfeierlichkeiten bedroht ein irrer Erpresser die Einwohnerschaft einer ganzen Gemeinde. Ausgerechnet am Festtag will er zuschlagen, wenn seine Forderungen nicht erfüllt werden. Was für eine Katastrophe, die sich da abzeichnen würde!

Oder aber: Der Stadtschreiber wird zu einer Lesung seiner Werke ins örtliche Gymnasium eingeladen; Oberstufe, Mädchenklasse. Mittlerweile mit dem unbezwingbaren Charme einer landesweiten Berühmtheit versehen und vom Überangebot an lokalen Schönheiten überwältigt, kann er den vielsagenden Blicken nicht widerstehen und verschwindet mit einer glutäugigen Maid im Heu. Sie ist zwar fast schon 18, doch leider Türkin und im strengen muselmanischen Glauben erzogen; er hat sie demnach entehrt, sie ist in den Augen der Eltern wertlos geworden, hat ihre Unschuld eingebüßt, auf jeden Fall ist sie nun für den ihr vorherbestimmten zukünftigen Verlauf einer intakten Erstvermählung oder sonstigen Verschacherung nicht mehr geeignet – die Blutrache scheint das mindeste, das dem Unhold zu blühen droht; schon sammeln sich in der Kebab-Stube dunkle Gestalten mit noch dunkleren Mienen, der schnauzbärtige Koch wetzt sein Messer scharf...

Nein, auch das scheint keine günstige Wendung zum Bösen, kein nahtlos zu vollziehender Übergang vom Ruhm in den Abschaum.

1. Akt

Skriptive Konkurrenz

SONNTAG, 3.9.00

„Sehen Sie sich das einmal an", sagte der Bürgermeister (möglicherweise aus dem Nachbarort) bei dem längst versprochenen Mittagessen, zu dem er den Stadtschreiber einladen wollte, das aber nie stattfand. Er kramte zunächst einen besorgten Gesichtsausdruck hervor und dann ein Schriftstück, das frech durch eine Klarsichtfolie hindurchschimmerte. An der rechten, oberen Ecke war die Folie zugeklebt und mit einem weißen Etikett versehen, auf dem sich ein paar Buchstaben und Ziffern mit Schrägstrich im exponierten Glanz höchstoffizieller Wichtigkeit sonnten – offensichtlich handelte es sich um ein amtliches Beweisstück.

„Das ist nur eine Kopie", stellte Bürgermeister Achatz richtig, der nur schwer seine Unruhe verbergen konnte und die Stimme etwas dämpfte, „Das Original wird kriminaltechnisch untersucht; Fingerabdrücke und so." Nun reichte er das Schreiben endlich über den Tisch und blickte nach links und rechts, ob nicht einer der anderen Gäste ein unwillkommener Zeuge dieses Geschehens geworden wäre. Doch seine Sorge schien unbegründet; das Lokal war praktisch menschenleer, nur der Wirt stand Gläser putzend hinter der Theke und warf ab und zu einen Blick auf die beiden prominenten Besucher, in der Hoffnung, daß sie vielleicht doch noch eine Flasche seines von ihm so gepriesenen Rotweins nachbestellten.

„Ein Erpresserbrief?" fragte Spinne ungläubig.

„So kann man es nennen", antwortete der Bürgermeister, „Wenngleich ich mir noch immer nicht ganz sicher bin, ob es sich nicht bloß um einen Scherz handelt. Auch ein Bluff oder ein Ablenkungsmanöver wäre möglich, um uns die Feierlichkeiten zu vermiesen." Offenbar meinte er die politische oder geographische Konkurrenz, da ja gleich drei oder mehr Gemeinden des selben Bundeslands am selben Tag, am Tag des Landesheiligen, zur Stadt erhoben werden sollten. Wenn sie nur der Landesheilige alle beschützen würde!

Noch bevor der Stadtschreiber den Inhalt des rätselhaften Schreibens entziffern konnte, zog es ihm der Bürgermeister wieder vor der Nase weg, um beim Reden damit nervös in der Luft herumzufuchteln.

Er hätte zunächst gar nichts unternommen, doch dann gab es eine Reihe seltsamer Vorkommnisse. Ein betagter, wohl aber noch rüstiger Rentner verstarb plötzlich, ohne daß man sagen hätte können, warum, geschweige denn, wohin er gegangen oder weshalb er überhaupt hier gewesen wäre. Dann erkrankten ein paar Jugendliche unversehens an einer bis dahin unbekannten oder verschwunden geglaubten Seuche: Sie stiefelten nächtelang Parolen brüllend durch ein schützenswertes Gemeindegebiet, hielten Schießübungen ab und ihre Haut zeigte blauschwarze Beulen; doch vielleicht hatte dies auch bloß mit der veränderten politischen Situation zu tun?

Das Schreiben war in Blockbuchstaben mit einer linkisch wirkenden, nach links geneigten Schrift hingemalt, in knalligem Grün.

ICH FORDERE 300 MILLIONEN. DIES IST KEIN SCHERZ! UND AUCH KEIN BLÖFF. ICH KANN GANZ NEUMARKT VERNICHTEN. WENN IHNEN ETWAS AN IHREM LEBEN LIEGT, BEFOLGEN SIE MEINE ANWEISUNGEN. KEINE POLIZEI, SONST STIRBT DER ERSTE! ICH WERDE IHNEN AUCH ERKLÄREN, WIE SIE DIE 300 MILLIONEN UNAUFFÄLLIG BESCHAFFEN KÖNNEN. ALS ZEICHEN, DASS SIE EINVERSTANDEN SIND, WERDEN SIE MIR ZUNÄCHST 30.000.- ÜBERGEBEN, SCHLIESSLICH HABE ICH JA KOSTEN. SIE KOMMEN AM FREITAG, 15.9.00 UM PUNKT 19 UHR ZU FUSS ZUM STRANDBAD. DAS GELD NEHMEN SIE MIT. IN DER NÄHE DER STELLE, WO MAN SCHON LÄNGST EINE WC-ANLAGE BAUEN HÄTTE SOLLEN, IST NICHTS AUSSER EINEM PAPIERKORB. IN DIESEM PAPIERKORB LIEGT EINE ZEITUNG, DAS BEZIRKSBLATT. IN DER ZEITUNG FINDEN SIE EINEN BRIEF MIT WEITEREN ANWEISUNGEN, WO SIE DAS GELD DEPONIEREN WERDEN. KEINE POLIZEI! KEINE TRICKS!

„Und ich soll jetzt wohl Detektiv spielen", kommentierte der Stadtschreiber unwillig, „Deshalb haben Sie mich also engagiert! Ich dachte, Sie hätten wirklich ein großes Herz für die Literatur. Nein, danke, suchen Sie sich jemand anderen. Gehen Sie doch zur Polizei. Oder zu James Bond."

„Reizt Sie nicht die Neugier? Schließlich war das nicht der einzige Brief. Mit der Polizei sind wir natürlich in Verbindung. Ich dachte, Sie kennen sich doch sicher mit dem Schreibstil aus: Wie gewisse Personen formulieren und was für Menschen das sind. Ich meine, von der Psychologie her. Glauben Sie, daß er es ernst meint? Außerdem haben wir stillschweigend eine Riesen-Belohnung für Hinweise ausgeschrieben, die zur Ergreifung des Täters führen."

„Wieso sind Sie so sicher, daß es ein Er ist?“ knurrte Spinne. „Wie kann man *stillschweigend* Hinweise erhalten? Wenn niemand etwas von der Belohnung erfährt, werden Sie auch keine Hinweise erhalten. Was für Hinweise erhoffen Sie sich überhaupt? Ob jemand einen verdächtigen Mann oder eine verdächtige Frau oder einen Zwitter im Strandbad beobachtet hat, der ein WC suchte und dann in den Papierkorb pinkelte?“

Sehr unerfreulich, diese Entwicklung; beinahe eine Degradierung, ein Erwachen aus den höchsten poetischen Himmeln in die Niederungen eines trivialen Tatort-Krimis. „Wie hoch ist sie denn, diese Belohnung?“ fragte er sicherheitshalber, schließlich hat man ja Fixkosten.

„10 Mal so hoch wie Ihr Monatsgehalt, das Sie ohnehin nicht bekommen, wenn wir alle in die Luft fliegen.“

Das waren immerhin ein paar Argumente. Das überzeugendste fand Spinne sogleich in seiner Neugier, ein weiteres darin, daß an seine psychologischen Kenntnisse appelliert worden war. Und natürlich fühlte er sich geehrt, daß man ihn brauchte, ihn gewissermaßen zur Leitung der Ermittlungen heranzog und ihm so die Fäden der Erhebungen in die Hand gab; für das Problem, wie er die dafür eingestreifte Belohnung möglichst sinnlos verpulvern könnte, würde sich auch noch eine Lösung finden lassen.

„Wieso in die Luft? Gibt es in der Nähe eine Fabrik, wo Sprengstoff oder Feuerwerkskörper erzeugt werden?“

„Das nicht, aber ich habe mich an meine Militärzeit erinnert.“ Machte sich der Bürgermeister da nicht gleich als erster verdächtig, indem er geschickt jemanden ins Vertrauen zog, der diese heikle Angelegenheit, auf Umwegen zwar, ohnehin in Erfahrung bringen würde, um sich dann ungeschickt über eine effiziente Vernichtungs-Möglichkeit zu verplappern? Gab es nicht in der Nähe, Richtung Irrsee, ein militärisches Sperrgebiet, das man unter keinen Umständen betreten durfte? Wurden dort nicht Sprengmittel, wenn nicht verwendet, so doch zumindest gelagert? Steckte er da nicht schon mitten in den Ermittlungen?

Der Wirt servierte die Teller ab, die beide nur noch geistesabwesend angestarrt hatten, pflanzte sich dann vor ihnen auf und leierte die Dessertvorschläge herunter. Ernst Achatz, der Bürgermeister, entschied sich für einen Kaffee, der Stadtschreiber dafür, die Herausforderung anzunehmen.

„Sie brauchen ohnedies nichts anderes tun als bisher", machte ihm der Bürgermeister die getroffene Entscheidung schmackhaft, „Sie sollten ja genau beobachten und alles Außergewöhnliche festhalten..."

„Ja, aber nicht am Ärmel", ließ Spinne verlauten, ärgerlich, denn ab nun gab es, wie in einem Krimi, nur noch Verdächtige oder Nicht-Verdächtige, die sich dadurch erst recht verdächtig machen, und der erste saß ihm gegenüber. Seine mehr als problematische Gratwanderung zwischen Annäherung und Distanz gegenüber der Bevölkerung wurde so um eine weitere fatale Facette angereichert. Der Primär-Verdächtige schien zu allem Überdruß nicht einmal alle Informationen preisgeben zu wollen.

Der Briefschreiber war zweifellos ein Ortskundiger, der Personenkreis ließ sich also auf knapp über 5.000 reduzieren, etwa 20.000, wenn man die Nachbarorte dazuzählte, 100.000, wenn man alle miteinbezog, die bereits öfters hierher gekommen waren und sich die nötigen Ortskenntnisse angeeignet hatten, oder 300 Millionen, die im Lauf der Geschichte seit der Römerzeit schon einmal hier waren und die genaue Beobachtungsgabe oder die entsprechende Phantasie mitbrachten, daraus so ein irrwitziges Forderungsschreiben zu verfassen, beides verbunden vielleicht noch mit einer kleinen Neigung zum gesetzesbrecherischen Delikt oder wenigstens mit einem vehementen Drang zur persönlichen Bereicherung, welcher in weiten Kreisen der Bevölkerung allerdings nichts Ungewöhnliches darstellt.

„Wie haben Sie denn den Brief erhalten? Mit der Post? Ins Amt oder nach Hause? Was stand auf dem Kuvert?"

„Mit der Post, ins Amt. Drauf stand: Bürgermeister. Gemeindeamt. Neumarkt."

„A.W.?"

„Nein, mit Postleitzahl."

„Wo wurde der Brief aufgegeben?"

„Hier, im Ort."

„War sonst noch etwas in dem Brief?"

„Nein."

„Und das Kuvert?"

„Nichts Auffälliges. Massenware. Wie man es in jedem Schreibwarengeschäft erhält. Ebenso das Papier. Normales A 4-Format, weiß, 80 Gramm. So etwas wird meist als Kopierpapier verwendet und zu 500 Blatt verpackt in den Bürofachmärkten verkauft. Nein, das Auffällige ist der Inhalt."

Der Inhalt, natürlich, der Text.

„Der Erpresser kennt sich einigermaßen gut aus hier im Ort", bekräftigte der Bürgermeister, „Er war sicher einige Male hier. Trotzdem glaube ich, daß er von auswärts kommt." Mit durchdringendem Blick sah er dem Stadtschreiber ins Gesicht. Ist es die Möglichkeit, dachte dieser, er dreht den Spieß um! Kaum hat er mich als Ermittler gewonnen, will er mich schon zum Hauptverdächtigen machen – kein Wunder, wenn noch niemand anderer in Erscheinung getreten ist.

Der Wirt schlurfte mit dem Kaffee heran, stellte ihn vor dem Bürgermeister auf den Tisch. Vor dem Stadtschreiber wischte er, da es dort nichts hinzustellen gab, die Tischplatte ab, mit einem typischen Kellnertuch. Als Spinne genauer hinsah, bemerkte er: Es hatte die selbe Farbe wie die Schriftzeichen in dem Erpresserbrief...

Bunte Ermittlungen

Wieso Buntstifte, wieso grün? Wollte der Erpresser damit auf eine falsche Fährte lenken? Wollte er andeuten, daß er selbst noch ein Jugendlicher ist? Oder daß Jugendliche, Kinder gar, die ersten Opfer seines Anschlags würden?

„Sie nichts?" fragte der Wirt, der noch immer dastand. Spinne schüttelte, wie beim ersten Mal, den Kopf, dann drehte er diesen, einer plötzlichen Eingebung folgend, dem Gastwirt zu und fragte, mit teilnahmsvollster, seelenguter Stimme mitten in sein verdattertes Gesicht: „Haben Sie Kinder?"

„Ja, zwei. Warum?" Der Befragte stieg, leicht verwirrt, von einem Fuß auf den anderen, verscheuchte mit dem Tuch ein Insekt vor seinem Gesicht, das nicht da war und blickte den Fragenden fragend an.

„Nichts. Nur so“, antwortete Spinne, und mit einem Blick auf den Bürgermeister setzte er hinzu: „Sie wissen ja, ich muß mich über alles informieren, ich schreibe doch über den Ort.“

Der Bürgermeister beendete die peinliche Szene, indem er eine Schwarzwälder Kirsch-Torte bestellte, der Wirt trollte sich mit einem leicht pfauchenden Geräusch, das wohl am besten mit Verständnislosigkeit oder Befremden übersetzt werden konnte.

„Gibt es dieses Wirtshaus schon lange?“

„Es ist das älteste im Ort. Hier wurden schon ein paar Filme gedreht, weil die Inneneinrichtung noch ganz authentisch ist. Heuer haben wir es, nach mehreren Jahren, endlich geschafft, daß auch die Fassade renoviert und im Zuge der Stadterhebung im alten, historischen Aussehen wieder hergestellt wird. Ein echtes Schmuckkästchen wird es werden.“

Das Gerüst des unmittelbar neben dem Gemeindeamt liegenden Gasthauses war nicht zu übersehen, ständig machten sich ein paar ausländisch bellende Gestalten am Mauerwerk zu schaffen, von allen Seiten wurde geklopft, gebohrt, gefräst und gehämmert, Kleinlastwägen brachten im Stundentakt Unmengen von Zementsäcken herbei, die ächzend in den Hof geschleppt wurden, und alles sollte noch binnen weniger Tage fertig werden.

„Wie heißt der Wirt?“

„Josef Weinzettl.“

„Ist er verschuldet?“

„Da müssen Sie auf der Bank fragen.“

„Wer zahlt die Renovierung? Die Gemeinde?“

„Es gibt Zuschüsse. Hören Sie, verrennen Sie sich nicht! – Ich habe Ihnen gesagt, ich vermute, daß der Täter von auswärts kommt.“

„Wieso?“

„Na, der Stil.“

„Ach so, der Stil. Naja, einen Stil kann man imitieren, kopieren.“

„Glauben Sie? Tun Sie das auch?“

„Gelegentlich.“ Oje, dachte Spinne. Hatte er sich dadurch weiter verdächtig gemacht?

„Aus Spaß?“

„Aus literarischer Schulung. Zur Schärfung der sich ausdrückenden Sinne. Um durch die Darlegung des Fremden das Eigene zu entdecken und zu bewahren."

„Aha."

Der Bürgermeister schwieg, Spinne dachte nach. Beides schien nicht weiterzuführen.

„Ein politisches Motiv schließen Sie aus?"

„Wo denken Sie hin! Ich bin bei der Bevölkerung überaus beliebt. Die politischen Mitbewerber warten zwar nur darauf, daß irgend etwas bei der Erhebung schiefgeht, doch daß sich jemand von dieser Abteilung etwas Derartiges ausdenkt, kann ich hundertprozentig ausschließen."

„Haben Sie sonst irgendwelche Neider oder Feinde?"

„Mein Gott, Neider hat man immer, wenn man im Rampenlicht steht, aber darüber war ich mir im Vorhinein schon im Klaren, sonst hätte ich mich doch niemals in eine solche Position begeben. Meiner Ansicht nach richtet sich dieser Angriff jedoch nicht gegen mich, sondern gegen alle. Ich stehe nur an der Spitze der Gemeinde, ich bin praktisch eine für alle sichtbare Symbolfigur und offenbar der einzige, dem es der Verfasser zutraut, so eine aberwitzige Summe aufzutreiben."

„Und, könnten Sie das?"

„Unmöglich. Das ist völlig lächerlich."

„Und wie stellt sich das der Erpresser vor?"

„Das steht im dritten Brief. Aber lesen Sie erst den zweiten. Er kam einen Tag später."

Wieder hielt er ihm ein Schreiben vor die Nase, das so aussah wie das erste und auch genauso amtlich archiviert worden war, nur der Inhalt war wesentlich kürzer.

ICH WERDE GENAU AN DEM WICHTIGSTEN TAG IHRES LEBENS ZUSCHLAGEN. ALLE WERDEN STERBEN.

Der Stadtschreiber sah es kurz an, dann ließ er eine Frage los: „Wann haben Sie Geburtstag?"

„Am 14.1. Warum?"

„Weil das der wichtigste Tag in Ihrem Leben ist."

„Quatsch. Natürlich meint er den Tag der Stadterhebung."

„Ihr Hochzeitstag ist auch nicht so wichtig? Würde Ihre Frau dem zustimmen? Sie sind doch verheiratet? Haben Sie Kinder?"

„Hören Sie, Sie sollten bloß die Augen und Ohren offenhalten und mir Ihre Meinung über die Motive des Absenders mitteilen. Ich finde, so schreibt höchstens ein Kind. Oder jemand, der sich als Kind ausgeben möchte."

„Sie meinen die Buntstifte."

„Nein, die ganze Art! Was halten Sie denn von dem Stil?"

Die Diktion des Schriftstücks war zweifellos eigenwillig. Fast keine Rechtschreibfehler, außer in dem Wort „Blöff", doch dieser sah wieder ganz nach Absicht aus. Wollte jemand gerade mit dem „Blöff" bluffen, oder handelte es sich dabei um eine der ganz neuen, nach der reformierten Reform reformierten Rechtschreibregeln? Der Verfasser deklarierte sich eindeutig als ein intelligentes Wesen, er konnte also unmöglich von hier oder aus einem der Nachbarorte stammen, da hatte der Bürgermeister schon recht. Zudem schien ihn ein gewisser Schabernack zu reiten, indem er sich wie ein Einfältiger gebärdete und auf „seine Kosten" verwies. Er zeigte sich bestens informiert, nicht nur über die geographischen Belange, sondern auch über diverse Debatten, die über die kommunalen Einrichtungen geführt wurden, vielleicht hatte er seine Informationen über die fehlende WC-Anlage aber auch aus dem Bezirksblatt, als dessen Leser oder zumindest kurzfristiger Eigentümer er sich zweifelsfrei ausgewiesen hatte.

Und, zur Psychologie jenes seltsamen Verfassers: Wußte er nicht, bei aller Intelligenz, daß er sich durch derlei schalkhafte Andeutungen erst recht der Gefahr aussetzte, nicht ernst genommen zu werden, oder war er sich seiner Sache und der Stärke seiner Drohmittel so sicher? War er zu allem entschlossen? Oder unterschätzte er diesen Hang zur Groteske und die Folgerungen, die man daraus ziehen könnte; oder, und das wog am schwersten, wußte oder ahnte er dies, doch setzte er sich leichthin darüber hinweg, weil er nicht anders konnte? In diesem Fall handelte es sich bei dem Verfasser wohl um einen notorischen, gesinnungsverwandten Fanatiker, der die „Wahrheit" bzw. das Bemühen, einer eigenen Ästhetik, seinem eigenen Stil treu zu bleiben, über jedes andere auch noch so vorrangig angestrebte Ziel stellte. Wenn dem aber so wäre, so würde sich eine solche Haltung auch im Alltagsleben nicht verbergen lassen und dort zu einem vermutlich etwas verkrampften, nach unbedingter Authentizität strebenden Verhalten führen, das dann und wann von einer leicht spöttischen, fallweise zynischen oder humoristischen Bemerkung konterkariert wurde.

Undurchsichtige Verhältnisse

Es galt also erstens, nach so einer Person Ausschau zu halten, zweitens, weitere Merkmale dieses unbekannten Verfassers zu einem möglichst fehlerfreien Täterprofil zusammenzufassen und drittens, jede kleinste Kleinigkeit der Stadterhebungsfeierlichkeiten peinlichst genau zu beobachten, um auch die geringste Gefahr schon im Voraus zu entdecken und die drohende Katastrophe rechtzeitig zu verhindern, damit man dann als der gefeierte Held mit ausbezahlter Belohnung schleunigst das Weite suchen und wieder zu literarischen Höhen überwechseln kann.

Davon wollte er allerdings zu diesem Zeitpunkt lieber noch nichts verlauten lassen, und schon gar nicht gegenüber potentiell Mit-Verdächtigen, über deren Übereinstimmung mit dem noch zu erstellenden Täterprofil er sich erst Klarheit verschaffen müßte, deshalb sagte er in das noch immer auf ihn gerichtete fragende Antlitz des Bürgermeisters ausweichend: „Weiß nicht. Damit muß ich mich erst in Ruhe beschäftigen." Für sich dachte er, der ist schon gut, erst läßt er mich den Brief gar nicht einmal richtig durchlesen, und dann will er eine Blitz-Diagnose, und am besten gleich den Täter am Servierbrett.

Auf diesem brachte der herantrottende Wirt die Sachertorte mit einem entschuldigenden Murmeln, das ungefähr bedeuten sollte, daß die eigentlich bestellte Schwarzwälder Kirsch-Torte entweder nicht vorhanden oder zu Boden gefallen oder sonstwie ungenießbar wäre, wohingegen es sich bei diesem saftigen Schokoladecremekuchen um eine unüberbietbar leckere, köstlich frische und überdies mit Schlagobers neckisch verzierte Delikatesse ersten Ranges handelte.

„Und wie sollen Sie das Geld auftreiben?"

In dem dritten Schreiben, das er ihm jetzt nicht zeigen wolle, denn es lasse keine weiteren Rückschlüsse auf den Absender zu, hätte dieser „das Schloß“ ins Spiel gebracht. Das sich im Privatbesitz befindende Schloß stand schon seit einiger Zeit zum Verkauf. 250 oder gar 300 Millionen würden die Eigentümer verlangen.

„Ist das nicht ein bißchen viel, auch für ein Schloß?“

„Sie sollten es einmal von innen sehen.“

Das hatte er ohnedies vorgehabt. „Erstklassig renoviert?“

„Vom Feinsten.“

Im Vorbeifahren hatte er hinter ein paar Bäumen nur die prunkvolle Fassade und den Schloßpark durchschimmern sehen, und weiter hinten einen Teich.

„Und jetzt stellt er sich vor, Sie kaufen es für die Gemeinde und haben dann das nötige Kleingeld parat?“

„So ungefähr. Er hat sogar einen Nutzungszweck vorgeschlagen. Das ganze ist völlig illusorisch.“

„Weil Sie dazu einen Gemeinderatsbeschluß brauchen.“

„Nicht nur das. Das Land müßte den Großteil der Summe zahlen. Selbst wenn wir den Landeshauptmann überzeugen könnten und selbst wenn das Geld vorhanden wäre, würde es Monate dauern, bis wir überhaupt eine Zusage erhielten. Und was würde nachher passieren? Nein, ausgeschlossen. Völlig undenkbar.“

„Aber Sie könnten, rein theoretisch, ein Schriftstück über den von der Gemeinde geplanten Ankauf des Schlosses verfassen, dieses mit Ihrer Unterschrift und Ihrer Stampiglie versehen und damit zur Bank gehen. Dort würde man Ihnen doch sicher das Geld geben?“

„Auf diese Idee ist der Erpresser Gott sei Dank noch nicht gekommen. Aber auch das wäre, rein theoretisch betrachtet, sehr gefährlich und nur von kurzer Dauer. Die Bank muß sich eine Kredit-Summe dieser Höhe von der Zentrale absegnen lassen; irgend jemand würde bei der Landesregierung rückfragen. Ich müßte eine Rentabilitätsrechnung und einen Finanzierungsplan erstellen, und was glauben Sie, wie schnell sich so etwas herumspricht! Binnen weniger Tage wäre nicht der Erpresser, sondern ich im Knast. Auch rein theoretisch gesehen wäre das reinster Hasard, und in der Praxis würde ich so etwas um keinen Preis der Welt machen.“

„Nicht einmal um den Preis von 5.000 Menschenleben?“ bohrte der Stadtschreiber weiter, ohne irgendein Ziel damit zu verfolgen. Als Antwort erhielt er ein Seufzen und den selben Gesichtsausdruck, mit dem der Bürgermeister die Unterredung begonnen hatte.

„Aber Sie könnten es *vorgeben*, daß Sie auf diese Weise das Geld beschaffen wollen“, setzte Spinne noch einmal nach. „Angenommen, man könnte damit Zeit gewinnen...“

Der Bürgermeister kaute an seiner Sachertorte, der Stadtschreiber an seiner eigenen Idee.

„Nehmen Sie da nicht viel vorweg?“ fragte der Bürgermeister.

„Vielleicht. Aber es geht darum, dafür gerüstet zu sein, falls dieser Fall eintritt.“

Mißtrauisch sah ihn der Bürgermeister an. Ist er ein Prophet, oder was? Kann er sich so gut in den Erpresser einfühlen, weil er selber einer ist? Oder will er sich, *weil* er der Erpresser ist, nur Klarheit über meine Möglichkeiten verschaffen? Will er mir klarmachen, daß ich, wenn ich nicht das scheinbar Unmögliche versuche und dabei meinen Ruf, mein Amt und meine ganze Existenz aufs Spiel setze, leichtfertig das Leben von mehr als 5.000 Einwohnern (der Untergrenze für eine zu erhebende Stadt) riskiere? Mißmutig formte er mit dem Löffel aus dem Schlagobers kleine Heuhäufchen und placierte sie dann in einer geometrischen Linie, die auf der zerfurchten, schwarzbraunen Kraterlandschaft die allmählich abbröckelnde Spitze des Tortensegments ansteuerte.

Der Stadtschreiber wußte selbst nicht, worauf er hinauswollte. Wie so oft hatte er nur den Faden einer Möglichkeit so weit vorangetrieben, wie weit dieser eben reichte. Hätte er ihn vorher abgeschnitten, ohne ihn zu Ende zu spinnen, so hätte dies ein unbefriedigtes Gefühl hinterlassen. Daß zufällig ein anderer anwesend war, dem dabei zumute war, als ziehe sich dieser Faden um seinen Hals zusammen, darauf konnte er keine Rücksicht nehmen. Im Gegenteil, er hatte das Gefühl, genug zu wissen und dem anderen zumindest den Eindruck seiner Kompetenz vermittelt zu haben. Es war halb vier, das Mittagessen konnte man längst als beendet betrachten; höchste Zeit, daß der Bürgermeister zahlte – denn das würde er doch hoffentlich, nachdem er nun gewissermaßen in seinem doppelten Dienst stand.

Auch der Bürgermeister schien erleichtert, daß dieses Gespräch, das beinahe schon in die Richtung eines Verhörs tendiert hatte, zu einem Ende fand. Mit gequältem Lächeln verabschiedete er sich, ungewiß, ob er nun einen Bundesgenossen gewonnen oder einem potentiellen Gegner zuviel verraten hatte.

Ein wichtiges Örtchen

Der Stadtschreiber trat in das grelle Sonnenlicht, stieg ins Auto und fuhr zu seiner Wohnung. Dort angekommen, setzte er sich auf die Terrasse und blickte den Segelbooten nach, die auf dem See kreuzten, mitsamt ihren gehorsamen Spiegelbildern, die sie hinter sich herzogen.

IN DER NÄHE DER STELLE, WO MAN SCHON LÄNGST EINE WC-ANLAGE BAUEN HÄTTE SOLLEN...

Woher hatte der Schreiber diese Informationen? Was wollte er mit dieser rechthaberischen, schulmeisterlichen Wendung zum Ausdruck bringen? Gut, er wußte, daß neben der verwaisten Bahnstation auch schon mehrmals das vernachlässigte Strandbad und hier besonders das Fehlen einer Toilettenanlage kritisiert worden war. Er wußte dies vielleicht von einer Bürgerversammlung oder aus der Bezirkszeitung, wo man darüber berichtet hatte. Gab es in seinen Augen nur *eine* Stelle, wo dies möglich wäre? Wollte er diese Stelle auf diese Weise vorschlagen, oder hatte er – oder jemand anderer, und er war dabei – sie bereits einmal vorgeschlagen? War er etwa ein Experte für Installationsfragen und Kanalbau? Der Alt-Bürgermeister fiel ihm ein (denn der hatte die Kanalisation in die Wege geleitet) und die Kläranlage, mit ihrem eindeutigen Geruch. Woher bezog der Ort eigentlich sein Trinkwasser? Wie könnte man, außer alles in die Luft zu sprengen, denn noch am leichtesten eine Massenhinrichtung begehen? Das Wasser und die Luft. Beides sollte möglichst rein sein, denn beides wird von allen gebraucht. Und die Nahrung. Kein Gift im Wasser, kein Zyklon B in der Atemluft, möglichst kein Arsen in den Kipferln.

Konnte der Erpresser annehmen, daß auch andere diese (einzige?) Stelle kannten, an der es – aus kanaltechnischen oder vielleicht sogar aus ästhetischen Gründen – möglich und erforderlich war, eine Toilettenanlage zu errichten, oder wollte er die anderen mit dieser Aussage zu dem selben Schluß führen?
...WO MAN SCHON LÄNGST EINE WC-ANLAGE BAUEN HÄTTE SOLLEN...

Er hatte nicht geschrieben: WO MAN SCHON LÄNGST EINE WC-ANLAGE BAUEN *HATTE WOLLEN*, sondern WO MAN SCHON LÄNGST EINE WC-ANLAGE BAUEN HÄTTE *SOLLEN*. Aus der objektiven Darstellung eines Sachverhalts erhebt sich ein moralischer Kodex, ein Vorwurf, eine Forderung. Neutral wäre gewesen: WO MAN EINE WC-ANLAGE BAUEN *WOLLTE*. Er aber schreibt: SCHON LÄNGST und bringt damit verdeckt zum Ausdruck: Wie oft hat man oder habe ich euch – vergeblich – darauf aufmerksam gemacht! Wann hört ihr denn endlich? Nun müßt ihr für viele Versäumnisse büßen, für mein ganzes Unglück...

...WO MAN SCHON LÄNGST EINE WC-ANLAGE BAUEN HÄTTE SOLLEN... wiederholte Spinne. Diese Formulierung, die eher dem Stil eines Leserbriefs entsprach, ließ ihn nicht los; sie schien der Schlüssel oder wenigstens *ein* Schlüssel zur Psyche des unbekannten Verfassers zu sein. Diese Wendung klang beinahe so, als wäre mit der sofortigen Errichtung eines WCs bereits ein Hauptteil der Forderungen erfüllt und er nähme es dann mit den läppischen 300 Millionen, die noch fehlten, nicht mehr ganz so genau. Sollte man die Probe aufs Exempel machen? Ließ er sich auf diese Weise aus der Reserve locken? Wenn man binnen weniger Tage jahrhundertelang verstaubte Fassaden erneuern, Parkplätze bauen, Bäume fällen oder setzen konnte, dann vermochte man sicher auch binnen einiger Tage eine grundsolide, den Bedürfnissen der Badenden wie den eines Erpressers entsprechende Anstalt auf dem von ihm angegebenen Ort zu errichten, und sei es nur probeweise.

Aus welchem Grund gab es nur eine einzige Stelle? Wegen der Lage der Zu- oder Ableitungen? War der Erpresser ein Pedant? Ein Neurotiker, einer mit Wasch- oder Sauberkeitszwängen? Ein Perfektionist? Störte ihn die Abwesenheit eines WCs deshalb, weil er sich selbst oft im Strandbad herumtrieb, oder weil er es einfach haßte, daß etwas, das dasein sollte, fehlte; insbesondere, wenn sein Vorhandensein schon (mehrmals) öffentlich gefordert wurde? Wollte er – so paradox es klingt – den Gemeindebewohnern noch einen letzten Gefallen tun, bevor er sie ins Jenseits beförderte?

Fragen über Fragen, mit denen Spinne letztlich allein blieb. Wieso habe ich nicht jemanden, seufzte er, der mich bei meinen Ermittlungen unterstützt! Eine Frage führte nicht zu einer Antwort, sondern nur zu einer Reihe weiterer Fragen. Eine unendliche Interrogativ-Kette. Und gab es eine Antwort, wie konnte man sicher sein, daß sie richtig war? Fragen, nichts als Fragen. Als hätte er in seinem sonstigen, durch kein kriminalistisches Rätsel angereicherten Dasein, das er ohnedies ständig in Frage stellte, nicht Fragen genug!

Der Bürgermeister hatte das Problem, ob es wirklich nur eine einzige Stelle gäbe, die sich für die Errichtung einer Bedürfnisanstalt als geeignet erwiesen hätte, so beantwortet, daß dies zwar nicht ausgesprochen, aber unausgesprochen festgelegt wäre, schließlich sei das Strandbad ja nicht riesengroß, es müsse ein Ort sein, der zwar nicht im Zentrum des Blickfeldes läge, doch jederzeit allen leicht zugänglich sein müsse, und er hätte keinerlei Zweifel, zu welchem Papierkorb – von denen es überdies gar nicht so viele gebe – er laut Anweisungen zu gehen habe, um weitere Anweisungen zu erhalten, wo er das geforderte Geld, die erste Teilsumme, hinterlegen sollte, wobei es ganz und gar nicht feststehe, ob er dieser Aufforderung auch in der Tat nachkommen werde, da dies erst mit der Polizei abgesprochen werden müßte.

Ein begabter Kollege

Und hier taucht plötzlich – nein, nicht jenes höhere Wesen auf, das wir verehren, sondern jenes Wesen, das uns aus unzähligen Kriminalromanen oder anderen Geschichten ähnlicher Provenienz so vertraut ist, diese Figur, die sämtliche Erhebungen begleitet und kommentiert, die mitermittelt und mit-recherchiert; es betritt die Bildfläche: der Hilfssheriff.

Der Hilfssheriff war etwas dämlich, d.h. er konnte unmöglich aus diesem Ort oder einem seiner Nachbarorte stammen.

Etwas an ihm kam Spinne seltsam bekannt vor, hatte er dieses Exemplar nicht schon einmal gesehen oder wenigstens erdacht?

Seine Stimme klang vertraut, oder war es die Art, in der er sich heranschlich und wie selbstverständlich auf seine Daseinsberechtigung pochte?

Ein wenig erinnerte er an den Gemeindevorstand, zumindest verstand er es ebensogut, entrüstet zu pfauchen und korrekt zu hüsteln.

Doch vielleicht täuschte er sich da. Möglicherweise war sein rückblickendes Gedächtnis im Begriff, sich Schritt für Schritt zu trüben, in dem selben Ausmaß, in dem seine vorausblickenden Visionen Wirklichkeit wurden, wie die plötzliche Bedrohung durch einen unheimlichen, wenn auch kurios formulierenden Erpresser bewies.

Aber wer weiß, ob diese Unterredung mit dem Bürgermeister überhaupt jemals stattgefunden hatte, vorhin oder damals oder jetzt oder in der Zukunft oder nie!

Die kommunale Wasserversorgung, erläuterte der Hilfssheriff, werde durch ein eigenes Trinkwasserleitungsnetz gewährleistet, nur ein paar Bauern in Randlagen hätten noch eigene Brunnen oder Quellen, aus denen sie ihr Wasser beziehen. Durch eine Verseuchung des Trinkwassers könnte man also *fast* alle erledigen, jedoch nicht alle. Abgesehen davon, daß auch niemals alle zur gleichen Zeit trinken.

„Danke, Sie können wieder gehen. Abtreten“, scheuchte Spinne den vorhandenen oder nicht vorhandenen Adjutanten fort. „Ich rufe Sie schon, wenn ich Sie wieder brauche.“

„Zu Diensten, immer zu Diensten“, hörte man es noch, allmählich verklingend, flüstern; die unversehens herbeigewünschte Hilfskraft hatte sich wunschgemäß entfernt und hielt sich für weitere Routineerkundigungen in respektvoller Entfernung bereit.

(Allerdings war sich Spinne nicht sicher, ob der Hilfssheriff anstelle von „Zu Diensten“ nicht „Oder umgekehrt“ gesagt und dazu gekichert hatte; jedenfalls erhärtete sich im Zuge der retrospektiven Ermittlungen dieser Verdacht. Vielleicht hatte Spinne nur diese Antwort gehört, weil er diese und nur diese Antwort hören *wollte* und sie gewissermaßen durch seine Erwartung Wirklichkeit werden ließ, und jene andere, das Gegenteil ausdrückende Antwort, daß nämlich er der Adjutant des Hilfssheriffs sein könnte, lag so gänzlich außerhalb seiner Denkmöglichkeiten, daß er ihr den Eintritt in sein Innenohr und somit in seine Wahrnehmung glatt verwehrte; das stellte er jedoch, wie erwähnt, erst zu einem späteren Zeitpunkt fest, als er mit dem zwiespältigen Charakter dieses ihn von nun an umgebenden Adjutanten besser vertraut wurde – für den Moment blieb ihm nur eine leise Ungewißheit in Erinnerung, ob er sich nicht vielleicht verhört haben könnte, die er aber keinesfalls laut werden lassen wollte).

SCHLIESSLICH HABE ICH JA KOSTEN.

Neben der unverdeckt humoristischen Absicht steckte hinter so einer Aussage vielleicht auch ein wenig der Wunsch nach Verständnis. Der Schreiber weist auf seine (schwierige) Lage hin. Eigentlich, so meint man zu lesen, wolle er gar nichts Verbrecherisches tun, aber er müsse es. Indem er Verständnis für den Bürgermeister beweist, der so viel Geld nicht auf einmal beschaffen kann, fordert er, ersucht er um Verständnis für sich und seine Situation. Worin seine Kosten wohl bestehen? Wohl kaum in den Briefmarken. Eher machen ihm die Vorbereitungen zu schaffen. Die Bereitstellung jener tödlichen Substanz, wie immer diese auch beschaffen sein mochte. Die Kosten – unter Umständen auch als Synonym für den Aufwand – einer etwaigen Beschattung des Bürgermeisters, um zu überprüfen, ob sich dieser auch wahrlich gemäß seinen Anweisungen verhält. Kosten für irgendwelche Komplizen – vielleicht handelte es sich um eine ganze Bande? Oder Bestechungsgelder, damit das Amtstelefon abgehört werden konnte, simple Fahrtkosten vielleicht. Auf jeden Fall meint man die Mühe herauszuhören, die so eine Aktion bereitet; viel lieber würde der Schreiber ohne Aufwand zu den 300 Millionen kommen oder wenigstens sein WC am richtigen Örtchen stehen sehen. Warum macht ihr es mir immer wieder so schwer, scheint er zu klagen und versteckt seine Frustration in einer Formulierung mit Galgenhumor, so könnte man interpretieren, insbesondere, wenn man an das Körnchen Wahrheit glaubt, das in jedem Scherz steckt.

...IST NICHTS AUSSER EINEM PAPIERKORB

Er könnte auch schreiben: IN DER NÄHE DER STELLE ... *IST* EIN PAPIERKORB. Das hätte den selben Informationsgehalt. Wieso schreibt er IST NICHTS AUSSER? Einerseits verweist er damit doppelt auf das seiner Ansicht nach so sträflich Fehlende, nämlich die WC-Anlage, andererseits zeigt sich hier wieder sein Hang zum Lakonischen. Wenn man den Satz langsam spricht und nach „nichts" aufhört oder sich einen Punkt denkt, dann wird der Sarkasmus noch deutlicher: An der Stelle, wo etwas sein sollte, ist nichts. Ist dies nicht auch als existentielle Botschaft lesbar? Legt uns der Verfasser mit dieser – auf ihren Kern reduzierten – Aussage nicht auch seine Philosophie auf den Tisch? Deklariert er sich dadurch nicht als – Intellektueller sowieso, aber als Existentialist, als Fatalist, als Pessimist? Er gehört zu denen, die sagen: Das Glas ist halb leer. Oder aber sogar: Wenn es je ein Glas gegeben haben sollte und wenn je etwas drin gewesen wäre, dann kann der Inhalt nur schädlich, wertlos oder ohne jegliche Bedeutung gewesen sein, denn was für eine Bedeutung sollte ein nicht oder nicht mehr vorhandener Inhalt schon haben? Im Prinzip gibt es für ihn nur das Nichts, er ist also Nihilist im strengsten Sinn. Darum hat er vermutlich auch keine Schwierigkeiten mit der Auslöschung von Leben, für ihn muß jedes einzelne Leben bloß eine Anhäufung von unzähligen Sinnlosigkeiten und Nichtigkeiten darstellen; Buddha läßt grüßen. Er ist als Suchender enttäuscht. Dort, wo ich etwas finden wollte, ist nichts. Es ist NICHTS. Es gibt NICHTS.

Auffallend auch das Motiv der russischen Puppe: Im Papierkorb ist eine Zeitung, in der Zeitung ist ein Brief, im Brief ist nicht etwa die Lösung, sondern nur der Hinweis, wo möglicherweise ein weiterer Hinweis auf eine Lösung zu erwarten ist. Dies erinnert wiederum an die griechische Mythologie, das Labyrinth. Der Held muß erst eine Probe bestehen, bevor er den Schatz, den Ausgang findet. Erst dann bekommt er die Prinzessin zur Frau. Der Verfasser malt ein beklemmendes, kafkaeskes Bild, ein Abbild unserer Zeit, unserer Welt: Alles ist unendlich kompliziert, unendlich mühsam, verworren, verwickelt, unlösbar. Diesen Irrweg, diese gleiche, offenbar von ihm durchlittene Last bürdet er in sadistischer Weise nun seinem Opfer auf, an dessen Macht- und Hilflosigkeit er sich, allein in der Vorstellung schon, weidet. Er wird zum Mächtigen, indem er andere zu Handlangern, zu bloßen Ausübenden seiner Anordnungen degradiert und diesen anderen noch als zusätzliche Strafe die absolute Sinnlosigkeit jeglichen Tuns vor Augen führt. Er braucht die Erniedrigung der anderen, um über seine eigenen Komplexe hinwegzusehen. Ja, so einer ist das!

Ein Karriere-Sprung

Der Stadtschreiber war überzeugt, es bei dem Erpresser mit einem Philosophen zu tun zu haben. In dieses Bild paßte auch der zweite Brief. ALLE WERDEN STERBEN. Konnte man gegen die unumstößliche Richtigkeit und Wahrheit dieser Feststellung irgend einen Einspruch erheben? Nicht einmal eine Drohung schien nötig, es genügte, dem Empfänger als Repräsentanten einer kleinen Gemeinde, und dieser als Repräsentanz der ganzen Menschheit mit klaren, archaischen Worten die Vergänglichkeit jeglichen irdischen Wesens vor Augen zu führen. Jene einfache Grundtatsache, die wir so leicht und oft vergessen. Stand nicht neben diesem Satz ein unsichtbarer zweiter, ein warnender Zusatz, der lautete: Bedenkt dies, bei jedem Handeln? Nein, es hieß: ICH WERDE GENAU AN DEM WICHTIGSTEN TAG IHRES LEBENS ZUSCHLAGEN. Doch der Schreiber ließ offen, womit und gegen wen. Es klang, als ob der Tod selbst am Wort wäre und – ausnahmsweise – eine präzise datierte Warnung ausspräche und – ganz ausnahmsweise – sogar einen Aufschub für den letzten, unausweichlichen Akt im Lebensdrama in Aussicht stellte. Der wichtigste Tag konnte, rein aus formalen literarischen wie auch aus philosophischen Gründen, für jeden, der etwas mehr in die Tiefe zu blicken vermochte, nur der Tag der Geburt sein, nichts konnte diesem an Wichtigkeit gleichkommen, nahm doch alles erst von diesem oft in seiner Bedeutung unterschätzten und verniedlichten Datum seinen Ausgang. Ein einfacheres Gemüt konnte freilich auch einen in der Folge dieser Kette von Lebenstagen zu künstlicher Bedeutsamkeit hochgepäppelten Tag und somit auch den der

Stadterhebung als „wichtigsten“ erblicken. Man mußte also in dieser oder jener Richtung wachsam sein. Doch ein Philosoph, ein Weltverbesserer, ein Pädagoge, als der sich der Erpresser in zunehmendem Maß zu erkennen gab, würde wohl eher auf transzendentale Bezüge anspielen, noch dazu, wenn es sich um einen Ästheten handelte, der das Gebot der Symmetrie befolgte, indem er diese zwei Sätze mit einem immanenten, diametral gegenüberstehenden Gegensatzpaar wie eben Geburt und Tod, Leben und Sterben schmückte.

Er verwendete zwar die in Erpresserbriefen geläufigen Floskeln und Drohungen, aber nur *der Form halber*, ohne von ihnen überzeugt zu sein, gewissermaßen zur Sicherheit, daß sein Schreiben auch tatsächlich ernstgenommen werde, und insofern legte er Wert darauf, daß es den formalen Ansprüchen eines Erpresserbriefes genügte, mitsamt der darin enthaltenen Drohung und der Entschlossenheit, diese Drohungen wahrzumachen. Wirklich überzeugt ist er nur von sich und von seinen eigenen Fähigkeiten, die ihm das Gefühl vermitteln, immer einen Schritt voraus zu sein und die Kontrolle über die Ereignisse zu haben. Ob er aber darüber hinaus die nötige Härte und Verworfenheit besaß, seine Drohungen wirklich in die Tat umzusetzen, war fraglich. Vermutlich langweilte ihn die mechanische Ausübung eines angekündigten Vorhabens, vermutlich haßte er die Routine; anscheinend sonnte er sich in seiner vermeintlichen Überlegenheit und feierte deren Aufblühen im illusionären Glanzlicht seiner Phantasie.

Ein verhinderter Pädagoge also, ein neurotischer Weltverbesserer, mit einem unverkennbaren Hang zum Zynismus. Wie konnte man ihn entlarven?

Irgendwo, in einem dieser Häuser, sitzt ein bösartiger Mensch, dachte Spinne, klug, aber bösartig und zynisch, mit bösen Absichten. Wie sollte er ihn finden?

Zynische Menschen findet man am ehesten im Schachclub. Intelligent sind sie meistens ebenfalls, auch wenn sich diese Fähigkeit oft nur auf einem quadratischen, schwarz-weiß-gemusterten Feld offenbart, über dem sie stundenlang brüten, um dann den Gegenübersitzenden mit einer verächtlichen Bemerkung zu einem fatalen Fehler zu verleiten suchen.

Zufällig (oder aus Vorsehung?) erhielt der Stadtschreiber am gleichen Tag, es war der 4.9., eine elektronische Post, in der sich der Absender als gewissermaßen der einzig rechtmäßige und ernstzunehmende Betreiber einer offiziellen Neumarkter Web-Seite zu erkennen gab, die sich zwar aus dem örtlichen Schachclub entwickelt habe, nun aber praktisch alles beinhalte, was in der Stadt der Zukunft Rang und Namen habe. Gleichzeitig sprach der Schreiber auch eine Einladung aus, auf dieser Seite zu stöbern, zu verweilen, querzuverweisen, über sie zu berichten oder selbst, sofern man dies wünsche, als Person ebendort, im lokalen Schachclub, vorstellig zu werden.

Nein, merkwürdigerweise sprach der Schreiber diese Einladung nicht aus, wiewohl sie Spinne hören oder lesen hatte wollen, ja, es war ihm, als hätte er sie wirklich gelesen. Doch der Leiter des Schachclubs, ein gewisser Dr. Kern, Aufsichtsratvorsitzender der gleichnamigen Consulting- und Management AG, schien einen virtuellen Besuch dem tatsächlichen vorzuziehen, vielleicht zog er generell ein virtuelles Leben seinem tatsächlichen vor.

Der lokale Schach-Club, hieß es, mache gerade eine Krise durch. Man könne kaum noch richtig spielen, immer weniger Leute kämen, und eine Mannschaft für die Meisterschaften zusammenzubringen werde von Mal zu Mal schwieriger.

Allerdings mußte der Schachclub dereinst auf die Umgebung einen beträchtlichen Einfluß genommen haben, zumal einer der Nachbarseen sogar *Mattsee* getauft wurde!

Jakob Spinne, der selbsternannte Chef-Ermittler, träumte nun fast jede Nacht die Ergebnisse seiner Erhebungen. Er muß zu einem Wettkampf antreten; Eiskunstlauf. Doch auf der Eisfläche sind überall kleine Misthaufen angebracht. Als er näher hinsieht, erkennt er, daß es sich um Holzstäbe handelt, die zu Buchstaben geformt sind. Seine Aufgabe besteht darin, darüber zu springen oder durch sie durchzufahren. Einmal, als er zu einem besonders tollen Sprung ansetzt und wieder am Eis aufkommt, bricht es ein, er landet im Wasser, das Wasser wird tief, das Eis verschwindet, er ist in einem Ozean, der Ozean wird zu einem Trichter, der Trichter zieht ihn nach unten, dabei balanciert er auf einem Surfbrett, wird aber immer tiefer von dem Strudel nach unten gezogen, bis ihn schließlich eine Hand am Schopf packt und weit nach oben, in den Himmel schleudert. Also steht er vor dem Höchsten Richter, wieder in der Eislaufhalle, die rund um den Wallersee aufgebaut ist. Die Preisrichter geben ihm nur ganz erbärmliche Noten. „Sie mieser, kleiner Erpresser", sagt der letzte Preisrichter, es ist der Bürgermeister. Sein Trainer, der Hilfssheriff, sitzt auf einer Bank, ist entsetzt, doch als der Stadtschreiber kurz wegblickt, freut er sich, lacht sich ins Fäustchen; falscher Kumpane.

Casting

Nein, das stimmte nicht, daß es keine ernsthaften weiteren Verdächtigen gab. Bei näherer Betrachtung zeigte es sich, daß er bereits auf einige Verdächtige gestoßen war.

Ein Lokal, auf dem schon außen draufstand „Gasthof mit eigener Fleischhauerei", war ohnehin reichlich suspekt, zumindest für jeden Vegetarier. Ganz abgesehen von dem Wirt, der nicht allein durch doppelten Nachwuchs auffiel, sondern auch durch seine besondere Affinität zur Farbe Grün, wie sein Kellnertuch bewies. (Daß die Fassade ausgerechnet in blau restauriert wurde, entlastete ihn keineswegs – vielleicht stellte dies gerade eine besonders heimtückische, strategische Tarnung dar).

Der Consulting & Management-Webportalbetreiber mit schwarzweiß-karierten Brettspiel-Ambitionen zählte als virtueller Konkurrent der Gemeinde sicher ebenfalls zu dem in Frage kommenden Täterkreis.

Der Inhaberin der Wäscherei konnte man den fachgerechten Umgang mit Chemikalien und das Wissen um ihre potentiell letalen Nutzungsmöglichkeiten unschwer nachweisen. Sie hieß Johanna Schmutz – deshalb lautete auch ihr Werbespruch folgerichtig: „Schmutz macht sauber".

Herr GUSCHLBAUER erschien samt seinen SCHAUMROLLEN allein wegen seiner Vorliebe fürs Grellbunte verdächtig.

Auch jenen anderen Erhebungs-Gegner, der offiziell verkündete, er werde in seinem Heim die Republik ausrufen, wenn sich Neumarkt tatsächlich zur Stadt erheben lasse, mußte man zu den

Tatverdächtigen rechnen. Zudem war er Journalist, und als solcher zählte er laut dem zu erstellenden Täterprofil zu jenen Personen, die berufsbedingt einen täglichen Umgang mit Sprache und Schrift pflegten; vielleicht war er sogar auf der Suche nach einer Sensationsstory, die er als erster enthüllen könnte, vielleicht hatte man ihn, der sich zweifellos für einen wichtigen Impulsgeber bezüglich sämtlicher örtlicher Entwicklungsmöglichkeiten hielt, sträflich übergangen?

Weiters hätten wir: einen Gemeindevorstand, der sich als Hilfssheriff tarnte oder umgekehrt. Ganz zu schweigen von einem leidgeprüften Buchhändlerehepaar, das halb im Jenseits wohnte, im Diesseits jedoch fragwürdige Orientierungshilfen wie Spielwaren, Faschingsmasken und Wanderkarten unter das Volk brachte.

Und dann wäre da noch eine Gemeindebedienstete in gehobener Stellung...

In gehobener Stellung *oder:* ***Eine adrette Souffleuse***

Bei der Gestaltung ihres äußeren Erscheinungsbildes hatten sich die höheren Hersteller mächtig ins Zeug gelegt. Die Baubehörde untermauerte ihren Sinn für eine ausgewogene Formgebung und protzte mit Üppigkeit auf den bereitwillig zur Verfügung stehenden, wogenden Flächen.

Es war die selbe Person, die auch vom „Negerdorf" gesprochen hatte und dem Gemeindevorstand dadurch zu einem Hustenanfall verhalf. Und natürlich war sie es gewesen, die Spinne darüber aufklärte, was unter einer TMK zu verstehen ist.

Zudem hatte sie gesagt: „Drei Tage soll es regnen", sie meinte offenbar in den drei Tagen während der Stadterhebungsfeierlichkeiten, „Drei Tage", bekräftigte sie, „ununterbrochen."

„Warum?" fragte Spinne.

„Einfach so. Dann werden wir alle naß." Nicht unbedingt ein Fan der Erhebung.

Wieso die Erhebung denn überhaupt für drei Tage anberaumt worden wäre, wollte er wissen.

„Na, am 24.9. feiern *alle*, denn da ist Rupertitag, der Tag unseres Landesheiligen." Sie meinte die anderen Gemeinden, die ebenfalls zur Stadt erhoben werden sollten. „Wir fangen früher an, damit wir nicht untergehen. Wir feiern eben schon am 23., und dann feiern wir drei volle Tage durch, das machen die Leute ohnehin am liebsten."

Die anderen Gemeinden! Ein Racheakt. Wer sich so in den Vordergrund schiebt, nicht gemeinsam feiern will und uns die Show stiehlt, soll büßen. Ein einziger Irrer dort genügt, die Eifersucht macht ihn blind vor Wut, vielleicht fühlt er sich noch dazu persönlich gekränkt, also will er „denen da" die Feier gründlich verderben.

Jeder Ort in der näheren Umgebung schien ohnehin vom Feierlichkeitsfieber angesteckt, keiner wollte auf einem Nebengeleise landen. In Köstendorf hatte er schon um den 2. September herum nur beflaggte Häuser gesehen. Dort gaben sie vor, es stehe „500 Jahre Gemeinde" auf dem Spielplan und hatten ihre Feiern einfach noch weiter vorgezogen. Niemand wollte zurückstehen. Schon las man im Bezirksblatt drohend die Schlagzeile: Auch Oberndorf will Stadt werden!

Gut, das konnte man auch zum touristischen Selbsterhaltungstrieb zählen, das fiel nicht unbedingt unter den Tatverdacht der gefährlichen Drohung, eher unter den einer Notwehr-Affekthandlung im Seitenblicke-Milieu – doch sich dezidiert in der Öffentlichkeit drei Tage Regen zu wünschen, und das ausgerechnet während der Feierlichkeiten...

In Schleedorf, beispielsweise, wurden diese vorgezogenen Konkurrenzfeierlichkeiten höhererseits erbarmungslos gesühnt: mit Dauerregen. (Wer sich den wohl gewünscht hatte?)

Mit einer weiteren Bemerkung war die Gemeindebedienstete gehobener Stellung aufgefallen: „Vergessen Sie auf die Wirtschaft nicht", hatte sie nachdrücklich empfohlen, „Hören Sie sich bei denen um. Wer auf die Wirtschaft vergißt, geht am Entscheidenden vorbei", wiederholte sie und verwies so auf ihre möglichen Verflechtungen mit den führenden Persönlichkeiten aus Handel, Gewerbe und Industrie. Spinne sah sie von der Seite an und blinzelte: „Ich weiß. Den Buchhändler kenne ich schon, samt Haus und Hund."

Eine ersehnte Erscheinung oder: *Kurven mit Ecken*

Jedes Mal, wenn Spinne kurz im Gemeindeamt vorbeischaute, um den gestreßten Gemeindevorstand zu besuchen oder den Kopierer lahmzulegen, war sie zur Stelle und tauchte unversehens auf, obwohl ihr Büro zu ebener Erde lag und nicht im ersten Stock wie das von Bürgermeister und Gemeindevorstand. Einmal stapfte sie ehrfurchtgebietend in einem rosa Dirndlkleid an ihm vorbei; vielleicht um sich gegenüber allen „Negern" wirkungsvoll abzugrenzen? Ein anderes Mal winkte sie ihn zu sich in ihr Büro, um ihm den dahinterliegenden Trauungssaal zu zeigen, für den sie sich als zuständig auswies.

Lange, schwarze Haare umsäumten ihr Gesicht, in dem dunkle, verführerische Augen aufblitzten, braun mit einem grünen Stern, der darin funkelte. Wenn sie nicht gerade in Landestracht einherschritt, bewegte sie sich geschmeidig und anmutig, sie schwebte durch die Räume, würdevoll; eine Schönheit, deren Reize man freilich erst auf den zweiten Blick entdeckte. Ansonsten hüllte sie sich in eine leicht unterkühlte, distanzierte Atmosphäre und verstärkte diesen Eindruck noch, indem sie vorzugsweise spitze Bemerkungen von sich gab oder nur in Andeutungen oder halben Sätzen sprach, deren zweite Hälfte man sich zusammenreimen durfte. Eine Hobby-Pädagogin, die Hausaufgaben verteilte?

Würde sie jemandem einen Heiratsantrag machen wollen, dann würde sie vermutlich sagen: ‚He du, in meinem Familienalbum wäre noch ein Platz frei.' Ihre Worte flossen nicht geradewegs heraus aus ihrem zweifellos elegant geschwungenen Mund, sie nahmen eine kleine Kurve, bogen unvermittelt ab, als ob der Inhalt dieser Worte ungeduldig auf einen anderen dahinter versteckten Inhalt hinweisen müßte, den man gefälligst entdecken sollte.

Spinne argwöhnte allerdings, daß sie ihn mit ihrem Verhalten ärgern oder provozieren wollte. Sie versuchte, ihn aus der Reserve zu locken, sie stichelte. Fühlte sie sich vielleicht durch seine Selbstsicherheit gestört, die ihm selbst fehlte? Die er so gekonnt vortäuschte, weil sie ihm fehlte?

„Jakob Spinne? Was ist denn das für ein Name!" hatte sie gleich bei ihrer ersten Begegnung verächtlich gepfaucht.

„Manche sagen auch *Jack* zu mir.“ Eine glatte Lüge. Das wollte er vielleicht, doch niemand tat es. Jakob klang viel zu altmodisch, ein flottes ‚Jack‘ hätte ihm einen fremdländisch interessanten Markencharakter verliehen, der ihm seiner Meinung nach zustand; die meisten blieben indes bei dem einprägsameren ‚Spinne‘. Aber man sollte die Hoffnung nie aufgeben, irgendwer mußte ja der erste sein.

„Tschek? Mh. Jack? Hat nicht ein Frauenmörder so geheißen?“

„Einer? Fast alle. – Und, wenn ich Sie so ansehe... Man weiß nie, was alles passieren kann.“

„Schöne Aussichten.“

„Genau. Und? Wie heißen Sie?“

„Désirée.“

„Und wie noch?“

„Heidenreich. Tja. Ein komischer Name, nicht? Ich muß mich auch erst daran gewöhnen. Ich habe erst vor kurzem geheiratet.“

„Gratuliere. Naja, kein Wunder, wenn Sie täglich Anschauungsmaterial vor Augen haben. – Wie haben Sie denn vorher geheißen?“

„Hebenstreit.“

„Das ist schon ein gewaltiger Schritt...“

„Désirée Hebenstreit.“

„Den Vornamen durften Sie doch immerhin behalten. Und Ihre bevorzugte Stellung im Gemeindeamt auch. Möglicherweise ist bei Ihren ‚Kunden‘ der Glaube an die Rechtmäßigkeit Ihrer Eheschließungen sogar gestiegen, wenn Sie sie nun von der Warte einer bereits im Zielhafen Eingelaufenen in dieses sichere Gewässer lotsen.“

„Das haben Sie schön gesagt.“

„Naja.“

Außerdem hatte sie gegenüber dem Stadtschreiber ausdrücklich das Schloß erwähnt, zu dessen Eigentümern sie hervorragende Beziehungen hätte. „Nicht jeder hat so gute Beziehungen. Wenn Sie möchten, kann ich Sie gerne bekannt machen...“

Mit ihrer Eigenart, jeder Bemerkung Bedeutsamkeit, ja Vieldeutigkeit zu verleihen, würde sie es mühelos zuwegebringen, sogar den Anblick eines bloßen Tropfen Wassers als Ausdruck allergrößter Rätselhaftigkeit und als geheimnisvolles Wunder darzustellen, das dieser auch gewiß beinhaltet.

„Und“, fragte er, „Wenn Sie die Leute verheiraten, sind Sie dann auch dabei, wenn sie sich wieder scheiden lassen? Das wäre gerecht, wo doch die Zahl der Scheidungen schon viel größer ist als die der Hochzeiten.“

„Wie soll denn das gehen?“ fragte sie.

„Gar nicht, nur eine kleine Prüfung des Koeffizienten.“

Daraufhin ließ sie die Kaffeetasse fallen, an der sie doch kurz vorher noch gierig genippt hatte und blickte in der nächsten Zeit mit undurchsichtiger, verschlossener Miene durch ihn hindurch.

Dann, als diese Bestrafungszeit zu Ende ging, fragte sie ihn, ob er unter Umständen auch etwas Lustiges schreiben könne. Sie hätte nämlich, nach Beendigung dieser gegenwärtigen, vielleicht eine weitere, künftige Arbeit für ihn. Es gäbe da ein ländliches Original, das im Zuge seiner langjährigen Berufstätigkeit als Schlosser die schier unglaublichsten Dinge erlebt hätte und diese jetzt der Nachwelt hinterlassen wollte, ohne zu wissen, wie man so etwas in Schriftform bewältigen könnte.

„Naja“, antwortete der Stadtschreiber, „Man sagt, es gehört zu den schwierigsten Dingen, wirklich lustig zu schreiben. Erzählt ist es bald einmal komisch, doch niedergeschrieben wirkt manches ein wenig plump.“

„Ja. Dachte ich mir“, meinte sie und fügte ein „Oje“ hinzu, als sie die Titel seiner Bücher las, „Das klingt nicht gerade lustig.“

„Sagen Sie ihm, er soll es selber probieren. Dann kommt er am ehesten drauf, ob er es schafft oder nicht.“ Bloß keine weiteren Aufgaben. Zwei, die man nicht bewältigt, sind genug bzw. um zwei zuviel. Und sich nur nicht in die Karten blicken lassen, wenn einen das Schachspiel mehr interessiert.

Die Lady schien ihm nach allen Regeln der Kunst auf den Zahn fühlen zu wollen; Spinne kam sich vor wie auf einem Scanner, sie wollte ihn durchleuchten. Ob sie schlau aus ihm geworden war?

Er wiederum behandelte sie mit einer Mischung aus kuriosem Respekt und distanzierter Neugier, ungefähr so, wie man sie einer seltenen Tierart oder einem Eingeborenenstamm entgegenbringt, dem man zum ersten Mal in freier Wildbahn begegnet und der noch dazu unter Naturschutz steht.

Das Täterprofil

Der Täter ist zwischen 25 und 55 Jahre alt, höchstwahrscheinlich jedoch zwischen 40 und 50. Er stammt aus einer höheren Bildungsschicht und verfügt über eine scharfe Beobachtungsgabe. Indem er den Umgang mit gewöhnlichen Menschen meidet, verhält er sich wie ein Außenseiter. Er trifft sich, wenn überhaupt, nur mit Menschen ähnlicher Gesinnung in intellektuellen, philosophischen oder esoterischen Zirkeln. In seiner Jugend hat er eine große Enttäuschung erlitten, seither leidet er an einem Minderwertigkeitskomplex, den er auf verschiedenartige Weise zu kompensieren sucht. Des öfteren hat er probiert, andere von seinen, in seinen Augen alleinig richtigen Ansichten zu überzeugen. Meistens ist er dabei gescheitert, das hat ihn in seiner Auffassung bestärkt, etwas Herausragendes zu sein und dies auch beweisen zu müssen. Gleichzeitig haben diese und andere, möglicherweise durch eine Kontaktarmut hervorgerufene Mißerfolgserlebnisse sein grundsätzliches Mißtrauen und seine Verachtung gegenüber seinen Mitmenschen verstärkt und weiter wachsen lassen.

Der Gesuchte verfügt über gute Ortskenntnisse. Er ist unverheiratet. In seinem Berufsleben hat er es mit Sprache und Schrift zu tun. Er könnte als gehobener Beamter im öffentlichen Dienst stehen, genausogut könnte er aber als Selbständiger in der Werbewirtschaft tätig sein. Das Geschehen in der Gemeinde verfolgt er mit Akribie. Er tritt durch zynische, makabere, bisweilen humorvolle, mitunter auch bösartige Bemerkungen und Kommentare in Erscheinung. Es bereitet ihm eine sadistische Genugtuung, sich anderen gegenüber als überlegen zu fühlen und dies die anderen spüren zu lassen. Die Buchstaben des Gesetzes wie auch soziale Regeln mißachtet er; andere, von ihm selbst oder seinen Gesinnungsgenossen aufgestellte Tugenden oder Richtlinien befolgt er jedoch streng. Dazu gehören traditionelle konservative Werte wie Treue, Wahrheitsliebe und Konsequenz. Dennoch läßt er sich keinem politischen Lager mit Sicherheit zuordnen. Er kennt ein breites Register psychologischer Tricks, vor deren Anwendung er sich nicht scheut; oft benutzt er den Überraschungseffekt. Bei der Umsetzung seiner Pläne geht er wie ein Taktiker, ein Spieler, vor. Das

Spiel, seine Strategien aufgehen zu sehen, reizt ihn mehr als dessen tatsächlicher Ausgang.

DIENSTAG, 5.9.00

Spinne seufzte. Naja, für einen echten Sherlock Holmes reichte das zwar noch nicht, aber schließlich hat jeder Detektiv einmal mit seinem ersten Fall angefangen...

Sollte er sich also auf die Suche nach satirischen Zeichen begeben, im Alltag, im Geschäftsleben, in der hohen Politik? Doch welcher Bereich war nicht, von der richtigen Warte aus betrachtet, mit freiwilliger oder unfreiwilliger Komik durchsetzt!

Gut, er könnte den Hilfssheriff fragen, welcher Einwohner sich durch besonderen Humor oder durch witzige Bemerkungen, gepaart mit intellektuellem Sadismus auszeichnete. Den Hilfssheriff? Er schien nicht weit entfernt, lauerte gewiß hinter der einen oder anderen hauchdünnen Wand, denn dünn sind alle Wände, die die Wirklichkeiten voneinander trennen.

Wenn man genauer hinhörte, dann versuchte er ohnedies bereits seit geraumer Zeit, sich plappernd bemerkbar zu machen. Einen Kumpel, einen Kollegen hatte er sich da eingehandelt, der sich in seinem Innenraum breitmachte und ihn von dort beschwatzte, als ob hier nicht bereits genügend Kommentatoren säßen! Behaglich eingerichtet haben sie es sich allesamt.

Ein lauter Nachbar mehr, der sich anbiederte, alles wußte, bereitwillig Ratschläge erteilte – meistens falsche – der wahllos Behauptungen aufstellte, die sich als Irrtümer erwiesen, der anklagte und sich selbst unentwegt rechtfertigte, aber nie auch nur den Funken einer Verantwortung für die Folgen all seiner Fehler übernahm. „Ich zähle ja nur auf“, pflegten diese Brüder meist zu sagen, „Ich möchte nur darauf hinweisen“ oder „Nicht daß ich mich aufdrängen möchte, aber...“, und so drängten sie sich beständig auf und in den Vordergrund, eine Universal-Seuche, gegen die es fast kein Gegenmittel gab. Nicht-Hinhorchen? Nein, selbst das könnte gefährlich sein – so stellten *sie* es zumindest dar. Intellektueller Sadismus, also, in Reinkultur.

Ebenso wie jene Spielart, die im Hinterzimmer einer höchstverdächtigen Institution gepflogen wurde, nämlich der Weinzettl'schen Kadaverservierstube, und zwar regelmäßig, jeden Dienstag.

Jeden Dienstag tagte nämlich der Schachclub, muß man wissen, um 19 Uhr. Und Spinne wußte dies, von jener elektronischen Nachricht, die der Consulting-Boß ihm übermittelt hatte. Genau zwanzig Minuten blieben Spinne also, um seine Lederjacke zu suchen und seine Gehirnzellen auf Vordermann zu bringen.

Seine Uhr, die er gar nicht mehr trug, weil sie immer stehenblieb, zeigte 14 Uhr 12 oder fünf vor acht, jedenfalls war er einigermaßen pünktlich, als er das Mental-Fitness-Center betrat.

Kaum Zyniker zu sehen oder zu hören, eher einfache Gestalten, die mit einem Stirnrunzeln antworten, als sie „Stadtschreiber" hören: Der ehemalige Bäcker von Seekirchen, jetzt pensioniert, aber in der Meisterschaft engagiert. Manchmal spielt er für den SC Neumarkt, dann wieder für Seekirchen, er kennt keine zwischenstädtischen Schranken oder Ressentiments und erweist sich ebenso wie der 14-jährige Nachwuchsstar als beinahe unüberwindbarer Gegner. Keine flotten Sprüche zu hören wie in den Wiener Schach-Cafes. Nur der Consulting- und Schach-Management-Boß, der den Stadtschreiber wie eine kuriose neue Eissorte herumreicht, wirkt kommunikationsgewandt, gibt sich freundlich und weltoffen, erscheint harmlos und unverdächtig, macht sich deshalb doppelt verdächtig. Gar nicht zu reden von seinem lauten Lachen! Zudem ist zu hören, daß er früher als Zeitungsherausgeber tätig war, er ist also zweifellos des Umgangs mit der Schriftsprache mächtig. Zunächst hatte er bloß die Ergebnisse der Bezirksmeisterschaften in seinem Schach-Nachrichtenblatt veröffentlicht, hieß es, später integrierte er auch andere Sportarten und gab ein Sportjournal heraus, aus dem sich ein allgemeines lokales Nachrichtenmagazin entwickelte – eine Art privater Konkurrenz zu den eher mit parteipolitischen Tendenzen angereicherten Bezirkszeitungen – das aber bald eingestellt wurde. Offenbar hatte sich der Herausgeber damit nicht nur Freunde erworben; möglicherweise Feinde oder Neider, die ihn nun in den Kreis der Verdächtigen zu rücken beabsichtigten. Vielleicht hatte er sich sogar Schulden damit eingehandelt, was seinen Fix-Platz in diesem illustren Kreis untermauern würde.

„Königsindisch“ und „Sizilianisch“ hört man von den Nebentischen, so wird dort also konversiert. Der Consultant lehrt geduldig die theoretischen Grundzüge für die unterweisungswilligen Adepten des königlichen Spiels, gleich welcher Spielstärke sie angehören – doch sein Lieblingsvokabel in der schachfernen, beinahe schon privaten Konsultanz im Anschluß an die Gehirnzellen-Gymnastik ist und bleibt „Das Portal“.

Etwa gegen 22 Uhr setzte ein reges Kommen und Gehen ein. Gut gekleidete Männer in Anzügen sind zu sehen, die zum Teil nur kurz bleiben, manche stehen ein wenig abseits, andere machen sich wiederum Notizen.

„Was tun die alle hier?“ fragte Spinne

„Ach, wir arbeiten am *Portal*; später dann“, antwortete Dr. Kern gönnerhaft. „Das geht oft bis in die frühen Morgenstunden. Sie wissen ja, der Softwaredschungel, hahahaha. Interessiert es Sie? Sie können gerne noch bleiben. Wollen Sie wissen, wie wir unsere Seite aufbauen, sodaß garantiert jeder hinklickt und hängenbleibt?“

„Nein, danke.“ Spinne gähnte und machte sich auf den Heimweg.

Ein Verdächtiger, keine Zyniker, vier Siege, zwei Niederlagen, ein Remis – das ist die magere Ausbeute für vier Stunden schwarzweiß-gekachelter Brett-Erhebungen. Die Frage nach seiner „Elo-Punkte“-Anzahl konnte der Stadtschreiber beim besten Willen nicht beantworten. Nur zweimal untergegangen, im Matt-See ertrunken, diese Angaben konnte man machen. Das Grölen von Heimatliedern im Nebenzimmer, bei dessen textlicher Gestaltung man besser nicht so genau hinhört, schiebt man lieber den von weit her zugereisten Pensionsgästen zu.

Wald- und Wiesen-Ermittlungen

MITTWOCH, 6.9.00 15.00h

Das Telefon schrillte.

„Wir haben einen Toten gefunden“, sagte der Bürgermeister.

„Wer? Was? Wo?“

„Im Wenger Moor, im Naturschutzgebiet.“

„Wo ich mich immer verirre?"

„Ungefähr dort, wo bei der Grenzbegehung die Schauspieler die Szene mit dem Backenstreich nachgespielt haben. Finden Sie hin?"

„Ich glaub' schon. Ich bin in zehn Minuten dort. Oder sagen wir, in zwanzig."

Letztlich dauerte es gut eine halbe Stunde, bis Spinne erst seine Jacke und dann die holprige Durchfahrt zu dem Wiesenstück gefunden hatte. Dort, auf seiner Jacke, oder genauer gesagt, auf diesem Stück knallgrüner Wiese, standen ein paar Autos und daneben eine Gruppe gestikulierender Leute. Ein Holzfäller war von einem umgestürzten Baum erschlagen worden. Hatte er nicht irgendwann an so eine Szenerie gedacht?

„Glauben Sie an einen gewaltsamen Tod?" fragte er den Bürgermeister. Die Frage dürfte nicht besonders klug gewesen sein, zumindest erhielt er eine nicht gerade aufschlußreiche und ermutigende Antwort.

„Glauben Sie, daß es sanft ist, wenn Ihnen ein Baum auf die Birne fällt?"

Er versuchte es anders. „Glauben Sie an ein –" Wie hieß das Ding doch in der Polizistensprache? Nicht ‚äußere Einwirkung', das war doch wieder der Baum; endlich fiel ihm der gesuchte Begriff ein, in letzter Sekunde: „...an ein – *Fremdverschulden*?"

„Das versuchen wir gerade herauszufinden", knurrte eine zweite Person, die sich nach zweimaligem Befragen mürrisch als Gendarmerieoberkommandant vorstellte, den er schon bei der Grenzbegehung flüchtig und in seiner Phantasie etwas genauer gesehen hatte. Das Blaulicht von einem Einsatzwagen spiegelte sich auf seiner Stirn. (Das war damals jedenfalls noch nicht dagewesen).

„War jemand anwesend, als es passierte?" fragte Spinne; das schien ihm eine vernünftige, folgerichtige und im enormen Tempo weiterführende Frage.

Von den Mienen der anderen las er das Gegenteil ab.

„Keiner der Forstarbeiter darf alleine holzfällen", murmelte der Bürgermeister verächtlich und drehte die Augen zum Himmel.

Woher sollte er das wissen?

„Artikel 24, Absatz 12, Ziffer 3. So steht es im Gesetz." Der Gendarmerieoberkommandant sah ihn vorwurfsvoll an; wer die

Gesetze nicht beherrscht, übertritt sie auch leicht, sagte sein Blick, der alles sagte.

„Wer also war dabei?“ fragte Spinne gereizt, doch bemüht, möglichst gelangweilt zu klingen.

„Na wer wohl? Der da.“ In der Tat, das hätte man an der Kleidung erkennen können, wenn man etwas genauer beobachtet hätte.

„Sie sind also Waldarbeiter“, wandte sich der Stadtschreiber gleich an ihn, „Früher sagte man noch ‚Holzknecht‘. Nicht?“

Der Waldarbeiter drehte sich ihm kurz zu, dann sogleich wieder weg.

„Und wer ist der da?“, fragte er, „Unser neuer Kommissar?“

Auch ein Zyniker.

„Ich schreibe alles mit“, antwortete der Stadtschreiber knapp. „Was geben Sie also zu Protokoll?“

„Ich bin unschuldig.“

„Natürlich.“ Nicht leicht werden ihm die Ermittlungen hier gemacht, das glaubte Spinne zweifelsfrei zu erkennen.

„Also, was ist passiert?“

„Na, der Baum ist ihm auf den Kopf gefallen.“

„Das sehe ich.“ Hatte er es überhaupt schon gesehen? Ach ja, dort hinten lag eine zusammengequetschte Gestalt. Ein Kran mit einer Greifzange stand daneben, der hatte vermutlich den Baum auf die Seite gehoben. Ein Arzt und ein Sanitäter unterhielten sich etwas abseits, offensichtlich gab es nichts mehr zu retten.

„Wer hat gesägt?“

„Na er.“

„Ein Unfall? Wieso ist er nicht weggegangen?“

„Was weiß ich.“

„Was haben Sie gemacht?“

„Eine geraucht.“

„Eine geraucht? Ist das nicht nach Artikel 23, Absatz 13, Ziffer 5 verboten?“ Dieser Schuß ins Blaue saß.

„Kann sein. Deswegen ist er aber jetzt auch nicht tot.“

Eine Frau, die sich am Rande einer weiter entfernt stehenden Gruppe aufhielt, löste sich und kam näher. Sie schluchzte.

„Er wußte doch genau, wie man Bäume fällt. Glauben Sie mir, es war kein Unfall. Er hat mehr als 40 Jahre Erfahrung.“

Offensichtlich die Ehefrau des armen Toten.

„Ein Unfall oder ein Mißgeschick kann jedem passieren."

Wer immer das sagte, er hatte recht.

„Es war kein Unfall! Er wußte genau, daß man einen Baum zuerst an der einen Seite einkerbt, wenn er zum Hang steht, und dann auf der anderen Seite sägt. Nein, umgekehrt. Also, wenn er zum Hang steht, kerbt man auf der zum Tal schauenden Seite des Berges, oder man sägt auf der Seite – wie auch immer, ich weiß das nicht. Aber *er* wußte das genau."

„Ein Moment Unachtsamkeit genügt..." Der Waldarbeiter sprach aus der jahrelangen Erfahrung des Zigarettenrauchens.

„Er war nie unachtsam. Er hat höllisch aufgepaßt."

„Kommt das öfters vor?" versuchte der Stadtschreiber die Ermittlungen wieder fest in den Griff zu bekommen. „Ich meine, daß ein Holzfäller –"

„Bis jetzt noch nicht", brummte der Gendarmerieoberkommandant und musterte ihn mißtrauisch.

„Vielleicht ist er auch abgelenkt worden", mutmaßte der Bürgermeister, „Von einem, der sich hierher verirrt hat."

Natürlich. Das mußte ja kommen.

„Ist es nicht seltsam, daß jemand ausgerechnet beim einzigen Risiko seines Berufs verunglückt", bohrte Spinne weiter, in eine ungewisse Richtung.

„Es gibt auch Elektriker, die in die Starkstromleitung greifen." Das einzige Bestreben des Waldarbeiters schien darin zu bestehen, die grundsätzliche Inkompetenz des Stadtschreibers aufzuzeigen.

„Und Sägewerksarbeiter, denen zwei Finger fehlen", ergänzte Bürgermeister Achatz.

Wieso fiel ihm der dauernd in den Rücken? Mit dem mußte er ein ernstes Wörtchen reden. Auch den einen Erpresserbrief, den er noch nicht gesehen hatte, wollte ihm der Bürgermeister, als er ihn kurz vertraulich zur Seite zog, justament „jetzt nicht" zeigen. Zu dem Waldarbeiter würde Spinne am liebsten im forschen Polizei-Jargon sagen: „Und Sie nehme ich sicherheitshalber mit." Wohin sollte er ihn jedoch mitnehmen und wo ihn verwahren, da ihm kein Wachzimmer zur Verfügung stand? Keine Zelle, kein Untersuchungsrichter, kein Platz für ein Verhör, kein brav folternder Kollege. Etwa in die Badehütte?

Liebend gern hätte er ihn gleich am Kragen gepackt und in die ‚Fronfeste' verfrachtet, ein ehemaliges mittelalterliches Gefängnis, das leider, dem Gebot der Zeit gehorchend, zu einem Museum umgebaut worden war. Dieses Gebot lautete unglücklicherweise: Immer weniger Verbrechen und immer mehr Kunst, oder so ähnlich. Doch wer würde diesen hemmungslosen Gewalttäter, der sicher nicht nur unzähligen Bäumen, sondern nun vielleicht sogar seinem mitmordenden Mittäter Gewalt angetan hatte, dort bewachen? Die rührselige Museumstante etwa, die so gutmütig war, daß sie jeden Tatverdächtigen gewiß sofort laufen ließ, wenn er ihr ehrenwörtlich versprach, für die demnächst geplante Lederhosenausstellung ein paar originale Unikate zu besorgen, auf welch verschlungenen Wegen auch immer?

Ein Selbstmord schien eher unwahrscheinlich, zumindest wäre das eine sehr ungewöhnliche, innovative Methode, in entlegenere Seinszustände auszuwandern. Erst kaltblütig einen Baum killen und sich dann – aus Reue? – rechtzeitig unter das eben umstürzende Opfer zu begeben. Doch was wäre nicht ungewöhnlich in diesem seltsamen Landstrich! Oder doch die hinterhältige Absicht eines böswilligen Kumpels? Ein jovialer Rempler, der den solcherart Verstoßenen bis ins Jenseits bugsiert?

Der Schluß, den man als kriminalistischer Stadtschreiber aus dem Geschehen auf jeden Fall ziehen konnte, lautete, daß der Beruf des Waldarbeiters in dieser modernen Zeit ungebrochen gefährlich und voll Tücken ist.

Unter diesen Umständen gab es heute für einen jenseits der Dichtkunst Ermittelnden nichts mehr zu erheben. Der Waldarbeiter schien ihm zwar, so wie beinahe jeder hier, verdächtig, er war zweifellos rotzig und frech, doch ob er wirklich Schuld am Tod seines Kollegen hatte, ließ sich zumindest jetzt nicht nachweisen. Vielleicht handelte es sich nicht einmal um einen Kriminalfall? Ein stinknormaler, todlangweiliger Tod? Ein unspektakulärer, zufälliger Unfall? Und er zufälliger Zeuge. Zufällig zuspätkommender Zeuge. Zufällig protokollierender Erheber.

Spinne ging durch den Dschungel, links und rechts die Bäume, wie in einer Allee. Auf den Stämmen der Bäume waren Köpfe aufgespießt, verschiedene Gesichter grinsten ihn vergnügt an. „Ich bin's", sagte eines; der Bürgermeister. Auf der anderen Seite zwinkerte, halb schelmisch, halb schuldbewußt, das Schildkrötengesicht des Buchhändlers: „Ich bin es." Im Weitergehen begriff Spinne: Alle wollten sich zum Täter erklären. „Erpressen ist ein Beruf wie jeder andere", sagte ein drittes, unbekanntes Gesicht, „Schließlich haben wir ja alle Kosten." Der Gemeindevorstand sah ihn von schräg gegenüber ernst an: „Schreiben Sie nur das, was Sie müssen." Diesen Rat hatte er wirklich gebraucht. „Denken Sie an uns, die Gemeinde der Leser", schickte er etwas bittender nach. Der Weg führte weiter, nach vorne, dort mußte doch irgendsoetwas wie ein Ziel sein, ja es leuchtete giftgrün durch die grüne Dschungelhölle. Vorne, an dieser Stelle, wo etwas herüberblinkte, teilte sich der Weg. Der verheißene Ort? Das heißersehnte WC? Nein. In der Mitte stand eine Imbißstube, drinnen putzte der Gastwirt Gläser und fragte jeden der Ankommenden: „Bier oder Cola? Cola oder Bier? Bier oder Cola?" Als er den Stadtschreiber kommen sah, griff er mechanisch nach unten, nickte und murmelte „Schwarzwälder Kirsch." Immer mehr Leute wollten zu dieser Weggabelung, stockten dort, wußten nicht weiter. Der Stadtschreiber drehte sich um, versuchte sie aufzuhalten und zurückzudrängen, aus dem Strom der Menschen wurde ein richtiger Strom mit reißendem Wasser, gegen den sich Spinne stemmte, mit aller Kraft, bis er plötzlich von einem lauten Krach aufschreckte. Seine Ellbogen schmerzten. Mit voller Wucht hatte er auf das Nachtkästchen gedrückt, das gegen die Wand gefallen war.

Nach der nervenaufreibenden Einvernahme wollte er sich bloß zehn Minuten hinlegen, nun hatte er gut eine Stunde geschlafen, die tropische Dschungelhölle hatte er durchquert, aber das Wasser konnte auch er nicht aufhalten.

Eine ambitionierte Aufführung

Wieso, seufzte er noch halb im Schlaf, erhalte ich nicht die gleichermaßen verantwortungsvolle wie lukrative Aufgabe, das Liebesleben der Dorfschönheiten zu erforschen? Wieso kann ich nicht berufsbedingt erotisch phantasieren, was das Zeug hält, oder besser noch, das Zeug gleich in die verruchte Tat umsetzen?

„Kannste ja", sagte der Hilfssheriff – und wenn der es sagte, durfte man ihm getrost folgen.

Wir sehen hier, wie gut es war, daß dem Stadtschreiber ein Hilfssheriff zugeteilt wurde – von wem auch immer – denn allein käme er mit den Ermittlungen wohl kaum voran, das sehen wir auch. Es sei denn, es läutet das Telefon und eine unbekannte oder fast unbekannte Person bietet unversehens ihre tatsächliche oder imaginäre Hilfe an.

Das Telefon klingelte, trillerte oder machte sich sonstwie bemerkbar. „Ich kann Ihnen sicher helfen", flötete eine weiche, weibliche Stimme. Freundlich, mütterlich, und doch mit jenem Hauch von Erotik versehen, der Zielsicherheit und Raffinesse ausstrahlte und das auserkorene Opfer sanft, aber nachhaltig auf den Ursprung dieser Signale und die dahinter schlummernde Verlockung hinwies.

‚*Hilfe?*', dachte er, ‚Ich brauche doch keine Hilfe.' – „Gerne", sagte er, „Ich nehme jede Hilfe gerne an."

„Sie wollten doch etwas über Neumarkt und seine Geschichte erfahren? – Ich weiß Dinge, die sonst kaum jemand weiß."

Es war die Gemeindebedienstete in gehobener Stellung, Désirée Heidenreich, ihr war dies gewiß zuzutrauen; beides. Ihr Tonfall hatte ein paar Grad Wärme zugelegt. Woher hatte sie bloß seine Nummer?

„Sollen wir uns treffen?" fragte Spinne verdattert ob soviel Zielsicherheit.

„Sie finden mich im Theatersaal vom Gasthaus."

„Wieso? Was ist dort?"

„Na, wissen Sie nicht? Heute ist doch Premiere." Ach ja, die örtliche Laienbühne spielte ‚Im Zeichen der Jungfrau'.

„Und was haben Sie damit zu tun?"

„Ich bin Jungfrau. – Und Sie? – Sie interessieren sich nicht fürs

Theater? Ich dachte, Sie haben auch schon für das Theater geschrieben?"

„Äh ja, doch. Ein – äh anderes Genre."

„Aha, so ernstes Zeug, das niemand liest und sich niemand anschaut."

„Genau. 20 Stück Zuschauer pro Vorstellung, wenn's hoch hergeht."

„Na was ist, kommen Sie?"

„Wann fängt es an?"

„Um acht."

„Ich muß mich erst umziehen."

„Quatsch, Sie tragen doch ohnehin immer das selbe Zeug. Diese abgeschabte Lederjacke, ich kann sie gar nicht mehr sehen."

„Soll ich mich für Sie in die Schale werfen?"

„Ja, das wäre charmant. Ich revanchiere mich dafür mit ein paar Informationen."

„Das ist alles?" fragte er forsch.

„Naja, das Theaterstück kriegen Sie sowieso."

„Und die Jungfrauen?"

„...werden täglich geboren."

„Bis Sie sie verheiraten und damit einen Schlußstrich unter diese Epoche setzen." Wie mühsam, locker wirken zu wollen. Was als Charme gemeint war, tropfte wie Senf aus seiner Kehle.

„Also Sie kommen?"

„Wer könnte Ihnen widerstehen! Also bis um acht."

„Halb acht."

„Schaffe ich nicht. Ich brauche allein zwanzig Minuten, bis ich meine Lederjacke finde. – Dreiviertel."

„Okay."

Seine Uhr, die immer stehenblieb, zeigte exakt fünf vor acht, als er den vollgestopften Gasthaussaal betrat. Er entdeckte sie sofort, sie sah hinreißend aus.

„Ich bin verheiratet", sagte sie zur Begrüßung.

„Na und?" Das wußte er doch bereits. Wenigstens würde er sie nicht dauernd am Hals haben.

„Und mein Mann ist schrecklich eifersüchtig", flötete sie.

„Fängt ja gut an", meinte er. „Ist er hier?"

„Noch nicht. Aber vielleicht kommt er noch."

„Und was machen wir dann?"

„Dann nichts mehr", antwortete sie mit einem vielsagenden Augenaufschlag, „Wenn wir etwas machen, dann jetzt" und fuhr langsam sein Knie aufwärts, Richtung Norden, Richtung Kolomansberg. Die Vorstellung hatte begonnen.

„Das ist ein militärisches Sperrgebiet", versuchte er abzuwehren, „Hier hat nur die Exekutive Zutritt."

„Ich bin doch das ausübende Organ – für Ihr Organ. Wie geschaffen, für Ihr Organ... Sieht doch keiner, unter dem Tischtuch."

„Wollen wir das ganze nicht – äh vertagen, zu einem besseren Zeitpunkt, ich meine, in einer vielleicht etwas ruhigeren Umgebung. Ich habe da den Schlüssel, ich kenne da eine Badehütte. Sagt Ihnen die ‚Sektion Nord' etwas?"

„Nein", widersprach sie. „Die Vorstellung ist nur heute. Sie wissen doch, wie das beim Theater ist. Einmalig. *Entweder – oder*. Sie können morgen wiederkommen. Aber vielleicht sind Sie dann der einzige Zuschauer. Und niemand wird für Sie – *spielen*", sagte sie mehrdeutig und machte sich an seinen Hosenknöpfen zu schaffen.

„Wieso haben Sie es denn so eilig? Ich dachte, Sie können mir ein Geheimnis aufschlüsseln."

„Bin doch gerade dabei. Nur der Knopf geht so schwer auf. Ihr Geheimnis will nicht raus."

„Sie wissen, was ich meine."

„*Reden* können wir später auch, wenn mein Mann da ist."

„Und ich soll so tun, als wär' nichts."

„Das tun Sie doch immer."

„Es ist auch nie was."

„Bei *Ihnen* ist nie was – oh jetzt, jetzt ist was", sagte sie, im Handumdrehen. In der Tat, etwas begann sich zu regen.

Seine Neugierde war geweckt, vielleicht sogar seine Begierde, seine Gier. So ein himmlisch verruchtes Wesen! Keine Hemmungen. Das hatte er sich immer so ausgemalt. Das gab es sonst höchstens in den Büchern oder im Film. Nun verschwand sie auch noch mit dem Kopf unter dem Tischtuch, begann in seinen Pretiosen zu wühlen. Möglichst arglos sah er in die Luft, nippte dann und wann an seinem Glas, mußte jedoch ab und zu die Augen schließen. Ein zufällig hinsehender Beobachter hätte vielleicht geschlossen, daß er einen plötzlichen Stich in der Herzgegend verspürt haben müsse, und wie zur Bekräftigung hielt er sich manchmal das Herz, den Hals oder die Schläfen, verbarg sein Gesicht in den Händen, doch seine Mühe war unnötig. Niemand maß dem Geschehen auf den Tischen Bedeutung bei, die ganze Aufmerksamkeit war auf die Bühne und die dort erhöht agierenden Darsteller gerichtet, die gerade einen Plan ausheckten, im Zeichen der Jungfrau eine schlüpfrige Angelegenheit einzufädeln; eine wahrhaft dubiose Darbietung. Als ein tiefes, stoßhaftes Seufzen das Ende ihrer beider kleinen Privat-Vorstellung ankündigte, tauchte sie verschmitzt wieder auf, machte sogar noch seine Knöpfe zu, sah ihn dann unschuldig von der Seite an, hauchte ihm ein Küßchen auf die Wange.

„War es sehr schlimm?" fragte sie.

„Oh nein; geht. Geht. Oja. Eigentlich, mhm, ja." Mit einem Mal packte er sie am Oberarm, preßte sie an sich und küßte sie in der Art, wie es doch jedes weibliche Wesen als ‚wild und leidenschaftlich' empfinden müßte. Sie riß sich los.

„Sind Sie verrückt? Sind Sie wahnsinnig? Ich bin verheiratet. Wollen Sie mich kompromittieren?"

„Ach ja, hab ich vergessen. – Dann danke ich für Ihre aufschlußreiche – Ihre äh Bemühung, um meine äh Aufrichtigkeit."

„Jaja. So. Jetzt können wir reden", sagte sie.

„Äh, ich weiß nicht, äh", antwortete er, „Mir ist plötzlich nicht mehr danach."

Während einer Theater-Vorstellung zu reden war ohnedies unhöflich. Man konnte nur flüstern, und selbst das mochte den einen oder anderen am Nebentisch oder am Tisch dahinter stören. Da schien es noch unverfänglicher, ein Dacapo anzuhängen. Vielleicht wartete sie sogar darauf. Was, wenn *er* plötzlich unter dem Tisch verschwand? Er faßte mit der Hand nach ihrem Knie, elastisches Strumpfmaterial, das sich warm anfühlte, tastete weiter nach oben. Sie hielt sich nur schwer unter Kontrolle, atmete tief.

„Das also ist Ihre Lieblings-Konversation?" konnte sie einen Hang zum Zynismus nicht verheimlichen.

„Sie haben ja angefangen."

Sie beugte sich zu ihm. „Können wir nicht per Du sein?“ flüsterte sie ihm ins Ohr.

„Von mir aus.“

„Prost.“

„Prost.“ Sie stießen an; er mit der Linken. Die Rechte hatte gerade die Naht ihres Höschens ertappt. Dahinter war es noch wärmer, Richtung Süden. Feuchtwarmes, mediterranes Milieu.

„Kommt Ihr Mann immer zu spät?“

„Nur wenn er arbeitet.“

„Was ist er denn von Beruf?“

„Richter.“

„Oje“, sagte er. Naja, besser als Henker, dachte er.

„Keine Angst; er trennt seinen Beruf vom Privatleben sehr. Zu sehr. Sodaß er manchmal kaum noch zuhause anzutreffen ist.“

„Und Sie sind dann nicht ausgelastet.“

„Ich kann nie genug kriegen. Stellen Sie sich vor, jeden Tag eine Trauung. Oder zumindest ein-, zweimal die Woche. Sie sehen diese verliebten Blicke und wissen ganz genau, was die beiden am Abend tun werden, wie sie übereinander herfallen werden. Das regt an.“

„Und mit Ihrem Mann macht's keinen Spaß?“

„Oja. Doch, mir macht's Spaß mit jedem. Sogar mit Ihnen.“

„Wir sind doch per Du.“

„Sogar mit dir.“

„Danke.“

Nachdem er unter dem Höschen ein Stück Haut und ein paar Härchen ertastet hatte, schickte er sich an, unauffällig unter dem Tisch zu verschwinden. Doch stellte er sich bei weitem nicht so geschickt an. Schließlich konnte er in diesem ungewohnten ländlichen Terrain auch auf weniger Übung und Erfahrung zurückblicken als sein Gegenüber bzw. sein derzeitiges Darüber. Vielleicht gab sie bei jeder Vorstellung der Laienbühne, bei jedem Dia-Abend und bei jedem Volksmusiktreffen eine unterirdische Beglückerin ab? Einmal mit dem Zieh-Harmonikaspieler, dann mit dem Trafikanten, dann wieder mit dem Turnlehrer oder dem Apotheker. Kaum hatte er seinen Kopf in einer scheinbar günstigen Ausgangsposition zwischen ihren Knien placiert, versetzte sie ihm mit der Fußspitze seitlich einen Schlag auf seine Schläfen. Offensichtlich ging ihr sein unbeholfenes Getappse auf die Nerven. Als er nicht reagierte, das ganze noch einmal, mit der anderen Fußspitze auf die andere Schläfe. Ein untrügliches Zeichen, wieder an die Oberwelt zu kommen.

„Tut mir leid", sagte er.

„Es ist zwei vor neun", lispelte sie, als würde sie damit alle Rätsel der Welt lösen.

„Aha. Na und?"

„Mein Mann wird gleich kommen."

„So pünktlich ist er?"

„Ja, immer. Im Zuspätkommen ist er immer pünktlich. Leider. Aber andrerseits auch gut auszurechnen."

„Das ist traurig."

„Aber wahr. Die Realität ist nicht immer nur Honiglecken."

„Ja, manchmal muß man auch woanders züngeln."

Spinne setzte sich wieder auf den Sessel, rückte sein Hemd und seine Krawatte zurecht, die er nie trug. Dann griff er sich auf den Kragen, ob nicht die Spitzen in verschiedene Richtungen wiesen; Norden oder Süden, in alle Himmelsrichtungen sauste sein Kopf, quer durch das Universum der Weiblichkeit.

Im Namen des Rechts oder: Alles was Recht ist

Die Tür öffnete sich. Ein schmaler Lichtstrahl drang durch den verdunkelten Saal, und ein großer, hagerer, irgendwie knöchern wirkender Mann trat auf sie zu, drückte ihr stumm die Hand und nahm neben ihm Platz.

„Ich wollte dich mit unserem Stadtschreiber bekanntmachen", flüsterte sie.

Nun schüttelten sich auch die beiden Männer artig die Hand. Das Licht ging an, signalisierte eine Pause, sodaß sie einander betrachten und in normaler Lautstärke miteinander sprechen konnten; sie wußten jedoch nicht, worüber, redeten dann über das Lokal und das Essen hier und die Getränke, die sie bestellen wollten. Die Kellnerin kam nicht, sah nicht einmal her, sie mußte an anderen Tischen kassieren. Manche zogen es vor, schon zur Pause zu gehen, andere bestellten, indem sie der Serviertante lautstark kreuz und quer über alle Köpfe und Tische hinweg die Namen der gewünschten Getränke zubellten.

Désirée verschwand für längere Zeit aufs Clo, machte sich offenbar zurecht oder mußte dort ellenlang warten oder beides. Der Stadtschreiber und der Richter wußten noch immer nicht, was sie miteinander reden sollten, beide waren froh, als die Vorstellung wieder weiterging. Im Stillen klappte die Kommunikation also doch besser.

Wenn er wüßte, was seine Frau vor ein paar Minuten mit ihm angestellt hatte!

„Wenn Sie wüßten", raunte ihm der Richter zu, „welchen Fall ich gerade bearbeitet habe! Das würde Sie sicher interessieren."

„Kann ich mir vorstellen."

„Wieso?" fragte der Richter.

„Äh, ich meine, was für einen Fall?"

„Ehebruch."

„Was?"

„Ehebruch."

„Kommt das öfters vor?"

„Ja. Nichts Außergewöhnliches in unserer Gemeinde. Außergewöhnlich ist nur, daß es jemand zur Anzeige bringt. Hihihihihi." Er lachte, laut, sodaß sich die Gäste auf den benachbarten Tischen bereits nach ihm umdrehten. Da sie in dem Lacher jedoch eine örtliche Respektsperson erkannten, wandten sie ihre Aufmerksamkeit wieder der Bühne zu, wo eben der Bauer seine Bedenken gegen derart plumpe Verkuppelungsversuche anmeldete, doch bei den wildgestikulierenden Knechten und Mägden weder Gehör noch Zustimmung fand.

Anscheinend handelte es sich um eine freizügige und aufgeschlossene Gemeinde, auf der Bühne wie in der Wirklichkeit; dieser Aspekt war ihm bisher wohl entgangen. Wußte der Richter von den Seitensprüngen seiner Frau?

„Jeder weiß sowieso alles von jedem in diesem Ort", wandte sich der Richter kumpelhaft an den Stadtschreiber, als ob er seine Gedanken erraten hätte. „Wozu sich also künstlich aufregen?" setzte er fort und prostete ihm zu. Dem Stadtschreiber war die Situation nicht ganz geheuer. Ein eifersüchtiger Ehemann – denn daß er eifersüchtig war, hatte ihm Désirée anvertraut – der sich plötzlich aufgeschlossen, kontaktfreudig und großzügig zeigte und vorgab, ohnehin alles zu wissen, ihm gleichzeitig aber als Richter und Chefankläger jederzeit einen Strick daraus drehen konnte, selbst wenn er nicht der Henker war.

„Meine Frau beispielsweise", nahm der Richter den Faden wieder auf, „sucht *leidenschaftlich* gern Kontakte. – Zu interessanten Menschen", setzte er hinzu. „Kontakte, mit Leidenschaft." Er lachte. Sein Gesicht wirkte im Dunkeln gar nicht mehr so knöchern, fast aufgedunsen. Oder war es der Schweinsbraten, den er zwischen den Sätzen hastig und schmatzend verzehrte? Er hatte es in der Tat zuwegegebracht, offenbar aufgrund seines Ansehens, in der Pause eine Bestellung anzubringen und diese knapp nach Wiederbeginn der Vorstellung auch serviert zu bekommen. Nun klapperte er dann und wann mit dem Besteck, was jeder künstlerischen Darbietung, gleich welcher Qualitätsstufe, erst den nötigen Feinschliff verlieh. Was aber wollte er ihm zwischen den Schmatzgeräuschen mitteilen? Was war der Sinn seiner Rede? Wollte er ihn durch seine vermeintliche Offenheit aus der Reserve locken? Wollte er ihm ein Geständnis entlocken?

Endlich kam Désirée von der Toilette zurück, nahm leise hüstelnd Platz.

„Sie haben alles versäumt", sagte der Stadtschreiber.

„Was? Was habt ihr gesprochen?"

„Nicht hier. Nicht wir. Auf der Bühne."

„Ach was. Niemand kommt hierher wegen dem Stück. Alle kommen doch nur, weil sie die Schauspieler kennen. Mein Mann kommt nur wegen dem Essen. Und ich nur wegen Ihnen."

Das Stück wurde unerwartet unterbrochen, da offenbar ein Schauspieler zur vereinbarten Szene nicht auf der Bühne erschienen war. Nach einiger Zeit kam er dann doch, kratzte sich verlegen am Kinn und nahm, vom Publikum lauthals umjubelt und beklatscht, allmählich wieder seine Rolle in dem dramatischen Komplott ein. Einer der Knechte hatte sich, um den liebestollen Bauern zu ärgern, im Bett seiner Auserwählten versteckt und lauerte dort, um den Gockel als vermeintliche Jungfrau zu überraschen und ihn schadenfroh auf den illusionären Gehalt allen irdischen Bestrebens hinzuweisen – doch vielleicht stellte dies bereits eine zu weitgehende Interpretation dar. Die Stimmung im Saal steigerte sich unter Zuhilfenahme des in der Pause bestellten Getränkevorrats ins Feuchtfröhliche und spornte die spielfreudigen Akteure zu Höchstleistungen an, bis sie letztlich auch von einem auf höchste Seriosität bedachten Skriptualkommissar Besitz ergriff.

„Sie wissen ja, daß Sie bald nicht mehr existieren", scherzte der Stadtschreiber, schon leicht betrunken.

„Wieso? Ich komme mir noch ganz quicklebendig vor", lallte der Richter, dabei kniff er abwechselnd sich und seiner Frau in die Wange.

„Au", sagte er. Seine Frau quietschte. „Sehen Sie: quietschlebendig."

„Weil man Sie zusperrt."

„Ach was. Nie und nimmer. – Kommen Sie nachher noch mit auf ein Gläschen?" fragte der Richter.

„Um Gottes Willen, nein." Wohin sollte das denn führen? Wollte man ihn auf eine Affäre zu dritt verführen? Mit einem Mann des Rechts das Unrecht zu pflegen?

„Was hat denn der Alte damit zu tun, den feiern wir erst morgen." Ach ja, morgen war ein Feiertag – nichts Ungewöhnliches im Alpenland – deshalb zeigte sich der Mann des Rechts so ausgelassen. Morgen konnte er seinen Rausch in Ruhe ausschlafen. Und sich dann wieder, einen ganzen Tag lang, in die Rolle eines honorigen Richters einüben, damit sie ihm am nächsten Arbeitstag glückte. Das Publikum mußte sie ihm schließlich abnehmen; er mußte glaubwürdig und echt wirken, fast ohne Hilfsmittel und Requisiten, nicht wie beim englischen juristischen Theater, nein, keine Perücken, lediglich ein schwarzes Kreuz vor ihm, ein Angeklagter ein wenig unter ihm, ein Schreiber oder ein Diktiergerät neben ihm und das Bewußtsein der Staatsmacht samt Fahne und Bundespräsidentenkonterfei in seinem Rücken – das mußte genügen, um der Vorstellung die nötige Überzeugungskraft zu verleihen, das mußte für die Dramatik reichen.

„Ich habe schon genug getrunken", redete sich Spinne heraus.

Auf keinen Fall durfte er seine Position aufs Spiel und sich potentiellen Erpressern aussetzen. Zu undurchsichtig erschien ihm der weitere Verlauf des Abends und der Nacht; vielleicht würden auch alle drei sofort einschlafen. Sicher jedoch würde man zuerst weiterzechen. Vielleicht würde dann der eine eine anzügliche Bemerkung machen (vermutlich *die* eine) oder einfach ein Kleidungsstück verlieren oder alle und hernach ins Bett plumpsen. Sicher brauchte man noch reichlich Alkohol, um sämtliche Schranken zu verlieren; der Richter wahrscheinlich, um sein Besitzdenken in jene zu weisen. Vielleicht handelte es sich auch um eine eingespielte Szenerie, ab und zu jemand Dritten nach Hause zu schleppen, um in die Monotonie des ländlichen Ehe-Alltags ein wenig frivole Abwechslung hineinzuzaubern, im beiderseitigen Einverständnis, egal, von wem dies ursprünglich seinen Ausgang genommen hatte. Vielleicht war der Richter sogar schwul und er sollte bloß als Opfer serviert werden? Vielleicht betrieb man aber auch das umgekehrte Spiel, daß die Lady ihrem Mann bisweilen gnädig ein junges, knuspriges Schlachtopfer darbot, und ihr Mann revanchierte sich wiederum mit Verständnis für ihre grenznymphomanischen Umtriebe, indem er großmütig darüber hinwegblickte oder sogar mitspielte. Vielleicht ermunterte er sie auch dazu, vielleicht geilte es ihn auf, ihr dabei zuzusehen, wie sie es mit anderen trieb? Zu viele Abgründe jedenfalls, die sich auftaten, in diesem ländlichen Laienspiel. Entschieden zu viele. Oder war dies etwa eine schaurige Inszenierung aus seinem eigenen Wunsch-Kabinett? Hatte er so etwas schon einmal gedacht, mehrmals gewünscht oder unaufhörlich herbeigesehnt? Sehr kompromittierend, für einen seriösen Ermittler, der neutral und unbestechlich bleiben sollte. Höchste Zeit, daß er die Kurve kratzte und das Weite suchte.

„Ich verurteile Sie", sagte der Richter mit strenger Miene, beugte sich zu ihm herab, „Ich verurteile Sie wegen satirischer Schreibweise."

„Und wegen unmoralischer Gesinnung nicht?"

„Das wird nicht geahndet. Alle Delikte sind verjährt."

„Ich möchte aber verurteilt werden."

„Die Verhandlung ist geschlossen", donnerte der Richter, das

Kruzifix umklammernd.

„Wenigstens 20 Stockhiebe", flehte der Stadtschreiber, „Oder eine Nacht im Harem des Sultans."

„Na gut, weil Sie es sind", antwortete der Richter mild, „will ich Strenge walten lassen."

„Und wieviel bekomme ich?"

„Sie dürfen den Eunuchen zusehen, wie sie wollen, aber nicht können, ein Leben lang."

DONNERSTAG, 7.9.00

Der Richter versuchte sich in seine Rolle einzuüben, Spinne versuchte sich zu ernüchtern. Es geschah nichts, im ganzen Alpenland. Das Land versuchte einen Feiertag.

Im Oberhaupt

FREITAG, 8.9.00

Der Bürgermeister saß in seinem Amtszimmer und brütete. ICH KANN GANZ NEUMARKT VERNICHTEN. Natürlich, mit seinen Worten. Lächerlich will er uns machen. Erst engagieren wir ihn, dann hofieren wir ihn, sogar auf die Ehrentribüne habe ich ihn gebeten – und jetzt will er uns vernichten. Wer sonst soll es sein? Bevor er da war, gab es jedenfalls sowas nie. Vielleicht eine Rauferei, einen Diebstahl oder einen Selbstmord, ja. Aber sowas? Nein. Und kaum kommt jemand von auswärts, kaum will man gefällig sein, sich für die Kunst engagieren, kaum will man sich großzügig zeigen, als Kulturförderer – schon geht alles schief. Er gibt es natürlich nicht zu, er macht sich einen Spaß daraus, uns zuzusehen, wie wir zappeln. Was auch immer wir tun, er wird es beschreiben. Und was immer er beschreibt, er wird uns lächerlich machen. So sind sie, diese Künstler. Verbieten kann man es ihnen auch nicht. Dann rennen sie zum Kadi, reden von Zensur und machen eine Welttragödie daraus, damit sie endlich das bißchen Aufmerksamkeit haben, das sie sonst nie bekämen. Nein, verbieten kann man ihnen nichts. Nur: sie ignorieren, so wie immer.

Sie nur nicht hochkommen lassen! Man sieht ja, wohin das führt.

Wenn Jakob Spinne also der Urheber dieses Schreibens ist, dann handelt es sich sicher um eine Finte, einen BLÖFF, einen dieser besonders originellen literarischen Gags eben. Nur was, wenn nicht? Dann kann es auch ernst gemeint sein. Verdammt ernst.

Natürlich hatte er dem Stadtschreiber den Brief nur gezeigt, um seine Reaktion zu überprüfen. Und jetzt glaubte dieser Esel gar, er wäre der Kommissar. Nun, seine Reaktion schien wenigstens echt, die Überraschung konnte man ihm durchaus glauben, genauso wie seine kindische Freude über seine vermeintliche neue Aufgabe.

Wenn Spinne aber nicht der Absender dieses Briefes war, dann bedeutete dies allerdings ein Indiz mehr, daß seiner schönen Gemeinde ernsthaft Gefahr drohte.

Vielleicht hatte sich der Stadtschreiber aber bloß verstellt? Wer einen fremden Schreibstil annehmen kann, hat sicher auch seine Reaktionen unter Kontrolle.

Hatte Spinne sich nicht mittlerweile, kombinierte der Bürgermeister, durch seine unaufhörliche Fragerei beinahe ebensolche Ortskenntnisse angeeignet wie jeder Einheimische? Und wollte er sich nicht, indem er heimlich Erpresserbriefe schrieb, einen möglichst spektakulären Hintergrund für seine Story sichern?

Er würde ihn prüfen und überführen, sobald er die Story ablieferte: Wenn darin der Fall ausführlich dargelegt und breitgetreten wurde, dann galt der Stadtschreiber als schuldig – dieses Indiz würde ihn zumindest stark belasten. Aber konnte man es andrerseits ernsthaft verlangen von einem, der engagiert wurde, über den Ort, seine Bewohner und die Erhebung zu schreiben, gerade so ein markantes Ereignis nicht zu erwähnen, wäre das nicht erst recht verdächtig? Nein, die Erwähnung oder Nicht-Erwähnung dieses kriminellen Aktes ließ keinen zwingenden Schluß über die Verwicklung des Stadtschreibers in diesen Fall zu. Überdies würde es an dem fernen Zeitpunkt, wenn der Bericht endlich fertig war und abgegeben wurde, auf jeden Fall zu spät sein, der Täter hätte sein grausames Werk bereits vollbracht. Er täte besser, sagte sich der Bürgermeister, die Katastrophe zu verhindern, anstatt auf eine späte Überführung eventuell Schuldiger zu warten, schließlich galt es, keine Zeit zu verlieren.

Im Grunde traute er dem Stadtschreiber zwar die nötige Intelligenz und gewiß auch die Fähigkeit zur ironischen Formulierung zu, doch stufte er ihn nicht als so kaltblütig ein, einer literarischen Raffinesse wegen sein Leben in Freiheit zu riskieren oder gar, deshalb jemanden umzubringen.

Bürgermeister Achatz erhob sich von seinem Schreibtisch und trat ans Fenster. Es wird Zeit, daß ich auf andere Gedanken komme, sagte er sich. Vielleicht passiert auch *nichts*. Es ist wohl besser, wenn ich allmählich meine Festtagsansprache vorbereite.

Mit Wohlgefallen blickte er auf die belebte Hauptstraße herab. Er liebte diesen kleinen Ort, der bald zur Stadt werden würde; was hatte er nicht alles in den letzten Monaten unternommen, um dieses Ereignis in die Wege zu leiten! Er liebte auch die Umgebung, die sanfte Hügellandschaft – „Die Dörfer und Weiler unserer Umgebung“, wie er bei feierlichen Anlässen zu sagen pflegte und wie er es auch bei dem bevorstehenden Festakt zur Stadterhebung wieder sagen würde: „Von Neufahrn über Wertheim, hoch hinauf bis nach Sommerholz – ein schöner Flecken Erde!“

Was für seltsame Ideen im Zuge der Vorbereitungsarbeiten geboren wurden! Vielleicht sollte er in seiner Rede darauf eingehen? Manche hatten sich ernsthaft dafür ausgesprochen, nach der Stadterhebung den Ortsnamen durch ein „-stadt“ zu ersetzen, also Neu*stadt* statt Neumarkt, doch so eine markante Änderung hätte zweifellos großen Widerstand hervorgerufen. Der Bürgermeister führte für den Fall, wenn er darauf angesprochen wurde – und das war recht häufig – ein kleines Bonmot mit sich spazieren, das da lautete: „Auch Düsseldorf heißt noch Düsseldorf, obwohl es eine Stadt ist und kein Dorf.“

Nein, der Name Neumarkt muß erhalten bleiben, ein Name ist schließlich nicht irgendwas, sondern ein Markenzeichen. Und Neumarkt sollte ein Synonym werden für seine erfolgreiche Regentschaft, für das Blühen und Gedeihen, für den Aufschwung, gleich in welche Richtung, doch hoch hinaus.

Jedenfalls sollte er allen für den „unermüdlichen Einsatz“ danken, das war klar. Oder, noch besser, ein paar Ehrenurkunden verteilen, das kostet nichts und schafft eine gute Stimmung.

Er mußte den Landeshauptmann unbedingt überzeugen, daß das

Bezirksgericht hier in Neumarkt bleibt, dachte der Bürgermeister. Eine Stadt ohne Gericht gleicht einer Stadt ohne Recht. Und was nützt ein Recht, das man sich nicht verschaffen kann?

Ein anderer Vorschlag lautete, doch gleich den gesamten Landesteil umzubenennen, dem Fremdenverkehr zuliebe. Der Name „Flachgau" würde nämlich eine doppelte Belastung beinhalten: Einerseits erwecke die Bezeichnung *Gau* ungünstige Erinnerungen, andererseits klinge *flach* irgendwie langweilig, und so flach wäre es doch hier wieder auch nicht. Der *Pinzgau* könne wenigstens einen traditionell gut besetzten Namen vorweisen, allein durch seine Pferde, *Pongau* hätte Sankt Johann – was aber wäre so toll am Flachen, mochten die Touristen aus dem Norden denken, die das Flache doch von zuhause her kannten, deswegen würden sie wohl kaum in die Alpen fahren! Gottlob wurde die Diskussion abgeschmettert, noch ehe sie richtig in Gang kam. Andere hätten an ihrem Namen schließlich noch schwerer zu tragen, wenn man nur an die in der Nähe gelegene Ortschaft Mösendorf denke, oder ihr Pendant, den Bundesstaat Penissilvania oder so ähnlich. Gar nicht zu reden von Unterstinkenbrunn!

Aber das paßte wieder weniger zur Festtagsansprache, also strich Bürgermeister Achatz den letzten Satz lieber durch.

Der Prophet im fremden Land

Spinne saß auf der Terrasse und brütete. Erst der Erpresserbrief, dann der Waldarbeiter, dann Désirée, dann der Alkohol und dann der Kater. Und jetzt das.

Alles, was er denkt, muß er mit Schrecken erkennen, wird zur Wirklichkeit. Wer oder was hilft ihm, nichts Schreckliches mehr zu denken? Was hat ihm diese verhängnisvolle Gabe der Prophetie beschert, die, bereichert noch, fatal und erbarmungslos den bedingungslosen Vollzug des Vorgestellten gebietet? War er irgendwann einmal leichtfertig mit seinen Prognosen umgegangen, zu leichtfertig im Denken? Wer wäre dies nicht?

Ein Baukran war umgestürzt, na und? Aber könnte dies nicht auch wegen des Sturms geschehen sein? Als ob es nicht hinlänglich bekannt wäre, daß ein Baukran bei Sturm eben einzustürzen droht! Eine derartige Auftürmung stellt doch geradezu eine Versündigung wider die Schwerkraft dar, die dieses eherne Gesetz frevlerisch herausfordert, jedenfalls eine stark schwankende Angelegenheit, die so wie alles von Menschenhand Errichtete dereinst zum Einsturz kommen muß. Oder waren es doch seine Gedanken, die beim Vorbeigehen an diesem Kran mit dem Wind spielten, den Wind zum Sturm werden ließen und den Kran zum Taumeln brachten?

Dem Holzfäller hatte er insgeheim einen Denkzettel gewünscht, der prompt letal überreicht wurde, und der Gemeinde bescherte er nun durch das bloße Spielen mit einer Denk-Möglichkeit einen heimtückischen Erpresser.

Alles, was er denkt, muß Wirklichkeit werden. Leider denkt er unentwegt negativ. Nur nicht an Katastrophen denken!

Wenn dem aber wirklich so ist, dann müßte auch alles Positive, das er denkt, zur Wirklichkeit heranreifen. *Blümchen*, denkt er, und noch mal: Blümchen. Blauer Himmel, Blumenwiese. Nur noch Positives, Harmloses, um Himmels Willen. Hygiene wird zur Pflicht, im ureigensten Mentaltrakt, wenn sich dessen Auswüchse so schandhaft deutlich zeigen wie nie zuvor.

Auch sonst, so neigt man zu denken, wäre diese Genauigkeit den mentalen Prozessen gegenüber angebracht, wenn man nicht so augenscheinlich von ihren Folgen bedroht ist und von ihren Drohungen verfolgt wird, die sich als lebensechte Katastrophen vor uns aufpflanzen, Geister, die wir zum Leben erweckt haben und die uns jetzt an den Kragen wollen. Nicht so kritiklos sollte man, in jeder Situation, denken dürfen, diesen Bildern nachgeben, die von Stimmen unterlegt sind, die uns in diese und jene Richtung zerren und, obwohl Gäste, wie selbstverständlich auf ihr Hausherrenrecht auf Realität pochen.

Nein, natürlich kann man nicht einen negativen Gedanken einfach durch einen positiven ersetzen oder ungeschehen machen; vielleicht ein wenig *mildern*, abschwächen, mag sein. Der Teufel läßt sich nicht mit dem Beelzebub austreiben, dazu ist er viel zu geübt, schon zu lange im Amt. Eine stärkere Waffe muß her, ein Schwert, das den gordischen Knoten durchtrennt. Die Stille vielleicht, die Abwesenheit der Gedanken. Das Sich-Lossagen von dem ihnen bedingungslos gehorchenden Element. Das Installieren einer dazwischengeschalteten, kritischen Instanz? Wie, noch mehr Filter, noch weniger Unmittelbarkeit? Als Vorstufe, raunt man uns zu, um uns zu beruhigen, ein Heilungsprozeß wäre vonnöten. Wer raunt? Darf man ihm trauen? Man möge achten, woher geraunt wird. Von „oben" oder mehr „vom Herz". Dort, wo Gewißheit wohnt, als Gefühl, dort könne man folgen und gehen. Hier hingegen, wo es nur Möglichkeiten gibt, unzählige, und noch dazu gleichberechtigt, also scheinbare Demokratie, wäre es gefährlich. Man sehe ja, wohin die Denkmöglichkeiten führen: Sie bahnen sich ihren Weg, bis in die Wirklichkeit – kaum etwas haben wir ihnen als Widerstand entgegenzusetzen – und werden zur Katastrophe.

Bei Gelegenheit, denkt der Stadtschreiber, muß er diesen Gedanken weiterdenken; oder, so verbessert er sich, mit Hilfe dieser inneren Gewißheit, weiterfühlen, sich allmählich herantasten in die weitaus attraktiveren Landstriche des katastrophenfreien inneren Raums, jenseits aller Denk-Möglichkeiten, jenseits der Tragödie.

Kein Satz darf leichthin ausgesprochen werden. Jeder kleinste Nebensatz, jede flüchtige Bemerkung, jeder scheinbar harmlose, belanglose Gedanke kann Wirklichkeit werden! Die einzige Rettung bot das Schweigen, die absolute Ruhe. Wenn ich also konsequent schweige, dachte Spinne, wird vielleicht die Stille als prophetische Formulierung endlich zu einer allgemeinen Gegebenheit, zu einem Gesetz? (Das würde einem notorischen Ruhefanatiker natürlich so passen, Sie schamloser Egoist!)

Jeder Gedanke wird plötzlich wichtig, jedes Urteil. Jeder Kontakt mit einem anderen Wesen, denn er könnte entscheidende Aufschlüsse bieten – worüber auch immer – oder, schlimmer noch, zu weiteren, folgenschweren Gedanken und Urteilen führen. Jedes Element unseres Seins verdient Beachtung.

Behutsamkeit, so könnte man die einzige Formel nennen, mit der man sich allem nähern sollte. Behutsam zu sein, um nicht katastrophale Entwicklungen auszulösen, selbst wenn sie sich nicht gleich als solche äußern; behutsam, um nicht potentiell positive Tendenzen zu zerstören, behutsam und langsam, um nicht der Gefahr einer vorschnellen, vorgeschobenen Schein-Gewißheit zu unterliegen, behutsam mit allem umzugehen, *auf daß auch behutsam mit uns umgegangen werde*. Zwar sollte man, so heißt es, keine Überschriften vor sich hertragen, mit denen man seinem Dasein gegenübertritt, doch wer könnte das schon? Und ist nicht eine hilfreiche, klar gefaßte Überschrift besser als eine unbewußt irgendwann aufgelesene, verschwommene, die uns nur zum Schaden gereicht und unsere Wahrnehmung verfälscht? Und vielleicht erfüllt diese Überschrift ohnedies nur den Zweck einer Übergangslösung, bis uns ein Dasein ohne Vorsatz gleichermaßen möglich wie zuträglich wird?

Garant für Unheil

„Um Himmels willen, tut das nicht! Ich kann in die Zukunft sehen. Das gibt ein Unglück, hört auf!" Doch wie als ob sie unter einem geheimen Zwang stünden, setzen die Buben ihr Spiel fort, und wie es so ein Spiel erfordert, steigert es sich.

Dabei hatte es so harmlos begonnen. Eines der Kinder hatte die Bäuerin gebeten, bei der Feldarbeit dabeisein zu dürfen, das andere kam hinterhergelaufen. Die Bäuerin fuhr mit dem Traktor unter die Obstbäume und schickte sich an, die heruntergefallenen Äpfel und Mostbirnen in einem Kübel einzusammeln und dann auf den Anhänger zu laden. Dabei muß sie irgend etwas vergessen haben und ist zum Bauernhof zurückgelaufen. Die Buben hatten erst noch brav weiter das Obst zusammengesucht, doch als die Mutter nicht gleich wiederkam und ihnen langweilig wurde, haben sie ihr eigenes Spiel erfunden. Der eine hat sich hinter das Lenkrad geklemmt und ist, erst zaghaft, dann immer forscher drauflosgekurvt. Und nun werden sie nach und nach ausgelassener, toller. Bald hören sie keinen Laut mehr von links oder von rechts, haben nur noch Augen und Ohren für ihren Spaß. Längst sind die Äpfel Nebensache, schon rattern sie tollkühn mit dem Traktor den Abhang hinauf und hinunter, freuen sich am Geschepper des Anhängers, ziehen Kurven, Kreise, fahren Achter. Der Größere sitzt am Steuer, der Kleinere läuft vor Vergnügen quietschend hinterher. Ihr Spiel lautet scheinbar, so scharfe Kurven zu fahren, daß der Anhänger gerade noch mitschlenkern kann, ohne seine Fracht zu verlieren, und nach jeder Kurve gibt es ein Beifallsgejohle und neue Anfeuerungsrufe: „Los, schneller! Da hinauf! Und jetzt im Retourgang!“ Soeben hat sich der Kleine auf den Anhänger geschwungen und sitzt wie ein ländlicher Regent mitten auf seinem schaukelnden Apfelhaufen, für ihn wertvolle Kronjuwelen, die er fürstlich würdevoll bewahrt und bewacht. Es kann nicht gutgehen: Das Rattern des Traktors, ihre ausgelassenen Schreie und das Klopfen der Äpfel auf den hölzernen Wänden des Anhängers, immer schneller, ruckartiger, wie ein kühnes, drohendes Stakkato, das sich zu einem einzigen surrenden, ohrenbetäubenden Lärm vereint, in dem sie atemlos und wie besessen keine warnenden Worte hören, nicht die Gefahr erkennen; in ihrem übermütigen, fratzenverzerrten Lachen sehen sie nicht, daß alles nur noch nach einem Gipfel, nach einem Ende schreit, ja förmlich tobt und tost – und dann das Unvermeidliche, der Höhepunkt: Im Rückwärtsgang streift der Anhänger den Straßenrand, der Traktor kommt ins Schleudern, überschlägt sich zwei-, drei-, viermal und begräbt die beiden Buben unter sich. Ein spitzer Schrei, kurz röhrt noch der Motor auf – und dann ist es auf einmal unheimlich still.

Eine markante Figur oder: *Alternde Diva*

Eines der markantesten Lokale in Neumarkt war die Konditorei. Die Wirtin von der ‚Krone‘ führte sie. Eigentlich wollte sie sich schon längst in den verdienten Ruhestand zurückziehen; sie suchte einen Nachfolger, hieß es, zumindest für die ‚Krone’, doch die Konditorei würde sie wohl nicht hergeben.

Freut mich, Sie zu sehen, Sauerzopf, sagte sie, als sie Spinne zum ersten Mal begegnete. Spinne dachte erst, sie wolle ihn beschimpfen oder abmahnen, erst allmählich begriff er, daß sie sich einfach vorgestellt hatte. So hieß sie. Sauerzopf, das war ihr Name: Gisela Sauerzopf.

Manchmal fand man sie hier, manchmal ein paar Schritte weiter, in ihrem Gasthaus. Ein doppeltes Geschäft, in jeder Hinsicht, denn alle, die sie treffen wollten, gingen erst hierhin, dann dorthin, und weil sie schon da waren, konsumierten sie auf beiden Plätzen. Im Sommer standen die Stühle draußen auf der Straße; braungebrannte Schönlinge beiderlei Geschlechts ließen sich begutachten und prüften ihrerseits das vorbeistapfende Sortiment.

Gisela Sauerzopf hegte im Stillen eine geheime Hoffnung, nämlich eines Tages diese beiden Lokalitäten miteinander zu verbinden, denn unglücklicherweise lagen ein paar Häuser zwischen ihren beiden Kommunikations- und Konsumationszentralen. Häuser, in denen sich leider auch Geschäfte befanden, deren Besitzer ihr weder gut gesinnt waren, noch im entferntesten daran dachten, irgendwelche Immobilien-Tausch- oder Pachthändel mit ihr einzugehen, das hatte sie betrübt ausgekundschaftet. Und als schier unüberwindbares Bollwerk stand zu allem Überdruß noch ausgerechnet das Bezirksgericht im Weg, egal, ob dessen Weiter-Existenz nun gesichert sein sollte oder nicht. Freilich versuchte sie geschickt, die Aussiedelung und Auflösung dieser alteingesessenen Institution voranzutreiben; doch leider, von ihrer Warte aus betrachtet, ohne Erfolg. Der Wille der Kommunalpolitik hat Vorrang vor den Bedürfnissen der Gewerbetreibenden, wetterte sie. Solcherart in die Zwickmühle getrieben, erschien ihr als einziger Ausweg, nein, das ist zu verniedlichend, empfing sie die göttliche Eingebung, als triumphale Lösung dieses unauflösbaren Dilemmas zweier immanent getrennter geometrischer Orte einen unterirdischen Tunnel zu errichten, der ihr geteiltes Reich wieder vereinen sollte, vielleicht sogar in Form einer kleinen Einkaufspassage. Würde einmal eine neue Stadt-Regierung angelobt, dann könnte diese doch bequem durch diese Unterführung zur geschützten Amtsaufnahme schreiten. So kreuzte sie unbeirrt bei jeder Gemeinderatssitzung auf und trug zum Leidwesen aller Mandatare zum hundertsten Mal ihr zukunftsweisendes, suburbanes Stadterneuerungskonzept vor.

Sie wollte sich zwar schon längst in den verdienten Ruhestand zurückziehen, hieß es, möglicherweise war sie jedoch jünger als sie aussah, nein, vermutlich sah sie viel jünger aus als sie an Jahren zählte, so war das. Rückblickend hatte Spinne sie jedenfalls im Zuge der *attraktivitätssteigernden Maßnahmen* entscheidend verjüngt, ebenso wie die Vermieterin – oder vorausblickend? Schließlich muß doch jemand Sorge tragen, wenn dieses Geschehen einmal über die Kinoleinwand geistert, egal wie schleppend sich das Geschehen entwickelt. Wer sieht schon gerne alte Frauen, jeder möchte doch lieber, wie Spinne selbst, von jungen Schönheiten umgarnt werden oder ihnen zumindest tief in die Augen oder ins Dekolleté oder sonstwohin schauen.

Bei Gisela Sauerzopf schien dieses Unterfangen, aus ihr eine attraktive Frau in den besten Jahren zu machen, vergleichsweise einfach, wenn man bedenkt, daß sie auch im Fremdenverkehrsverein und im Ausschuß der Wirtschaftstreibenden eine Rolle spielte und vielleicht gar nicht altershalber, sondern aus Gründen der Überlastung einen Nachfolger suchte!

Wie aber soll uns dies bei Stefanie Wallner gelingen, die zwar früher gewiß eine begehrenswerte Frau gewesen sein mußte, doch durch den weiteren Verlauf der Geschichte, wie wir noch sehen werden, mit einem Sohn oder vielleicht gar mit einem Enkel belohnt bzw. bestraft wurde? Als dessen mitverantwortliche Co-Erzeugerin muß sie doch – einiges an Frühreife vorausgesetzt – mindestens 50 oder 55 Jahre zählen; nein, da würde der professionelle *Scriptwriter* die Sache anders anlegen und sie – wenn schon – eher zur lieben oder fallweise eben bösen Omi befördern, die in der Küche sitzt und ihren Kaffee schlürft, über die Nachbarn herzieht, da und dort ein bißchen spioniert, damit sie über reichlich Stoff zum Tratschen verfügt; nein, so eine Figur ist gut, würde er uns erklären, die Story lebt von solchen Kontrasten! Doch weder von ihr noch von einem Scriptwriter möchten wir an dieser Stelle jetzt erzählen und lesen, lieber Herr Spinne, könnten Sie deshalb bitte einmal bei der Sache bleiben?

Warten Sie, einen kleinen Moment noch, ich komme gleich zurück, ich bin eben dabei, diese Kurve zu schaffen. Gewiß, bei Stefanie Wallner wären die attraktivitätssteigernden Maßnahmen mittlerweile schwierig, das ist richtig. Nichts hindert uns jedoch daran, ja, es wird uns möglicherweise sogar beflügeln, wenn wir uns die zuvor kurz beschriebene Dualgastronomin Gisela Sauerzopf von nun an als wunderschöne, vielleicht sogar vollbusige Frau vorstellen, zumal wir ihr schon ansatzweise ins Dekolleté blicken durften.

Verleihen wir ihr zusätzlich ein paar hochwillkommene Attribute: dichtes, blondes Haar, das meist hochgesteckt getragen wurde, volle, sinnliche Lippen, zarte Wangen, eine rosige Haut, einen verführerischen Augenaufschlag, schmale Hände und einen wiegenden Gang, vielleicht noch edle, hohe Backenknochen oder einen verträumten, in unendlicher Ferne verweilenden Blick wie den der Venus von Boticelli etwa – und schon wollen wir sie gar nicht mehr aus unserer Mitte missen!

Doch wir brauchen gar nicht so übertreiben, denn eine weitere Neigung teilte sie mit so mancher anderen Bewohnerin des Ortes, die sie um nichts weniger interessant machte.

Richtungsweisende Lernhilfen

Gerade war sie mit der jungen Thekenkraft in ein diese Thematik betreffendes, tiefsinniges Gespräch verwickelt.

„Gehst du am Dienstag zum Tantra-Seminar?"

„Nein, da habe ich *die Tibeter*. Oder ist das am Montag? Ja, am Montag! – Nein. Aber am Dienstag kann ich auch nicht. Da habe ich Polarity und die Aura-Soma-Therapie."

„Warst du schon bei der Licht-Energie-Arbeit?"

„Einmal."

„Und?"

„Urfad."

„Sag', wieviel Milch nimmst du eigentlich für den Verlängerten?"

„Laß es dir *channeln*."

„Hallo, Agnes", grüßte die Wirtin eine eintretende Lady und warf der Kellnerin einen vielsagenden Blick zu.

Spinne saß an einem Tisch, rührte mit der Rechten immerzu in seiner heißen Schokolade. Mit seiner Linken hielt er sich eine aufgeschlagene Zeitung vor die Nase, deren Buchstaben er zwar wahrnahm, doch nur noch als geometrisches Muster. Ihr Zusammenhang blieb ihm verborgen, seit er von dem arglos geführten Gespräch der beiden Serviertanten mehr und mehr abgelenkt worden war. Jetzt folgte er dem vielsagenden Kellnerinnen-Blick und den beiden soeben eintretenden, wohlgeformten langen Beinen, die sich um ein Tischbein gruppierten und sich dann – etwa in Kniehöhe – in der Hälfte zusammenfalteten. Neugierig tastete er sich mit den Augen langsam nach oben, über ein paar – leider halb verdeckte – Rundungen bis zu dem Gesicht der Trägerin dieser Langbeine, die mit einem kühlen, spöttischen, nahezu verächtlichen, starren Lächeln zu ihm hinüber- oder durch ihn hindurchsah. Die Hoffnung, in den Zügen dieses Gesichts die Auflösung für das Rätsel zu finden, das der Kellnerinnenblick ihm aufgegeben hatte, erfüllte sich nicht.

Er blickte auf die Uhr, die er, seit sie nicht mehr ging, immer auf dem Nachtkästchen ließ, damit er wenigstens zu Hause wußte, wie spät es sein könnte. Désirée wollte ihn treffen, oder er sie. Eine Aussprache. Na gut, hatte sie gesagt, in der Konditorei. In der Mittagspause. Ausgerechnet in der Konditorei? hatte er gefragt, ist das nicht zu auffällig? Natürlich, hatte sie geantwortet. Etwas Auffälligeres gäbe es gar nicht. Es ist schon so auffällig, daß es wieder ganz harmlos wirkt, wie beiläufig. Na, wenn du meinst, hatte er diese sonderbare Art von Logik zur Kenntnis genommen. Frauen denken entweder gar nicht oder um zwei Ecken.

Diesmal kam sie um gut eine Viertelstunde zu spät, wirbelte geradewegs auf ihn zu. Er strafte sie mit einer kurz hingeworfenen Bemerkung: „Ich habe es mir überlegt, ich möchte doch lieber bei dem ‚Sie' bleiben."

„Das ist mir recht. Das ist weniger kompromittierend. Dann verplappert man sich nicht so leicht in der Öffentlichkeit."

Sie schien also darauf Wert zu legen, in der Öffentlichkeit nicht als leichtes Ding aufzutreten; das hatte sie auch während der ‚Jungfrau' schon angedeutet. Ihr Ruf lag ihr offenbar doch am Herzen. Vielleicht wollte sie auch nur den Ruf ihres Mannes nicht gefährden, schließlich war er ja Richter, wenn auch unter Umständen bald ohne Gericht. Was hatte das aber mit seinem Fall zu tun? Diese Frau war gewiß nicht sein Fall, soviel war klar.

Ihm war es egal, aus welchem Grund sie zustimmte oder aus welchem Grund sie annahm, daß er das Du-Wort wieder zurückgeben wollte. Für ihn bot das Du-Wort kaum noch einen Anreiz, jemanden näher kennenzulernen. Es nahm schon vorweg, daß man einander kannte. Bei einer Frau bereitete ihm diese vertraute Anrede noch mehr Schwierigkeiten. Mit einer Frau gab es nach dem „Du“ doch nur mehr das Bett, da konnte man nur noch kuscheln und streicheln, zärtlich sein oder wild Sex haben. An sich nicht schrecklich, doch als einzige Freizeitgestaltung? Nein, er wollte sich diesen gewissen Reiz aufrechterhalten, so lange wie irgendwie möglich, und sei es durch eine erzwungene Distanz, durch einen Abstand in der Rede. Das würde eine Frau natürlich nie verstehen. Frauen, natürlich wie sie sind, würden lachen und sagen: „Natürlich kann man sich noch einen Reiz erhalten, auch wenn man Du zueinander sagt.“ Beinahe vorwurfsvoll würde eine natürliche Frau dies sagen, und dann würde sie weiterlachen und fortsetzen: „Auf welche Ideen du kommst; absurd! Pardon: Sie.“ Und dann würde sie nur noch lachen und lachen, deshalb erklärt man besser nie etwas einer Frau, und schon gar nicht etwas ganz den Tatsachen Entsprechendes, sondern läßt sie besser mit ihrer falschen Erklärung zurück, mit der sie sich ohnehin mehr als zufriedengibt. (Sehr bedenklich, Herr Spinne, das wird Sie einiges an Sympathie bei den weiblichen Lesern kosten, wie Sie überhaupt die Frauenrollen wieder einmal ziemlich klischeehaft besetzen!)

Außerdem war das komplett nebensächlich. Er mußte endlich mit dem Fall vorankommen. Gerade wollte er mit einer messerscharfen Formulierung über Désirée herfallen, zumindest rhetorisch, als er merkte, daß der Platz, auf dem sie sich doch gerade erst niedergelassen hatte, schon wieder leer war. Wo steckte sie denn, vor dem Spiegel? Nein, dort drüben, wechselte ein paar Worte mit jener Agnes, die sie bei ihrer ersten Erstürmung der Konditorei offenbar übersehen hatte.

„Wer ist denn das?“ wollte er wissen, als sie mit einem spitzbübischen Lächeln, eine Entschuldigung hauchend, endlich wieder an seinen Tisch heimkehrte.

„Na, die Mayer.“

„Mayer?“

„Ja. Agnes Mayer. Geschäftsfrau, Seminarleiterin, Obfrau des Ehrenkomitees. Einfach eine Wucht, die Frau.“

„Naja.“ Wenigstens der vielsagende Blick war aufgeklärt. Mit ihren richtungsweisenden Seminaren prägte sie zweifellos den geistigen Horizont dieses Landstrichs; fragte sich nur, in welcher Richtung. Und ferner fragte es sich, was es denn gewesen war, das er Désirée fragen wollte, denn dieses war zweifellos viel wichtiger und überdies schon messerscharf vorformuliert. Endlich fiel es ihm wieder ein, doch in der zweiten Fassung dünkte es ihm weniger scharf, obwohl er es wie aus der Pistole geschossen über sie hereindonnern ließ:

„Unser letzter Abend im Gasthof, bei der Laienbühne. Sie wissen schon. Haben Sie nicht gesagt, Sie kennen Dinge, die sonst keiner kennt? So neu war das wieder auch nicht..."

Sie lächelte ihm gutmütig zu. „Ja, aber auf das Wie kommt es an. – Und auf das Wann."

„Und vor allem auf das Wo..."

„Ob Tisch oder Bett, das ist doch einerlei."

„Das ‚Mit wem' scheint Sie weniger zu kümmern."

„Am Tag machen alle Kater miau. Oder wie heißt das doch?"

„Kommen wir zur Sache."

„Was, schon wieder?"

„Zur Sachlichkeit."

„Ach ja." Désirée setzte eine ernste Miene auf, rückte sich die Brille zurecht, die sie nie trug.

„Wollen Sie mir nicht etwas erklären?" fragte er.

Sie sah ihn belustigt an. Zwei Grübchen schräg unter dem Kinn, eines links, das andere rechts, verdeutlichten ihr Amüsement. Was gab es da noch zu erklären?

„Ich erkläre Ihnen alles", flüsterte sie ihm ins Ohr. „Ein ander Mal."

„Sie wollten mir doch helfen, haben Sie gesagt."

„Und, habe ich Ihnen nicht geholfen?"

„Schon. Aber."

„Diese Männer", seufzte sie kokett, „Haben immer nur das eine im Kopf. Ihre Arbeit."

„Sonst können Sie mir nichts offenbaren?"

„Ich könnte schon."

„Dann tun Sie."

„Hmh." Sie lächelte, zögerte ihre Antwort hinaus. „Ein Tip, vielleicht?"

„Und der wäre?"

„Schauen Sie sich das Schloß an."

„Sightseeing?“
„Dort liegt viel Geld herum. Aktiv wie passiv.“
„Aha.“
„Und schauen Sie auf die Bewohner.“
„Klar.“
„Aber auf alle. Wirklich alle. Verstehen Sie?“
„Ich bemühe mich gerade. Konkreter geht's nicht?“
„Noch konkreter?“
„Wenn ich Ihre Aktionen mit Ihren Worten vergleiche...“
„Hören Sie, *Sie* werden für diesen Job bezahlt, nicht ich. Ich möchte meinen nicht verlieren. Schließlich führe ich in der Schloßkapelle ab und zu Trauungen durch. Wollen Sie einmal zusehen?“
„Nein, danke, nicht einmal bei meiner eigenen.“
Sie verzog das Gesicht. „Also, es ist besser, Sie wollen sich das Schloß ansehen. Ich habe Sie nämlich angemeldet.“
„Was? Wieso?“
„Glauben Sie, Sie hätten ohne Beziehungen so leicht einen Termin bekommen? Der Schloßherr muß täglich ein paar Millionen verdienen.“
„Für wann haben Sie mich denn angemeldet?“
„Für jetzt gleich. Meine Mittagspause ist um; und Sie haben ohnehin nichts zu tun. Also viel Spaß!“ Sie stand auf, marschierte Richtung Ausgang. Kurz vor der Tür winkte sie noch einmal herüber und schickte ihm mit gespitzten Lippen ein Küßchen. Miststück! Ihn so zu bevormunden...
„He, Sie haben die Rechnung nicht bezahlt“, rief ihm die Kellnerin zu, als er ihr geistesabwesend nachlief.
„Ach ja, tut mir leid. Wieviel macht es denn aus?“
„37, 64, 112 – und was war noch? Der Kakao. 140 alles in allem.“
Spinne gab ihr 150 und warf sich die Lederjacke über, die sich allein durch ihre häufige Erwähnung mehr als verdächtig machte.
„Stimmt schon.“
„Danke. – Weißt du, was wirklich ein Erlebnis war? Die Trance-Trommeln. Da kannst du wirklich wegtreten. So wie der da.“
„Ich hab die Tiefen-Entspannung am liebsten.“
„Da schlaf' ich immer ein. Also, ein Zehner Trinkgeld ist auch nicht die Welt.“

Im zaristischen Großreich

Statt einer klärenden Aussprache hatte er sich also einen Termin eingehandelt. Mißmutig klemmte er sich hinter das Lenkrad, versuchte die versteckte Durchfahrt zu finden, die die Umfahrungsstraße überquerte, verpaßte sie natürlich und kurvte ein paar Mal im Kreis herum, bis er endlich einen Richtungspfeil entdeckte, der nach *Sighartstein* wies. Im Geist versuchte er all das aus seinem Gedächtnis hervorzukramen, was er je über das Schloß gehört hatte, das meiste waren Gerüchte.

Früher wäre das Schloß ein richtiges Schloßhotel gewesen, hieß es, aber seit es *der Messe-Zar* gekauft hat, hatte sich alles geändert. Früher, als es noch *dem Grafen* gehörte, stand es offen, ohne Zaun und ohne Hunde, schließlich haben einst Mozart und Maria Theresia dort übernachtet, wenn auch nicht gemeinsam. Und nun muß er es wieder verkaufen, der Zar, 140 Millionen Steuerschulden soll er haben, als ob er nicht gewußt hätte, daß man Steuern zahlen muß!

Man nannte ihn deshalb „Messe-Zar", weil er überall, wo er es einer Stadtgemeinde plausibel machen konnte, Messehallen hinstellte, nachdem er den betreffenden Bürgermeistern reichlich vom Image-Gewinn und den Wachstums-Chancen für den Fremdenverkehr vorgefaselt hatte, also etwas, das sich im Grunde genommen mit der Tätigkeit der Stadtschreiber vergleichen läßt, die ja auch zunächst einmal die Vorteile ihrer Tätigkeit herausstreichen, bevor sie die betroffene Region ins Chaos stürzen. Unverständlicherweise schien das Salär bei jenen, die über Handelsausstellungen faseln, ungleich höher zu sein als das der kulturellen Fasler, dementsprechend größer allerdings auch der dabei entstehende Bankrott und der zurückbleibende Schuldenberg.

Sieg – hart – stein haarspaltete Spinne mißmutig. Ein Schloß, das aus drei dermaßen gewaltträchtigen Begriffen bestand, konnte nichts Gutes beherbergen.

Mit solchen Erwägungen fand sich Spinne schließlich vor dem elektronisch gesicherten Zaun, langte mit dem Finger aus dem Wagenfenster und drückte auf den Knopf der Sprechanlage. Nichts passierte. Er hob seinen Kopf, blickte nach links und nach rechts.

Ein reich verziertes Wappen verzierte das reich verzierte Tor.

„Ja?“ fragte endlich jemand. „Der Stadtschreiber“, antwortete er. Gleich würde sich zeigen, welche Wirkung die Erwähnung dieses Begriffs mittlerweile hervorrief bzw. ob Désirée ihn tatsächlich angemeldet hatte oder ob sie ihn wieder einmal zum besten halten wollte.

„Wenn sich das Tor öffnet“, sagte eine Stimme, weiblich, „fahren Sie langsam die Auffahrt hinauf, bis Sie zu dem zweiten Tor kommen. Das zweite Tor geht automatisch auf. Dann können Sie ganz bis nach oben fahren; und dort finden Sie mich.“ Nun würde sich zeigen, wer mit wem warum unter welcher Decke steckte. Oder auch nicht.

Zunächst zeigte sich die Besitzerin der Stimme, die diese Anweisungen zur korrekten und gesicherten Zufahrt erteilt hatte. „Mein Mann ist auf der Jagd“, flötete sie. „Er muß aber jeden Moment kommen.“

Sie zeigte sich nur kurz, verschwand sofort wieder. „Fragen Sie alles meinen Mann“, flehte sie, mit den Händen imaginäre, über sie hereinstürzende Fragen abwehrend, „Ich weiß das alles nicht.“

Spinne stellte seinen Wagen vor den Wirtschaftsgebäuden ab und trippelte unschlüssig hin und her. Hinter einer Ecke lag bereits das Ergebnis der Jagd: Ein seitlich ausgestreckter Sechzehn- oder Mehr-Ender mit weit geöffneten, traurigen Augen, die noch irgendwo, in entlegener Ferne, nach einer Erklärung für das plötzliche Erlahmen jeglicher Kräfte zu suchen schienen. Ein paar Schritte weiter stieß Spinne auf den struppigen Kopf eines Wildschweins, aus dem man zwar beim besten Willen kein Erstaunen lesen konnte, der jedoch einen in der kriminalistischen Ausbildung Stehenden zu mancherlei Rätselraten über seinen weiteren Verwendungszweck animierte.

Das nächste Augenpaar, in das er schaute, war menschlicher Natur, dem ersten Anschein nach verwandter. „Sind Sie der Schloßherr?“

„Nein, ich bin der Bruder.“ Das Augenpaar konnte sprechen!

„Aha. Ganz schön abgesichert, das Schloß. Diese Zäune, und das elektronische Warnsystem...“

„Ja, aber das beste sind die Hunde.“ Tatsächlich, links hinten bellte es schon die ganze Zeit. Hinter einem Maschendraht drängten sich mißtrauisch ein paar bullige Gefährten, denen man nachts lieber nicht alleine begegnete.

„Kann ich mir vorstellen. – Leben Sie auch hier?"

„Freilich." Das Augenpaar sprach mit einer fürchterlich schnarrenden, monotonen Stimme, der man den sehnlichen wie vergeblichen Wunsch anmerkte, zum höheren Adel oder zumindest zur High Society gezählt zu werden.

„Sind Sie – der Verwalter oder so was Ähnliches?"

„So was Ähnliches. Ich betreue die Hunde."

„Aha." Leider konnte man Spinne damit genausowenig beeindrucken wie wenn man ihm etwa voll Stolz eine Waffensammlung zeigte.

„Ja. Wir haben eine Rottweilerzucht. Erstklassige Rassehunde. Alles Wettkampfsieger mit hervorragenden Eigenschaften."

„Wirklich."

Wie konnte er so einem Gespräch schleunigst entfliehen, ohne unhöflich zu werden, fragte sich Spinne und fuhr mit seinen Augen die Ornamente auf dem historischen Gemäuer entlang, zeichnete sie nach, auf und ab, dann rechts und wieder links, und dann ums Eck, wie beim Mühle-Spiel.

Endlich erschien der gutgelaunte Schloßherr, vom Jagdglück verwöhnt, in vornehm ländlicher Tracht, Knickerbocker, Hubertusjacke, Handarbeit, mit Hirschknöpfen, darunter ein Gilet mit weiteren Rotwild-Accessoires. Die kurzen, stämmigen Beine steckten in eleganten Sportstiefeln, aus seinem Mund baumelte eine Zigarre.

„Tut mir leid, daß Sie warten mußten." Er schüttelte Spinnes Hand.

Spinne bemühte sich gleichfalls, etwas Überflüssiges zu sagen. „Sie kommen von der Jagd?" Würde der andere eine rauchende Flinte in der Hand halten, hätte seine Frage unter Umständen noch klüger gewirkt.

„Jaja." Der Schloßherr deutete mit einer vagen Geste nach hinten. Gleich hinter dem Zaun schien das Revier zu beginnen. In dem Gehege, das sich über einen sanft ansteigenden Hügel nach oben erstreckte, sah man niedergetrampelte Erde und Futterkrippen.

Wahrlich keine Kunst, da hineinzuballern. Ob das mit „Jagd" gemeint war? Darüber hinaus verfügte der reiche Herr sicher über weitläufige Besitzungen, vielleicht in der Steiermark, sodaß er es sich gewiß aussuchen konnte, was er wo schießen wollte; die Opfer hatten dabei vermutlich, wie so oft, kein Mitspracherecht.

„Sie wollen das Schloß sehen? Also fangen wir an."

Er marschierte voraus, der Kies knirschte. Jenseits der langen Reihe der niedrig geduckten Wirtschaftsgebäude erahnte man das Schloß, das sich nach ein paar Schritten dem Betrachter von der Längsseite präsentierte: Vorbauten, Erker und Türmchen, schloßhafte Veranden, Steintreppen mit schmiedeeisernen, verzierten Geländern. Alles sehr schloßhaft.

Viel Zeit zum Beobachten würde Spinne nicht bleiben; der Zar drückte aufs Tempo. Besichtigungen stellten für jeden Schloßherren offensichtlich eine reine Routineangelegenheit dar, eine lästige Verpflichtung, die man im Stile eines Museumsführers möglichst schnell herunterratterte, ebenso wie die nebenher dazugeleierten historischen Daten. War einmal der erste Stolz, Schloßbesitzer zu sein, verflogen, traten schnell die beschwerlichen Begleiterscheinungen zutage: Ständig neugierige Besucher, die noch dazu möglichst blutige Gruselgeschichten aus der Vergangenheit hören wollten oder unaufhörlich über nächtlich spukende Schloßgespenster witzelten, aber andererseits für die realen Probleme der Gegenwart wie die etwas erhöhten Heizkosten für rund 2000 Quadratmeter Wohnnutzfläche wenig Interesse und Verständnis aufbrachten.

„Hier sehen Sie die Kapelle, aber warten Sie – als erstes möchte ich Ihnen etwas anderes zeigen." Über eine geschwungene Freitreppe führten steinerne Stufen hinab in einen unterirdischen Raum, der sich direkt unter der Kapelle befand, doch das war bei weitem nicht das einzig Auffällige an diesem Ensemble. Der Raum sah aus wie ein Tempel: Säulen und Wände aus geschliffenem Marmor.

Etwas ungeahnt Feierliches und Edles erfüllte diesen Ort – in der Tat: ein Mausoleum, das der Schloßherr stolz als seine letzte Ruhestatt vorwies. Dem Stadtschreiber blieb beinahe die Spucke weg. Wie der Schloßherr voll Würde und Selbstachtung über diesen Raum referierte, erweckte er den Eindruck, als hätte er sich mit dessen Errichtung endlich einmal etwas gegönnt, endlich einmal etwas „für sich“ getan. Ein gläserner Schrein war ausgespart, hier würde sein Sarg aufgebahrt werden; so etwas ist man sich schließlich schuldig. Der Boden der Kapelle, erläuterte er, lasse sich hydraulisch versenken, sodaß ‚er‘ bei seinem Begräbnis ohne Umwege direkt nach unten gelangen könne – als Toter ist man bekanntlich schlecht bei Fuß.

Weitblickende Vorsorge

Daß es irgendwo vielleicht ein paar Verrückte oder Ölscheichs oder Pharaonen gibt, die sich so etwas ausdenken, planen und tatsächlich bauen lassen, hätte sich Spinne schon vorstellen können – die Umsetzung jedoch mit eigenen Augen zu sehen und den Auftraggeber darüber reden zu hören, als wäre dies die selbstverständlichste Sache der Welt, hätte er nicht für möglich gehalten. Tja, irgend etwas muß man mit dem vielen Geld schließlich anfangen. Wenn man es schon so mühsam verdient hat. Und am nächsten liegt eben die Selbstverwirklichung. Und wenn man es im Leben nicht rechtzeitig schafft, ist es gewiß gut, Vorsorge zu treffen und sich dort aufgehoben bzw. aufgebahrt zu wissen, wo man hinzugehören glaubt. Repräsentation schien eine heilige Pflicht in diesen Kreisen zu sein, genauso wie die Pflicht zur Heiligkeit, zumindest zum katholischen Riten-Hokuspokus. Für den Priester lagen in einem Schrank neben der Kapelle schon die feierlichen Meßgewänder und sonstiges liturgisches Utensilienmaterial bereit.

Die neuangefertigten, bunten Fresken beim Treppenaufgang blieben ästhetisch ein wenig hinter der Innengestaltung der Grabkammer zurück: Sie zeigten ein Portrait des Schloßherren, der, von einem blutroten Sonnenuntergang beleuchtet, über einen tiefblau wogenden Ozean melancholisch sinnierend seiner „zweiten Leidenschaft neben der Jagd“ nachblickte, wie er es ausdrückte: einer Hochsee-Yacht.

„Wenn Sie das Schloß verkaufen, verlieren Sie dann auch das Recht, hier bestattet zu werden?“ fragte Spinne.

Ein Volltreffer. Das schien ihm am meisten Sorgen zu bereiten.

„Ja, genau. Leider", antwortete er mit betrübter Miene.

„Dieses Recht würde ich mir bei Vertragsabschluß schriftlich ausbedingen", sprach ihm Spinne Mut zu.

„Oder ich muß mir eben etwas anderes bauen lassen." Eine dafür geeignete Räumlichkeit würde die Wahl seines nächsten Wohnorts gewiß entscheidend beeinflussen.

„Warum müssen Sie denn verkaufen?" wagte der Stadtschreiber einen Vorstoß.

„Ich habe 4 Millionen Betriebskosten jährlich; soviel kann man nicht verdienen. Außerdem hat mich die Renovierung 100 Millionen gekostet."

Kein Wunder, dachte Spinne, bei solcherart ausgestatteten Nebenräumen; dabei hatte er gerade einmal das Kellergeschoß gesehen.

Für den Stadtschreiber bedeutete es eine große Freude, als ihm der Schloßzar als nächstes endlich die umfangreiche Sammlung antiker Waffen zeigte und ausführlich erläuterte. Dann folgten die Prunk- und Repräsentationsräume, und beinahe schon im Eilzugstempo Rauchsalon, Speisesäle, Rittersäle, Damenzimmer, Herrenzimmer, Festtafel etc. In den Stiegenaufgängen standen die Opfer der Leidenschaft Nr. 1 herum, lebensecht, gekonnt präpariert wie Bär und Leopard, Fuchs und Wiesel, Marder, Rebhuhn, Auerhahn oder nur als zackiger Kopfschmuck von unzähligen Rehen und Hirschen, die von den Wänden herausstachen. Möglich, daß sich hier noch ein Platz für die beiden Neuzugänge von unten finden ließ. Jedes Stockwerk verfügte über eine eigene Küche, ein Lift verband das Schwimmbad im Souterrain mit den „Kinderzimmern" am Dachboden, die weiträumiger wirkten als so mancher Freiluft-Spielplatz in der Großstadt.

Gelangweilt breitete sich der Hausherr im Vorbeigehen dann und wann über die Geschichte dieser Örtlichkeit aus: „Friedrich IV. von Salzburg belehnte 1442 Virgil II. mit dem Gutshof Sigharting als Gerichts- und Verwaltungsstätte. Seit damals, also mehr als 550 Jahre, stand das Schloß im Besitz der Grafen Pálffy. Als Burg und Festung wurde es mit einem Wehrwall ausgebaut und nach Beendigung der Türkengefahr im 18. Jahrhundert zu einem barocken Schloß umgebaut." Das hatte er mindestens schon zweihundertmal im selben Tonfall erzählt. Für nähere Auskünfte verwies er auf die zahlreichen schriftlichen Dokumentationen, in denen man Detaillierteres nachlesen könne und die im Gemeindemuseum, in der Bibliothek oder sonstwo erhältlich wären.

Was der Anblick eines blonden Putzgeistes verrät: He, junger Geselle, strahlen ihre blitzblauen Augen stumm, während sie grüßend kurz vom Bodenscheuern aufblickt, du bist doch einer, der nicht einteilt zwischen Herrschaft und Personal, du könntest mich glatt als gleichrangig erachten und nicht wie eine Untergebene behandeln. He, du bist mir sympathisch. Sieh mich an, ich bin doch wie geschaffen für ein würdigeres Leben. Bist du der, nach dem ich schon so lange Ausschau halte? Kannst du mich aus diesem Dasein ein paar Stufen höher heben? Da du doch mit dem Schloßherren bekannt bist, müßtest du zweifellos dazu in der Lage sein, zumindest gehörst du gewiß einer besseren, höhergestellten Gesellschaftsschicht an, wenngleich man es dir ansieht, daß du an den Menschen glaubst, und nicht an die Rollen, in denen wir gerade stecken. Na, was ist, gefalle ich dir nicht?

Nur einen Sekundenbruchteil hat Spinne durch eine halbgeöffnete Tür in dieses auf ihn gerichtete Antlitz geblickt, dann hat der Schloßherr schon vorausstapfend und auf dieses oder jenes deutend, den seltsam unkonzentrierten Besucher verbal in andere Räume gezerrt.

Weitere weibliche Wesen, die aus der Büro-Etage freundlich herauslächelten und sich sichtlich über etwas Abwechslung gefreut hätten, durfte dieser Besucher weder mit seinen Blicken noch mit seinen Interpretationen behelligen – vielleicht sorgte sich der Schloßbesitzer aber auch, daß allzu neugierige Blicke auf seine Buchhaltung fallen könnten...

Nachdem Spinne unten am Kies stehend verabschiedet und noch über die Prozedur des korrekten Verlassens der Sicherheitsschranken aufgeklärt wurde, fragte er sich erschöpft, ob er denn nun eigentlich etwas in Erfahrung gebracht hat oder nicht. Die Rottweiler bellten, gaben keine eindeutige Antwort. Hätte er etwas fragen sollen? Wollte er etwas fragen? Hatte er überhaupt etwas gefragt?

„Vielleicht komme ich noch einmal“, rief er aus dem offenen

Fenster nach hinten, doch keiner der Rottweiler reagierte. Warten wir ab, schienen sie zu denken.

Der blonde Putzgeist ging ihm nicht aus dem Sinn. Hatte er die nicht schon einmal gesehen? – Ja, genau. Aber das war doch unmöglich. Die Thekenkraft in der Konditorei? Sie konnte doch nicht an der Theke stehen, dort halb-esoterische Gespräche führen und gleichzeitig im Schloß putzen. Annähernd gleichzeitig. So wie er, im selben Tempo. Ach ja, blonde Frauen können alles! Oder verfolgte sie ihn etwa? Ach, würden ihn die blonden Frauen bloß hemmungslos verfolgen! Kein Kriminalfall wäre zu minder, wenn man sich am Ende einer blonden Maid um den Hals werfen durfte, oder umgekehrt.

Naja, vielleicht hatte sie sich als Einheimische eben nicht verirrt und war nicht so umständlich im Kreis herumgekurvt wie er.

Und was nun? War er nicht mit einem bestimmten Vorsatz hierhergekommen? Irgendwann hatte er anscheinend den Faden verloren. Oder hatte ihm jemand etwas aufgetragen oder empfohlen? Wieso war er überhaupt hier? Auf dieser Welt, oder, konkreter, heute in diesem Schloß, das in seinem Rückspiegel, von der Abendsonne beleuchtet, immer kleiner wurde.

Désirée! Sie war die Wurzel allen Übels. Was hatte sie gesagt? Er sollte auf irgend etwas besonders achten. Worauf bloß? Auf den Gegenverkehr vielleicht.

Wenn Spinne mit dem Auto fuhr, hatte sein Schutzengel Überstunden. In Gedanken für und wider argumentierend hätte er beinahe einen Mopedfahrer unsanft mit in die Diskussion gezogen. Zudem war er wieder einmal im Kreis gefahren. Endlich tauchte das Wallnersche Anwesen in Sichtweite auf. Worauf hätte er achten sollen? Auf den Mopedfahrer, der noch immer hinter ihm hergurkte? Verfolgte der ihn etwa? Reichlich ungewöhnlich und lautstark, für eine unauffällige Beschattung, doch wer weiß. Oder wollte er ihn für seine Unaufmerksamkeit zur Rede stellen, für jenes unbedachte und lebensbedrohende Manöver, wie jede Unachtsamkeit lebensbedrohend ist, bloß im Straßenverkehr fällt es stärker auf und ins Gewicht? Endlich bog er ab und verschwand aus dem Rückspiegel. Die Bewohner! Ja, auf die Bewohner sollte er achten. Das hatte Désirée gesagt. Natürlich. Höchst seltsame Menschen, allesamt. Hier und auf diesem Erdball. Du, Désirée, mit eingeschlossen, bzw. du an erster Stelle, verfluchtes Luder! Wenn eine schöne Frau was flötet, wird man noch doofer als man ohnehin schon ist.

Spinne schlich leise die Treppen hinauf, um nicht von endlosen Tratschkanonaden aus dem Mund der Stefanie Wallner niedergestreckt zu werden. Oben angekommen, warf er sich erschöpft auf sein Bett und starrte ins Leere. Etwas schien ihn dabei zu stören. Das Licht, diagnostizierte er messerscharf; also schaltete er es ab.

Der Schloßherr schreibt einen Erpresserbrief, damit ihm die Gemeinde sein Schloß abkauft? Das erschien eher unwahrscheinlich, also war der Messezar unschuldig. Vermutlich. Was sollte er also dort? Und wer hatte ihm das wieder eingebrockt? Dieses Weib, oder seine Lust nach Weibern, was auf dasselbe herauskam. Verfluchte, ewig lockende Geschöpfe! Désirée. Was für eine verruchte Verfluchte. Aber vielleicht tat er ihr unrecht. Hatte er ein Recht, sie wegen ihrer allzu lockeren Moral zu verurteilen, wenn er selbst in den Genuß dieser Freizügigkeit gelangte? Wer also hat ihm das alles eingebrockt? Wer hat ihm sein Leben eingebrockt? Wer hat ihm die Moral eingebrockt? Und die Urteile? *Désirée ist einfach, wie sie ist.* Und ist sie nicht wunderbar, so wie sie ist? Ach, wieso ist sie nicht einfach hier, daß ich sie zur Rede stellen oder sonstwas mit ihr treiben kann. Ach, Désirée. Désirée...

Désirée führte ihn an der Hand in eine verwunschene Liebeslaube, auf der „Sektion Nord" stand. Endlich! Das Innere der Badehütte leuchtete in märchenhafter Schönheit. Tausend Kerzen brannten, eine wunderbare, sphärische Musik ertönte leise. „Komm mit", sagte sie, „Hab' keine Angst." Die hatte er sowieso nicht. Zumindest jetzt nicht. „Ich zeige dir die Vereinigung." Leider meinte sie etwas Religiöses, denn auf der Wand hingen Kreuze, überall standen Statuen herum, doch irgend etwas schien durcheinandergekommen zu sein. Auf den Kruzifixen thronte ein lächelnder Buddha, während Jesus im Lotussitz litt und flennte, mit Dornenkranz. „Komm, na komm schon!" Désirée geleitete ihn ein paar Stufen weiter nach unten, wo der Schloßherr in seinem Mausoleum grinsend auf sie wartete, er hatte irgend etwas über die Schulter gepackt; natürlich, ein Hirsch, wie man bei näherem

Hinsehen erkennen konnte. Er deutete zerstreut nach hinten, auf die leere Stelle, wo sein Sarg stehen sollte: „Hoffentlich versagt die Hydraulik nicht“, murmelte er betend, kniete sich nieder, „Wenn bei meinem Begräbnis die Hydraulik nicht funktioniert – das überlebe ich nicht.“ Spinne, der gerade eine Frage an den Zar richten wollte, fühlte sich von Désirée weggezogen; sie hatte nur ein durchsichtiges Négligé an, bei jedem Schritt konnte er entweder links oder rechts eine Brustwarze durchschimmern sehen. „Wir müssen durchs Feuer“, sagte sie. Überallhin würde er ihr folgen, obgleich ihm jetzt richtig mulmig wurde, denn aus den Augen des toten Hirschen zuckte ein Blitzstrahl. Er sah nur auf die leicht wippenden Spitzen ihrer Brüste, das müßte die Rettung aus diesem Verlies bedeuten, so oder so ähnlich lautete doch die geheime mythische Formel, oder hatte er sich wieder getäuscht? Nun veränderte sich die Musik, langsam aber unüberhörbar nahm sie einen bedrohlichen Charakter an, es klang fast wie – ein Hund, der bellte, jawohl, einer der Rottweiler, mit gräßlich aufgerissenem Maul, jetzt verfolgte er sie auch noch! Sein Fell hatte Feuer gefangen, vom Blitzstrahl, da konnten sie doch nichts dafür! Wieso verfolgte der die Falschen, blöder Köter. Désirée lief voraus, er rannte den baumelnden Brüsten hinterher, eine marmorne Verlockung ohne Ende, plötzlich brannten alle Kerzen lichterloh wie Fackeln, das Feuer breitete sich aus, hinter sich spürte er den heißen Atem des Höllenhundes, wo ging es wieder heraus aus diesem Labyrinth, dort vorne plätscherte etwas, der Boden wurde kühler und feuchter, da – ein langer Sprung über ein steinernes Bachbett, drüben wäre er beinahe ausgerutscht, hätte ihn Désirée nicht aufgefangen und an sich gezogen, nun waren sie in einer Grotte und gerettet, überall gluckste und plätscherte es, Désirée lockte ihn noch mehr in ihre Nähe, ihr Fleisch war warm und weich und willig, sie lag im Schlamm, zog ihn ganz zu sich herunter, ‚Nur nicht reden‘, dachte er, ‚Nur ja jetzt keine blöde Bemerkung, bitte‘, doch sie war ganz Fleisch, ganz Lust, ganz Leidenschaft, nestelte an seiner Schatzkiste, gab sich hin voll Leidenschaft, wand sich zuckend unter seinen Stößen, endlich, dachte er, endlich die Wonnen, endlich etwas Erhebendes! Endlich. So ein seltsamer Boden, dachte er weiter, so hart habe ich die Badehütte gar nicht in Erinnerung, und so feucht, dieses Glucksen… ‚Nur nicht denken', dachte er, ‚Nur ja jetzt nichts Blödes denken, bitte. Nur nicht aufwachen. Laß es wahr sein, Herr im Himmel, vereinigtes Jesus-Buddha-Kind, laß es wahr sein. Nur nicht aufwachen'. Zu spät. Das Bett knarrte, ein Wasserhahn tröpfelte. Das Telefon schrillte.

Im Schneckentempo auf der Überholspur

SAMSTAG, 9.9.00

Das Telefon schrillte. Am anderen Ende war der Bürgermeister: „Ich muß dringend mit Ihnen reden." – „Ich auch", antwortete der Stadtschreiber.

„Treffen wir uns um vier beim Strandbad", schlug er vor.

„Einverstanden."

Er kramte nach seiner Lederjacke, die vielleicht nur deshalb immer so lang gesucht wurde, weil sie gar nicht existierte.

Durch welches Feuer muß ich wohl gehen? Spinne unternahm einen schwächlichen Versuch, seinen Traum zu analysieren, den er ergebnislos wieder abbrach; kein Glück mit den Ermittlungen!

Der Bürgermeister ist vermutlich ganz schön nervös, dachte er, als er die Lederjacke endlich unter einem Stoß von Werbeprospekten hervorlugen sah, die Amtsgeschäfte, die Erhebungszeremonien und ein gefährlicher Anschlag auf das Gemein- und Eigenwohl. Vielleicht hatte der Erpresser gar wieder etwas Schlimmes angedroht?

Bürgermeister Achatz stand schon auf der Straße vor dem See-Restaurant und blickte in seine Richtung, als der Stadtschreiber fünf vor vier am vereinbarten Treffpunkt eintraf.

Diesen Ort kannte jeder: man sprach allgemein nur vom „Schnecken-Restaurant"; nicht etwa, weil die Bedienung so langsam war, sondern weil es sich tatsächlich um einen Gourmet-Tempel samt Haube handelte, der seiner illustren Gästeschar vorwiegend diese fluchtunfähigen Weichtiere zum Verzehr anbot. Auch der Altkanzler samt Gattin wäre wiederholt hier abgestiegen, seit das ehedem abgewirtschaftete Lokal aus dem Besitz der Gemeinde in die pachtenden Hände eines – Parteifreundes zwar, doch ungeachtet dessen – eines fähigen, geschäftstüchtigen Gastwirts gelangt war, wie allgemein anerkennend vermerkt wurde.

Zu Spinnes Überraschung zeigte sich der Bürgermeister weder verängstigt, noch besorgt, sondern durch und durch gut gelaunt. „Wenn ich mir Ihre Bücher so ansehe“, sagte er, „dann haben Sie einen ganz schön lakonischen, ironischen Schreibstil...“

Na und, empörte sich der Stadtschreiber im Stillen, seit wann ist denn Ironie strafbar? Wir leben doch in keiner Diktatur!

Nun wurde also jeder vom anderen verdächtigt; der eine, weil er von auswärts kam und satirisch schrieb oder zumindest diesen Schreibstil und möglicherweise jeden anderen beliebigen imitieren konnte, was offenbar als gleichermaßen verwerflich galt, und der andere, weil er über beste Ortskenntnisse verfügte und sich durch das Engagement eines dichtenden Amateurdetektivs den Anstrich einer arglosen Unschuld verleihen wollte und sich auch sonst höchst zwielichtig gebärdete.

„Darum wollten Sie mich treffen? Für diese – Form von Literaturkritik?“ fragte der Stadtschreiber.

„Das klingt schon wieder reichlich zynisch... – Nein, natürlich nicht. Ich wollte Sie über unsere weitere Vorgehensweise informieren, die ich mit der Polizei abgesprochen habe.“

Sie schritten durch das kleine Drehkreuz, an der Holzhütte am Eingang des Strandbads vorbei und schlenderten langsam Richtung Ufer. Die Badesaison war vorüber, doch die Wiese und das Stück Seeufer blieben das ganze Jahr zugänglich. Schon oft war Spinne hier gelegen, hatte sich von der Sonne anscheinen lassen und dabei in sein Notizbuch gekritzelt oder den Schwänen und Enten zugesehen, wenn sie sich schnatternd ihr Gefieder rupften, oder den Bikinimaiden, die sich schnatternd die Mähne kämmten oder die Lippen nachzogen. Jetzt lagen nur vereinzelt Unerschrockene im Gras, hielten höchstens die Zehenspitzen in den See. Ein paar Kinder turnten auf den Geräten beim Spielplatz herum, ein Angler saß am Steg, blickte unentwegt ins Wasser.

„Was werden Sie tun, in der nächsten Zukunft?“ fragte der Stadtschreiber, als sie bei einem der zahllosen Papierkörbe vorbeikamen. Bei den meisten waren die schwarzen Plastiksäcke, die den Korb-Part unter dem metallenen Ring abgeben mußten, zerplatzt oder aufgeschnitten. Vandalen? Getränkedosen, Eistütenverpackungen und manch klebrige, von Wespen umsummte Substanzen suchten und fanden ihren Weg nach draußen.

„Die Zukunft", antwortete der Bürgermeister bedeutungsvoll, „ist ein weites Tor, das wir lieber nicht mit unseren Plänen und Wünschen verhängen..."

Ein Philosoph?

„Jeder Eingriff zeugt von Blindheit."

Ein Esoteriker??

Ernst Achatz blickte den Stadtschreiber lächelnd an, wohl prüfend, ob dieser auch den Sinn seiner Rede verstanden hätte. „Waren Sie schon einmal hier?" fragte er, runzelte die Stirn zu einem „Aha", als Spinne dies bejahte. „Schon öfters?" setzte er nach.

„Ein paar Mal. Ich wohne ja gleich dort oben, 100 Meter von hier." Verdammt! Hatte er es nötig, sich zu rechtfertigen, bloß weil er ab und zu in den See hüpfte? Dabei übertrat er nicht einmal die Seeuferordnung! Im Schwimmbad zählte man doch zu den Gesetzeskonformen, wenn man von dem ungeklärten Problem der Notdurft absah. Er deutete schräg nach oben, es mochten vielleicht 200 Meter sein, man konnte das Haus und die blumengeschmückte Terrasse gut sehen.

Gesetzeskonform oder nicht – ein Strandbadbesucher, der noch dazu regelmäßig diesen Ort frequentierte, zählte für den Bürgermeister zu den Verdächtigen.

„Wo also werden Sie sich aufhalten, am 15.9. um 19 Uhr? Hier in der Nähe?" nahm Spinne einen weiteren Anlauf.

„Ich habe ein Alibi", schoß der Bürgermeister zurück, „Ich werde ein Seminar besuchen. Über Hellsehen und Zukunftsprognostik; ein Grundkurs." Dann lachte er.

Offensichtlich ein Freund der satirischen Sprachgestaltung, dachte Spinne.

„Im Ernst: Ich habe keine Ahnung. Auch wenn ich einen Plan gefaßt habe, weiß ich nicht, ob er mit einer größeren Ordnung konform geht."

Damit hatte er mit Sicherheit nicht die Seeuferordnung gemeint. War der Bürgermeister etwa ein amtlicher, religiöser Mystiker, der an eine höhere Fügung glaubte, an eine höhere Macht, die noch weiter reichte als die der Salzburger Landesregierung, der Republik Österreich und der Europäischen Zentralbank?

„Wollen Sie mir nicht etwas konkreter erläutern, was Sie tun werden?“ fragte der Stadtschreiber, allmählich unruhig werdend.

„Ich sagte Ihnen doch schon“, entgegnete der Bürgermeister, ein wenig aufgekratzt, weil er einen ungeduldigen Unterton gehört hatte; etwas, das er absolut nicht leiden konnte. Er liebte es, sich bei Sitzungen lang und ausgiebig über ein Thema auszubreiten und verlangte von allen Teilnehmern eine bedingungslose Aufmerksamkeit. „Die Zukunft und mein Eingriff sind zwei Dinge, die sich selten vertragen.“

Eine etwas merkwürdige Einstellung für jemanden, der doch ständig Entscheidungen für die Zukunft treffen mußte, nicht nur die eigene, sondern die einer ganzen Gemeinde. Ein Eigenbrötler, mutmaßte der Stadtschreiber. Wie hatte er es dann bloß zuwege gebracht, die Erhebungsfeierlichkeiten zu koordinieren, das kann er doch nicht alles dem Gemeindevorstand übertragen haben! Wie schaffte er es, Sitzungen anzuberaumen, Termine für den nächsten Monat festzulegen, für die nächste Woche, für den nächsten Tag! Wie hat er es überhaupt geschafft, jetzt hierherzukommen? Durch höhere Führung?

„Deshalb“, setzte der Bürgermeister nach einer kurzen Pause fort, „habe ich dem Gendarmerieoberkommandanten auch vorgeschlagen, gar nichts zu tun...“

„Sie gehen nicht hin?“ unterbrach ihn der Stadtschreiber.

„...die Polizei war aber dagegen.“

„Sie gehen doch hin.“

„Wenn ich noch lebe, ja.“

„Haben Sie irgendwelche Bedenken oder aktuelle Besorgnisse oder akute Krankheiten?“

„Das nicht, aber es sind ja noch fünf Tage bis dahin.“

„Sie meinen, Sie könnten sich verkühlen. Klar, es wird Herbst.“

„Man weiß nie, was kommt.“ Das war schon eher Allerwelts-Philosophie, ein klarer Abstieg.

Wie verhext

Sie spazierten weiter, an ein paar Sitzbänken vorbei. Bei irgendeinem Papierkorb, der sich um nichts von den anderen unterschied, blieb der Bürgermeister stehen und zeigte bedeutsam hin. Dann blickte er wieder vorsichtig nach links und rechts, anscheinend eine typische Angewohnheit von Menschen, die entweder etwas auf dem Kerbholz haben oder im Mittelpunkt der Öffentlichkeit stehen oder beides. Irgendwann kommt sicher wieder ein Wahlkampf, mochte er denken, und der Alt-Bürgermeister schläft nicht, vielleicht kandidiert er wieder, oder ein anderer, ein noch gefährlicherer, jüngerer Rivale; wenn man die doch zeitgerecht ausschalten könnte, vielleicht, indem man ihnen eine strafbare Handlung unterschiebt...

„Was haben Sie gesagt?“ fragte der Bürgermeister, denn der Stadtschreiber hatte laut nachgedacht.

„Äh, nichts, nicht viel. – Also, Sie gehen hin. Mit dem Geld?“

„Oder mit einer Attrappe, einem Alarmpaket.“

„Ohne Filmkamera.“

„Ja, die Überwachung, das ist ein eigenes Kapitel.“

„Schreiben wir es gemeinsam.“

„Wollen Sie einen Teil davon übernehmen? Das wäre sehr hilfreich. Die Polizei hat ohnehin akute Personalnot; Sie wissen ja, die allgemeinen Sparmaßnahmen. Die haben sogar Verstärkung vom Innenministerium angefordert. Und vom Bundesheer.“

„Und? Kommt wer?“

„Das ist noch ungewiß. Vielleicht kommt einer, vielleicht kommen ein paar Tausend, vielleicht kommt gar keiner. Das ist ein Glücksspiel. So wie bei einer Dichterlesung.“ Er lachte wieder, ekelhafter Kerl.

„Oder wie bei einer Stadterhebung“, antwortete der Stadtschreiber, Strafe muß sein.

Der Bürgermeister überhörte dies diskret, offenbar ein Ergebnis diplomatischer Schulung. Oder sein Bürgermeister-Selbstbewußtsein ließ einen Mißerfolg bei den generalstabsmäßig, von langer Hand geplanten Stadterhebungsfeierlichkeiten nicht einmal als gedankliche Möglichkeit zu. Er räusperte sich. Ein mehr oder minder ausgedehntes Gehüstel stellte hierzulande sichtlich die beste Waffe dar, um aus einer ungünstigen Gesprächssituation zu entfliehen. „Jetzt wissen Sie alles. – Was wollten denn *Sie* von mir? Sie sagten doch am Telefon, daß Sie auch mit mir reden möchten? Mehr kann ich Ihnen ohnehin nicht sagen."

So ein Scherz, dachte Spinne, jetzt weiß ich alles!

„Ach ja, ich habe eine Reihe von Fragen."

„Dauert es lange?"

„Nein, nur bis zum jüngsten Gericht."

Jeder schien nun den anderen in puncto Zynismus überbieten zu wollen. Der aufgrund einer zynischen Ausdrucksweise schwelende Verdacht konnte nur dadurch entkräftet werden, daß man zeigte, wie wenig man es nötig hatte, diesen Zynismus zu verbergen; im Gegenteil: je mehr man ihn zeigte, umso mehr stellte man gerade dadurch seine Harmlosigkeit unter Beweis.

„Ich habe nämlich einen Termin." Der Bürgermeister ließ eine kurze Pause. „Auf dem Friedhof."

„Jetzt schon?"

„Nein, um fünf. Im Ernst. Er wird allmählich zu klein. In einer wachsenden Stadt müssen auch die kommunalen Einrichtungen mitwachsen: der Kindergarten, das Seniorenheim, der Friedhof."

„Ich wollte vor allem den dritten Brief des Erpressers sehen."

„Das hätten Sie am Telefon sagen sollen; den habe ich jetzt natürlich nicht dabei."

Ach so, schade. Und was er denn vom Webportal der Consulting- und Management AG halte. Nicht viel, antwortete der Bürgermeister, die Seite des Schachclubs gefalle ihm gar nicht. Natürlich verfüge die Stadt über eine offizielle *Neumarkt.at-Seite*, auf der der Stadtschreiber ja, wie er wisse, schon vom Schirm lächelte bzw. ernst in eine ungewisse Zukunft blickte. Die beiden Neumarkter Web-Portale belieferten einander zwar mit Inhalten und wiesen mit Links auf einander hin, d.h. auch die Schachspieler wurden vom Stadtschreiber virtuell belächelt bzw. ob ihres strategischen Vermögens mit einem ernsten, sorgenvollen Gesichtsausdruck bedacht – doch im Grunde waren sie Konkurrenten.

Bedauerlicherweise, setzte der Bürgermeister fort, wäre gerade ein Teil seines, des wahrhaft offiziellen Stadtportals abgestürzt, und so könne er ihm leider nicht all das zeigen, was an Rechtsgrundlagen und Ratsbeschlüssen jener Entwicklung vorangegangen war, die schließlich zu der historischen Entscheidung für eine Erhebung geführt hatte. Aber an sich könne und wolle er nichts Negatives über den Herrn Kern, den Leiter der Werbe-Agentur sagen, schließlich müsse man jede Initiative eines Bürgers, die zur Belebung beitrage, begrüßen.

Eine Gestalt erhob sich, die bisher, in die Betrachtung eines Schriftstücks vertieft, am Rande jenes Zauns gekauert hatte, der das städtische Strandbad von dem Nachbargrundstück trennte. Langsam kam sie näher; irgend etwas an ihr kam dem Stadtschreiber bekannt vor.

Tatsächlich, die Wirtin von der „Krone" – wie hieß sie doch gleich? Ach ja, Gisela Sauerzopf, die leibhaftige Doppelbegabung im Gastronomieressort – was die hier wohl trieb, statt hinter der Schank zu stehen und weiter einen Nachfolger zu suchen? Unvermittelt zog sie den Bürgermeister in eine längere Unterredung über den kommenden Weihnachtsmarkt, bei dem auch ein Perchtenlauf stattfinden sollte. Offenbar war sie die Vorsitzende eines Komitees der lokalen Gewerbetreibenden.

Es wäre wohl noch etwas Zeit bis Weihnachten, aber da sie ihn gerade entdeckt hätte, würde sie schon gern wissen, wie die Aufstellung der Marktstände geregelt werde.

„Da wenden Sie sich aber besser an den Gemeindevorstand", antwortete der Bürgermeister, blickte auf seine Uhr, die – im Gegensatz zu so manch anderem öffentlich angeprangerten Exemplar – mühe- und klaglos, wie selbstverständlich den ihr zugedachten Verwendungszweck zu erfüllen schien.

Ja, aber die Ballonfahrer, die doch diesmal mitten in der Stadt starten sollten, sofern dies erlaubt und möglich wäre.

Der Himmel war an manchen Tagen übersät von Ballonfahrern, und zum Stadtfest gedachte man diese Sehenswürdigkeit gleich in mehrfacher Form mit einzubeziehen: Zum einen hatte man aus den lautlos schwebenden Luftgefährten einen herrlichen Überblick über das gesamte Stadtgebiet samt See, und andererseits stellte alleine das Starten und Landen, das Aufblasen und das Hantieren mit dem Feuer und den Stricken eine willkommene Attraktion und zusätzliche Bereicherung des geplanten Rummels dar.

„Da brauchen wir ein luftfahrtrechtliche Bewilligung, genau wie beim Stadtfest."

„Und woher kriegen wir die?"

„Von der Bezirkshauptmannschaft."

„Naja." Mißtrauisch wiegte sie ihren Kopf hin und her, der beim Wiegen nach links etwas altweiberhaft aussah, beim Wiegen nach rechts jedoch den von Spinne angebrachten Retuschen und Adaptierungen zu einem allgemein anerkannten Schönheitsideal reiferen Datums durchaus entsprach.

Sie wäre gar nicht so sicher, ob zu den großspurig angekündigten Festlichkeiten überhaupt jemand kommen würde. Die Leute hätten soviel um die Ohren. Beim „Tag der offenen Tür" wäre kaum jemand erschienen. Eine Woche vor Beginn der Festveranstaltungen konnte und sollte man laut amtlichem Plan die öffentlichen Einrichtungen der künftigen Stadt kennenlernen, das Gesundheitszentrum, das Gemeindeamt, das Bildungszentrum. Doch in die Schule, sagte sie, wäre gar niemand gekommen; aber wer gehe auch schon gern in die Schule? Sie verstehe wohl, daß man die Leute nicht zwingen könne, sich diese wichtigen Einrichtungen anzusehen, vielleicht mangle es auch an der Information, und bei dem, was täglich ins Haus flattere, übersähe man unter Umständen das Wesentliche. „Naja", schloß sie, „Wenn alles bei der Erhebung perfekt funktioniert, dann wären wir ja schon – im Himmel..." Eine Aussage, die sie sofort in die vorderste Reihe der Verdächtigen katapultierte.

Was, wenn wirklich niemand kam? Vielleicht mußten Freiwillige des Bundesheers als begeisterte Zuschauer des Erhebungsfestes angefordert werden, vielleicht würden die Bewacher und Beschatter aus den Reihen von Gendarmerie, Bundespolizei und Freiwilliger Feuerwehr die einzigen Zuschauer bleiben!

„Über das Parkplatzproblem muß ich noch unbedingt mit Ihnen reden."

„Da wenden Sie sich aber besser an den Gemeindevorstand."

Es war gar nicht leicht, sie wieder loszuwerden, der Bürgermeister schaffte es mit dem Versprechen, sie in allernächster Zukunft in ihrem Gasthaus oder in der Konditorei aufzusuchen oder zumindest den Gemeindevorstand vorbeizuschicken.

Als der Stadtschreiber endlich wieder eine Frage an den Bürgermeister richten konnte, sagte dieser: „Da wenden Sie sich aber besser an den Gemeindevorstand." Das schien jetzt seine Standard-Antwort zu sein, offensichtlich war er wirklich in Eile, der Friedhof wartete. „Er wird Sie, sofern er da ist, bei allen Ermittlungen unterstützen und all Ihre Fragen beantworten." Ein klareres Bekenntnis zur Arbeitsbeschreibung eines Hilfssheriffs konnte man gar nicht abgeben – leider war der Angesprochene nicht zugegen.

Daraufhin reichte der Bürgermeister Spinne stumm die Hand, nickte ihm kurz zu und stieg in seinen Mercedes.

Gisela Sauerzopf stand in einigen Metern Entfernung und wartete, bis der Wagen wegfuhr. Dann trat sie wieder näher heran und sah dem Stadtschreiber mit einem mißtrauisch-prüfenden Gesichtsausdruck tief in die Augen: „Passen Sie gut auf. Sie sind fremd hier, nicht? Fremde müssen hier besonders gut aufpassen. – Und achten Sie auf Ihre Träume", legte sie ihm mit bedeutungsvoller Miene ans Herz. Dann drehte sie sich jählings um und machte sich davon. Spinne sah ihr entgeistert nach: Sie verändert nicht nur ihr Aussehen und ihr Alter, wie es ihr paßt, sondern sogar ihr Vokabular! Ein Dorf, eine Stadt der Mystiker, nichts als Hexen!

Ja oder nein?

„Nein, ich würde keinen neuen Stall bauen, egal wie eng und muffig der alte auch sein mag. Hören Sie, Sie mögen mir glauben oder nicht, aber ich sehe ganz böses Unheil auf Sie zukommen. Und das Schlimmste ist, daß meine Prophezeiungen immer stimmen. Ich weiß selber nicht, seit wann ich diese Gabe besitze, und ich wollte, ich könnte etwas gegen diese Eigenschaft tun, die alles Mögliche unausweichlich zur Wirklichkeit werden läßt. Ich weiß auch nicht, ob diese Kraft Schicksal heißt, wer sie lenkt oder bestimmt, ob sie überhaupt irgendwelchen Gesetzen gehorcht oder nicht. Ich kann es leider auch absehen, daß Sie meinen Worten keinen Glauben schenken werden und mich für verrückt halten.

Und selbst wenn Sie mir glaubten, müßten Sie dennoch das tun, was Ihnen als das Naheliegendste und Richtigste erscheint. Aber ich flehe Sie an, tun Sie es trotzdem nicht oder überschlafen Sie es wenigstens ein paar Nächte lang." Na gut, überschlafen wird er es halt, erklärt der Bauer, wenn dem komischen Kerl soviel daran liegt, und ganz so sicher ist er sich selbst ja auch nicht. Die hohen Kosten, die er sich da aufhalst, mit einem neuen Stall. Denn wenn schon ein neuer Stall, dann gleich ordentlich groß und modern, und das heißt neue Schulden, kaum daß die alten abgezahlt sind, und wer weiß, ob er so einen großen, hochmodernen Stall wirklich so dringend benötigt, wenn er vielleicht doch ein paar Stück Vieh abgibt, wie man ihm schon verschiedentlich geraten hat. Und so überlegt er hin und her. Sein Bruder, der Baumeister, hat ihm einen wunderbaren Plan gezeichnet, über dem sitzt er nun jeden Abend, die Frau daneben, die Kinder hinter ihm. Was spricht dagegen? denkt er sich; eigentlich nicht viel.

Wieso hat denn der, der ihn unbedingt davon abbringen will, nicht gewußt, daß der alte Stall abbrennen wird, wenn er alles weiß? Wieso hat er ihm denn nicht gesagt, daß es im Sommer, wenn es glühend heiß wird im Stall, zu einer Selbstentzündung des Heus kommen kann, auch wenn man noch am Vortag, den Vorschriften entsprechend, eine Kontrollmessung durchgeführt hat? Und wieso hat er jetzt dieses Verfahren am Hals, das sich „Routine-Erhebung" nennt, wo sie ihn von Amts wegen immer wieder das gleiche fragen dürfen, ihn geradezu verhören, als ob er selbst sein Stallgebäude in Brand gesteckt hätte! Wieso behandeln die ihn denn auf einmal wie einen Verbrecher, einen Gesetzesbrecher, ihn, der sich noch nie etwas zuschulden kommen hat lassen? Ja, und da hilft es auch nicht, wenn die Frau dauernd auf einen einredet und die Kinder ihn beruhigen wollen, die verstehen das doch nicht, die können sowas doch noch gar nicht verstehen, versteht er es selber doch kaum. Das wäre alles ganz normal, versuchen sie ihn zu beruhigen, das müssen die einfach tun, das schreibt ihnen ihr Gesetz vor, reden sie auf ihn ein und versuchen, ihn weiter zu beruhigen, das macht ihn ganz nervös, und den Stall soll er lieber doch nicht bauen, meinen sie, oder nicht gleich, er kann sich ja alles in Ruhe überlegen. Er hat aber keine Ruhe, er hat auch keine Zeit, zum Nachdenken schon gar nicht; aber tagsüber, während der Arbeit rennt es ihm dauernd durch den Kopf, endlich einen großen Stall haben, ganz modern, oder doch nur einen neuen kleinen? Nur ein Zubau, vielleicht, ganz schlicht, aus Bretterholz, so wie früher, und nicht so protzig gemauert und mit dem modernen Maschinenkrimskrams, wie es die bei den Vorträgen auf der Landwirtschaftskammer immer herumzeigen? Am Abend reden die Frau und die Kinder wieder auf ihn ein, dann kommt der Bruder und die alte Mutter, was weiß denn die vom neuen Wirtschaften, und am nächsten Tag werden wieder die da kommen, die immer nach dem Feuer fragen, wahrscheinlich werden sie ihn noch ins Gefängnis stecken. Der Stall wird gebaut, brüllt er, der größte und modernste vom ganzen Gebiet, wir sind schließlich nicht irgendwer, er wird gebaut, ganz so wie er im Plan schon steht, mit allen Maschinen, wir sind schließlich der älteste Erbhofbauer, wir sind nicht irgendwer! Und schon ragen die ersten Mauern aus der Erde, emsig fahren die Baufahrzeuge, doch die Zweifel werden deshalb nicht weniger, in seinem Kopf sitzen hundert kleine Nager, die alles, was er tut und denkt, sofort auffressen wollen; was er macht, ist falsch, erklären sie ihm hämisch und klappern mit ihren spitzen, scharfen Gebissen, hundert Mal hat er alle Argumente dafür und dagegen schon gehört und abgewogen; mit jedem Meter, um den das neue Stallgebäude wächst, wachsen auch seine Sorgen und seine Ängste, daß sie ihn doch noch einsperren können, obwohl er sich keiner Schuld bewußt ist, genau, das ist es ja, schreit er seine Frau an, genau deswegen werden sie mich ins Gefängnis stecken, weil sie immer glauben werden, *ich* hätte den Stall angezündet, weil ich einen neuen will. Baue ich ihn nicht, dann sagen sie: siehst du, er traut sich nicht, weil er ein schlechtes Gewissen hat, obwohl alle wissen, daß er einen neuen will. Und baue ich ihn doch, werden sie sagen: na siehst du, wir haben's ohnehin gewußt, darauf wollte er hinaus. Es ist völlig egal, deshalb wird er gebaut, egal, was alle sagen oder denken, der Wallnerbauer hat sich noch nie was darum geschert, was die anderen denken. Er wird gebaut und basta, brüllt er seine Kinder an, warum ist doch egal! Mir ist das Hin und Her schon längst zuviel, es ist doch ganz egal, mir ist das alles viel zu viel, bei diesem Wirbel in meinem Kopf, könnt ihr denn nicht, verdammt noch einmal, endlich leiser sein, es ist überhaupt egal, ob ich im Gefängnis sitze oder nicht, es ist egal, ob ich noch lebe oder nicht, die da oben, die in meinem Hirn da nagen, sagen es mir doch die ganze Zeit, es gibt keinen Ausweg, wenn sie doch endlich leiser wären, verdammt noch mal, wenn es doch endlich leiser wäre! Aber es wird nicht leiser, im Gegenteil, noch lauter werden sie, die Nager, und fressen sich keifend satt und mächtig, vermehren und verbünden sich mit hundert weiteren; neue, gefräßige Nager, die mit ihren spitzen Schnäbeln unaufhörlich in seinen Wunden stochern, es gibt keinen Ausweg, murmelt ein Chor aus tausend Stimmen und wiederholt es immer wieder, in allen Tonlagen, höhnisch und verzerrt; kein Ausweg, hört er Tag und Nacht, wieder und wieder, kein Ausweg – bis der Bauer einen Strick nimmt und ihnen und sich endgültig das weitere Dasein unterbindet.

Wie ein weißes Mahnmal steht, auf der Kippe des Hügels, lang und groß, der von den Hinterbliebenen im Gedenken an ihn fertiggebaute neue Stall, der größte weit und breit, mit den modernsten Apparaturen. An seine Mauern schmiegt sich ein einzelner, hochgewachsener Baum, der sich im Wind bedächtig mal auf die eine, dann wieder auf die andere Seite lehnt, immer wieder, erst auf die eine, und dann auf die andere...

Umbesetzung

SONNTAG, 10.9.00

Das Begräbnis des Waldarbeiters. Interessiert begutachtete Spinne die Trauergemeinde, beinahe lückenlos ident mit seiner stillschweigend-offenkundigen Verdächtigenliste.

Der Gastwirt, der Schloßzar, die Sauerzopf, Dr. Kern, Schalkhammer, der Richter und all die anderen. Nur von dem seltsamen Waldarbeiterkollegen war weit und breit nichts zu sehen, das konnte man so oder so deuten.

Vier Männer mit leicht aufgedunsenen Gesichtszügen trugen den Verblichenen samt seiner letzten Behausung in Richtung offener Grube. Dort würde er wohnen? Wohin war er tatsächlich unterwegs? Eine Abordnung der örtlichen TMK, diesmal in dunkler Tracht, spielte „Ich hatt' einen Kameraden", F-Dur, mit leicht verstimmten Hörnern, dennoch die kalkulierte Wirkung nicht verfehlend. ‚Mit dem Tod könnte man sich gerade noch abfinden', dachte Spinne, ‚zumindest intellektuell, doch mit Krankheit und Schmerz, als dessen dämlicher Vorspann?'

Wenn diese unheimliche Selbstmordserie weiterging, wäre eine Ausweitung des Friedhofs wahrlich dringend nötig. Gar nicht daran zu denken, wenn ein existenter oder nicht existenter Erpresser seine Drohung in die Tat umsetzte...

Hoffentlich erheben sie sich nicht, eines Tages, die Toten, und beschweren sich über Platzmangel. Auf der einen Seite, jenseits der Friedhofsmauern, hatte man ihnen schon ein bißchen Terrain zugestanden, dort reihten sich die geschmückten Blumengräber bis zu den Parkplätzen. Vielleicht sollte man sie gar nicht nach unten verstecken, sondern gut sichtbar für alle aufbewahren, in gläsernen Endlos-Vitrinen, vielleicht gleich neben der Autobahn? Dieses Patent zum Schallschutz (und als psychologische Hilfsmaßnahme zur Geschwindigkeitsbeschränkung) sollte man sich rechtzeitig sichern! Mit den jährlichen Unfalltoten in Europa könnte man die gesamte Strecke Wien-Salzburg gut isolieren...

„So ein schönes Begräbnis", sagte die Vermieterin. „Er hat sein Lebtag nur gespart. Jetzt hat er wenigstens was davon."

„Ich seh's", antwortete Spinne gedankenverloren, denn er musterte gerade den Bürgermeister, der herzergreifend schluchzte. Er ist gar nicht wegen der Verhandlungen über die Vergrößerung des Friedhofs hierhergekommen, sondern um sich von einem Freund zu verabschieden! Oder hat er etwa dessen Tod zu verantworten, und jetzt reut es ihn? Wieso lügt er immerzu? In bester Politikertradition! Na gut, vielleicht trifft er sich nachher noch zur Bauverhandlung.

Während der Pfarrer die letzten Segnungsworte sprach (ob der Angesprochene sie noch hörte?), versuchte der Stadtschreiber einmal mehr, seine Gedanken zu ordnen, all das Erlebte in die richtige Lade zu stecken und dann das passende Etikett dafür zu finden. Am liebsten hätte er nur zwei Laden, eine große mit unendlich viel Inhalt, in die er alles stopfen könnte, mit der Aufschrift „Unschuldig" oder „Harmlos", und eine zweite Lade, in die nur ein einziges Wesen hineinpaßte, die er dann mit dem Namenszug „Täter" versiegeln würde. Doch im Augenblick bot sich eher das umgekehrte Bild: Alle scharten und drängten sich geradezu um die Lade mit der Aufschrift „Täter", als wollten sie, wie in einen soeben abfahrenden Zug, noch unbedingt hinein.

Höchste Zeit, den Inhalt der Laden nach außen zu stülpen, jede Person, jedes Geschehnis, alles gründlich durchzuwühlen und zu kontrollieren, ob er nicht etwas Wesentliches übersehen hatte, um dann wieder alles sorgsam und ordentlich zu sortieren und daraus ein perfektes Bild zusammenzufügen.

Endlich war der Sarg in der Grube verstaut, allmählich zerstreute sich die Trauergemeinde oder zog sich zu einem zünftigen Leichenschmaus zurück; Spinne verabschiedete sich wortkarg. In Gedanken ging er die Liste der Verdächtigen durch, jederzeit bereit, sie durch Streichungen zu verkürzen und solcherart zu aktualisieren, vermutlich aber würde jede Aktualisierung nur eine asymptotische Ausweitung bis in die Unendlichkeit aller jemals potentiell lebenden Bürger bedeuten.

Schweren Herzens strich er Herrn Guschlbauer von der Liste, lila war eben nicht grün; seine Stelle nahm sofort die Wirtin von der Krone ein, die sich genüßlich grinsend dort breitmachte. Dr. Kern und der Schloßherr samt Bruder und Hunden stritten sich bellend um die weiteren Spitzenplätze. Über allen thronte jedoch, undurchsichtig, der Herr dieser Gemeinde, der Bürgermeister.

Zur Rede stellen hatte er den Bürgermeister wieder nicht können; im direkten Gespräch erschien er allerdings auch ein wenig bekömmlicher. Und natürlich hatte er erneut eine Ausrede parat gehabt, warum er ihm den dritten Erpresserbrief nicht zeigen konnte. Allmählich begann den Stadtschreiber dieses Schreiben zu interessieren, mehr als jedes andere, mehr als sein eigenes.

„Können Sie mir nicht eine Kopie davon besorgen?" fragte er den Hilfssheriff. „Das geht sicher schneller, als wenn ich mich noch ein paar Mal vertrösten lasse."

„Erstens", belehrte ihn der Hilfssheriff, „weiß ich offiziell gar nichts von diesen Briefen. Von welchen Briefen sprechen Sie überhaupt?"

„Und zweitens?“

„Und zweitens werden vertrauliche Unterlagen sicher nicht in den Ordnern aufbewahrt, in denen der normale Schriftverkehr archiviert ist.“

„Gibt es nicht einen Ordner, wo ‚Vertrauliche Unterlagen' draufsteht?“

„Als Magnet für jeden haupt- oder nebenberuflichen Schnüffler? Würden Sie etwa einen Ordner anlegen mit dem Titel ‚Unterschlagungen 1994-1998'?“

„Ich glaube nicht, aber ich bin kein Maßstab.“

„Das kann man wohl sagen.“

„Sie können mir wieder einmal nicht weiterhelfen.“

„Ich helfe Ihnen doch rein durch meine Anwesenheit.“

„Könnten Sie mir jetzt ausnahmsweise durch Ihre reine Un-Anwesenheit helfen?“

Eleganter konnte man „Verschwinde“ wahrlich nicht umschreiben, das sah sogar der Hilfsvorstand ein.

Farce** oder: **Die Sorge um den Nachwuchs

MONTAG, 11.9.00

Spinne saß auf der Terrasse und blickte – nein, dort war es an diesem Tag zu kalt, wo immer er auch hinblickte – nein, bleiben wir bei der Wahrheit: er saß vor dem Fernseher und schaute den Moderatoren prüfend ins Gesicht, noch lieber den Moderatorinnen. „Neumarkt wird Stadt“, so wurde stolz verkündet, und so konnte man es beinahe täglich in der Regionalberichterstattung verfolgen. Wenn es nur wahr wird!

Gut, ich muß meine Erhebungen fortsetzen, dachte Spinne, *beschleunigen*, wenn möglich. Die Stadt, das Land, der See, das Moor, die Bürger, die Briefschreiber, die Erpresser, potentiell verschuldete Bürger, effektiv verschuldete Bürger, Hobby-Satiriker...

Ich werde sie einen nach dem anderen aufsuchen und sie ausfragen. Mit einem plötzlichen Entschluß verließ er das Haus. Vielleicht kommen sie mir sogar entgegen, einer nach dem anderen;

vielleicht treffe ich sie und quetsche die Wahrheit aus ihnen raus, oder sonstwas. Bei „sonstwas“ mußte er seltsamerweise an Désirée denken. Sicherheitshalber vereinbarte er ein imaginäres oder tatsächliches Treffen mit ihr, falls ihm bei seinem Spaziergang doch keiner der imaginär oder tatsächlich Verdächtigen begegnen würde oder Kommissar Zufall auf der faulen Haut liegen sollte.

Mechanisch schlug er den Weg zum See ein, doch dann zog es ihn Richtung künftiger Stadt. Weil er diesem Zug nicht sogleich nachgeben wollte, wählte er einen Umweg, der ihn am Schloß vorbei führte.

Man brauchte gut eine halbe Stunde, um das Schloß zu Fuß zu umrunden; auf der einen Seite erstreckte sich der Hügel mit der geographisch günstig gelegenen „Eigenjagd“, und auf der anderen umsäumte eine Straße das Grundstück, die über das verpachtete Schloßrestaurant entlang eines kleinen Bächleins zu den unvermeidlichen Schloßteichen führte. Dann bog sich die Nebenstraße, ein später Abkömmling des alten Römerwegs, Richtung Zentrum, aus dem schon die Kirche herüberblickte.

Die Kirche lag auf einem kleinen Hügel, umgeben von einem richtigen Schutzwall. Der Haupteingang war praktisch nur vom Friedhof aus zu erreichen; ein steinernes Monument einer uralten Symbiose: das Jenseits ist fest von den Religionen besetzt.

Als er solcherart mancherlei Grundsätzliches erwägend gerade den Kirchturm betrachtete, bog aus einer versteckten Ausfahrt plötzlich ein Traktor und fuhr, ja schoß mit atemberaubendem Tempo geradewegs auf ihn zu. (Also doch eindeutig *zu viele*, keinesfalls zu wenige, falls das je in Frage stand). Ein Mordkomplott? Am Steuer saß ein Glatzkopf, auch das noch! Erstens gehören Intellektuelle, wenn schon, dann in die Großstadt. Zweitens, wieso sollte unter einem spärlichen Haarwuchs, der offenbar durch eine Radikal-Eliminierung kaschiert werden sollte, um statt dessen keck mit modischer Schickheit zu punkten, ausgerechnet Intellektualität wohnen, auch wenn uns das deren spiegelglänzende Träger durch ein dümmlich-derbes, selbstbewußtes Auftreten unbedingt weismachen möchten, noch dazu wenn sie sich als innerlich und äußerlich farblos deklarieren und unentwegt in schwarzer, scheinbar existentialistischer Kostümierung erscheinen (das wäre genauso absurd als würde man diejenigen, die Platten auflegen, plötzlich zu Künstlern hochstilisieren – hoffentlich droht uns das nicht auch noch!) und drittens, wie konnte so etwas bloß je Mode werden – denn daß alles, was Mode wird, von den Schafen auch herumgeführt wird, ist ja klar; es fehlte nur, daß alle, auch die Männer, dereinst Ringe auf den Ohren tragen oder auf den Lippen oder sonstwo! Hier sah man jedenfalls eindeutig, wie gefährlich so ein einzelnes, typisches Schaf werden kann. (Und viertens, was hat das denn alles mit diesem scheinbaren und in seiner Gesamtheit ziemlich unglaubwürdigen Attentat zu tun? Wohl wieder einmal schwer in die Polemik abgeschweift, Herr Spinne! Ein Ordnungsruf!)

Wie auch immer, wenn man der Erzählung glauben will, dann hatte sich das gefährliche Ungetüm pfeilschnell genähert; riesige Räder ratterten auf Spinne zu, drohten ihn zu zermalmen. Mit einem schnellen Sprung landete er bäuchlings im Straßengraben. Aus dieser Perspektive büßte das idyllische Landleben und dessen beschauliche Betrachtung einiges von ihrem Reiz ein. Dennoch, ein bißchen Kapazität für eine Schnellanalyse war noch vorhanden, soviel Platz muß sein, zumindest für eine weitere, schier mit jedem neuen Sinneseindruck mitgeborene Frage: Hatte ihn diese unversehens auftauchende Landmaschine mit voller Absicht attackiert oder hatte da ein Bauer, in Gedanken schon beim nächsten Zeltfest, bloß etwas zuviel vom Most erwischt?

Im ländlichen Gebiet, so mußte man schließen, stellte ein Traktor also nicht nur ein höchst zweifelhaftes, eintrachtstörendes, ruheraubendes Vehikelungetüm dar, sondern geradezu ein gängiges Tötungswerkzeug, eine immanente, mörderische Bedrohung, die er überdies wieder einmal vorausvisioniert hatte, in seinem gedankenlosen Denkleichtsinn!

Ein ereignisreicher Tag, dachte Spinne – dabei wußte er zu dem Zeitpunkt gar nicht, was ihm noch alles widerfahren würde (oder ahnte er es bereits?) – als er seinen Weg Richtung Zentrum fortsetzte.

Blau schien generell eine Lieblingsfarbe der Neumarkter Hausfassadenrenovierer zu sein; kaum hatte man die denkmalgeschützte alte Linde neben der kleinen Kapelle gleich nach der Ortstafel passiert, leuchtete es einem von allen Seiten himmelblau entgegen.

Den „Baderwirt“ hatte man zudem an die Chinesen verspielt,

Li Pi Weng oder so jemand betrieb dort jetzt sein Restaurant direkt unter der Kirche. Der Notar wiederum hat sich das ehemalige Postamtsgebäude unter den Nagel gerissen, offenbar weiß er, wie das geht.

Aha, da hätten wir schon unseren ersten Verdächtigen. Der Consulting-Boß saß, man könnte auch sagen, er lümmelte vor der Imbißstube und machte gerade mächtig Eindruck auf den Richter.

„Ich habe ein Patent angemeldet."

„Worauf?"

„Du wirst es nicht glauben."

„Na sag schon."

„Auf den Beischlaf. Weltweit. Und jeder muß Lizenzgebühren zahlen."

„Auf den Beischlaf? Ist der nicht schon erfunden?"

„Ja, aber noch nicht patentiert. Hahahaha."

Spinne grüßte beide und nahm eine kleine Seitengasse, die von der Hauptstraße auf der Höhe der Pizzeria zum Schulgebäude führte und dann, diese beiden Zentren des täglichen Geschehens auf zweckmäßige Weise verbindend, wieder zur Hauptstraße zurückbog.

Die Buntstifte! Wollte der Erpresser – bewußt oder unbewußt – mit der Verwendung von Buntstiften eine falsche Spur legen? Eine Spur, die in das Milieu von Kindern, Schulen, Kindergärtnerinnen oder Lehrern führte? Oder war dies nur ein BLÖFF?

Das Schulzentrum beherbergte ein BORG (Bundesoberstufenrealgymnasium, wenn man richtig übersetzte), eine HASCH (Handelsschule), ein POLY (Polytechnischer Lehrgang, ein berufsvorbereitendes neuntes Schuljahr für die etwa Vierzehnjährigen), sowie eine abkürzungsverweigernde Volksschule, eine Hauptschule und den Kindergarten. Also reichlich Grund für den unverfänglichen, legitimen Gebrauch von Buntstiften. Weiters fanden sich noch die Stadtbücherei, der Festsaal und ein kreisrunder Brunnen in diesem Komplex. Gut, der Brunnen stand zwar irgendwie im Weg herum und verfehlte markant seine Aufgabe, ein ästhetisches und kommunikatives Zentrum in der Mitte dieses neuerrichteten Pflasterplatzes zu bilden, ansonsten bot er keine Verdachtsmomente, außer daß seinem Schöpfer, dem lokalen Maler und Neumarkt-Logo-Entwerfer gewiß der Besitz sowie die fachgerechte Benutzung von farbigen Stiften allerlei Herkunft nachzuweisen wäre. Die Bibliothek erhob sich als solitäre Bewahrerin der schöngeistigen Schreibkunst weit über jegliches Mißtrauen; der Festsaal hingegen hatte multifunktionellen Charakter: Neben Musik- und Theaterveranstaltungen unterschiedlicher Güte und Besucherzahl sowie Heimat- und Dia-Vorträgen diente er unter anderem auch als Schauplatz der „Ersten Neumarkter Messe" mit weniger liturgischem als ökonomischen Charakter. Vielleicht ein zaghafter Vorreiter eines – für die weitere Stadtentwicklung vorgesehenen – in naher Zukunft zu errichtenden Technologie-Zentrums?

In erster Linie sollte der grüne Buntstift jedoch wohl in Richtung Kinder, Jugendliche, Kindergärtnerinnen oder Lehrer weisen. Ein pubertärer Rache-Akt?

Beneiden konnte man einen Schüler beileibe nicht. Die Freiheit des Kindseins war unentrinnbar verspielt, es folgten die erbarmungslosen Qualen einer in Stunden aufgeteilten, tagtäglich sich wiederholenden Einschränkung. Die Pflicht zeigte hinter der vorgehaltenen Maske eines später vielleicht zu erlangenden Vorteils ihr von Zwang und Strafe verzerrtes, wahres Gesicht. Nun hatte man ehrerbietig den Sermonen eines Provinzpädagogen zu lauschen, egal wie städtisch das Geschehen sich auch gebärden mochte. Der „Stoff" mußte komprimiert in dafür kaum vorgesehene Windungen gepreßt werden, damit er bei regelmäßigen Prüfungen oder Schularbeiten möglichst geordnet und sortiert wieder herausfloß, um sich unverhohlen nach seiner späteren einzigen Bestimmung zu sehnen: seiner ehestbaldigen und unwiderruflichen Einkehr ins Land des ewigen Vergessens. Nach dem Verlust der Freiheit und dem schändlichen Auftauchen jener zwanghaften Ersatzvorstellung namens Pflicht erschien am jugendlichen Horizont, begleitet von einer tolldreisten Abfolge von Verlockungen, Reizen, Einschränkungen, Verboten, Gesetzen und deren waghalsigen Übertretungen vor allem eines: eine unübersehbare Orientierungslosigkeit, die man in zahllosen Anläufen, da oder dort etwas dem eigenen Bestreben Entsprechendes zu entdecken, zu bewältigen versuchte. Freundschaften entstanden, lösten sich wieder auf, Leitbilder erstrahlten, formierten sich aus eigenen oder anerlernten Wünschen und Klischees, zerrten und zogen lautstark in diese oder jene Richtung, die sich erst nach vielen, oft jahrelangen Irrwegen als die falsche erwies. Am Ende eines Tunnels lauerte ein riesiges Fragezeichen, das sich „Beruf“ nannte und lustlos die eigenen Fähigkeiten nach realen Bezugs- und Ankerpunkten abzuklopfen mühte. Da konnte man schon auf den einen oder anderen dummen Gedanken kommen, wenn die Buntstifte so nahe lagen und in jeder Zeichenstunde – wie ein höhnischer Hinweis auf das winzig kleine verbliebene Reststückchen Freiheit – ausgeräumt werden mußten.

Der BLÖFF. So eine Schreibweise offenbarte ebenfalls einen infantilen Beigeschmack. Echt oder vorgetäuscht? Ein notorischer Humorist oder ein Gelegenheits-Spaßmacher? Zudem erinnerte diese Eindeutschung an andere Gewaltanwendungen wie etwa bei „Frisör“. Das konnte im weitesten Sinn natürlich auch mit Fremdenfeindlichkeit oder Ausländerhaß in Zusammenhang gebracht werden. Vielleicht eine semantische Straf-Sanktion wegen internationaler Angriffe auf höchster politischer Ebene gegen ein kleines, harmloses Land mit schwarzblauen Flecken? Selbst „Miljö“ konnte man dann und wann schon lesen, erst scherzhaft und zögernd, dann immer selbstbewußter und sicherer.

In diesem Schul- oder Bildungs-Zentrum wurden auch die richtungsweisenden Seminare abgehalten. Die Nebenerwerbs-Seminarleiterin stellte gerade auf „Reiki und Aromatherapie“ um, nachdem die Referentin für Bauchtanz kurzfristig abgesagt und statt dessen lieber selbst den Aquarell-Kurs in Griechenland besucht hatte.

Auf der Suche nach Anhängern

Wieder auf der Hauptstraße angelangt, sah Spinne schon von weitem den Anzug des überaus korrekt gekleideten Gemeindevorstands, der sich mit schnellen Schritten näherte. Die Krawatte flatterte ihm nach, sichtlich bemüht, ihm zu folgen.

„Wieso laufen Sie denn so?“

Der Hilfssheriff keuchte: „Keine Zeit.“

„Was ist denn passiert?“

„Haben Sie es noch nicht gehört? Schon wieder ein Selbstmord!"

„Ein Selbstmord? Und was heißt ‚Schon wieder'? Meinen Sie den Waldarbeiter?"

„Wissen Sie denn das nicht? In der Straße, in der Sie wohnen, haben sich schon drei Bauern umgebracht. Seit Sie da sind! Haben Sie nachgeholfen?"

„Aber –"

„Was haben Sie denn denen erzählt? Oder nur gefragt? Alle gelöchert mit Ihren Fragen, was?"

„Naja..."

„Und voriges Jahr ist einer im See ertrunken."

„An allem bin ich aber nicht schuld."

„Wer weiß." Schon trabte er weiter. Der letzte Zipfel der Krawatte winkte hinterher.

Der Buchhändler stürzt aus dem Geschäft, entschuldigt sich für die mangelhafte Präsentation der Bücher, obwohl sie ohnehin schon einen Meter näher Richtung Schaufenster gewandert sind, die unüberhörbare Frage auf den Lippen, die er sich nicht auszusprechen traut, was man denn an seinem schönen Heim auszusetzen hätte...

Nein, das ist keine gute Werbung, wenn die Uhr über dem Geschäftsportal des Juweliers falsch geht. Kein Wunder, wenn sich andere Gleichgesinnte, die sich nutzlos auf seinem Handgelenk breitmachten, dann dieser Norm anschlossen und sich chronisch indisponiert zeigten.

Vielleicht noch einen Blick in die Wäscherei, routinemäßig? Der kleine Laden der Johanna Schmutz versteckte sich hinter der Straßenkreuzung, wo sich die Welt in zwei Unter-Welten teilte. Die eine Welt führte nach Köstendorf, und wenn man wollte, weiter nach Seekirchen, ins Moor oder zum Mattsee; die andere führte nach Straßwalchen, nach Frankenmarkt oder nach Linz, doch wer würde dies schon wollen?

Heidelbeeren erweisen sich als lösbare Aufgabe; die Tinte aus einem modernen, auslauffreudigen Schreibgerät stellt hingegen ein weitaus größeres Problem dar, also sollte die zweite Hose doch noch ein paar Tage in der Wäscherei bleiben.

Ganz wären die Flecken noch nicht verschwunden, heißt es, doch bei jedem künftigen Waschvorgang würden sie heller, blasser, mehr und mehr unwahrnehmbar; der „Fettanteil“ wäre erfolgreich behandelt, doch nun müsse man die weiße Hose noch ein paar Mal waschen, um sie wieder blütenweiß und makellos hinzukriegen – vielleicht will sie den Stadtschreiber nur möglichst oft aus der Nähe begutachten und sich dieses Privileg durch eine Hinhaltetaktik erschleichen? Vielleicht behält sie deshalb seine Hose, um so einen sensationellen Kontakt mit dessen intimsten Körperstellen zu pflegen, ohne dafür Eintrittsgeld blechen zu müssen?

Als Spinne den kleinen Laden verließ und den Geruch nach Putzmitteln aus seiner Nase abstreifte, sah er an jener Ecke, wo sich die Welten kreuzten, eine seltsame Gestalt, die mit großer Gestik deklamierte; nein, das stimmte nicht, sie predigte.

Unentwegt redete der Mann auf die Vorübergehenden ein, versuchte sie mit hochgehobenen Händen und beschwörenden Blicken von etwas abzuhalten oder zu etwas hinzuführen. Dann und wann sah man, wie er einem der wenigen, die stehenblieben, mit bedeutsamer Miene einen Zettel in die Hand drückte. Und wenn er sich daraufhin von diesem verabschiedete, dann grüßte er nicht; er segnete.

Offensichtlich handelte es sich um jemand mit einem religiösen Wahn; als ob es nicht bereits genug Verdächtige oder Sonderlinge gäbe! Eines der Worte, das sich immer wiederholte und quer über die belebte Kreuzung auf Spinnes Ohren traf, lautete „Vereinigungskirche“. An wen erinnerte er ihn bloß? Spinne kratzte sich am Ohr. ‚Den hab ich doch schon mal gesehen.‘ Wieder einmal wollte das ungehorsame Getier Gedächtnis seine gut geschützte Beute nicht preisgeben.

Ja, richtig. Er sah aus wie der verdächtige Waldarbeiter, nur um gut 30 Jahre älter, mit lodernd weißen Haaren. Ein Zeitsprung? Seine Augen zeigten ein irres Flackern – ein flammender Appell für jeden, tief in diese verwunschenen Becher einzutauchen und gleichfalls dort zu entfachen. Hatte der Mann nach jenem Ereignis – den unverhofften Tod seines Waldarbeiter-Kumpels – tatsächlich so eine denkwürdige Entwicklung genommen, oder stellte dieser Anblick nur eine Möglichkeit dar, die in seinem Spektrum lag, oder handelte es sich überhaupt um eine gänzlich andere Person, um ein fremdes, unbekanntes Irresein?

Den Friedhof hatte er verpaßt, wenigstens das Begräbnis, statt dessen war er kurz an einer Kreuzung vorbeigekommen, dort hatte ihn die Erkenntnis überfallen oder die Erleuchtung, und im unaufhörlichen Reden darüber hat er glatt 30 Jahre übersprungen!

Der Prediger, wer immer es war, stellte, rhetorisch geschickt, philosophische Fragen, von denen er annahm, daß sie sich die meisten Menschen stellten oder zumindest stellen sollten. Dann ließ er, dramaturgisch gekonnt, eine Atempause, um die Spannung zu erhöhen, ehe er mit seinem fanatischen Sing-Sang-Tonfall die Antwort preisgab, die er meist mit der Wiederholung der Frage einleitete. „Und was sagt Irina? – Irina antwortet, daß dein Heil nur in deinen vier Wänden liegen kann." Oder so ähnlich.

Erschien ihm die Antwort nicht klar genug oder hatte er noch eine Spur von Unverständnis auf den Mienen der Vorbeigehenden entdeckt – was aufgrund des Redeschwalls ziemlich oft der Fall gewesen sein muß – dann versuchte er, durch eine weitere Frage das Problem einer endgültigen Klärung zuzuführen.

„Doch wo liegen diese vier Wände? – Irina sagt, diese Wände stehen nicht in der äußeren Welt." Wer, zum Teufel, war Irina?

„Wir müssen uns fragen: Was hat uns die Bibel heute noch zu sagen?"

„Nichts", spöttelte einer der Passanten, der kurz stehengeblieben war und nun, zwei Bierflaschen in der Hand, weitertrottete, offensichtlich ein Bauarbeiter, vor oder nach Dienstschluß oder mitten bei der Arbeit.

„Genau." Der Prediger war über jede Antwort dankbar. „Nichts. Doch müssen wir uns fragen, was bedeutet denn dieses Nichts? Erfüllt es uns mit Angst und Schrecken? Oder ist nicht in diesem Nichts alles enthalten, das All, das ganze Universum, die ganze Welt. In dem Sinn hat uns die Bibel – und jede andere heilige Schrift – enorm viel zu sagen. Denn nur in der Vereinigung aller Kirchen, aller Religionen kann die Erlösung liegen, nur in der Vereinigung wird uns die Einheit erwarten. Innen wie außen. Ja, genau wie in uns selbst. Irina sagt: Werde eins mit dir, werde einer. Werde einfach und eins. Gott hat es uns vorgelebt, und die Propheten und die Schriften haben ein eindeutiges Zeugnis hinterlassen."

Zwei Schulkinder mit großen, neugierigen Augen waren stehengeblieben; beim Wort ‚Zeugnis' suchten sie fluchtartig das Weite – unangenehme Erinnerungen?

„Wißt ihr", hob er wieder an, nun gönnerhaft eine Vertrautheit zu der Handvoll Herumstehender erzeugend, die er offenbar bereits als seine Schüler einstufte, während sie ihn umgekehrt vermutlich eher wie eine Art Jahrmarktsensation betrachteten, „Wißt ihr eigentlich, wohin ihr geht?" Aha. Offenbar ärgerte ihn das Mißverhältnis in der Anzahl derer, die vorbeihetzten, ohne Notiz von ihm zu nehmen, gegenüber denjenigen, die – aus welchen Gründen auch immer – stehenblieben und seinen Worten lauschten. „Wieso habt ihr es so eilig? Wohin seid ihr unterwegs? Und – wird euch dort das erwarten, was ihr in Wirklichkeit sucht? Oder werdet ihr dort, am Ziel eures Weges, wirklich am Ziel eures Weges sein?"

Zwei, drei der Zuhörer runzelten die Stirn, schienen ernsthaft darüber nachzudenken.

„Bleibt doch stehen und hört, was verkündet wird."

„Keine Zeit", sagte eine vorüberstapfende Frau mit zwei prall gefüllten Einkaufssackerln, Marke gelbroter Supermarkt, schräg vis-à-vis. Sie sagte es freundlich, doch bestimmt.

Der Prediger stellte sich ihr kurzerhand in den Weg, schüttelte nur stumm den Kopf, lächelte sein Gegenüber an, das dabei immer unruhiger wurde, aber er winkte ab und winkte ihr freundlich zu, mitten in ihr Gesicht, das vielleicht nur noch zwanzig Zentimeter entfernt war, so als ob er sie aus einem langen Schlaf aufwecken wollte und sagte:

„Wißt ihr, alle glauben, sie haben keine Zeit. Nein, nein, auf das bin ich nicht mehr bereit einzugehen: ‚Ich habe keine Zeit'. Nein, das gilt schon lange nicht mehr. Das muß richtig heißen: ‚Ich habe mir meine Zeit schlecht eingeteilt'. Ich sage euch: Geduld, Geduld, Geduld. Ihr kommt überall zurecht, wenn nicht sogar zu früh, wenn nicht sogar zu spät, es ist alles einerlei – ihr habt Zeit. Es ist alles wichtig, alles drängt sich vor, alles strebt nach der ersten Stelle. Jedes Ding sagt: ‚Mich zuerst', und wo bleibst Du dabei? Du bleibst an letzter Stelle. Nein, nein. Diese oft gebrauchte Ausrede ‚Ich habe keine Zeit' kann ich nicht länger gelten lassen. – Und auch deiner Seele tust du nichts Gutes damit."

Mit Müh und Not hatte sich die Frau aus seiner Gegenwart befreit und schritt nun verärgert und noch schnelleren Schritts davon – offenbar zog sie ihre Art des bewegten Schlafens seiner Alternative eines duseligen Wachseins vor; diese Seele hatte er nicht zu retten vermocht, doch es würden weitere des Weges kommen, ca. 5213 im Lauf der Zeit, die Pendler und die Touristen einmal nicht miteingerechnet.

Es scheint klar, daß er sich auf diese Weise, wenn er sich regelmäßig einem Vorübereilenden mit derlei Ausführungen in den Weg stellte, nicht gerade beliebt machte, denn selbst in einer Kleinstadt gab es Termine, hetzten die Menschen von da nach dort, vom Büro in die Wohnung, es gab den Nachmittags-Stau und den Frühmorgen-Stau, die Ausfahrtsstraße war viel zu eng, die Kreuzung zu unübersichtlich, alle wollten zur gleichen Zeit dort hinaus oder dort hinein, offenbar gab es reichlich Gründe, zu wenig Zeit zu haben. Nein, nein, allseits zu schlecht eingeteilt, versuchte der Prediger missionarisch zu verbessern, zu schlichten. ‚Schlecht eingeteilt! Ihr habt Zeit genug, aber nützt sie richtig.'

Seine weitere Entwicklung blitzte in Sekundenschnelle vor Spinne auf; so und nur so würde sie verlaufen: Er will die Weltreligionen vereinen, sie auf ihren gemeinsamen Ursprung zurückführen. Doch jede beharrt auf ihrem alleinigen Anspruch, das Heil, die Glückseligkeit und die Erlösung im Jenseits zu ermöglichen. Er holt sich kalte Füße, also versucht er die Vereinigung von Wirtschaft und Religion, wo er beträchtlich mehr Erfolge verbuchen kann. Als nächstes nimmt er die Vereinigung von Landwirtschaft und Tourismus in Angriff, wird Besitzer von 47 Bio-Bauern-Hotels, zu guter Letzt steigt er auf die viel ertragreichere Gen-Technologie um, denn Gen-Manipulation, so seine Argumentationslinie, wäre Natur in Reinkultur. In den Genen läge die Natur offen, von ihrem ersten Anbeginn bis zum fernen Ende jeder Zeit.

So genau Spinne diese unverhoffte Karriere des Waldarbeiter-Wanderpredigers auch absehen konnte, an deren Ende erblickte er einen Knick, bzw. sah er etwas Verschwommenes, einen Nebel, im Grunde sah er dort nichts. Dennoch – zu den 47 Hotels konnte man ihn und ganz Neumarkt nur beglückwünschen.

Das Schicksal eines Anhängers

In die Zukunft konnte Spinne viel klarer sehen als in der Gegenwart beobachten oder gar, sich an etwas Vergangenes zurückzuerinnern wie zum Beispiel an ein möglicherweise schon einmal wahrgenommenes Gesicht; er wußte nicht einmal, ob er das als Manko empfinden sollte. Denn jede Erinnerung hielt ihn strenggenommen davon ab, in der Gegenwart zu leben. Und jedes allzugenau aufgezeichnete Bild der Gegenwart nahm etwas von der inneren Empfindung weg, zumindest wenn es in die falschen Kanäle rutschte, nämlich in die der mentalen Verdauung. Dabei galt es doch, den gemeinsamen Ursprung und das immanente Einssein zu entdecken bzw. zu bewahren – oder hatte er sich da bereits von dem Gedankengut des Straßenpredigers anstecken lassen?

Der Stadtschreiber fühlte sich jedenfalls seltsam enthoben von jeder Erdenschwere, beinahe entrückt. Ein zärtliches Gefühl wärmte seine Innenwände. Ein wenig irritiert über die in seinen Augen eher ansatz- und grundlos erfolgte Entfernung aus seiner geordneten, rationalen Welt, schob er dieses ungewohnte Gefühl der holden Weiblichkeit in die Schuhe. Désirée! Ach, wie schön, einen Namen voll Sehnsucht aussprechen, still vor sich hersagen oder denken zu dürfen! Einen Namen, der noch dazu, sofern man richtig übersetzte, ‚Die Ersehnte' bedeutete!

Er empfand sich beschenkt, bereichert und wollte der Welt etwas schenken, die Welt bereichern. Auf jeden Fall wollte er der Quelle seiner Sehnsucht ein Geschenk bereiten, nicht allein durch seine Anwesenheit, durch seine Liebe, sondern er wollte ihr etwas mitbringen, tatsächlich: etwas kaufen. (Ein Alarmzeichen. So etwas kam höchst selten vor, er war nämlich ziemlich knausrig; außer bei den immateriellen Dingen).

Behutsam betrat er das kleine Geschenkartikel-Geschäft – den Juwelier hatte er sorgsam links liegen gelassen – und suchte dort nach einem Schmuckstück, das ungefähr dem Wert seiner Empfindung, aber der Realität seiner Geldbörse entsprach.

Endlich fand er einen Anhänger, der ihm gefiel, weil er mit seinem Innenleben korrespondierte. Ein schlichtes Kettchen, und darauf kein Kreuz wie von einer altmodischen Glaubensvereinigung, sondern ein anmutiges Symbol der Weite: Eine Wolke, hinter der ein Stern funkelte, den man erst sah, wenn man einige Zeit durch die Wolke gesehen hatte. Und das ganze in Pastellfarben, ein Hauch voll wohliger Weichheit.

Allerdings entdeckte er neben diesem Anhänger einen anderen, von dem er eher annahm, daß er Désirée gefallen würde. Schwerlich konnte man jemandem ein Geschenk bereiten, das nur einem selbst gefiel, also kaufte er schweren Herzens – was die Brieftasche betraf – und beschwingten Herzens – was den Inhalt desselben betraf – beide. Der zweite Anhänger zeigte einen Löwen, der sich selbst auffraß, ein grelles Zeichen voll feuriger Kraft, in starken, leuchtenden Farben, ein Sinnbild rasender Leidenschaft...

Als er aus dem Geschäft trat, betrachtete er den religiösen Fanatiker noch einmal aus der Nähe, unschlüssig, ob es sich nun um den Waldarbeiter, dessen Vater, einen Doppelgänger oder jemand unabhängig davon Irregewordenen handelte. Wenn es der Waldarbeiter ist, überlegte Spinne, dann müßte er mich erkennen. Oder er ist schon so entrückt, daß er niemanden mehr erkennt. Wer sonst stellt sich auf die Straße und predigt? Wenn er es ist, dann hat er die Zeitlinie geknickt oder er ist im Wahn gealtert. Wenn es sein Vater ist, dann hat der Sohn ein schweres Erbe mit ihm, andrerseits zuhause auch immer Kurzweil und biblischen Gesprächsstoff. Wenn es jemand Dritter ist, dann hat mir mein Personengedächtnis wieder einmal etwas vorgegaukelt. Immerhin habe ich nicht gegrüßt...

Der Irre drückte ihm ein Flugblatt in die Hand; wer so lange stehenblieb und ihm zuhörte, galt als potentieller Schüler. Sollte Spinne ihn fragen, ob er er oder sein Vater oder ein Dritter ist? Mit einer solchen Frage würde sich Spinne endgültig als seinesgleichen zu erkennen geben; der andere würde vermutlich antworten: „Ich und der Vater sind eins, und gemeinsam bilden wir die Dreieinigkeit“, oder „Ich bin der Vater aller Dinge“ oder einen anderen Auszählreim.

Da kam Désirée, mit der er sich an dieser Kreuzung verabredet hatte. Sie zu fragen, lag näher. Ihre Antworten beinhalteten bloß die gewohnten Rätsel, nicht diese entlegene, halb-halluzinatorische Verstiegenheit.

„Suchst du Inspiration?“ stichelte sie, „weil dir nichts mehr einfällt?“

„Nein, ich lerne nur den nötigen Gleichmut, um mit dir zurandezukommen. Wer ist das? Kennst du ihn?“

„Er heißt Irina. Verrückt, aber harmlos. So sagen es zumindest alle.“

„Irina? Er selbst? Er spricht von sich in der 3. Person?“

„Na und? Das kann *ihm*“, sie deutete auf Spinne, „auch so gehen.“

„Irina... Was ist das für ein Name?“

„Ich glaube, ein russischer.“

„Ist er aus Rußland?“

„Weiß nicht.“

„Was macht er sonst? Ich meine, das ist natürlich auch eine Arbeit. Aber wenn seine Arbeitszeit vorbei ist...“

„Keine Ahnung. Ist nicht mein Typ. Interessiert mich nicht.“

„War der schon immer so?“

„Nein, erst seit du da bist.“ Natürlich.

„Und früher?“

„Früher hat er bei einem Bauern gearbeitet.“

„Als Holzknecht?“

„Kann sein. Hör mal; wolltest du dich mit ihm treffen oder mit mir?“ Désirée drohte allmählich sauer zu werden.

„Tut mir leid. Du kennst meine Krankheit: die Neugierde. Berufsbedingt.“

„Jaja.“

„Schön, dich zu sehen.“

„Jaja.“

„Ehrlich.“

„Ja?“

„Ja. Ich habe mich auf dich gefreut. Ehrlich. Du siehst toll aus.“

„Ehrlich? Danke.“

Endlich war ihr Treffen auf ihr Treffen reduziert, d.h. die Erwartungen wieder hochgeschraubt; endlich hatte er sich von der chronischen hohen Geistlichkeit gelöst.

„Ich habe dir etwas mitgebracht“, versuchte er sie weiter zu locken, dorthin, wo er sie haben wollte, zu seiner Verfügung, vermutlich.

„Oh. Ein Geschenk?“

„Ja. Genaugenommen zwei."

Die zwei Anhänger waren notdürftig verpackt; sagen wir: schäbig eingewickelt. Er gab sie ihr nacheinander in die Hand, zuerst die Wolke. Dabei verkündete er mit feierlichem Tonfall: „Für das Göttliche in dir."

Und dann den Löwen. Jetzt versuchte er, einen verführerischen oder verruchten Tonfall anzuschlagen, was ihm aber nicht gelingen wollte: „Und: für das Tier in dir."

„Ah. – Und mit welchem möchtest du zu tun haben?"

„Was für eine Frage!"

„Dachte ich's mir."

„Mit beiden natürlich."

„Oh."

„Das Tier allein wird bald banal, und das Göttliche kann ohne animalischen Anteil langweilig werden."

„Ich hab's auch lieber profan", lispelte sie.

Jetzt erst hatte sie die Mitbringsel ausgepackt und sah sie an. Sie schmunzelte.

„Ich werde beide tragen."

„Beide?"

„Abwechselnd. Je nach dem, mit wem ich es zu tun bekomme."

Désirée dankte ihm mit einem freundschaftlichen Küßchen und steckte die Anhänger in die Handtasche. Sie spazierten die Hauptstraße entlang. Nur allzugern hätte er ihre Hand genommen oder die seine über ihre Schulter gelegt, doch das traute er sich nicht. Seltsam, im Theatersaal hatten sie einander erheblich direkter berührt, und nun empfand er Scheu, mit ihr Händchen zu halten. In Wahrheit dachte er natürlich an ihren Mann, zumal sie gerade beim Bezirksgericht vorbeipromenierten. Spinne überlegte, welche Rolle der Richter spielte, was er wußte oder nicht und wie es überhaupt mit ihnen weitergehen sollte. Désirée schien das nicht zu belasten.

„Na, wie gefällt dir unser Kuhdorf?" spöttelte sie.

Zumindest sagte sie nicht mehr „Negerdorf"; es wäre auch niemand anwesend gewesen, der politisch korrekt hüsteln hätte können.

Wenn es nach ihr gegangen wäre, plauderte sie drauf los, dann hätte sie schon längst etwas Schwung in diesen Ort gebracht –

allerdings war sich Spinne unsicher, ob der Schwung auch wirklich jedermanns Sache wäre und ob nicht ein schwungloses ländliches Kleinod mehr Reize zu bieten hätte als ein sich krampfhaft flott und pfiffig gebärdendes Neo-Städtchen im Dutzend-Look. Das schienen auch die anderen Tourismus-Verantwortlichen zu empfinden, denn Désirées Ideen zur Fremdenverkehrsbelebung nahm man zwar wohlwollend zur Kenntnis, verwies sie aber im gleichen Atemzug ins Reich der Unmöglichkeit.

Wenigstens ein Schiff, das auf dem See herumkreuzt, in dem sie die Trauungen durchführen könnte, schwebte ihr vor, zumal die Sache mit dem eventuell bald an weiß Gott wen verkauften Schloß viele Ungewißheiten mit sich barg. Was ist, wenn es ein Ölscheich kauft, der hat doch höchstens einen Harem, wie sollte der für die Ehe etwas übrig haben?

Als sie sich beim Sprechen vorneigte, entdeckte Spinne, daß sie bereits einen Anhänger trug, der mit jedem Schritt ein wenig mitschaukelte.

„Und von wem ist der da?“ fragte er. „Kann ich ihn mal sehen?“

Sie blieb stehen, damit er bequemer hingreifen konnte. Dieser Anhänger stammte mit Sicherheit vom Juwelier, er war aus Gold; hier hatte niemand, des Börsels wegen, einen Bogen gemacht. Es war ein Medaillon, das man aufklappen konnte. Eine Devotionalie? Ein Bildnis ihres Mannes? Oder eines anderen betuchten Lovers? Kinder hatte sie wohl keine; die verstaut man, plattgepreßt, am liebsten in diesen Mini-Altären.

Drinnen war nur ein Schriftzug eingraviert. „B & V“ stand in dem Schrein.

„Wer ist B.? Und wer ist V.?“

Sie lächelte, gütig und mild, antwortete jedoch nicht.

„Das hat mir eine gute Freundin geschenkt“, sagte sie ausweichend, als er weiter bohrte.

„Benno und Veronika? Bertram und Valerie? Barbara und Viktor? Bettina und Vinzenz? Du heißt doch nicht Vinzenz.“

„Muß man denn alles wissen?“

„Ich schon.“

„Das wäre mir viel zu anstrengend. Und belastend. Stell dir vor, du wüßtest, was jeder über dich denkt.“

„Das weiß ich ohnehin. Bzw. ich kann es mir gut vorstellen. Das sieht man doch in den Augen."

„Und was sieht man in meinen?"

Spinne blieb stehen, versank in diese funkelnden Atolle, nahm einen tiefen Schluck Bernstein und Smaragd.

„Ewigkeiten..."

„Sonst nichts?"

Diese Gelegenheit konnte er sich nicht entgehen lassen. Also antwortete er brav und zielführend: „Und Verlangen."

Das lag immer obenauf bei ihr.

Désirée zog die Augenbrauen hoch, wie eine Berufsspielerin, die wieder einmal gewonnen hatte.

Nun waren sie zweimal die Hauptstraße auf- und abgelaufen. Fast ohne Körperkontakt. Dabei hätte er so gern...

Sie offenbar auch: „Zu mir können wir nicht; mein Mann..."

„Zu mir können wir auch nicht; meine Vermieterin... Dann weiß es bald der ganze Ort."

„Und?"

„Du hast doch Erfahrung."

„Und du Phantasie."

„Die Badehütte!" Endlich. Jetzt oder nie. Erklären wir sie endlich zur Lustlaube. Führen wir sie ihrem geheimen, ihrem insgeheim erträumten Verwendungszweck zu.

„Von mir aus."

Sie schien nicht sehr begeistert; vermutlich weil das noch einmal eine gute halbe Stunde Fußmarsch bedeutete.

„Damit eines klar ist –" Sie hatte ihren Tonfall erhoben, es klang wie eine Warnung. „Ich will nur reinen Sex."

„Und der unreine wäre dann mit Liebe verseucht? – Direkt widerlich."

„Igitt!"

Es gibt Schlimmeres, dachte er, als mit dieser Lady bloß das Bett zu teilen, obwohl er, schon leicht infiziert, gegen ein volles Ausbrechen der Seuche auch keine Einwände gehabt hätte.

Der Weg führte sie zum Stadtrand, am Supermarkt und am Gesundheitszentrum vorbei, wo die Straße nach rechts abbog, sich durch weniger dicht besiedeltes Gebiet schlängelte und dann den

Blick auf die weiten, grünen Wiesen und allmählich auf den See freigab. Spinne versuchte noch einiges von ihr zu erfahren, was ihn interessierte, doch sie war des Sprechens müde und sah ihn nur gelangweilt an; also hörte er mit seinen Fragen auf, um die leicht erotisierte Stimmung, die umzuschlagen drohte, nicht weiter zu gefährden.

Langsam ging es abwärts, dem vertrauten Seeufer entgegen, wobei Spinne trachtete, einen Weg zu nehmen, der in einiger Entfernung von seiner Wohnung vorbeiführte. Die Vermieterin saß sicher in der Küche und sah hinunter auf den See; den Genuß seines Anblicks in solch illustrer Begleitung, unterwegs zur verschwiegensten aller Örtlichkeiten, wollte er ihr tunlichst vereiteln, um sich einen ungetrübten und ungestörten Genuß mit dieser ungewöhnlichen Lustbegleiterin in Gegenwart und Zukunft und nach Möglichkeit bis in alle Ewigkeit zu sichern.

Nach einer halben Ewigkeit standen sie endlich vor der „Sektion Nord". Umständlich fummelte Spinne mit dem Schlüssel herum und sperrte auf. Drinnen roch es muffig wie eh und je.

Als er aus seiner Lederjacke schlüpfte, hörte er es in der Seitentasche knistern. In jener Lederjacke, die wiederholt als Ausrede für Verspätungen herhalten mußte und somit mit dem gleichfalls in Mißkredit geratenen scheinexistenten Zeitmesser in ursächlichem Zusammenhang stand, knisterte es! Ein geheimes, verborgenes Leben, das die Tortur des Gerbens schadlos überstanden hatte? Nein. Er zog das Flugblatt heraus, das ihm der irre Prediger in die Hand gedrückt hatte und das er gedankenverloren eingesteckt hatte, als er Désirée kommen sah. Jetzt wollte er es mit einem gutmütigen Lächeln kurz überfliegen, machte sich im Geist bereit, etwas Erhebendes über die Vereinigungskirche und die Erlösung von allem Bösen zu lesen, als er wie elektrisiert zusammenzuckte: Das war kein gedrucktes Flugblatt, das er in Händen hielt, sondern eine handschriftliche Mitteilung. Mit grünen Blockbuchstaben. Brief Nummer 4.

HALT DICH HIER RAUS. DU BIST DER NÄCHSTE. TOD DEN VERRÄTERN.

Eine persönliche Aufmerksamkeit

HALT DICH HIER RAUS. DU BIST DER NÄCHSTE. TOD DEN VERRÄTERN.

Daneben war erstmals eine Zeichnung angebracht; eine Mehrfarbkomposition, oder sagen wir eine Farbenkombination – na gut, eine Fahne sollte das sein, stellte er bei näherem Hinsehen fest. Eine ausländische, fremde Fahne. Orientalisch. Türkisch, kurdisch, koptisch? Quatsch, koptische Fahnen gibt es sicher nicht; die kurdischen sind verboten, doch das Verbotene lockt. Iranisch, irakisch, saudisch?

Niemand weiß mehr als ein Lexikon, besonders wenn man es nicht zur Hand hat. Niemand ist so geschwätzig und so überladen wie das Internet, besonders wenn man nicht weiß, wo man das findet, was man sucht. Bevor er die Identität der Fahne via WWW-Netz klärte, hatte er gewiß zwölf Kataloge geordert, versehentlich die Mitgliedschaft bei einem Porno-Anbieter verlängert, ein paar Heim-Computer oder deren unabdingbare Zusatzgeräte bestellt, er hatte mit Cindy Crawford's Fanclub Neuigkeiten ausgetauscht oder war dem Rätsel der außerirdischen Besucher auf die Spur gekommen, er hatte seine Meinung zu diesem oder jenem weltbewegenden Problem kundgetan, an einer Internet-Volksabstimmung teilgenommen, die garantiert zu keinem Ergebnis führte, die beliebteste Musik-Seite gewählt, dabei an einem 10.000.-Dollar-Sofortgewinn-Preisrätsel teilgenommen, aber leider knapp nicht gewonnen, sich im Vorbeigehen informiert, wie man mit dieser Tätigkeit des Wellenreitens Geld verdient, er hatte brav ein paar Sponsoren angeklickt, die dies von hektisch zuckenden Bannern forderten, er hatte in einem Geschicklichkeitsbewerb mit Mäusen oder anderen Nagetieren immerhin ein Freispiel erzielt, er hatte seine Interessensgebiete also wesentlich vermehrt, ohne etwas von dem zu erfahren, was er tatsächlich gesucht hatte. Also würde er lieber eine physische Person fragen, um welche Landesfarben es sich hier handelte.

Der Tonfall des Schreibens beunruhigte ihn. Gleichzeitig fühlte er sich auch mit Stolz erfüllt; schließlich wurde er persönlich angesprochen – man hatte seine Existenz zur Kenntnis genommen. Er war unleugbar vorhanden. Noch dazu war ihm der Brief persönlich ausgehändigt worden. Etwas, das der Bürgermeister trotz seiner gehobenen Stellung und trotz zwei- bis dreimaligem Anlauf nicht geschafft hatte. Natürlich warf dieser Brief Fragen auf, doch zunächst überwog die Freude, erst später nistete sich die Angst ein.

Ist der Übergeber, also jener irre Irina, auch der Schreiber? Ist der Schreiber auch der Erpresser? Einiges sprach dafür, einiges dagegen. Geld brauchte ein Missionar jedenfalls, wenn er sonst nichts anderes tat als früher vielleicht ein paar Bäume gefällt und dabei versehentlich oder absichtlich seinen Kumpel in die ewigen Jagdgründe befördert zu haben. Wenn Irina aber nicht der Erpresser war oder mit diesem unter einer Decke steckte, dann hat ihm jemand das Schreiben zum Übergeben übergeben. Dezidiert, mit Aufforderung, unter Zuhilfenahme einer kleinen Bestechungssumme also, oder unbemerkt, also untergejubelt?

Er mußte zurück zu Irina! Ausgerechnet jetzt wieder fortzulaufen, hieße jedoch, eine langersehnte Gelegenheit zu versäumen. Hier bin ich wenigstens sicher, redete er sich ein.

Was den künstlerischen Gehalt des Schreibens betraf, konnte Spinne seine Enttäuschung allerdings nicht verhehlen. Was für eine jämmerliche Entwicklung hatte der Schreiber da genommen! So wie manch ein prominenter Autor, der in die Bestsellerlisten rückt, beschränkte er sich nur mehr auf das Notwendigste. Er lieferte seine Botschaft ab, befriedigte – gerade noch – seine Leser und die Lektoren und schien darüber hinaus lediglich bemüht, *abzucashen* bzw. in diesem Fall, die Hindernisse, die dabei im Weg standen, auf die Seite zu räumen. Nichts von den philosophischen Grundsatzfragen mehr, keine spitze, halbhumoristische Bemerkung, kein Esprit, sondern nur noch platte Zielstrebigkeit: eine plumpe Forderung und die Drohung mit physischer Gewalt.

Spinne machte sich ernsthaft Sorgen um die schriftstellerische Weiterentwicklung eines Talents, das zu allerlei Hoffnungen Anlaß gegeben hatte.

HALT DICH HIER RAUS. Der Schreiber wußte also, daß er verwickelt war. Kein Wunder, wenn es sich um den Waldarbeiter handelte, Zeitsprung hin oder her.

DU BIST DER NÄCHSTE. Nicht einmal die Mühe eines Konditionals war er dem unbekannten Schreiber wert? Egal, was er tat, er war der nächste. Also konnte er weiter tun, was er wollte. Was wollte er eigentlich? Hatte er sich das nicht immer schon gefragt? Wollte ihn der Schreiber mit dieser Aussage auf den rechten Weg zurückführen? Kein Wunder, wenn es der Missionar geschrieben hatte. Oder schlummerte hier, in dieser sein eigenes Fragen induzierenden, scheinbar einfachen, beinahe einfältigen Aussage, doch erneut der ihm mittlerweile so vertraute, wenn auch offensichtlich nicht physisch bekannte Philosoph? Hatte dieser sich, indem er Einfältigkeit vortäuschte, nicht geradezu genial und gerissen dahinter versteckt? Wollte er ihn auf die Probe stellen, ob er, Spinne, ihn hinter diesen Zeilen noch erkannte? Dieser Satz, den man, geringfügig variiert, auch im Wartezimmer eines Zahnarztes hören konnte, barg doch mehr Geheimnisse als er auf den ersten Blick offenbarte.

Nun, um die Übereinstimmung des Verfassers mit dem der vorhergegangenen Briefe zu deklarieren, hätten die grünen Blockbuchstaben genügt.

Spinnes analytischer Verstand, oder das, was er dafür hielt, ratterte auf Hochtouren. Die Ergebnisse waren, wie immer, dürftig.

TOD DEN VERRÄTERN. Das driftete nun endgültig ab in eine x-beliebige Parole einer x-beliebigen regime-treuen oder regimekritischen politischen Gruppierung. Zudem äußerte sich ein kleiner Konflikt, der für den Schreiber offenbar in der Wahl des Adressaten bestand. Im Satz zuvor war ein einzelner, nämlich mit großer Wahrscheinlichkeit er, Spinne, der Ansprechpartner, während nun gleich mehrere angesprochen wurden. Möglicherweise prophylaktisch. Oder aber der Erpresser wußte, daß der Stadtschreiber mittlerweile einen, wenn auch vorwiegend untätigen und kaum hilfreichen Hilfssheriff um sich scharte.

Oder er wußte um seine gespaltene Persönlichkeit, die nur notdürftig von einer sie umgebenden Hülle, einem Panzer, zusammengehalten wurde und bezog sich auf die vielen Teil-Persönlichkeiten Jakob Spinnes. Inwiefern konnte man ihn mitsamt seinen zahlreichen, miteinander oft im Widerstreit stehenden Sub-Personalien als Verräter bezeichnen? Jede einzelne Bestrebung seiner Innereien verriet doch beständig eine andere! Die Moral geht flöten auf Kosten der Triebwelt, wie man an Désirée lebhaft und vor allem leibhaftig mitverfolgen konnte, der Charakter verflüchtigt sich wegen ein paar Geldscheinen, der Stolz fischt nach anerkennenden Worten oder Blicken, indem er uns um Bestätigung buhlende Worte als Köder auf die Zunge legt. Und von der Wahrhaftigkeit hatte er schon seit Ewigkeiten nichts mehr gehört, seit er sie im Tausch gegen weiß Gott was in einen weit entlegenen Winkel seiner Kammern verbannt hatte!

Welche Verräter waren also gemeint? Diejenigen, die er in seinem Innenraum beherbergte und die dort, unter falschem Namen, um Asyl ansuchten, sich breitmachten, sich vollfraßen und alles andere erdrückten?

Oder hatte er sich da verrannt, verloren, sollte er sich ein paar Stufen profaner auf die Suche begeben?

Welche Verräter? Die in der Schule petzen? Die den Nachbar anzeigen, weil er auf ihrem Parkplatz steht? Diejenigen, die der Polizei Mitteilung machen, wenn sich irgendwo verdächtige Gestalten an einem leerstehenden Objekt schadlos halten? Diejenigen, die harmlose Briefschreiber hinter Gitter bringen wollen, die doch nur ihr Gehalt aufbessern oder die allzu ungerecht verteilten Güter dieser Welt einer längst fälligen Korrektur unterziehen wollen?

Und was sollte die Fahne, gleich für welches Land dieser Erde sie wehte? Dort, und nur dort, so sollte sie wohl suggerieren, müßte man Freiheit oder Ordnung, Demokratie oder straffere Zügel schaffen; dort und nur dort säßen die Urheber oder die Mittäter, dort und nicht hier. Wenn sie aber dort saßen, wo immer dies sein mochte, was machten sie hier?

„Na, was ist, kommst du endlich?“ fragte Désirée. Sie hatte es sich, so gut es ging, auf einer halb aufgeblasenen Luftmatratze bequem gemacht. „Was ist, du siehst so seltsam aus?“

„Man will mir an den Kragen“, murmelte Spinne und warf sich auf ein schmales Schlauchboot neben sie, ein Kanu.

„Kein Wunder“, tröstete sie ihn, seinen Hals streichelnd. „Du Armer. Armer, großer Held...“

Sie trug nur noch ein hauchdünnes Unterkleid; jenes durchsichtige Négligé, das er schon aus seiner Traumwelt kannte. Na, wenigstens gluckst und plätschert es hier nicht, dachte Spinne.

„Pfffffff", sagte das Kanu, entließ die noch seit dem Sommer in ihm verbliebene, restliche Luft. Ein Grund mehr, sich – vorsichtig – auf die Luftmatratze nebenan zu werfen, gut, daß schon jemand drauflag.

„Oh", sagte er. „Du bist ja halb nackt. Aber – ich mag keine halben Sachen..."

Irina saß gedankenverloren auf den steinernen Stufen. Sein weißes Haar reichte mittlerweile bis zu den Knöcheln; vielleicht aber nur, weil er so gekrümmt auf den Treppen kauerte. „Was ist Magie?" fragte er, doch ehe Spinne noch seinen Mund öffnen konnte, beantwortete er sich die Frage selbst, indem er behauptete, daß ein Bibelzitat den Beleg dafür darstelle, daß der Islam auf den Hinduismus zurückgehe, der wiederum von Konfuzius, Laotse und dem Buddhismus beeinflußt würde, die Wurzel all dessen müßte man aber in den Pyramiden oder noch früher, in den alten Monolithkulturen suchen. Doch schien ihn diese Antwort nicht zu befriedigen, denn er blickte eine Weile stumm in den See und murmelte dann unversehens in seinem gregorianischen Singsang: „Irina sagt, ich glaube an nichts. An nichts." Nach ein paar Takten variierte er das Thema, zumindest vom Textgeschehen her betrachtet. „Alle werden sterben." Und nach einer hochexpressiven, gekonnt eingesetzten Pause fügte er tonlos hinzu: „Ich bringe mich um." Spinne versuchte ihn zu umarmen oder sonstwie an der Schulter zu packen, doch er entwand sich. „Nur das nicht. Tun Sie mir das nicht an. Alle werden mir das in die Schuhe schieben." Irina lächelte, teils sphärisch entrückt, teils irdisch schadenfroh. „Was ist Magie?" fragte er erneut. Diesmal kam ihm Spinne zuvor, denn er hatte mittlerweile Zeit zum Überlegen gehabt: Es ist die Kenntnis dieser einen großen Kraft, sagte er, doch ohne deren Hauptqualität, die Liebe. So oder so ähnlich philosophierte er, und das kam ihm enorm weise vor.

Maxi in der Traumwelt

DIENSTAG, 12.9.00

Wieder falsch, dachte er beim Aufwachen. Es ist der zur Fähigkeit herangewachsene Wunsch, die Wirklichkeit mithilfe dieser geistigen Kraft nach den eigenen Vorstellungen zu verändern. So eine Schande. Nicht einmal im Traum konnte er richtig denken!

Spinne wollte den Bürgermeister endlich zur Rede stellen, doch der behandelte ihn diesmal wieder mit ausgesuchter Höflichkeit, sodaß ein beinahe freundschaftliches Geplauder entstand, ein Ideenaustausch. Sie ließen den Erpresser links liegen, und sahen statt dessen nach rechts, in das noch jungfräulich und dennoch verwaist wirkende zukünftige Gewerbegebiet, das diesem unschuldigen Grünland in die Wiese, äh in die Wiege gelegt worden war, wie man so sagt.

„Warum bauen Sie nicht", schlug Spinne vor, „statt eines Techno-Centers, eine Filmstadt, eine *Cine-Citta* wie in Rom? Eine Industriezone am Stadtrand ist doch albern, die gibt es überall. Eine Filmstadt – das wäre etwas Visionäres."

„Gute Idee", sagte der Bürgermeister anerkennend. Kein Wunder, mit dem Techno-Center hatte er sich eine Menge Probleme eingehandelt. Die großen deutschen Konzerne, die erst lauthals versprochen hatten, sich dort anzusiedeln, zogen klammheimlich, einer nach dem anderen, ihre Zusage zurück, nachdem sie für ihre „Machbarkeitsstudien" ohnehin bereits genug verdient hatten, und er mühte sich nun ab, für das groß hinausposaunte, eben erst umgewidmete Industriegrundstück Investoren und Partner zu finden.

„Diese Musikrichtung ist doch längst unmodern", schickte der Stadtschreiber blinzelnd nach, „Kein Mensch hört mehr so ein hämmerndes, einfallsloses Zeug. Aber eine Filmstadt, topmodern, so etwas gibt es nirgendwo in Europa – dann blickt alle Welt auf Neumarkt. Das ist eine einzigartige *Positionierung*. Was glauben Sie, was bei einer Filmproduktion an Geld ausgegeben wird!" Er wußte es zwar auch nicht, konnte es sich aber recht gut vorstellen.

Der Bürgermeister nickte, dachte nach, nickte wieder. „Raucht nicht, stinkt nicht, macht keinen Lärm." So würde er das Unternehmen seinen Parteifreunden und -Gegnern bei der nächsten Sitzung verkaufen.

„Sie haben die Westbahn, die Bundesstraße, eine Autobahnabfahrt, die Nähe zu einer Landeshauptstadt und noch dazu die Seen und die wunderschöne Landschaft. Jeder, der hier dreht, wird gratis Werbung für die Gegend machen, weil er die Naturkulisse mit einbezieht."

„Was braucht man für eine Filmstadt?" erkundigte sich der Bürgermeister.

„Viel Platz. Riesige, leere Hallen und Zufahrten."

„Wieviel Platz?"

„Vielleicht zwanzig Fußballfelder." In gängigen Maßen wie Hektar oder Quadratmeter zu denken, fiel Spinne schwer. Vielleicht konnte man noch die Größe eines Schachbrettes zur Veranschaulichung heranziehen. „Alles was Sie tun müssen, ist gute Rahmenbedingungen schaffen. Exorbitant großzügige Erleichterungen. Stellen Sie den Grund gratis zur Verfügung, befreien Sie alle Produktionsfirmen, die sich hier ansiedeln, von den Steuern. Zumindest die ersten Jahre, bis der Laden läuft."

„Naja, wie bei allen Vorhaben dieser Art braucht man zwei Dinge: Einen Investor und einen Betreiber. Die Gemeinde kann das nicht sein. Das muß ein Privater sein."

Hoffentlich denkt er da nicht an mich, argwöhnte Spinne im Stillen und schluckte.

Bei der nächsten Gemeinderatssitzung verkündete der Bürgermeister stolz: „Ich habe da eine Idee entwickelt..."

„Haben Sie das gehört?" empörte sich der Stadtschreiber.

„Was wollen Sie, so geht es mir seit Jahren", raunte der Gemeindevorstand.

Leider zerlegte die Opposition und die anderen Gemeindevertreter den Plan des Bürgermeisters nach Strich und Faden, bis er kleinlaut, wie ein von den Launen der Konjunktur gebeutelter Industriekonzern, sein Vorhaben zurückzog, freilich ohne sein Scheitern einzugestehen. Er suchte noch eine günstige Absprungbasis – und einen Schuldigen, der ihm diese Niederlage eingebrockt hatte.

„Was würde denn so eine Filmstadt kosten?" fragte er arglos den Stadtschreiber.

„Vielleicht 250 Millionen, oder 300."

Natürlich, dachte der Bürgermeister. Natürlich, ich hole die 250 Millionen von der Bank, gebe sie einem miesen kleinen Erpresser, tue dabei so, als ob ich für die Gemeinde das Schloß kaufen möchte, der Erpresser investiert als honoriger Mann in eine Filmstadt, gibt mir das Geld also zurück, ich gebe es der Bank zurück – und alle sind zufrieden. Wir haben statt einem Schloß eine Filmstadt, und die Bank hat das Geld, wie immer. Der Erpresser darf sich noch rühmen, etwas für die Stadt geleistet zu haben. Und das Schloß steht weiterhin zum Verkauf. Wie sich der kleine Erpresser-Maxi eben die Welt vorstellt. Das ergab doch keinen Sinn!

Bürgermeister Achatz gönnte sich, zur eigenen Beruhigung, einen kleinen Wutausbruch. Es fragte sich nur noch, gegenüber wem.

Zumindest auf diesem Nebengeleise wurde er erwartungsgemäß bald fündig; wozu hat man denn schließlich einen Stadtschreiber?

Verhängnisvolle Ahnen

„Sag', ich habe mich gefragt, wie ist das gemeint, mit der *Inneren Wahrnehmung* beim Tantra Yoga? Glaubst du, hat das was mit dem Orgasmus zu tun?"

„Mhm."

„Oder mit dem G-Punkt?"

„Der Rote Bär sagt –"

„Der Rote Bär?"

„Na, weißt eh, der Schamane. Der sagt: alles ist innen."

„Nein, was! Alles?"

„Ja, alles."

„Aber das, was außen ist?"

„Das ist auch innen."

„Verstehe ich nicht ganz."

„Das kannst auch nicht so leicht verstehen. Der Rote Bär sagt, du mußt erst deinen *Schutzgeist* entdecken, das ist ein Tier, und mit dem mußt du dich verbünden."

„Ja, dann nehme ich am liebsten den Rex. Mit dem bin ich

schon so vertraut."

„Den vom Fernsehen?"

„Nein. Unseren Kater. Der hat schon Rex geheißen, da hat es noch keinen Kommissar im Fernsehen gegeben."

„So alt ist der Kater?"

„Nein, der Fernseher. – Wie würdest denn du deinen Schutzgeist nennen, wenn's ein Tier ist?"

„Mh, vielleicht Josef. Oder Maria. Bei uns zuhause heißen alle Josef oder Maria, schon seit Generationen."

„Auch die Viecher?"

„Nein, die nicht; nur die Menschen."

„Nur ‚Spinne' darfst ihn nicht nennen, das versprichst du mir."

„Nein, Spinnen sind mir unheimlich."

„Häpm." Sie verstummten, als der Stadtschreiber eintrat. Er sah sich hilfesuchend um und setzte sich dann an einen freien Tisch.

„Einen Käsetoast auf Tisch fünf."

„Hast du schon boniert?"

„Nein. Alles bonier' ich auch wieder nicht." Das sollte man gegenüber der Chefin eher nicht betonen, war ihr herausgerutscht.

Die Wirtin deutete auf Spinne und murmelte. „Geh du."

„Nein, geh du."

Wie, keine von den Kellnerinnen wollte ihn bedienen? Ihn, der in so wichtiger Mission unterwegs war! Ein längst fälliges Treffen mit dem Gemeindevorstand stand auf dem Programm. Ein *ernsthaftes* Treffen, hatte er sich ausbedungen.

Der vom Erpresser festgelegte Übergabetermin rückte näher und näher. Nachdem ihm der Bürgermeister unentwegt in den Rücken fiel, mußte er wenigstens das nächsthöhere Amtsorgan als Vertrauten gewinnen. Entweder sollte ihm der Gemeindevorstand endlich als Hilfssheriff wirklich nützlich werden oder sich wieder zurückziehen in seine amtlich-indifferente Ungreifbarkeit.

Wer weiß, zweifelte Spinne, ob der Gemeindevorstand ernstlich als Hilfssheriff geeignet war? Er stammte von auswärts, wohnte sogar dort, in Seekirchen, der Konkurrenzgemeinde, die ebenfalls zur Stadt erhoben werden sollte und noch dazu lautstark auf den – zu Recht oder Unrecht bestehenden – Anspruch pochte, überhaupt die älteste Gemeinde Österreichs zu sein!

In der Tat, nun hatten sie ein männliches Kellner-Wesen geschickt; Grund genug, diesen mit Verachtung zu strafen.

„Was ist das Menü?"

„Rindsuppe und nachher ein Steak."

„Danke, habe keine Lust auf zusätzlichen Wahnsinn. Der normale, menschliche reicht."

„Aha, Angst-Neurose."

„Und was gibt's als Dessert?"

„Apfelkuchen. Absolut unbedenklich."

„Das weiß man nie."

Der Kellner beugte sich herab. „Wenn Sie heutzutage wirklich gesund leben wollen, dann dürften Sie gar nichts zu sich nehmen, dann dürften Sie nicht einmal die Serviette essen."

„Wieso, essen Sie Servietten?"

Mit gedämpfter Zurückhaltung, jedoch ohne sonderliche Mühe, seine Geringschätzung zu verbergen, hielt ihm der Kellner die aufgeklappte Speisekarte vor die Nase. „Wenn Sie vielleicht wählen wollen..."

„Haben Sie nur Kadaver?"

„Wie bitte?"

„Nur Leichen! Ich esse kein Fleisch. Ich bin Vegetarier."

„Du lieber Himmel."

„Wie bitte?"

„Eine Salatplatte vielleicht."

„Ich hätte gern was Warmes im Magen."

„Tja."

„Okay, okay. Bringen Sie mir die Beilagen vom Tafelspitz. Pommes Frites und Kartoffelkroketten." Daß er auch immer mit dem Servierpersonal in Streit geraten mußte. Unhöfliches Pack!

Der Kellner verdrehte die Augen, als er die Bestellung an der Theke weitergab. Die Mädchen kicherten. Endlich kam der Gemeindevorstand. Die hohe Politik würde ihm jene respektvolle Behandlung garantieren, die der Literatur verwehrt blieb.

Hilfs-Gemeindevorstand Schalkhammer plauderte aus der Schule. Neumarkt einst und jetzt. Unter dem Alt-Bürgermeister hatte die Öffentlichkeitsarbeit etwas anders ausgesehen. Jedesmal, wenn der Ort in der Zeitung stand, fragte sich dieser, was er falsch gemacht habe. Ein Journalist kommt mir nicht ins Haus, pflegte der Alt-Bürgermeister zu sagen, er meinte das Amtshaus. Er selbst ging ins Wirtshaus und redete mit den Leuten am Stammtisch, das wäre mehr als genug.

Nun war aber ein anderer Geist eingekehrt, es gab regelmäßig Aussendungen und eine eigene, wenn auch jugendliche Kraft für die Pressebetreuung. Wichtige Medien-Kontakte nahm Schalkhammer persönlich wahr, der Bürgermeister schaltete zur Hebung des Bekanntheitsgrades seiner Stadt und seiner selbst in den diversen regionalen Blättern bezahlte Inserate, und schließlich leistete man sich ja sogar den Luxus eines eigenen Stadtschreibers, der die Popularität der „jungen Stadt“ gewiß weiter steigern werde.

Na endlich, dachte Spinne, daß einer kapiert, wozu ich da bin.

Dann erzählte Schalkhammer von seinem Vater, dem Militär-Attaché, der unerwartet verstorben war, mit 63. Spinne blieb der Bissen, den er noch gar nicht genommen hatte, im Hals stecken. Schon der 4. Tote! (Wenn auch nicht in strenger chronologischer Konsequenz).

„Ich kenne zwar den Begriff“, fragte er, „Man hört und liest ihn immer wieder; was aber macht ein Militär-Attaché genau?“

„Es ist der offizielle Vertreter eines Staates in einem anderen Staat.“

„Wie ein Botschafter?“

„Ja, kann man fast sagen. Er genießt ebenfalls diplomatische Immunität und all die anderen Vorrechte, die zu so einer Tätigkeit gehören,“

„Und worin besteht seine Aufgabe?“

„So wie es einen Handelsdelegierten oder einen Handels-Attaché für die wirtschaftliche Zusammenarbeit gibt oder ein Kultur-Institut für den künstlerischen Austausch, so gibt es auch einen Militär-Attaché.“

„Ja, gut, aber, was die austauschen, ist doch meist Krieg. Oder sind sie dazu da, diesen zu verhindern?“

„Das ist sicher auch eine Aufgabe. Zunächst einmal ist es wichtig, einander kennenzulernen, auf diesem Gebiet. Denn was man kennenlernt,...“

„...das bringt man nicht so leicht um?“

„Vielleicht."

„Oder man hütet sich vor einem Angriff, weil die anderen besser ausgerüstet und vorbereitet sind..."

„Ja, die Informations-Beschaffung gehört auch dazu."

„Ist es also ein – ein offizieller Spion?"

„So kann man es fast bezeichnen."

„Und wo war der Vater stationiert?"

„In Jugoslawien."

„Uh. Das war allerdings ein heißes Pflaster in letzter Zeit."

„Ja. Bedenken Sie, besonders in einer Krisenzeit oder im Krieg, wenn die kriegsbeteiligten Staaten keine diplomatischen Vertreter mehr im Land haben, kann so ein Mann eine zentrale Position einnehmen, allein, um herauszufinden, was wirklich geschieht."

„Kann ich mir schon vorstellen."

In jedem Dorf, erzählte der Gemeindevorstand, wurden Informanten angeheuert, damit man nicht auf die Medienberichte oder die staatliche Propaganda angewiesen wäre, oder auf die Nato-PR-Maschinerie oder auf die des Untergrundes. Es hieß ja, die Greueltaten wären mächtig aufgebauscht worden, um auf jeden Fall einen Grund für das Einschreiten der alliierten Militärs zu haben. An der Grenze sollen von den TV-Stationen um die 200.000.- US-Dollar für Bilder eines Massakers – echt oder gestellt – geboten worden sein. Da könne schon jemand schwach werden und sich mit ein paar arbeitslosen Laiendarstellern ein wenig dazuverdienen wollen, irgendwo ein paar Leichen ausgraben und übel zurichten oder „Sturm auf ein Dorf mit anschließenden Erschießungen" inszenieren.

„Gerade deshalb", fuhr Schalkhammer fort, „ist es wichtig, ein paar Leute in diesem oder jenen Teil des Landes zu haben, die man einfach fragen kann: ‚Sag', was ist vorgefallen? Gab es Vertreibungen? Und von wem?' Diese Leute haben nur die Aufgabe, zu erzählen, was tatsächlich passiert ist. Dadurch, daß man mehrere Informanten hat, ergibt sich allmählich ein klares Bild. Man kann die Schauermärchen von der Wahrheit trennen und die maßgeblichen Politiker in der Heimat darüber unterrichten."

„Und die maßgeblichen Politiker haben die Informationen dann an andere weitergegeben?"

„Kann sein." Langsam wurde er unruhig, das Thema ging ihm etwas zu nahe. Er versuchte auszuweichen oder zumindest das Gesagte ein wenig abzuschwächen. „Hauptsächlich benützen die Diplomaten diese Informationen dann bei den Cocktail-Parties, um damit zu protzen, wer mehr weiß. Das habe ich selbst schon miterlebt."

„Haben Sie Ihren Vater dort besucht?"

„Ja, mehrmals."

„Und wo war er vorher?"

„In Moskau."

Urlaubsgrüße vom Balkan?

Nun reichte es dem Gemeindehilfsvorstand aber vollends. Widerwillig gab er noch zu, daß er den Vater auch in Rußland bzw. in der damaligen Sowjetunion getroffen hatte und daß der Vater in Wien verstarb. Deshalb wäre er auch zusätzlich zu dem ganzen Trubel der Erhebung in mehrfacher Weise mit Arbeit eingedeckt. Was er nicht alles um die Ohren hätte! Was innerhalb der nächsten Tage nicht alles noch zu erledigen wäre! Eine Stadttafelenthüllung fände statt, leider wäre deren künstlerische Gestaltung nicht rechtzeitig fertig geworden, sodaß man eine provisorische Stadttafel enthüllen müsse, die dann später gegen die richtige ausgetauscht werde. Neben der Stadterhebung gehe der normale Betrieb eines Gemeindeamts weiter. Die Getränkesteuerabrechnung werde fällig, eine Volkszählung stehe vor der Tür, doch am meisten bereite ihm die bevorstehende Änderung der Parkregelung Kopfzerbrechen. Das bisherige System schien sich nicht zu bewähren.

Eine Kurzparkordnung, wo jeder so lange parken durfte, wie er wollte, konnte auf die Dauer nicht funktionieren. Man stand vor der Frage: Gendarmerie oder privater Wachdienst? Für ihn wäre die Frage eigentlich schon gelöst, wie immer wäre dies aber eine rein politische Entscheidung. Ein Gendarm, der nur die Nicht-Ortsansässigen bestrafe, würde sich zwar bei den Einheimischen beliebt machen, letztlich aber gegen den Gleichheitsgrundsatz verstoßen. Deshalb denke er wieder an eine „Aktion scharf", bei der jeder, der länger als die erlaubten eineinhalb Stunden parke, ohne

Ansehen der Person bestraft werde. Für die leere Gemeindekassa wäre dies eine willkommene Erholung, da das solcherart eingehobene Geld in Städten bis zu 10.000 Einwohnern zu hundert Prozent im Besitz der Gemeinde verbliebe. (Eine äußerst lukrative Angelegenheit, sich um Recht und Ordnung zu bemühen).

So ausführlich sich der Gemeindesheriff auch über diese lokale Problematik ausbreitete – das zuvor leichthin und halb widerwillig Gesagte konnte er dadurch nicht übertönen. In Spinnes Hirn hatte sich die internationale Problematik eingenistet und mit ihr ein ungeheurer Verdacht:

War nicht der 24.9. (der Tag der Stadterhebung) auch der Tag, an dem – zum ersten Mal – mehr oder minder freie Wahlen in Jugoslawien stattfinden sollten? Wie weit reichte der lange Arm eines sich von einem böswilligen Informanten düpiert oder hintergangen fühlenden fremden Geheimdienstes? Stellte die Stadterhebung eine Einmischung in balkaneske innere Angelegenheiten dar? Wollte man dem schurkischen Spion, dem man möglicherweise diese verheerende Friedensmission samt Jagdbomberangriffen der *peace-keeping forces* zu verdanken hatte, nachdem man ihn aus Rache bereits ins Jenseits bugsiert hatte, noch einen posthumen Denkzettel mit auf den langen Weg geben, indem man an einem beiderseits denkwürdigen Tag Gleiches mit Gleichem vergalt und eine ganze Stadt ausradierte, sofern diese nicht reichlich Geld für ein bißchen Wahlpropaganda und staatssicherheitsdienstliche weitere Aktivitäten zur Verfügung stellte?

Jugoslawien. Der Balkan exportiert seine Krise! Jugoslawien. Dort mußten die Fäden zusammenlaufen. Das ewige Krisengebiet verfügte nur noch über ein einziges Exportgut: Waffen. Und Sprengstoff. Auf der anderen Seite die strategische Position der jungen Stadt, am Rande eines gerade noch neutralen Staates, der sich um den verpflichtenden Beitritt zum Militär-Bündnis so lang wie möglich herumdrückte. Auf dem Papier neutral. Denn dafür mußte man den Nato-Staaten gewiß Konzessionen machen, Informationen verschaffen und was weiß Gott noch alles. Ein paar Kilometer weiter, jenseits der Landesgrenze, herrscht offene, unverdeckte Bündnispolitik. Am Chiemsee campierten die Amis, ihre Abhöranlagen haben sie dagelassen. Von dort wird so manches Telefonat mitgehört und in so manchen Computer hineingeleuchtet, wie Eingeweihte wissen wollen. Da kommt diese Anhäufung von militärischen Sperrgebieten und Radarüberwachungsstationen äußerst gelegen. Wenn jemand in der Lage ist, eine Stadt auszuradieren, dann ist es das Militär. Und die letzten, die es übten, haben dies in Jugoslawien getan.

Wenn jemand als Hilfssheriff ungeeignet war, dann der Gemeindevorstand. Zu sehr ist er in das Geschehen verwickelt, in jeder Hinsicht, ob er es wußte oder nicht.

Spinne hatte keine Zeit, seine unheilvollen Überlegungen fortzusetzen, es galt, einen wichtigen Termin zu wahren. Heute war Dienstag. Hastig verabschiedete er sich vom Vorstandssheriff, ließ diesen mit der Rechnung zurück. Sollte *er* sich mit dem ungezogenen Gasthauspersonal herumschlagen.

Doch an diesem Dienstag fehlte der Consulting-Boß, dem er dringend ein paar Fragen stellen wollte. Das erweckte auch bei den Clubspielern Verwunderung. Ob er zu viel Arbeit hat? Oder liegt es an Sturm Graz und an der *Champions-League*, die rücksichtslos diesen königlichen Dienstag-Termin annektiert hatten?

Lustlos hüpfte Spinne mit seinen Springern hin und her, übersah den gegnerischen schwarzen Läufer und geriet in eine fatale Bindung. Warum konnte diese prophetische Gabe nicht beim Brettspiel dienlich werden, wenn doch dessen Hauptelement in einer möglichst weiten Vorausschau besteht? Alles bloß Berechnung, schimpfte er, wenn er wieder einmal verlor, kaum ein Platz für übersinnliche Phänomene!

Spinne saß in einem riesigen Kartoffelacker und kaute an seinen Pommes Frites. Vor ihm lag eine Speisekarte, die aussah wie ein Photo-Album. Gelangweilt blätterte er in den alten Ansichten von Neumarkt. Auf den letzten Seiten hatte jemand Pin-Ups eingeklebt, die schönsten Frauen der Stadt. Er hatte ein Auge auf eines der jungen Mädchen geworfen, doch sie kicherte nur albern aus dem Album herauf. Mit schneidigem Schritt näherte sich der Kellner und klappte ihm die Speisekarte vor der Nase zu: „Nichts für Sie. Sie brauchen kein Fleisch." Der Consulting-Boß kam auf einem überdimensionalen Schachbrett dahergeritten, drehte in der Luft eine Pirouette und landete dann direkt vor seinen Augen. „Französisch. Mit Angriff auf dem Königsflügel. – Na, was ist, kommen Sie mit?“ fragte er. Hinter ihm saß ein Soldat in einem Armee-Tarnanzug.

„Wohin?“ fragte der Stadtschreiber.

„Wir fliegen durchs Portal.“ Der Soldat grinste, streifte ein paar vertraute Gesichtszüge über und spielte mit seiner Maschinenpistole. „Hier darf man nicht parken. Verschwinde“, heischte er den Consulting-Boß an. Zu Spinne sprach er außerordentlich gütig. „Er macht dir Schwierigkeiten, nicht?“

„Alle“, murmelte der Stadtschreiber. Mit der einen Hand versuchte er, eines des Pin-Up-Photos aus dem Album herauszuschälen; in der anderen hielt er noch eine Kartoffel, die an seinen Fingern klebte und allmählich die Konturen einer Schachfigur, der weißen Dame, annahm. „Und wer sind Sie?“ fragte er.

„Ich bin es“, sagte der Gemeindevorstand, „Ich bin es, dein Adjutant. Ich stehe dir zu Diensten, wann immer du meiner bedarfst. Allein schaffst du es nie.“

„Es ist mir lieber, wenn wir per Sie sind“, antwortete der Stadtschreiber etwas zurückhaltend, denn die von ihm bevorzugte Distanz schien ihm gerade gegenüber zweideutigen, mulifunktionalen Scheindoppelwesen wichtig.

„Aber Mundschutz muß ich keinen tragen?“ fragte Schalkhammer etwas eingeschnappt.

„Ist nicht persönlich gemeint“, beruhigte ihn Spinne. „Sie wollen mir tatsächlich helfen? Das wäre großartig.“

„Ist doch Ehrensache. Du mußt nur tun, was ich sage. Das ist alles.“

Spinne sah ihn enttäuscht von der Seite an. „Ist das nicht umgekehrt? Ich sage, was zu tun ist, und der Adjutant tut es. So stelle ich mir eine Hilfskraft eher vor.“

„Mag sein. Doch das gilt nur, wenn du über wesentlich mehr Erfahrungen verfügst als der Adjutant. Aber du kannst es gern allein weiter probieren. Überlege es dir gut. Ich kann auf vielen Gebieten dienlich sein.“

„Schon möglich. Aber ich habe was gegen Personal, das sich als Boß aufspielt.“

„Wie du wünschst. Also dann: Auf Wiedersehen und viel Glück!“ Er stieg wieder auf sein Schachbrett.

„Warten Sie. Nicht so schnell. Bleiben Sie. Ich meine, über die Kompetenzen werden wir doch noch klarkommen, oder? Wir können das später verhandeln...“ Weg war er.

Der Trainer von Sturm Graz trat hinzu; er hatte schön längere Zeit im Hintergrund gewartet, nun kam er endlich zu Wort. Seine Stirn zeigte tiefe Sorgenfalten. Zuviele hohe Niederlagen? Dennoch wollte er sich oder den Stadtschreiber trösten und klopfte ihm gutmütig auf die Schulter: „Schauen Sie. Die Mannschaft hat das Maximum gegeben. Es ist schon ein Erfolg für uns, in dieser Elite mitspielen zu dürfen. Aber einige haben noch nichts kapiert.“ Jetzt sah er den Stadtschreiber fest an. „Wir müssen noch mehr *kombinieren*. Besser kombinieren. Und noch mehr kämpfen. Aber wir haben gezeigt, daß wir mitspielen können.“

Leider kam ein riesiger Schützenpanzer und jagte vom Elfmeterpunkt die Kugel so fest durchs Netz, daß das ganze Tor in die Luft flog und das Stadion mitriß, am Himmel zog es ein paar Kreise, bis es dann als Feuerwerk langsam zu Boden regnete.

Die gewechselte Seite

FREITAG, 15.9.00

Viele kennen sie nur als Gegner, unsere liebe Exekutive, die – wie zum Hohn – als „Freund und Helfer“ tituliert wird, und es fällt ihnen schwer, sie als ganz normale Angestellte eines Dienstleistungsunternehmens zu sehen, die noch dazu quasi die eigenen Untergebenen sind, werden sie doch vom Steuergeld, also vom Geld aller bezahlt.

Wir kennen sie als ordnungsgebietende Exekutionsinstanz, wenn wir im Verkehrsgetümmel nach ihr Ausschau halten; und kaum sind wir ihrer ansichtig geworden, müssen wir uns schlechten Gewissens fragen: „Was habe ich falsch gemacht, bin ich zu schnell gefahren, bin ich etwa da oder dort abgebogen, wo mir kein Pfeil dies erlaubte?“ Wir kennen sie als die Hüter dieser Pfeile, als die sorgsamen Bewacher blinkender Ampellichter und strichlierter Linien.

Längst dienten die unzähligen Tafeln und Vorschriften nicht mehr dem Schutz der Verkehrsteilnehmer, sondern einzig und allein dem Zweck, die Verkehrsteilnehmer durch möglichst viele Kontrollen zur Kasse zu bitten. An allen möglichen und unmöglichen, vorzugsweise unübersichtlichen Stellen wurden Beobachtungsgeräte postiert, die jeden Verstoß peinlich dokumentierten – wie viele Unfälle mochten allein dadurch passiert sein, daß man anstatt auf die Straße nur noch nach diesen Radarfallen oder nach irgendwelchen, im Gebüsch versteckten Polizeiautos oder den darin verborgenen Organen Ausschau hielt!

Nun saß Spinne bei ihnen im Auto. Auf der anderen Seite. Sie wissen nichts, dachte er, über unser geheimes Vorleben als Übertreter von Geschwindigkeitsbeschränkungen auf der Autobahn, sie wissen nichts über die tief in uns sitzende Schuld, über unser ganz und gar gestörtes Verhältnis zu ihnen, den Vertretern der Staatsmacht. Plötzlich, mit einem Mal, waren sie Partner der Ermittlungen, Kollegen gewissermaßen.

Sie selbst kannten nur diese eine Seite; außer im Geheimdienst, dieser intellektuellen Facette der Exekutive, die zwar gleichermaßen einer Regierung untergeordnet ist, doch, durch die hohe Schule der Diplomatie gereift, auch vor den Methoden der drüberen Seite, der kriminellen, nicht zurückschreckt. Man saß bei ihnen im Auto und machte scheinbar gemeinsame Sache mit ihnen. Man hatte einen gemeinsamen Feind, wo immer er sitzen mochte.

Zwischen den beiden Seiten gab es freilich fließende Übergänge. Die kriminellen Organisationen konnten auf eine gute Zusammenarbeit mit den Spitzenbeamten der Exekutive vertrauen. Es gab die verschiedensten Abmachungen, die allgemein bekannt waren: Keine Terror-Anschläge in unserem Land, dafür dürft ihr hier ein westliches, modernes Kommunikationsbüro führen, ungestört. Und ihr, verschworene Brüder aus dem näherliegenden Osten, dürft den Strich am „Gürtel“ kontrollieren, eure Mädels hierherbringen und sie an die ausgehungerten Westmänner verschachern, aber bitte verschont uns mit Bandenkriegen und Raubüberfallen – das schafft eine ungünstige Stimmung in den Medien.

Zur Beruhigung der Öffentlichkeit wurden von Zeit zu Zeit hier wie auch dort Razzien durchgeführt, bei denen ein paar kleine Fische ins Netz gingen, und diese meist weiblichen Fischleins schob man dann wieder in ihre Herkunftsländer ab, von wo sie keine Mühe hatten, nach ein paar Tagen mit anderen Pässen und möglicherweise anderem, sie schützenden Begleitpersonal zurückzukehren.

Nur die Politiker, die diese Arrangements ausgeheckt hatten, gaben sich äußerst überrascht und beinahe glaubwürdig ahnungslos, daß solche Umtriebe in diesem Land stattfänden oder solche Absprachen existierten. Das sollte in ihren Augen den Glauben an ihre Glaubwürdigkeit, an ihre Moral und an die Moral des von ihnen regierten Landes stärken.

Für die *niederen* Beamten bedeutete es ein willkommenes Zubrot, wenn sie ab und zu ein Auge zudrückten oder zufällig auf die andere Straßenseite blickten, wenn es auf dieser zu messerscharfen Auffassungsdifferenzen über bestehende Einflußgebiete mit fallweise letalem Ausgang kommen sollte. Die *höheren* Beamten sollen dann und wann sogar Orden und Auszeichnungen erhalten haben, oft waren sie selbst gern gesehene Gäste in diesen dämlich besetzten, größtenteils illegalen Etablissements. Diese Besuche oder die Übergabe so mancher Kuverts wurden dann mit versteckter Kamera gefilmt, und die so festgehaltenen Eindrücke boten die Garantie für eine Weiterführung der gedeihenden Geschäftsbeziehungen zu beiderseitigem Nutzen.

Nun saß er bei ihnen im Auto, hatte also die Seite gewechselt. Die Rollen schienen klar verteilt. Hier die Guten, dort die Bösen, denen man auf die Schliche kommen wollte. Und er war bei den Guten; ohne nennenswerte Hindernisse von den anderen Guten geduldet, aufgelesen worden von ihrem Auto, ein unauffälliges Privatauto, und das alles offenbar auf Anweisung des Bürgermeisters. Wahrscheinlich hatte er Angst, mißtraute der Schlagkräftigkeit seiner trägen Polizistentruppe und wollte ihn als Rückendeckung und persönlichen Bodyguard mit dabei haben.

Spinnes Uhr, die in dieser Geschichte leider nur eine undankbare und untergeordnete Rolle spielt, würde auf 18.35 Uhr zeigen, wenn ihre Existenz einigermaßen gesichert erschiene. „Was ist der Plan?“ fragte er.

„Wir observieren", antwortete der Gendarmerieoberkommandant. Wieso fuhren sie dann ausgerechnet zu einer Stelle, wo man bloß einen Baum sah, dessen Kontur sich vor dem Abendhimmel immer dunkler abzeichnete? Dies war doch kein Seminar für Introspektion!

„Was machen wir hier?" fragte er.

„Wir warten." Spinne tat dies genau noch zwei Minuten. Dann stieg er aus. „Idiot", hörte er einen gedämpften Ruf aus dem Auto. „Er verdirbt wieder einmal alles."

Übergabetermin

Spinne lief quer über die Wiese nach oben, um dem Bürgermeister entgegenzugehen, bevor dieser noch in Sichtweite des Strandbads gelangte.

Endlich näherte sich der Bürgermeister mit einem seltsamen, großen Sack, ein *Seesack* sinnigerweise, den er schief am Rücken trug, als sollte dieser Behälter deutlich sichtbar dokumentieren, daß hier eine wertvolle und wichtige Last, nämlich große Scheine, auftragsgemäß zu dem vereinbarten Treffpunkt geschleppt wurde.

„Haben Sie das Geld?"

Der Bürgermeister nickte.

„Echt oder falsch?"

Er machte ein unglückliches Gesicht. „Ich wollte es im Amt schnell herstellen. Doch der Kopierer funktionierte nicht. Rätselhaft..."

Dieses Rätsel zumindest hätte Spinne leicht aufklären können. Gemeinsam stapften sie die Serpentinen nach unten, geradewegs, oder sagen wir, schlangenlinienförmig auf W. zu.

„Was haben Sie dann in Ihrem Sack?"

„Die Eintrittskarten zum Sportlerball. Eine Falle."

„Wieso?"

„Na, wenn er dort hinkommt, schnappen wir ihn. Lauter durchtrainierte Menschen."

Auch kein Großmeister der Strategie und des Kombinierens, dachte Spinne.

„Wer weiß davon?"

„Nur Sie und ich und die Polizei." Also einer oder ein paar Tausend mehr – und der Täter natürlich, bald, samt potentiellen Mitwissern, Auftraggebern, Nutznießern, künftig Begünstigten oder Beschenkten.

„Eintrittskarten im Wert von 250 Millionen?"

„Nein, nur die Anzahlung; 30.000. Wie er es wollte, der Arsch."

„Wieso heißt es immerzu 250 oder 300 Millionen?" flüsterte Spinne.

„Weil er Dollar will."

„Der Erpresser?"

„Nein, der Schloßherr für sein Schloß. Je nach dem, wie hoch der Dollar gerade steht."

20 Millionen Dollar also. Eine solide Summe.

„Und wieso..."

„Pscht!"

Sie waren nun unten angelangt und in Sichtweite des Sees. Seine Uhr, die er im Dunkeln nicht sehen konnte, zeigte 18.50 Uhr.

Das Strandbad bemühte sich redlich, in der Abenddämmerung einen gespenstischen Eindruck zu erwecken. Die kleineren Stege und die schwimmenden Plattformen hatte man schon aus dem Wasser entfernt. Ein leiser, undefinierbarer Geruch nach Chemie lag in der Luft. Kaum noch joggte ein junger, sportlicher Mensch den See entlang; nur vereinzelt (noch seltener) traf man auf Spaziergänger. Ab und zu huschte eine Katze – oder ein junger Sumpfbiber – über den Weg.

Am Eingang und vor dem in den See reichenden größeren Steg hatte man je eine Lampe installiert, die sich automatisch einschaltete, wenn jemand in die Nähe kam. Die Lampe beim Steg leuchtete weit in den W. hinaus, aus welchen Gründen auch immer, wie ein Theaterlicht für eine irre Szenerie. Vor dem Kinderspielplatz schaukelten ein paar Birken im Wind. Vielleicht zwei oder drei Meter davor stand, etwas verloren, mitten im Freien, eine einzelne Brause.

So klar und leicht schien es bei nochmaligem Hinsehen keineswegs, den richtigen Platz zu finden, um die Forderung des Erpressers nach einer WC-Anlage zu erfüllen – die zur Verfügung stehende Fläche war nicht sehr groß. *Zu* groß, als daß man sofort mit jedermann in Kontakt kam wie in einer abgelegenen Bucht, aber entschieden zu klein, um neben einem Kinderspielplatz noch eine weitere öffentliche Einrichtung zu beherbergen, ohne daß diese für irgendwen als störend empfunden werden mußte.

Vom See hörte man das Plätschern eines Fischerboots und ab und zu ein paar Stimmen. Genaugenommen nur eine, immer dieselbe. Ein Fischer, im Dialog mit sich selbst? *Er redete mit den Fischen* – doch sie antworteten nicht. Vielleicht hätte er es mit den Würmern probieren sollen, mit denen er sie zu ködern beabsichtigte?

Der Bürgermeister ging allein voraus; sie vereinbarten, daß er nach erfolgter Übergabe genau zur gleichen Stelle wieder zurückkehren sollte und tauschten noch einmal ihre Handy-Nummern aus. Seine Schritte knirschten über die mit kleinen Kieselsteinen übersäte Zufahrtsstraße. Langsam zwängte er sich durch das Drehkreuz, dessen Quietschen nun jedermann verraten würde, daß er angekommen war.

Jetzt mußte er das armselige Hüttchen beim Eingang passiert haben. Auf der Bretterwand hatte man ein Erste-Hilfe-Zeichen angebracht, das seltsamerweise nicht aus einem roten, sondern aus einem blauen Kreuz bestand, aber das sah jetzt niemand.

Der große Scheinwerfer schaltete sich ein – der endgültige Beweis, daß der Bürgermeister über Körperwärme verfügte. Ernst Achatz ging ein paar Schritte bis zu dem Papierkorb, dort blieb er unschlüssig stehen.

Es war Punkt 19 Uhr. Spinne stand am Straßenrand, drückte die Nase gegen ein Gebüsch, um so weit wie möglich über den Zaun in das Innere des Strandbades zu sehen. Unglücklicherweise verlöschte der Scheinwerfer wieder. Hatte man ihn kaltgemacht?

Spinne hörte ein Rascheln und fuhr erschreckt zusammen. Doch es war nur ein Vogel, den er aufgestört hatte und der ihn jetzt bei seinen Artgenossen dafür verpfiff.

Wieso hatte er kein Nachtsichtglas! Was war denn das wieder einmal für eine Vorbereitung! Der See und die bewaldeten Hügel lagen nun komplett im Dunkeln, nur von der anderen Seite des Sees, aus Seekirchen, blinkten ein paar Lichter herüber, die sich im Wasser spiegelten, ein kleines Tänzchen wagten und sich augenzwinkernd über jegliche Form von Erhebung leichthin hinwegsetzten und sich nebenbei schamlos über den eben heranwachsenden detektivischen Nachwuchs amüsierten.

Der Bürgermeister hantierte an dem Papierkorb herum. Was er jedoch dort wirklich tat, konnte Spinne nicht erkennen. Im Dunkeln wurde die Doppelrolle des Stadtoberhaupts also erfolgreich prolongiert: keinerlei Aufschlüsse, ob er nun zu den Tätern oder zu den Opfern zu zählen wäre. Dann verschwand seine kaum mehr auszumachende Silhouette vollends, seine persönliche vereinigte sich mit der allgemeinen Finsternis.

Ob er das Bezirksblatt gefunden hatte? Was für eine Anweisung mochte darin wohl enthalten sein? Spinne erinnerte sich, was er zuletzt in diesem Blatt gelesen hatte. Lang und breit wurde die Bedeutung und die Wichtigkeit der knapp bevorstehenden Erhebung abgehandelt; bald, hieß es, würde jeder mit dem Namen der Stadt deren unverwechselbares Flair verbinden.

Das Motiv des Erpressers: Aufsehen?

Diese vage Vorstellung, die sich in einem Zuhörer bildete, wenn man sagte, man komme aus Neumarkt am Wallersee, müsse getilgt werden. Selbst der Name Wallersee war dabei nur verschwommen, eine schwächliche, irgendwo im Nordwesten des Landes liegende Gewässer-Vorstellung, und Neumarkt entpuppte sich als gänzlich unbesetzt von jeglichen Großstadtphantasien. Vielleicht wollte der Erpresser, durch und durch ein Patriot, daß dieses Jungjuwel in Hinkunft allezeit und überall als das Großstadtparadies schlechthin in aller Munde ist – deshalb und nur deshalb der ganze Aufwand.

„Die Arbeiten zur Anhebung des Seespiegels sind abgeschlossen." Auch das war triumphierend in der letzten Ausgabe vermeldet worden. Und nicht nur um 40 Zentimeter oder um 90, wie fälschlich immer wieder behauptet worden wäre, sondern gleich um 1 Meter 50. „Sind abgeschlossen"? Dunkel ist der Rede Sinn, verworren wie ein Erpresserbrief. Ist er nun angehoben oder nicht? Einheimische konnten von keinerlei Veränderungen berichten, die sie wahrgenommen hätten. Nur bei Regen, da wären, aber auch schon früher, oft Teile des Uferwegs unter Wasser gestanden; mit dem Boot wäre man buchstäblich über den Kinderspielplatz vom Strandbad gerudert. Aber manchmal, ja, da werde etwas vom Grund des Sees herausgebaggert. Nein, keine Fluggeräte; Erdreich. Vielleicht erhöht man lediglich die absolute Höhe (Seetiefe), indem man vom Grund etwas wegbuddelt? Ungeheuerlich, empörten sich die Einheimischen, unmöglich diese Erhebung! Wo sollte man denn schwimmen, liegen, gehen? Der Seeuferweg würde im Wasser versinken, eine neue Verordnung müßte geschrieben werden. „Die Abfälle sind in den dafür vorgesehenen Behältern zu deponieren" – (dieser Teil könnte aufrechtbleiben) – und nicht nur die Abfälle, sondern auch Tausender oder allfällige Alarmpakete.

Ein Auto fuhr weit oben die Straße entlang, langsam, leuchtete mit den Schweinwerfern hinunter. Es blieb kurz stehen, drehte dann zögernd eine Runde und verschwand wieder.

Für die Fische im See stellt sicher dessen Erhebung das weit größere, ja im wahrsten Sinne des Wortes elementare Ereignis dar. Ebenso für die Frösche und Kröten und Sumpfbiber, so es sie tatsächlich gibt. Desgleichen für die Möwen, Enten und Schwäne, für die Libellen und Gelsen, die es mit untrüglicher Sicherheit nachweislich gibt.

Die Bauern erhalten eine Prämie, da ihre Wiesen dann unter Wasser stehen, sie brauchen in der Folge allerdings auch nicht mehr mähen, also werden sie wohl mit dem Naturschutzgebiet und der Seespiegelerhebung, geschehen oder nicht, einverstanden sein.

Noch immer war nichts vom Bürgermeister zu sehen. Hatte er sich etwa eigenmächtig davongemacht, ohne ihn wie vereinbart zu verständigen? Oder erforderten die Anweisungen des Erpressers ein unvorhersehbares, sofortiges Handeln?

Von einem zweiten Schloß hatte er ebenfalls gelesen, ein verwunschener Platz namens Fichtentann, an dem seltsame Zusammenkünfte stattfinden sollen. Wie kann ein Ort nur *Fichten-Tann* heißen! Entweder – oder! Oder versteht man es nicht, diese beiden zu unterscheiden?

Und in Seekirchen soll der für die dortige Erhebung zuständige Gemeindevertreter sogar in den Adelsstand erhoben worden sein, oder zumindest zum Ehrenbürger auf Lebenszeit, was hierorts nur Über-80-Jährige schafften, nämlich „Seine Heiligkeit", der

Altpfarrer und Seine Durchlaucht, der Alt-Altbürgermeister. Einen dieser Dorfältesten mußte er endlich treffen; die wissen über so manches Bescheid.

Plötzlich hörte Spinne einen verhaltenen Ruf, direkt hinter ihm. Nach einer Jahrhunderte dauernden Schrecksekunde stellte er schweißgebadet fest: Der Bürgermeister, der endlich zurückkam. In der Hand hielt er eine kleine Taschenlampe.

„Was war?"

„Keine Zeitung im Papierkorb."

„Was?"

„Nichts. Keine Bezirkszeitung, keine Angaben. Nichts."

„Gar nichts?"

„Eine leere Bierdose."

„Was haben Sie gemacht?"

„Ich habe das Geld, ich meine die Ware, hineingelegt."

„Haben Sie sonst noch etwas Verdächtiges bemerkt?"

„Nein. Sie?"

„Äh nein. Glauben Sie, daß er sie abholt? Wenn er sich nicht einmal mehr Mühe gibt, genaue Angaben zu machen?"

„Keine Ahnung."

„Lassen Sie den Papierkorb von der Polizei bewachen?"

„Klar. Die sollen ruhig ein paar Tage und Nächte im Auto verbringen. Dafür werden sie schließlich bezahlt. Und gebraucht werden sie ohnehin erst wieder zur Erhebung."

„Als Schutz?"

„Nein, für den Umzug."

Der Bürgermeister verständigte die beiden Exekutiv-Organe mittels Handy; vom anderen Ende hörte man ein verärgertes Schnaufen. Offenbar erleichtert, daß er keinen Schaden genommen hatte, wuchs der Bürgermeister wieder in die Rolle des knappen, anweisungsgebenden Staatsmannes hinein, reichte dem Stadtschreiber seine Pranke und trat den Heimweg an. „Sie hören von mir."

Spinne bildete sich aber ein, dahinter ein „Danke" gehört haben zu wollen.

Sie wünschen?

Nur die bösen Wünsche und Vorstellungen gehen in Erfüllung. Die guten bzw. die Wünsche der Begierde versagten. *Er wünschte sich Sex, doch die dazugehörigen Personen wollten nicht auftauchen.*

Die Lösung. man könnte beinahe sagen: die *Er*lösung von diesem fatalen Verhängnis der zur Wirklichkeit werdenden Prophezeiungen kam von unerwarteter Seite, nämlich aus dem Gedächtnis, bzw. aus dessen Abwesenheit: Das Vergessen. Kaum hatte sich Spinne damit abgefunden, daß seine Gedanken und somit all seine Wünsche zur Wirklichkeit wurden, kaum war also der individuelle Vorteil im Spiel, der natürlich lockte und forderte, endlich die lange unterdrückten oder vernachlässigten Bestrebungen einzulösen, kaum, daß er sich dessen bewußt wurde, daß er nicht nur an etwas denken brauchte, sondern auch einen Wunsch, ein Bedürfnis, eine Begierde in einen Gedanken kleiden konnte und dieser mußte laut jenes bizarren, doch in dieser Hinsicht lukrativen Gesetzes Wirklichkeit werden und hatte sich und ihn zu erfüllen, kaum hatte er sich dessen vergegenwärtigt, kam: das Vergessen.

Eben hatte er noch gedacht: Ja, meine Wünsche werden in Erfüllung gehen, und dies oder das ist mein größter Wunsch. Zögernd setzte er an, diesen Wunsch innerlich auszusprechen und zu formulieren, doch plötzlich – wie hinterhältig! Spinne konnte es nicht fassen: er hatte seinen Wunsch vergessen. Was war sein größter Wunsch?

Es gab nichts, was er wünschen konnte. Sicher, glücklich zu sein, gesund zu bleiben, aber mutete dies nicht entsetzlich banal und alltäglich an? War dies nicht gänzlich unwürdig zu wünschen? Hatte er nicht andere Wünsche? Größere, höhere, ewige? Vergessen. Weggeblasen.

Was wollte er tun in seinem Leben? Gab es irgendwelche Höhen, die er zu erklimmen hatte? Gab es irgend etwas, das er beweisen mußte? Nein, nichts. Nichts. Wie weggefegt. Ein weiter Leerraum. Heitere, beinahe beängstigende Sorglosigkeit.

Oder erste, drohende Alterserscheinungen? Mitte vierzig? Oder knapp darunter, wenn man ein bißchen schummelte, so wie alle in diesem Alter, Frauen sowieso.

Mein Gedächtnis. Was vertraue ich dir nicht alles an, und wie gehst du damit um! Unter dem Vorwand, mich vor Unnötigem bewahren zu wollen, wirfst du alles in den Müll des Vergessens. Dort darf ich es dann mühsam suchen und aussortieren. Eine vergebliche Plage.

Lautete nicht sein größter Wunsch, einer zu werden? Seine vielen Persönlichkeiten endlich in einer zusammenzufassen und mit einer Stimme, einer Schattierung seines Gemüts zu sprechen, so wie scheinbar jeder andere – und nicht in tausend Zungen, tausend Gesichtern, tausend Masken? Einer zu sein. Nur noch einer. Geradlinig. Geradeaus. (Oder hatte er das unterwegs, auf seiner Wanderschaft, von einem Prediger aufgelesen?)

Mitunter merkte er auch, daß seine Wünsche zwar erfüllt wurden, doch nicht in der Weise, wie er sich das insgeheim erhofft hatte. Vielleicht um anzuzeigen, daß sie doch etwas zu frevelhaft verliefen? Z.B. wünschte er sich – und keiner wird es ihm verdenken – daß er mit einem Male unsagbar und unermeßlich schön wäre, ein Antlitz, das jeden bezaubern und für ihn einnehmen sollte. Doch da dieser Wunsch scheinbar nicht so leicht zu erfüllen war, zumindest für die verantwortlichen Kräfte, die zur Ausführung bestimmt wurden, wählten diese eine etwas abweichende Methode. Sie trübten und verdunkelten den Blick aller Betrachter, sodaß Spinne in gewissem Sinn zweifellos außergewöhnlich erschien, jedoch dabei seltsam im Dunkeln, im Zwielicht verblieb, und diese Verfinsterung der Welt, diese Verfinsterung im Angesicht eines jeden, der ihm gegenübertrat und ihn ansah, diese Verdüsterung, in die er nun blickte, konnte er wahrlich nicht gutheißen, sodaß er bald wieder von diesem Wunsch Abstand nahm und aller Welt eine ungetrübte Wahrnehmung seines durch und durch durchschnittlichen Äußeren gönnte und solcherart herbeiwünschte.

Jede Flut-Katastrophe ist doch lediglich das Wunschgebet eines in der Wüste lebenden Afrikaners, und jede Dürre ist bloß der manifest gewordene Wunsch eines von einer Überschwemmungs-Katastrophe Geplagten, der nur noch Wasser und Schlamm sieht und sich einzig und allein nach Trockenheit sehnt, seine Gebete gegen Himmel schickt, und, vereint mit den Gebeten unzähliger anderer Flutopfer, die um ihre Häuser, ihre Autos, ihre Kinder und ihre Hunde bangen oder diese schon verloren haben, wird dieses Gebet stärker, muß sich zur Wirklichkeit formen.

Jeder Wirbelsturm ist doch nur der Wunsch eines Surfers auf einem Binnensee mit Flaute, der sich zu stark konzentriert hat. Jeder Tod ist doch bloß ein Notruf während einer kaum noch zu ertragenden Krankheit, der Ruf nach Erlösung von kaum mehr zu lindernden Schmerzen. (Oder die allzu vorschnell laut gewordene Hoffnung auf eine Erbschaft). Das Verlangen nach einem ausgedehnteren, etwas längeren Schlaf, das Bedürfnis nach umfassender Erholung, nach Abstand. Ein unbedacht geäußertes Ansuchen um Befreiung, um Erlösung von Mühsal und Last, von Sorge und Pflicht, von allem irdischen Unbill. Eine Befreiung von der Verzerrtheit, die der hiesige Blick in sich birgt: die Sehnsucht nach einem höheren Ausblick, nach einem breiteren Spektrum.

Über uns selbst sollten wir uns erheben, weit hinaus über alles Irdische, weiter noch als bis zum Satellitenfernsehen.

Ein virtueller Anschlag

SAMSTAG, 16.9.00

Wollte der Stadtschreiber mehr über die Bedrohung erfahren, und zwar die gegenüber der künftigen Stadt wie auch gegenüber seiner eigenen Person, so mußte er den Urheber finden, oder zumindest den Überbringer, der sich zum ersten Mal in das Reich der Sichtbarkeit gewagt hatte: Er mußte Irina finden.

An der Kreuzung, wo sich die Welt in zwei oder mehr Unterwelten teilte, stand er nicht. Also begab sich Spinne ohne viel Umschweife in das lokale Kommunikationszentrum, in die Konditorei.

„Ich suche einen Verrückten."

„Hier finden Sie nur Verrückte."

„Das merke ich."

„He, werden Sie nicht frech."

„Wissen Sie, was das für eine Fahne ist?"

„Keine Ahnung."

Das Internet konnte er nicht fragen, ohne zwei Jahre Urlaub zu nehmen. Also fragte er lieber jemanden, der es wußte. Seine Vermieterin war es nicht.

„Na klar, die türkische“, stellte der Hilfssheriff fest; wenigstens etwas, das er wußte.

„Die türkische?“

„Ja, eindeutig. Die türkische.“

Was hatte die Türkei mit der Sache zu tun? Und wie sollte der Anschlag vor sich gehen?

Was konnte mit dem „Höhepunkt der Festlichkeiten“ gemeint sein? Die Enthüllung der Stadttafel? Die war doch nur ein Provisorium. Wußten dies alle, oder nur Eingeweihte wie er?

Die Ehren-Salutschüsse? Wurden die K.u.K.-Gewehre im letzten Moment gegen zeitgenössisches Modegerät getauscht, das ein paar Salven – statt in die Luft – in eine ergriffene, endgültig dem Staunen entrissene und zu Boden sinkende Menschenmenge abfeuerte?

Der Erpresser hatte im Grunde gar nicht von einem „Höhepunkt“ gesprochen bzw. geschrieben, sondern vom „wichtigsten Tag“ einer höhergestellten Einzelperson, hatte also die Möglichkeit zum Eintreten jenes unheilvollen Geschehens gemeinerweise gleich auf 24 Stunden verteilt.

Noch dazu waren die Erhebungsfeierlichkeiten auf drei Tage anberaumt. Am Freitag der Auftakt mit einer lang und breit diskutierten Baumsetzung am langen und breiten Hauptplatz, dann die Stadttafelenthüllung und anschließend ein Festbankett mit Urkundenüberreichung durch den Landesheiligen. Am Samstag der kilometerlange Umzug, gewiß ein optischer Höhepunkt, und am Sonntag der offizielle, amtliche Termin der Erhebung, so wie er dereinst in den Geschichtsbüchern stehen würde, allerdings auch für zwei andere Erhebungskandidaten, die sich namensmäßig klerikal anbiedernden Erhebungsbrüder Bischofshofen und Seekirchen, von denen man sich durch die Vorverlegung abheben wollte. Welcher Tag konnte da als Höhepunkt, als wichtigster Tag, gelten? Freitag, Samstag, Sonntag? Jeder. Also mußte man an allen drei Tagen wachsam sein, wenngleich man womöglich das ganze Wochenende am liebsten durchschlafen würde.

Spinne wollte, wie immer, die Ergebnisse seiner Beobachtungen und Überlegungen in den Computer hämmern – meist handelte es sich ohnedies mehr um Fragen als etwa um Antworten – doch dieser ließ sich nicht einschalten. Genauer gesagt, er schaltete sich ein, man hörte ihn surren und die scheinbar so wichtigen Anfangskontrollen und -routinen durchrattern, aber er zeigte kein Bild. Dieses Problem war ab und zu schon früher aufgetreten, meist ließ es sich jedoch, wie so oft bei der modernen Gerätschaft, durch mehrmaliges Aus- und Einschalten beheben. Einmal hatte er, dieser künstlichen Arbeitsverzögerung überdrüssig, computerfachärztliche Hilfe aus dem Gemeindeamt angefordert, die auch sofort antrabte und in den beschaulichen Genuß des Vorführeffekts kam: „Was soll ich denn da reparieren, wenn ohnehin alles funktioniert?" In der Tat, sooft man den elektronischen Bruder einschaltete, zeigte er als braver und geduldig dienlicher Gefährte sein schönstes Display, womit zwar die Störung behoben war, der Notrufer aber etwas betreten zurückblieb, zumal der andere nicht als guter Geist und Medizinmann bis in alle Ewigkeit an seiner Seite weilen wollte.

Nun nützte kein Aus- und Einschalten, kein Aus- und Einstecken – das Bild blieb dunkel. Gehorsam tuckerte und brummte der betrügerische Gehilfe im Finstern, hinter verschlossenen Vorhängen, so als wollte er sagen: Ich bin doch da, stehe zu Diensten. Hättest du dich früher um mein Innenleben bemüht, könntest du auch jetzt meiner habhaft werden, brauchst mich nicht unbedingt dabei zu sehen, elender, unwürdiger Daten-Dilettant. So viel Gedächtnis stelle ich dir zur Verfügung, und du kannst es nicht nützen.

Ein virtueller Anschlag, also.

Dafür fand er plötzlich einen Smiley in der Wohnung. Was der wohl hier soll? Wie er hierhergekommen ist? Vielleicht ein gutgemeintes, symbolisches Geschenk der Vermieterin? Eine Aufforderung zu mehr Umgänglichkeit, ein Appell zu mehr Weltoffenheit, Freundlichkeit, ein Ansuchen um weniger Abschottung und Zurückgezogenheit?

Nächtliche Erkundungen oder: *Spähtrupp*

Spinne rächte sich auf seine Weise für die ständige Degradierung und Desavouierung durch den Bürgermeister. Er ließ sich in dessen Büro einsperren, um dort ein wenig in den Ordnern zu schnüffeln.

Leider mußte er endlos hinter einer Aktenwand warten, bis alle aus dem Gemeindeamt verschwanden. Das dauerte weit länger als geplant – wieder einmal eine höchst lückenhafte Vorbereitung, Herr Spinne, schämen Sie sich! – zudem fühlte es sich sehr unbequem an und gar nicht so aufregend wie in einem Kriminalfilm. Gebückt kauernd stand er da, verfluchte innerlich alle Erpresser, alle Bürgermeister, alle Briefschreiber, alle Guten und Bösen dieser Welt. Und dann war es endlich soweit: alle Lichter im Haus wurden ausgelöscht. Jetzt war er in der geheimen Kommandozentrale eingeschlossen. Wie er wieder herauskommen sollte, darüber nachzudenken hatte er in der Aufregung leider vergessen. Eine Taschenlampe und eine Mütze hat er mitgenommen. Zur Tarnung; und die Taschenlampe zum Leuchten.

Wo also sollte er den Brief suchen? Kaum in den Ordnern, und nicht im Papierkorb. Im Schreibtisch vermutlich ebenfalls nicht. Wo würde denn *er* ein verräterisches Schriftstück verstauen, das niemand finden sollte und das man dennoch aufbewahren mußte – sofern man es nicht längst dem Gendarmerieoberkommandanten überreicht hatte?

Spinne überlegte. Wenn er systematisch alles durchsuchte, müßte er zwei Wochen in diesem Büro verbringen, dann wäre der Anschlag schon passiert oder nicht und der Brief so oder so Nebensache. Entweder er fand den Brief auf Anhieb, oder eben nicht. Wozu hat man denn schließlich seine Visionen?

Spinne sah sich etwas genauer um; Genauigkeit soll ja kein Hindernis sein. Auf der einen Längsseite des feudalen Oberhauptbüros stapelten sich die Ordner und Geschäftsbelege, und gegenüber, auf der dem Besucher zugewandten Seite befand sich eine große Bücherwand. Zwei Lebensbereiche, säuberlich getrennt.

In der Bücherwand. Natürlich. Bücher haben ein Innenleben! Also sicher in der Bücherwand. In irgendeinem Buch eingelegt?

Ja, aber in welchem? Spinne leuchtete mit seiner Mütze die Buchtitel ab. Als er sie nicht entziffern konnte, nahm er die Taschenlampe, da ging es gleich besser.

Was sich da an sinnloser Literatur beängstigend in einer Amtsstube breitmacht, schauerlich! *Steuerrecht. Die neue Abgabenordnung. Der Landtag.* Festschriften. Chroniken. Fremdenverkehrsprospekte. Kochbücher. Wieso Kochbücher hier? *Der Nationalpark Hohe Tauern.* Auch über die Konkurrenzgemeinden gab es Informationen, offenbar zur gegenseitigen Bespitzelung, damit die eine nicht etwa die andere übertreffe. *Der Bundesrat. Kirche und soziale Gerechtigkeit*, naja. Daneben ein Schachbuch, sieh einer an. Karl May? Für die Kinder, vielleicht, oder falls der politische Alltag nur mehr mit Indianerlist zu bewältigen ist. *Das Marketing in der modernen Großstadt*, der Bürgermeister dachte weit voraus. Sogar Literatur verbarg sich in der bunten Ansammlung zweckgebundener Allerweltsweisheit. Und Esoterik natürlich, zwei Reihen. *Nütze den Tag. Die sieben Flachgauer*; hatte dies nicht früher anders geheißen? Offenbar eine zeitgemäße Adaptierung, wie im zeitgemäßen Theater. *Es geht auch ohne Alkohol*; wohl, das mußte man erst lesen? Auch zwei Comicshefte standen griffbereit zur Stelle, für die Augenblicke, wenn niemand zusah. Darüber die Abteilung Schöngeistiges, Goethe natürlich, zum Herzeigen, daß man auch gebildet ist, die typische Klassikerausgabe in Leder, der unvermeidliche Heinrich Heine, auch mit Grillparzer versuchte da der erste Mann der Stadt zu punkten oder zu blöffen. Nichts Auffälliges, fand Spinne, alles ganz gewöhnlich, wenngleich, wie üblich, höchst besorgniserregend, also ziemlich normal, kein Hinweis auf ein besonderes Versteck, jedenfalls. Doch da... Plötzlich hatte er es. Spinne las elektrisiert den Titel (die Taschenlampe half mit), zog das Buch heraus – und schon hatte er den Brief in der Hand.

Natürlich. Nur in diesem Buch konnte man so ein Schreiben verstecken: *Das Schloß*. Der Hinweis auf das Schloß! Und zudem wohl die einzig ernstzunehmende Lektüre, sieht man von den Klassikern ab, vor denen wir uns hier sicherheitshalber ehrenvoll verbeugen, um nicht als ungebildet zu erscheinen.

Aufgeregt untersuchte Spinne den Brief. Von einem Hinweis

auf das Schloß konnte er jedoch beim besten Willen nichts entdecken.

Leider funktionieren Taschenlampen mit Batterien, und leider gehen die irgendwann einmal zu Ende. Leider meistens dann, wenn man das am wenigsten möchte, und leider hat man, obwohl man das alles weiß, auch garantiert keine Ersatzbatterie dabei, insbesondere wenn man Jakob Spinne heißt und noch zu den Neulingen im Ermittlungsgewerbe gezählt werden muß.

Irgendein Spruch oder eine Parole ist darauf gekritzelt, kann er gerade noch erkennen, mit jenen grünen Buntstiften, die Spinne nun schon vertraut, ja beinahe liebenswert erscheinen. Sicherheitshalber kopiert er das Schreiben; wie man die Kopierer lahmlegt, das weiß er wenigstens.

Mit einem Wahnsinnsgeräusch beginnt der Kopierer zu surren, gemessen an der vorherigen Stille, in der er nur sein Herz schlagen hörte, das bedenklich nahe Richtung Hose zu fallen drohte. Im Lichtschein, der aus der Innenwelt des sausenden Duplikatormonsters nach außen dringt, vermag er den Spruch zu entziffern, doch kein wie immer gearteter Sinn verbirgt sich darin.

Wir sind die rechten Richter
Rechts um ist unsre Welt.

Plötzlich hört er Geräusche. Jemand, der aufsperrt, eindeutig! Jedoch vorsichtig, keineswegs selbstbewußt. Auffallend vorsichtig. Also sicher niemand, der etwas vergessen hat. Und sicher niemand, der rechtmäßig hier etwas zu suchen hat wie beispielsweise er. Schnell schaltet er den Kopierer und die Taschenlampe aus und klemmt sich wieder hinter die Aktenwand.

Wer kommt? Wird er nun ertappt, zur Rede gestellt und endgültig aus dem Flachgau verwiesen?

Ein keuchendes Atmen ist zu vernehmen. Der Jemand tapste vorsichtig im Dunkeln die Stufen herauf, näherte sich bedrohlich Spinnes Zufluchtsort. War der Unbekannte gleichfalls auf dem Weg zum Büro des Bürgermeisters? Lagen dort, neben dem Brief, weitere Schätze? Hätte er gründlicher alles durchsuchen sollen? Oder handelte es sich um jemanden, der in ähnlicher Weise schnüffelt? Offenbar gab es mehrere, die dem Bürgermeister nicht über den Weg trauten!

Der Unbekannte fuchtelte nun ebenfalls mit einer Taschenlampe herum, er war also mit den Örtlichkeiten auch nicht blind vertraut; jetzt fluchte er gar. War er gestolpert? Irgend etwas murmelte er andauernd halblaut. Als er in etwa einen halben Meter Entfernung an Spinne vorüberstreifte, konnte dieser den Satz verstehen: „Springer f 6."

Alles klar. Noch dazu leuchtete sich der Unbekannte halb ins Gesicht. Der Schach- und Werbeboß! Was der wohl hier suchte? Und was sollte Spinne jetzt tun? Er hatte keine Lust, eine weitere Stunde gekrümmt hinter der Aktenwand zu verbringen. Was, wenn der Werbeboß sich abgrundtief dämlich und ungeschickt beim Suchen anstellte und nicht so feinstofflich klar und zielsicher vorging wie er, egal was immer er suchte? Womöglich suchte er etwas, das es gar nicht gab. Die Lösung aller Schach-Komplikationen per amtlicher Verordnung?

Also schaltete Spinne seine Taschenlampe ein – gnädig gab diese gerade noch ein schwächliches Aufflackern zum Besten – leuchtete auf sein Gesicht und sagte. „Pst. Keine Angst. Gut Freund."

Dennoch fiel Kern beinahe in Ohnmacht: „Himmel, haben Sie mich erschreckt!"

„Was glauben Sie, wie es mir ergangen ist, als ich Sie kommen hörte."

„Tja..."

„Was machen Sie denn hier?"

„Und Sie?"

„Ich habe zuerst gefragt."

„Naja."

„Und was suchen Sie, wenn ich fragen darf."

„Es ist mir sehr peinlich."

„Ich bin ja auch nicht gerade in offizieller Mission unterwegs."

„Also, ich weiß nicht."

„Keine Sorge. Ich verpfeife Sie sicher nicht, wenn Sie mich nicht verpfeifen."

„Abgemacht?"

„Abgemacht."

„Na gut, ich suche nur äh – nein. Ich weiß nicht."

„Also los, raus damit. Sie suchen was?" (Spinne glückte in dieser offiziellen Umgebung beinahe ein richtig forscher Verhörton!)

„Na ja... ein paar Belege, die ich irrtümlich mit der Buchhaltung abgegeben habe. Ein paar Rechnungen, die dazugerutscht sind. Von denen sollte niemand etwas erfahren, das wäre mir sehr peinlich, Sie verstehen?"

„Schwarzgeld?"

„Das muß man nicht so deutlich sagen."

„Okay, mir ist das wirklich egal. Und ich werde es auch niemandem auf die Nase binden. Aber sagen Sie mir eines: Wie komme ich hier schnell wieder raus?"

„Ich habe einen Schlüssel. Mein Onkel ist der Schlosser."

„Der, der nicht schreiben kann?"

„Was?"

„Na, Hauptsache, Schlüssel machen kann er."

„Herr Spinne..."

„Ja?"

„Haben Sie eigentlich schon gefunden, was Sie suchten?"

„Ja."

„Und was war's?"

Spinne überlegte kurz. Wenn sich zwei verbünden, genügt es doch, wenn einer die Wahrheit sagt, denn es gibt ohnehin nur eine Wahrheit. So würde es zumindest Irina sehen und ihm zu dieser Erkenntnis gratulieren. Auch die Polizei und der Staatssicherheitsdienst halten es ähnlich und plaudern nicht gleich alles aus, was sie wissen.

„Meinen Vertrag. Ich hab ihn ein wenig zu schnell unterschrieben, Sie wissen, nicht auf das Kleingedruckte geachtet. Und jetzt war ich mir nicht sicher, wieviel ich dazuzahlen muß, damit ich beim Wallnerbauern auf den See blicken darf. Und fragen wollte ich auch nicht; was wirft das denn für ein Licht auf mich! – Sie halten dicht?"

„Absolut. Sie auch?"

„Absolut."

So schnell gewinnt man Mitwisser, und am schnellsten bei Lügen und Ausreden.

Im Hinuntergehen plauderte Dr. Kern erleichtert über seine Projekte. Er plane ein Trainings-Camp für Schachgroßmeister. Dafür brauchte man freilich Geld, dachte Spinne, ganz Kommissar.

So unverdächtig war sein neuer Halb-Komplize freilich nicht. Er hätte Probleme damit, für die Meisterschaft ein gutes Team zusammenzustellen, erzählte er flüsternd. Längst standen sie schon vor der Türe, doch der Werbeboß wollte weiterreden, fast wie bei einem Geständnis. Vielleicht war es ihm ein Bedürfnis, ein wenig von der unangenehmen Angelegenheit mit den Belegen abzulenken. Ja früher, da hatte man noch eine tolle Mannschaft gehabt, als „der Konsul" noch mitspielte. Dem trauere alle Welt nach. Endlich sperrte Kern die Tür auf, Spinne wünschte ihm noch viel Erfolg, dann trat er, vorsichtig nach links und rechts blickend, aus dem Inneren des Gemeindeamts auf den nächtlichen Hauptplatz. Niemand zu sehen.

Ob er das Original des Briefes wieder richtig verstaut hatte? Dessen war er sich gar nicht mehr sicher; hoffentlich lag es nicht noch im Kopierer! Die Kopie hatte er jedenfalls eingesteckt – und den Bürgermeister hatte er einer Unwahrheit überführt. Spinne zog sich die Taschenlampe tief über das Gesicht, stolperte über die Gehsteigkante, sagte Au und verschwand im Dunkeln.

Richtungsweisende Gesprächsgebarung

SONNTAG, 17.9.00

Sigrid stand an der Theke, reinigte die Espressomaschine. Einmal nicht mehr putzen, dachte sie. Ob im Schloß oder in der Konditorei – immer nur putzen! Egal ob Gläser oder neureiche Bettlaken, alles überzieht der Hauch der Zeit mit jener grauen Patina, die unschuldige, lebensfrohe Geschöpfe wie unsereins dann entfernen müssen. Und das nicht nur einmal, sondern immer wieder. Immer putzen! Täglich in der Konditorei und dreimal die Woche im Schloß. Einmal aussteigen. Einmal einen Coup landen. Einmal aussteigen und aufsteigen. Sich vielleicht einen wohlhabenden Junggraf angeln. Oder einen der Touristen, die dann und wann mit dickem Auto hier wie dort vorfuhren und sich hier die Tortenstücke einpacken und dort die Jagdgebiete zeigen ließen. Ach, wieso kamen nur so wenige!

Nein, in modernen Zeiten wie diesen könnte sich Sigrid auch aktiv, virtuos auf die Suche begeben, oder sagen wir eben virtuell, und dann würde sie wohl ganz anders agieren:

Sigrid lehnt an der Theke, putzend. Nebenbei begutachtet sie auf einem Bildschirm dann und wann Photos von Männern, die, mit darunterstehenden Namen und Kontaktmöglichkeit, für ein *Date* zur Verfügung stehen. Dieser Typ, denkt sie, sieht *cool* aus, sicher ein guter *Lover*.

Die Stimme der Chefin riß sie aus ihren Träumen. Oder, je nach dem, vom Bildschirm.

„Stell dir vor, die verlangen 50% Storno-Gebühr!"

„Was, für den Winter-Urlaub?"

„Nein, für die Astral-Reisen! Für den *Workshop*."

„Ach so. Und wieso kannst du nicht hingehen?"

„Nein, ich mache gerade ein Bachblüten-Seminar, und mein Geistheiler sagt, das vertragt sich nicht."

„Weißt du, was mir passiert ist?"

„Nein. Na, sag' schon."

„Ich trau es mich fast nicht sagen."

„Spann mich nicht auf die Folter."

„Seit ich beim Autogenen Training dauernd vor mir hersagen muß: ‚Mein Arm wird schwer. Mein Fuß wird schwer' – seitdem habe ich vier Kilo zugenommen!"

„Echt?"

„Echt."

„Vielleicht hast du dir das eingebildet? Man bildet sich viel ein, wenn man Frau ist. Der Rote Bär sagt: Die meisten Frauen bestehen fast nur aus Einbildung."

„Und die Männer?"

„Die sind ver-bildet. – Oder von Natur aus blöd."

„Sagt das der Rote Bär?"

„Nein, das sag ich."

Ein Gast rief: „Sigrid! Zahlen!"

„Ja, komm' schon. – Trotzdem: Vier Kilo sind vier Kilo. Die

Waage lügt nicht."

„Und kann es nicht sein, daß du nachher mit der Agnes noch zusammensitzt und jedesmal zwei oder drei Bier trinkst?"

Etwas widerwillig mußte sie zugeben: „Ja, das kann natürlich auch sein."

Die ungelöste Frage der See-Erhebung. Selbst der Alt-Bürgermeister weiß nicht Bescheid. In weiser Voraussicht (oder um sein Nichtwissen wenigstens mit dem der zuständigen Fachleute auf eine Stufe zu heben) hat er ein Buch mitgebracht, das er nun zu Rate zieht. Der Seespiegel: 507,5 m. Im Jahre 1883 soll er 510 Meter gewesen sein. Ein Herr mit dem bezeichnenden Namen Seefeldner glaubt das nicht und hält höchstens 506 bis 508 Meter für realistisch. *Die Seekirchner* waren es, sagt er, die haben den See abgesenkt, das geht leicht, meint er, denn der Abfluß, die *Fischach*, kann problemlos ein wenig tiefer gegraben werden, und so steuert man eben die Seehöhe, ohne viel Aufhebens zu machen. Die Seekirchner haben das als Hochwasserschutz deklariert!

Alt-Bürgermeister Vogerl ist ein gesprächiger Mann. Über eine Landkarte gebeugt, gerät er richtig ins Schwärmen.

Leider setzte sich der Gerichtsvollzieher an den Tisch, fragt, ob er kurz stören dürfe. Sicherheitshalber wartete er die Annwort gar nicht erst ab, sondern begann gleich zu erzählen, was für ein guter Mensch er sei und blieb ein paar Jahre.

„Nicht weit von hier, nämlich da", sagte der Alt-Bürgermeister, als er endlich wieder zu Wort kam. Sein Finger drehte ein paar langsam suchende Runden im Kreis, bis er an einem gewissen Punkt im Sturzflug steil nach unten sauste, „in Sankt Gilgen, verbringt ein prominenter Mann, ein Politiker, alljährlich seinen Urlaub. Und jedes Jahr kommt er einmal, nur mit seiner Frau, ohne Leibwächter, hier herauf, zu uns, nach Sommerholz, weil es ihm so gut gefällt und weil man auf dieser Hochebene so schön spazieren gehen kann. Ja, tatsächlich, der ehemalige Kanzler des ehemaligen Deutschland – das sind die mit der gleichen Sprache, die uns die Hymne gestohlen haben, wenn nicht noch mehr. Dafür haben wir ihnen den Hitler geschickt, dann haben sie uns als ganzes geschluckt und erst später wieder, als unverdaulicher, zerstörter Happen wieder ausgespuckt. Dafür hatten sie dann wieder gleich zwei Deutschlands, ja eben, bis dieser Kohl kam, aber das hat mit Sommerholz weniger zu tun. Seither schicken wir ihnen unsere Künstler, und sie uns die Sommergäste – sonst kann man wenig gegen sie sagen."

Drüben, in Zell am Moos, soll wiederum die erste Privat-Universität des Bundesgebiets entstehen, eine Art Elite-Schmiede wie Harvard oder so. „Naja, bei uns wollen sie jetzt immerhin einen Radweg bauen, rund um den See. Nur mit den Hotels sieht es schlecht aus, in Neumarkt. Kein einziges gibt es, bloß ein paar Pensionen, und die mit wenigen Betten, wie sollen da je Touristen kommen?"

Das einzige Hotel am See ist abgebrannt (ob das auch Spinnes Schuld war?) und niemand hat das Geld, es wieder hinzustellen. Und die Informationshütte neben dem Gemeinde-Amt ist bloß zwei Stunden besetzt, und das am Vormittag, als ob jemand ausgerechnet zwischen 10 und 12 ein Zimmer suchen würde! Dabei wäre die Gegend grundsätzlich einladend, die weiten, grünen Wiesen und der See...

Woher denn der Name „Wallersee" eigentlich kommt? Von den Walchen, erklärt er, in der Schweiz nennt man sie die „Welschen", also die Vorläufer der Franzosen, denen es hier auch gefallen hat. Denken Sie an die Orte Straßwalchen oder Seewalchen! Geologisch ist es ein Vorlandsee, erläutert er, Hand in Hand mit dem Buch, naturhistorisch ein *Toteiskörper*, entstanden durch die Schürfbewegungen des Eises (nicht zu vergessen das anschließende Schmelzen). Das *Wenger Moor* hingegen, künftiges europäisches Naturschutzgebiet nach Artikel irgendwas, jenes weitläufige Gebiet, in dem sich Spinne mit Vorliebe verirrte und wo er unschuldige Waldarbeiter in den Tod wünschte, wäre abgesehen davon, rein vegetativ *ein Komplex aus Latschenfilz* und offenem Hochmoor (Sphagnetum magellanici) mit starker *Verheidungstendenz*, der Boden ein *Hochmoortorf*, *nur gering mächtig* und von *großflächigen Niedermoortorfen unterlagert.*

Und was er über das Sperrgebiet der Armee zu berichten weiß? Am Kolomansberg, ja dort befindet sich ein militärisches Sperrgebiet, obwohl man dort nicht schießt, sondern nur beobachtet. Weit und breit die beste Radarstation, jawohl, gerade hier, mitten am Kolomansberg, der sich – so verbessert er die amtlichen Kartenschreiber – natürlich nur mit *einem* N schreibt: Ein der Luftwaffe unterstellter Aufklärungs-Stützpunkt, von dem man den gesamten österreichischen Luftraum überwachen kann.

Die Gemeinde hatte sogar die „Patenschaft" für diesen Heeres-Stützpunkt übernommen, d.h. der Alt-Bürgermeister durfte den diensthabenden Soldaten dieser *Klein-Garnison* am Weihnachtsabend regelmäßig Kuchen bringen. Die Radarstation ließe sich kaum verheimlichen, sogar von der Autobahn sieht man die Antennentürme. Eine ultra-moderne Anlage, mit Bunkern in den Berg gebaut, erzählt er, allerdings ist ein Teil des Geräts in den noch geheimeren Regierungsbunker bei St. Johann gebracht worden.

Zudem gibt es einen Platz für eine mobile Radarstation, aber woanders, gegenüber, auf der anderen Seite des Sees, auf dem *Irrsberg*, eine Plattform, falls der eine Hügel vielleicht von Feindeshand zerbombt, zerstört, eingenommen oder sonstwie beeinträchtigt ist. Dann kann man den Grad der Zerstörung von drüben wenigstens noch einmal ausspionieren.

Und am besten weiß wohl wer darüber Bescheid? Ja, ausgerechnet der renovierte Wirt, der hat als Oberst jahrelang hier und dort Dienst gemacht und ist in diesen Kreisen so angesehen, daß er uneingeschränkten Zugang zu den militärischen Einrichtungen genießt. *Brigadier Oberst Weinzettl!* Womöglich ein Abhörspezialist. Leiter der Abteilung für Fernmelde-Aufklärung, Oberbefehlshaber über gut achtzig bestens ausgebildete Zeitsoldaten, allesamt höchst indiskrete, neugierige Späh-Spezialisten mit weit in alle Himmelsrichtungen geöffneten Lauschern. Ein Nebenerwerbs-Gastwirt, der hauptberuflich in Diensten des österreichischen Verteidigungsministeriums steht und an diesem neuralgischen Beobachtungsposten praktisch täglich aus- und eingeht!

Spinne meinte genug gehört zu haben, zumal der Gerichtsvollzieher wieder das Wort ergriffen hatte und diesmal nicht so schnell bereit schien, es wieder abzugeben. Für viele, ja für alle, mit denen er beruflich in Kontakt trat, galt er als der Böse schlechthin, der einem armen Hund noch das letzte wegnahm, was dieser besaß, also mußte er in seiner Freizeit, und das hieß in seinem Fall, im Wirtshaus, jedem weismachen, wie seelengut und weich im Gemüt er im Grunde beschaffen war.

Ein behördlich konzessionierter Himmelsspäher tarnt sich als harmloser Gastwirt mit zwei Söhnen, und die Stadt fungiert als „Pate". Oberst Weinzettl! Gewiß sah man von dieser Beobachtungsstation auch die Nato-Flieger, die Belgrad bombardierten, oder hat man sie etwa gar von hier durchgewinkt? Ist der drohende Anschlag die späte Rache eines geprügelten Volkes an seine geheimen, sich so neutral gebärdenden Späher?

Um diesen Zusammenhang in seiner ganzen Ungeheuerlichkeit noch einmal, möglichst richtig, zu ordnen, rekapitulierte Spinne: „Gut, der Alt-Kanzler, also der deutsche, nicht unser *Banker*, kommt jedes Jahr hierher und spaziert da oben den Hügel entlang. Und –"

Der Alt-Bürgermeister unterbrach ihn mit einem Lachen. „Im Grunde agiert der wie ein Erpresser. An dem kann man sich ein Beispiel nehmen. Erst kassiert er Geld, damit alles so läuft, wie die Geldgeber wollen, nennt es ‚Spenden'. Und dann, als es auffliegt, geht er zu den selben Leuten und sagt, er braucht noch mehr Geld, damit das ganze nicht auffliegt. Dafür wird er ihre Namen nicht nennen. Und all das nicht etwa in einem Hinterzimmer, sondern im Fernsehen, vor Millionen Zuschauern. Richtig genial, der Mann. Der versteht es sogar noch, das als moralische Größe darzustellen: er hat versprochen, die Spender bleiben anonym, und was er verspricht, das hält er auch, basta. Von dem können wir alle noch eine ganze Menge lernen."

„Ja, aber das mit der deutschen *Vereinheitlichung*, das hat er hingekriegt."

„Sicher, aber wie? Mit Erpressung."

Wieso sprach der Alt-Bürgermeister plötzlich andauernd von Erpressung? Der liebenswürdige, gutmütige, alte Herr war doch nicht eingeweiht! Oder doch? Ein wenig klang bei seinen Reden dann und wann eine leise Verbitterung durch, nicht mehr an der Spitze der Gemeinde zu stehen, doch ansonsten wirkte er wie die Harmlosigkeit in Person. Nun übte er sich gar, zu allem Überdruß, im zynischen Sprachgebrauch! Hatte er am Ende etwas mit der Erpressung zu tun?

„Mit Erpressung?"

„Sicher mit Erpressung. Den armen russischen Soldaten, wenn

sie abziehen, müssen wir doch Häuser bauen und ein bißchen Taschengeld geben, wenn sie nach so langer Zeit wieder heimkehren. Brauchen Sie nicht etwas Unterstützung, Herr Genosse, vielleicht ein bißchen Geld?"

„Naja, das ist aber eine sanfte Erpressung..."

„Waren Sie dabei? Ich möchte nicht wissen, wie es hinter den Kulissen zugegangen ist und was der CIA dabei gemacht hat; die haben sicher nicht nur zugeschaut und Däumchen gedreht."

„Und spaziert er *zufällig* Richtung Kolomansberg, oder schaut er zufällig ein bißchen auf den Radarschirm?"

„Das müssen Sie ihn selber fragen, den schlauen Kerl. Ja. – So, genauso muß man es machen in der Politik. Dann kriegen Sie die besten Sendeplätze. Ein paar hundert Millionen? Kein Problem? Aber wehe, Sie bleiben zwei Monate Ihren Kirchensteuerbeitrag schuldig, oder die Hundesteuer; dann kommt der Kratochwil."

Das war der Gerichtsvollzieher. Als er sein Einsatzzeichen hörte, blickte er aus seinem Weinglas auf, in das er zweieinhalb Jahre gestarrt hatte. Er sah kurz in die Runde und setzte dort fort, wo er aufgehört hatte, bei der Lobpreisung seiner Gutmütigkeit.

Spinnes Blick schwenkte zwei Tische weiter. Dort waren der Hilfssheriff und der Consulting-Boß gleichfalls in ein Gespräch vertieft.

„Wissen Sie, was für mich der beste Film aller Zeiten ist?"

„Ich mag Kino nicht." Der Hilfssheriff zeigte sich, wie gewohnt, harsch.

„*Titanic*. Eindeutig. Ich sage Ihnen: grandios."

„Ach so? Wirklich?"

„Ich sage Ihnen, der Film ist so lebensecht, daß alle Kinosäle unter Wasser standen."

„Das ist ja großartig. Ich meine, das ist schrecklich."

„Beeindruckend. Faszinierend. Phänomenal."

„Wohin soll das führen? Nicht auszudenken, wenn der Film einmal im Fernsehen gezeigt wird! Wer wird für den Schaden aufkommen? Stellen Sie sich vor, Hunderttausende von Wohnzimmern, die wie Aquarien aussehen. Und die Fernsehapparate schwimmen davon. – Nein, sowas muß man verhindern."

„Ja, Erfolg hat eben viele Gesichter."

„Ich mag Filme grundsätzlich nicht. Die reden immer so unnatürlich.“

„Kann sein. Aber ‚Titanic‘ war gut. Einzigartig. Wirklich.“

Ich bin unschuldig, flüsterte Bundeskanzler Kohl, wollte das Rad der Geschichte zurückdrehen, doch dieses rührte sich nicht vom Fleck, rollte weiter nach vorn, langsam, unaufhaltsam. Jaja, das sagen alle, antwortete der Gerichtsvollzieher und klebte ihm einen ‚Kuckuck' auf die Stirn. Sie sind nun öffentliches Eigentum. Nur der Film kann Sie noch retten! Reden Sie mit Uschi Glas. Am Radarschirm sah man sie deutlich die 49. Staffel einer Vorabendserie drehen. Schon starteten die Nato-Kampfflugzeuge, schwerbewaffnet, tauchten nach der versunkenen Titanic. Endlich eine Sensation, frohlockte der Alt-Bürgermeister, die Titanic ist bei uns im Wallersee versunken!

Der Glanz der Fassade

Jugoslawien also, eindeutig. Und nicht die Türkei. Wieso wollte man ihm ausgerechnet die Türkei unterjubeln? Diese türkische Fahne in dem letzten Brief roch verdächtig nach einem Ablenkungsmanöver.

Um seine Ermittlungen zu beschleunigen, schlug der Stadtschreiber geradewegs den Weg zum renovierten Gasthaus ein. Dieser Wirt, ein Balkankenner durch und durch, zumindest vom Radarschirm her – den wollte er sich vorknöpfen.

Spinnes Uhr, von der wir uns nur eine sehr vage Vorstellung machen können, zeigte, offenbar um mit Schweizer Präzision ihr Vorhandensein zu untermauern, damit ihre Existenz nicht unentwegt in Zweifel gezogen werden konnte, halb vier – die beste Zeit, einen Gastwirt aufzusuchen. Die Mittagsgäste waren endlich verschwunden, und die fürs Abendessen noch nicht eingetroffen. Die Jause und den Nachmittags-Kaffee nahm man ein paar Häuser weiter ein, in der Konditorei. Gewöhnlich sah man um diese Zeit ein menschenleeres Gaststüberl, der Wirt hantierte vielleicht in der Küche herum, bereitete etwas für das Abendmenü vor oder lümmelte geistesabwesend hinter der Schank und hing einigen trüben Gedanken aus vergangenen Tagen nach.

Doch diesmal schreckte ihn Spinne bei seinem Eintreten an einem Tisch sitzend auf, wo er sich gerade einer aparten Dame zuwandte, mit der er sich in einer angeregten Unterhaltung befunden haben mußte.

Spinne sah auf einen Blick, sie gehörte zu den Frauen, die ihm niemals auch nur den Funken einer Chance ließen. Dunkel, geheimnisvoll, verlockend, doch unnahbar. Etwas an ihr kam ihm bekannt vor. Ach ja, Agnes Mayer, die erfolgreiche Kleinunternehmerin, die obendrein jene richtungsweisenden Seminarveranstaltungen organisierte, welche für tagelangen Gesprächsstoff unter so mancher Hausfrauenstirn sorgten. Sie und der Wirt – was hatten die beiden miteinander abzusprechen? Balkangeschäfte? Jedenfalls verstummten sie sofort, als sie seiner ansichtig wurden, nur manchmal hörte er noch ein aufgeregtes Getuschel.

„Habe ich gestört?" fragte Spinne, um die Störung noch mehr zu betonen. Sollte man etwa bereits Hemmungen haben, ein Gasthaus zu betreten?

„Ich habe mir nur erlaubt", antwortete Weinzettl mit seiner vollen, sonoren Militärsstimme, „ein Gläschen mit einem lieben Gast zu trinken." Dabei hob er sein Gläschen, es war ein riesiger Bierkrug, und prostete der Dame andeutungsweise zu. Sie reagierte mit keiner Wimper, schien aber interessiert, was nun weiter passieren würde, wie Spinne aus den Augenwinkeln bemerkte. Als sie bemerkte, daß er das bemerkt hatte, täuschte sie ein Gähnen vor und blickte in die andere Richtung, auf den Fußboden.

Da auch Spinne nichts mehr sagte, sah der Wirt den Zeitpunkt gekommen, seinen Lieblingsspruch anzubringen: „Alkohol, mäßig genossen, schadet auch in großen Mengen nicht." Daraufhin blieb er eine oder zwei Sekunden still, dann prustete er lauthals lachend los, in der Hoffnung, nun die Situation endgültig in normale Bahnen gelenkt zu haben. Nachdem auch das nichts fruchtete und Spinne weiter halb in der Türe stehenblieb, Agnes weiter auf den Boden starrte, vor allem aber da niemand mitlachen wollte, besann er sich auf seine ihm zugedachte Rolle, stand auf, verschwand hinter der Schank und band sich eine weiße Schürze um. Erst mit diesem

Attribut fühlte er sich als Gastwirt und als solcher Herr der Lage.

Warum sie wohl so angestrengt wegsah, fragte sich Spinne. Hat sie was zu verbergen? Oder wollte sie ihm nur – unübersehbar deutlich – zu erkennen geben, daß seine Anwesenheit unerwünscht wäre und daß er für sie als Mann ganz und gar nicht in Frage käme, ja, daß sein Anblick sie geradezu verletze, ihren hohen gesellschaftlichen Status beeinträchtige, so als würde er sie, wenn er ihr Gesichtsfeld auch nur streifte, regelrecht entwürdigen, beschmutzen. Dafür sprach auch jenes distanzierte Lächeln, mit dem sie ihn schon bei ihrem ersten Aufeinandertreffen in der Konditorei kalt abgeschossen und für alle Zeiten in die entlegensten Zonen der absoluten Reizlosigkeit verbannt hatte.

Nun gut, wollte er ihr beinahe Mut zusprechen, keine Angst, ich gehe ja gleich wieder, keine Sorge, ich will nichts von Ihnen, ich verspüre keine Lust auf einen Kälteschock. Eigentlich hatte er bloß vorgehabt, mit dem Wirt zu reden, doch diese seltsame Stimmung ließ dies nicht mehr zu, ganz abgesehen von ihrer Anwesenheit. Außerdem zweifelte Spinne ohnehin, ob er aus dem Wirt etwas Vernünftiges herausbringen würde.

Das unablässig zu Boden gerichtete Augenpaar nahm mittlerweile einen beträchtlichen Teil seiner Aufmerksamkeit ein, als dieses sich plötzlich doch ein wenig hob und Spinne zu seiner Überraschung ein seltsames Leuchten darin entdeckte. Etwas abgehoben, beinahe entrückt. War dieser Glanz schon von Anfang an in ihren Augen gewesen und hatte sie ihn nur hinter der Distanz versteckt?

Naja, eine Esoterikerin, dachte Spinne. Kein Wunder, wenn man täglich über die kosmischen Sphären referiert, daß man dann und wann hinübergleitet; ob zum Wohl oder zum Leid, sei dahingestellt.

Dem Wirt war die Szenerie unheimlich, denn er kam herangetrottet, pflanzte sich, ganz Wirt, vor Spinne auf und fragte: „Was darf's denn sein?" Vielleicht fühlte er sich aber bloß um den Vorzug geprellt, wenigstens in diesem Moment den alleinigen Kommunikationspartner dieser aparten Dame stellen zu dürfen; jedenfalls wirkte er erleichtert, als Spinne abwinkte und nach einem angedeuteten Rundblick durch den halbdunklen, leeren Saal den Rückzug antrat, murmelnd, er habe bloß nach jemandem Ausschau gehalten.

Dubiose Requisiten

MONTAG, 18.09.00 – Noch 4 Tage bis zur Erhebung.

Ein Tag mit Warten auf Neuigkeiten. Nichts zu erfahren, von keiner Seite. Der Bürgermeister war nicht zu erreichen; ‚Auswärts-Termine' ließ er von seiner Sekretärin ausrichten. So hieß das, wenn man einen Tag blau machen wollte.

Auch das Handy zeigte mittlerweile diese Bildschirmkrankheit, bzw. der kleine Bildschirm des mobilen Störenfrieds zeigte nichts. Es machte zwar noch die typischen Piepsgeräusche, läutete dann und wann, doch entweder waren die Schriftzeichen komplett verzerrt oder es zeigte eben überhaupt nichts bzw. bloß ein matt schimmerndes Licht, das manchmal ein wenig zuckte und flackerte. Direkt unheimlich, diese Bildschirmkrankheit.

Aus Langeweile nahm Spinne seine Nachhilfe in Sachen guter Laune, den Smiley, genauer unter die Lupe. Ein gelbes, stilisiertes Grinsgesicht auf einem blitzblau glänzenden Metalluntergrund, ebenso deplaciert blau wie das Erste-Hilfe-Kreuz beim Strandbad. Und genauso blau wie die Fassade eines beinahe fertig renovierten Gasthauses, räsonierte Spinne mißmutig und drehte den Anstecker auf der Suche nach der Nadel um. Alles Blaue und Grüne ist sowieso von Haus aus verdächtig.

Die Nadel ließ sich weder ganz öffnen noch schließen, von Anstecken also keine Rede, was sind das wieder für Geschenke! Hinter der Nadel verbarg sich eine kleine Ausbuchtung, die das Schließen verhinderte. Etwas, das aus einem andersfarbigen Material gefertigt war, schaute ein kleines Stückchen hervor. Was dies wohl ist? Sieh mal einer an. Sieht aus wie... In der Tat. Ein kleines Mikrofon, oder wie nannte man so etwas unter uns Profis, als der sich Spinne nun fühlen durfte? Eine Wanze!

Immerhin, sagte er sich, nur wichtige Leute werden persönlich angeschrieben, bedroht, und nun machte man sich sogar die Mühe, ihn persönlich abzuhören! Eine Wanze. Er hatte zwar noch nie eine gesehen, doch nur so konnte eine Wanze ausschauen.

Aha. Deswegen wußten alle alles. Und er nichts. Und wozu? Wer wollte ihn abhören? Was wollte man von ihm wissen? War etwa endlich das Interesse an seiner Literatur aufgeflammt? Wollte man Authentisches aus seinem Munde hören, um dies für die Nachwelt aufzubewahren? Das hätte man doch einfacher haben können, wenn ein Reporter käme und ihn mit vorgehaltenem Mikrofon etwas fragte, doch es kam nie einer. Vielleicht, weil man authentischer wirkt, wenn man nicht weiß, daß das Gesprochene aufgenommen wird? Oder tappte er da, von der Eitelkeit geleitet, auf einer falschen Spur? Wer könnte Interesse haben, ihn zu belauschen? Der Erpresser? Der Bürgermeister (vorausgesetzt, die beiden waren nicht eine Person)? Vielleicht sollte er nicht so eindimensional denken. Wollte man ihn etwa abhören, um seine Wünsche besser erfüllen zu können? Ja, wer immer da am anderen Ende saß – er sollte besser hinhören!

DIENSTAG, 19.09.00 – Noch 3 Tage bis zur Erhebung.

Endlich erreichte er den Bürgermeister.

„Wieso, glauben Sie, gab es keinen weiteren Hinweis, wo das Geld hinzubringen wäre?"

„Keine Ahnung. Vielleicht hat der Erpresser Lunte gerochen."

„Wieso?"

„Ich habe den verdächtigen Papierkorb natürlich schon vorher überwachen lassen."

Das war freilich schlau. Auf die Idee wäre Spinne gar nicht gekommen. Der Erpresser hätte ja irgendwann seine Bezirkszeitung samt weiteren Anweisungen dort deponieren sollen. Sicherlich lief man dabei Gefahr, einen harmlosen Spaziergänger, der seine Zeitung wegwarf, zu überrumpeln, aber unter Umständen hätte man den Bösewicht tatsächlich so schnappen können.

„Vielleicht hat er das spitz gekriegt", mutmaßte der Bürgermeister. „Oder sein Plan ist ihm selbst zu absurd vorgekommen. Oder es war doch nur ein Scherz, das wäre mir am liebsten."

„Was haben Sie mit der Anzahlung gemacht?"

„Die Eintrittskarten? Die habe ich wieder abholen lassen. Glauben Sie, ich möchte, daß ganz Seekirchen zum Sportlerball kommt, oder, noch schlimmer, ganz Köstendorf?"

„Droht jetzt Gefahr, nachdem Sie die Forderungen des Erpressers nicht erfüllt haben?“

„Das ist eine gute Frage. Leider weiß ich die Antwort nicht. Ich habe mir auf jeden Fall einen Schutzanzug besorgt“, sagte der Bürgermeister.

‚Wenn wir alle in die Luft fliegen?‘ dachte der Stadtschreiber. Gegen die kosmische Strahlung vielleicht, wenn wir alle bis ins Weltall katapultiert werden. „Sehr vernünftig. – Für mich haben Sie keinen?“

„Wo denken Sie hin! Das wäre viel zu auffällig. Ich habe nicht einmal einen für meine Frau und für die Kinder.“ Er hat also Kinder, triumphierte Spinnes linke Gehirnzelle. Na und, maßregelte die rechte. „Aber so etwas bekommen Sie im Sportgeschäft.“

„Im Sportgeschäft??“

„Jaja, im Sportgeschäft“, wiederholte der Bürgermeister und murmelte etwas von den Zweit-Funktionen, die beinahe jeder in einer kleineren Stadt innehabe. Spinne fragte sich, wie der Bürgermeister dann bei den Festlichkeiten erscheinen würde? Statt mit Anzug und Krawatte in modischer Kampfbekleidung mit Gasmaske?

MITTWOCH, 20.09.00 – Noch 2 Tage bis zur Erhebung.

Vorsicht ist die Mutter aller Massenexekutionen, sagte sich Spinne und machte sich auf den Weg ins Sportgeschäft. Zumindest ich muß dieser Welt und dieser Stadt erhalten bleiben, wer sonst soll darüber schreiben, dachte er uneigennützig.

„Haben Sie Schutzanzüge?“

„Schi-Anzüge? Ja, selbstverständlich. Es sind gerade die neuesten Modelle eingetroffen. Haben Sie schon eine bestimmte Vorstellung?“

„Eine unbestimmte. Es geht mir hauptsächlich um die Sicherheit.“

„Sie meinen, daß Sie nicht abrutschen, wenn Sie auf einer Piste zu Sturz kommen.“

Was redete der da? Täuschte er nur Ahnungslosigkeit vor? Nach den Hinweisen des Bürgermeisters mußte es sich doch bei dem Inhaber des Sportgeschäfts zumindest um einen Experten für Katastrophen- oder Zivilschutz handeln; gab es irgendwelche Geheimhalteabkommen oder wollte ihn der Bürgermeister der Lächerlichkeit preisgeben?

„Ich möchte auf jeden Fall noch schnaufen können und nicht gleich bewußtlos werden, wenn das Schlimmste passiert." Dieser Hinweis auf eine Gasmaske mußte doch genügen.

„Ah. Verstehe. Sie möchten einen Helm! Wir haben Schispringer-Helme, Rodler-Helme, Radfahrer-Helme. Daneben führen wir auch noch die Schutzhelme, die Bauarbeiter und Forstarbeiter verwenden."

„Nein, die nicht." Die nützten nicht, wußte er. Kommt natürlich auf die Dicke des Baumes an. Was nützte da überhaupt?

„Einen Ganzkörperschutz für – extreme Gefährdungen gibt es nicht?" versuchte er es noch einmal. Entweder der andere war wirklich ahnungslos oder er verstellte sich, wartete vielleicht auf das richtige Code-Wort.

„Sie meinen für Extremsport?"

„Ich meine den Ernstfall." Das mußte er doch kapieren.

„Kampfsport?" Hoffnungslos. „Wir haben Karate-Kleidung. Mit Gürtel."

„Nein, nein. Ich bin erst Anfänger." Höchste Zeit für einen Rückzug. Der Geschäftsinhaber, dem ein Leben außerhalb der Kategorien des Sports undenkbar schien, hatte schon die Stirn zerknittert. Hinter besorgten Falten versuchte er, das unerklärliche Innenleben dieses seltsamen Kunden zu ergründen, der vorgab, Anfänger zu sein, aber wie so viele andere gleich die teuerste Ausrüstung erstehen wollte, die er sich vermutlich ohnehin nicht leisten konnte, wobei er noch gar keine Entscheidung über die von ihm bevorzugte Sportart getroffen hatte. Nicht einmal zwischen Innen und Außen vermochte er zu differenzieren. Hoffentlich kennt er den Unterschied zwischen Sommer und Winter, dachte er.

„Ich glaube, ich muß mir das ganze noch durch den Kopf gehen lassen", murmelte Spinne betreten.

„Wird gut sein..."

Wieso schickte ihn der Bürgermeister ins Sportgeschäft? Man sollte zwar unter keinen Umständen auffallen, gleichzeitig aber bei völlig arglosen oder sich gerissen verstellenden Bürgern durch

Nachfrage nach Kriegsgerät Verwirrung auslösen. Wo hatte der Bürgermeister selbst seine Schutzausrüstung gekauft? Vielleicht hatte er sie gar nicht gekauft. Genau, er hatte sie *besorgt*, hatte er gesagt. Vermutlich über seine Beziehungen zur Gendarmerie oder zur Armee oder weiß Gott wohin. Das würde er auch noch herausfinden, dachte Spinne, neben all dem anderen. Ein reiches Programm.

Aber zumindest eine Gasmaske mußte er irgendwo ergattern, um den Sicherheitsaspekt seiner weiteren Erhebungen zu gewährleisten; eine Gasmaske und ein Diktiergerät. Er mußte auf jeden Fall diese Katastrophe überleben, wiederholte er grimmig. Daß er ursprünglich angetreten war, die Katastrophe zu *verhindern*, hatte er mit dem Ärger im Sportgeschäft glatt vergessen.

Der Kauf des Diktiergerätes bereitete kaum Schwierigkeiten, bloß dessen fachgerechte Inbetriebnahme und Handhabung. Zunächst als ermittlungsdienstlich dienstbarer Neuzugang freudig begrüßt, entpuppte es sich bald als unzuverlässiger und unberechenbarer, liederlicher Kumpane mit bedenklichen Eigenheiten und Allüren, erinnerte solcherart ein wenig an den genauso unfolgsamen Hilfssheriff. Besonders brisante Aussagen verschluckte der irregeleitete metallene Adjutant; das kleine Band blieb einfach stehen, verweigerte jeglichen Gehorsam. Bestechung? Amtsmißbrauch? Oder lediglich unsachgemäße Bedienung seitens eines ungeschickten Benutzers?

Unheilvolle Vorzeichen

DONNERSTAG, 21.09.00

Einen Tag vor Beginn der Feierlichkeiten gab es schon am Morgen Probleme mit der Wasserzufuhr. Aus den Hähnen tropfte eine klebrige, bräunliche Flüssigkeit. Der Wasser-Anteil am Wasser erschien vergleichsweise gering. Die Hähne pfauchten, stotterten, tanzten – ob vor Freude oder vor Zorn ließ sich nicht feststellen – das lebenswichtige Elixier wollten sie jedoch nicht mehr preisgeben.

Frau Wallner vermutete als Ursache einen Stromausfall infolge des nächtlichen Gewitters. Nun wäre wahrscheinlich Sand in den Leitungen; schließlich stehe das Haus ja an einer der höchstgelegenen Stellen dieses Ortsteils, auf jeden Fall beträchtlich weiter oben als die Seehöhe, worunter hier der Wallersee zu verstehen wäre, von dem das Wasser letztlich, auf Umwegen zwar, herkomme bzw. heraufgepumpt werde. Sobald sie den Sohn telefonisch erreichen könnte, würde dieser vorbeikommen und das kleine Gebrechen sicher gleich beheben.

Allerdings schienen durch das Unwetter auch die Telefonleitungen in Mitleidenschaft gezogen, denn es ließ sich keine Verbindung aufbauen. Die Leitung war indes nicht tot, es ertönte jedoch nach der Wahl einer beliebigen Ziffer das Besetztzeichen; so als wäre ein ganzer Ort mit einem Mal für den Rest der Welt nicht mehr greifbar und zur Verfügung – wie die Strafe einer höheren ätherischen Macht – als hätte man sich durch diese frevelhafte, hoffärtige Tat einer Erhebung weit über jegliches Maß erhoben und somit auch in die Entlegenheit einer telekommunikativen Unerreichbarkeit katapultiert. Seltsam auch, daß sich sogar die Funktelefone diesem hinterhältigen Boykott anschlossen und ähnliche Krankheitssymptome zeigten – sie als von den Drähten unabhängige Kommunikationskomparsen hatten doch wahrlich keinen Grund, sich auf etwaige, von Sturm oder Gewitter umgerissene Masten oder beschädigte Leitungen herauszureden!

Der Sohn, der bald darauf erschien – offensichtlich hatte er eine intuitive oder transzendental übermittelte Botschaft empfangen – stellte sich als „Enkel" vor, so ein plötzlicher Generationensprung! Er stimmte ebenfalls in den sorglosen Tenor eines nicht ungewöhnlichen Ereignisses ein: Ursprünglich wäre die Wasserleitung für drei Häuser konzipiert gewesen, mittlerweile wären aber bereits 14 an dieses Netz angeschlossen, und Probleme mit dem Druck hätte es immer schon gegeben.

Er schraubte und manipulierte an sämtlichen Hähnen, dann schmierte er ein weißes Pulver in alle offenen Gewinde, „eine harmlose Chemikalie", wie er sich ausdrückte, „nur zur Vorbeugung", damit nicht wieder so ein Druckabfall entstehen und die Leitungen sich nicht abermals so leicht verlegen könnten, „absolut ungefährlich", versicherte er noch einmal, als er den bedenklichen

Gesichtsausdruck in der stadtbekannten Visage des Stadtschreibers wahrnahm. Dazu lächelte er, unter Aufbietung all seiner verfügbaren Freundlichkeit, und mit den Worten „So, und jetzt müßte wieder alles in Ordnung sein und reibungslos funktionieren" verschwand er.

Ob der Enkel-Sohn denn „vom Fach" wäre, fragte der Stadtschreiber die Vermieterin, da er sein Handwerk scheinbar so beherrsche.

„Nein, er ist nur sehr geschickt", erwiderte sie und als sie einen verwunderten Gesichtsausdruck in ihrem skriptiven Gast entdeckte, ergänzte sie nach einer kleinen Pause, halb stolz, halb zögernd: „Eigentlich hat er Veterinär-Medizin studiert."

„Aha." Hoffentlich sind sein Spezialgebiet Elefanten oder Hirschkühe, und nicht Mikro-Organismen. Ob die Reparatur denn erfolgreich gewesen wäre, wollte Frau Wallner wissen. „Ja, scheint so. Scheint wieder Wasser zu sein, das da herausrinnt", antwortete Spinne und wandte sich wieder seiner eigentlichen Tätigkeit zu, die allerdings zur Zeit ohnehin eher im Nachdenken bestand. Zog man diesen – von außen nicht direkt wahrnehmbaren – geistigen Vorgang ab, dann würde ein imaginärer Beobachter bloß sehen, daß er stundenlang stumm dalag und mit stumpfer Miene Löcher in die Luft starrte. Für ihn selbst hieß dieser Vorgang „Entspinnung". Eine Weiterentwicklung des Denkens, die schnurgerade zum Nicht-Denken führte, was noch den Vorteil hatte, daß man sich von der Last der eigenen Identität befreien oder sich vor Verantwortungen drücken konnte, je nach dem wie man gelagert war. Spinne befreite sich solcherart von sich selbst (oder von den zahllosen Rollen, die man im Laufe seines Daseins annimmt), wenn er so ins Leere blickte, und in dieser Leere entdeckte er die eigentliche Fülle. Für ihn beinhaltete diese Praxis eine reine Überlebensstrategie, um nicht in der Überfülle äußerer Reize unterzugehen, deswegen nannte er sie auch „Entspinnungs-Therapie". Die schnurgerade Autobahn, die zum Nicht-Denken führte, war freilich oft blockiert; Umleitungen, Fahrstreifenwechsel, Baustellen, schlecht beleuchtete Straßenränder, ein undurchsichtiger Sperrlinienverlauf, Hindernisse, Staus – man kennt das ja, vom Urlaub.

Ersatz-Vorstellung

Zu seinen ohnedies mehr als gemischten Gefühlen gesellte sich nach ein paar Stunden eine leise rumorende Unruhe, ein Schmerz, wie er feststellte, den er kurze Zeit später schon als Magenverstimmung orten konnte, was ihn mehr als verwunderte. Er hatte nichts Schlechtes gegessen, zumindest nichts Unübliches, und gewöhnlich drückten sich psychische oder nervöse Beeinträchtigungen seines Gesamtzustands bei ihm nicht in Magenschmerzen, sondern eher in Kopfschmerzen aus, wenn auch dort oft sehr lange und quälend.

Der Gelsenstecker, den er schließlich gekauft hatte, nachdem ihn das feindliche Gesurre dieser blutrünstigen Weibchen nicht zur nächtlichen Ruhe kommen ließ? ‚Absolut ungefährlich' hieß es auf der Packung, doch wo stand das heutzutage nicht? Sogar ein Atomkraftwerk erhielt leichthin dieses Etikett, das ihm Unbedenklichkeit und völlige Harmlosigkeit beschied.

Die Magenverstimmung war karrierehungrig, beförderte sich zu einer handfesten Übelkeit. Der Tierarzt! Was, wenn alle Stadt-Bewohner auf diese Weise ausgeschalten werden sollten? Das Wasser!

Doch dieser tierärztliche Sohn-Enkel konnte wohl kaum mit seinem arglosen Lächeln in allen Häusern anklopfen und unter dem Vorwand, den Wasserdruck zu kontrollieren, sämtliche Hähne aufschrauben und dort seinen wie immer gearteten Cocktail deponieren. Außerdem war diese Leitung nur für 14 Häuser zuständig. Vielleicht hatte er sich Zugang zur Hauptleitung verschafft? Vielleicht hatte er sich das Vertrauen des dortigen kommunalbehördlichen Amtsorgans erschlichen, indem er vorher dessen Dackel kurierte, den er noch früher mit einer präparierten Knackwurst heimtückisch in eine Falle gelockt hatte?

Nach ein paar Stunden trat ein Hautausschlag zutage, und zwar an seltsamen Stellen, nämlich an den Fingerkuppen, also dort, wo man mit dem Wasser leicht in Berührung kam. Doch konnte dieses Ekzem, diese Allergie nicht auch woanders herkommen? War man nicht bereits mit allem gegen alles allergisch? Steckte diese Welt, diese Luft, dieses Leben nicht bereits voll Künstlichkeit? War nicht jeder Stoff, den man angriff, kaum noch er selber, sondern zusammengefügt aus Dutzenden anderen zerlegten Teilen wieder zerlegter synthetischer Verbindungen von zerlegten, kaum mehr als solchen wahrgenommenen Elementen? Die möglicherweise gar nicht von der Erde stammten, sondern von irgendwelchen tollkühn torkelnden Himmelskörpern, die mittels Magnetstrahlung unseren Planeten bombardiert hatten?

Diese Allergien! Niemand wußte, woher sie kamen, die Wissenschaft tappte völlig im dunkeln, und jeder nahm dies als gegeben hin, obwohl bereits gut die Hälfte der Bevölkerung an diesen Abstoßungsreaktionen litt: Eine Abneigung gegen etwas Fremdes, gegen etwas Nicht-aus-sich-heraus-Entstandenes; die Rache der Umwelt, sagten die einen, eine gerechte Strafe, die anderen. Die Rache der Pflanzen für den steten menschlichen Eingriff, die Rache der Mutter Erde, sagten die kosmischen Hüter. Die Rache der Wirklichkeit, der Kollaps unserer Immunzellen, die Bankrotterklärung der körpereigenen Abwehr, eine Über-Reaktion gegen potentielle, nicht klar als solche auszumachende und möglicherweise bedrohliche Feinde. Man muß sich wehren, mochte jede einzelne Immunzelle denken, was immer da kommen mag, es könnte gefährlich sein. Man mußte sich wappnen, schützen, produzierte Abwehr, bildete Proteine, baute Zellwände auf, entwickelte Strukturen, schoß mit dafür bereitstehenden Giftpfeilen auf die Eindringlinge, versuchte sich zu verbünden, baute ein Gittergewebegeflecht auf, das der Bewohner und Benützer dieses Körpers dann als Rötung wahrnahm, eine seltsame Anhäufung atomarer Formen, die sich in Juckreiz äußerte. Durch das Kratzen wurde das Jucken stärker, desgleichen die Rötung, und mit jedem Kratzen breitete sich der Ausschlag mehr aus.

„Soll ich Ihnen einen Tee machen?“ fragte die Vermieterin, die plötzlich vor seinem Bett stand. „Ich mache mir Sorgen um Sie. Sie sehen krank aus.“

Da hatte sie zweifellos recht. Wieso aber kam sie auf einmal in sein Zimmer; das war doch sonst nicht ihre Art? Mutter-Instinkte? Oder Mit-Täterschaft?

„Ganz blaß sind Sie!“ Wieso blaß? Er mußte rot sein, seine Stirn glühte.

„Ist Ihnen kalt?“

„Nein, nein. Alles in Ordnung."

„In Ordnung? So sehen Sie aber nicht aus." Das fehlte ihm noch, daß ihn jemand bemutterte. „Sollen wir mehr einheizen?" Eine beliebte, beinahe rituelle Frage der Vermieterin zur Kommunikationsaufnahme. Die Zentralheizung wurde durch einen riesigen Heizkessel im Keller versorgt, der mit Holz gefüttert werden mußte. Je nach Menge der Holzzufuhr konnte man die Temperatur regeln; ein altbewährtes System, seit der Jungsteinzeit. Um solchen Gesprächen über Wärme und Kälte, den Herbst und das Wetter, den Nebel und die Sonne, den Wind und die Wolken auszuweichen, sagte er gewöhnlich: „Ich bin nicht sehr empfindlich. Heizen Sie, wie Sie glauben. Wenn Ihnen kalt ist, ist mir auch kalt."

Manchmal antwortete sie: „Aber ich gehe früh schlafen. Sie sind doch oft bis Mitternacht auf." Darin klang kein Vorwurf durch, eher die Neugierde, etwas über die Natur seiner Tätigkeit zu erfahren, über die in seinen Augen ohnehin keine Unklarheit bestehen konnte. Vielleicht hatte aber auch die elektronische Gerätschaft, die er bei seiner Ankunft ins Haus geschleppt hatte, ihr Mißtrauen erweckt, und sicher hatte sie die seltsamen Apparate näher begutachtet, wenn sie ab und zu die Blumen auf der Terrasse goß. Wahrscheinlich schnüffelte sie während seiner Abwesenheit sogar ein bißchen herum, um ein wenig Klarheit über diesen wortkargen Gast zu gewinnen, freilich ohne aus den herumliegenden Materialien besonders schlau zu werden.

Jetzt winkte er nur müde ab. Ein hämmernder Gürtel hatte sich um seine Schläfen gewunden, jedes Wort quälte sich über eine dicke, ungelenkige Zunge mühsam und träge nach außen, sein Kinn war wie gelähmt, die Augenhöhlen fühlten sich an wie tiefe steinerne Brunnen, in denen man Zentnergewichte versenkt hatte.

„Na kommen Sie, ich mache Ihnen einen Tee." Wollte sie ihm den Rest geben? Nicht noch mehr Gift! Er wehrte entschieden ab. „Nein, keinen Tee!"

„Ich meine es doch nur gut mit Ihnen." Nun kam auch noch diese gekränkte, mütterliche Seite zum Vorschein, die Verbitterung über das Erwachsenwerden eines Kindes, das sich nicht länger als Kind behandeln lassen und endgültig aus den ihn umklammernden Fittichen entweichen will.

„So wie Sie aussehen, dürfen Sie auf keinen Fall zur Erhebung gehen.“ Wieso wollte sie ihn abhalten? Hatte sie Angst, er könnte etwas vereiteln? Wohnte er in der Höhle der Löwin?

„Ich muß“, murmelte er, schmerzlich bemüht, seiner Visage einen entschlossenen Ausdruck zu verleihen. Sie schüttelte stumm den Kopf, sah ihn besorgt an.

Durch einen Schleier nahm er wahr, wie sie noch eine Zeitlang durchs Zimmer geisterte, in der Küche herumhantierte und dann endlich hinter einer zufallenden Tür nach unten verschwand.

Schwer zogen die Gewichte in den Zisternen nach unten, schlugen wie riesige Pendel an die runden Mauern. Er lag irgendwo am Grund dieser beiden Brunnen, in einem feuchten, modrigen Schlamm, unfähig, sich zu bewegen, sah nur den träge baumelnden Pendeln zu. Die Haut über seinen Gliedern zog und spannte, als ob sie ihm plötzlich nicht mehr passen würde; sein Wachstum war doch schon abgeschlossen! Ein bleierner Panzer, der sich um seine Organe legte, sie kaum noch schützte, sie beinahe zu ersticken drohte. Auf seiner Stirn hatten die auf- und abbewegten Kübel schon etwas Wasser vergossen, dort dampfte und brütete es wie an einem schwülen Sommertag. In Mund und Rachen drehten sich Turbinen, die sich knirschend abmühten, ein heißes, stickiges Gemisch vom Kehlkopf bis zur Nase zu pumpen. Sein Hals war ein enges Rohr mit unzähligen rauhen Nägeln, die bei jeder dieser Bewegungen an den Innenwänden rieben. Und seine Nerven ein dünnes, mit lauwarmer Flüssigkeit durchzogenes Astwerk, das pulsierte und vibrierte wie toll und jeden dieser Reize noch an eine geheime Zentrale in seinem Hinterkopf weiterleitete, wo man das ankommende Signal gehorsam als Schmerz diagnostizierte und dann, mit diesem Bewußtsein versehen, um das Dreifache verstärkt wieder zurück zu seinem Ausgangspunkt schickte. Als ob man dort nicht ohnehin Bescheid wüßte!

Was hatte ihn bloß so außer Gefecht gesetzt?

Ganz oben, am Brunnenrand, sah er, wenn er sich anstrengte, einen Streifen Licht, der ab und zu breiter wurde, dann wieder verschwand. Weit darüber schien ihm jemand zuzuwinken oder etwas ins Ohr flüstern zu wollen, das Erlösung versprach. Eine schwache

Erinnerung an das Wohlgefühl kauerte im letzten Winkel seiner Wahrnehmung, rief ihn zu sich, buchstabierte langsam und deutlich, auf daß auch er es endlich verstehe, die einzig rettende Parole vor: ‚S' hörte er es hinter seinem Atem rasseln, ‚Sch', ja, gleichmäßig hob und senkte sich sein Brustkorb, die Lösung lag in Reichweite, Erleichterung in Griffnähe. ‚Schl'. Dort drinnen, in seinem Brustkorb, schlummerte die Lösung, dort schlief der Labsal, ‚Schlaf' lautete das Losungswort. Endlich fielen die Deckel zu.

Eine Ewigkeit herrschte Ruhe. Niemand wollte etwas. Niemand wollte etwas tun, niemand wollte etwas wollen. Der Brunnen war stillgelegt. Dies fiel allerdings erst auf, als es vorbeizugehen drohte. Eine leise Bewegung hatte sich bemerkbar gemacht. Niemand schien Wasser zu brauchen. Niemand schien leben zu müssen. Nur ganz langsam hatte es einer wieder probiert, die Pendel begannen sachte zu vibrieren. Oben hatte sie jemand berührt, vielleicht hatte er Durst, und unten, wo man mit allem durch jene feinen Drähte in Verbindung stand, nahm man eine sanfte Regung wahr. Die großen Pendel begannen zu schaukeln, nun zog also wirklich jemand daran, ein deutliches Signal. Die Pendel schlugen mit metallenem Ton an den Brunnenrand, nahmen die Form einer Glocke an, auch der Ton näherte sich allmählich dem Klang einer Glocke, wurde ein Läuten, das Läuten wurde ein Laut, der Laut wurde laut, wiederholte sich regelmäßig, wurde penetrant und schrill.

2. Akt

General-Probe

FREITAG, 22.9.00 Beginn der Erhebungs-Feierlichkeiten

Das Telefon klingelte, wieder einmal. Spinne schraubte sich in die Höhe. Man ließ ihm amtlicherseits ausrichten, daß seine Anwesenheit sowie eine Darbietung seines Schaffens beim festlichen Pflanzakt höhererseits ausdrücklich erwünscht wäre. Dies alles floß aus dem Mund des Alt-Bürgermeisters, der nebst herzlichen Grüßen an seine Schwester Steffi, die Vermieterin, zu guter Letzt noch den Wetterbericht und die Hoffnung übermittelte, daß jener ausnahmsweise stimmen möge: Mit dem Herbstbeginn war eine deutliche Wetterbesserung vorausgesagt, morgen, samstags, sollte laut Prognose überhaupt die Sonne scheinen, und da wolle er ihn, ebenso wie heute, auf einer der Bühnen gerne noch einmal den anwesenden Bürgern präsentieren.

Spinne antwortete nur mit „Ja ja“ und „Ja ja“ und einmal, als es zu passen schien, mit „Nein nein“, wartete ansonsten auf den Augenblick, bis er endlich wieder nur mit sich selbst reden oder schweigen konnte. Das Eintreten dieses Augenblicks feierte er mit einer kurzen Schweigeminute; das war er dem Gesumme in seinem Kopf schuldig. Hatte er wieder geträumt?

Vorsichtig tastete er nach seiner Birne. Nichts! Kein Gift, keine Schmerzen! Auch der Magen hatte sich beruhigt, nur auf den Beinen juckte es noch ein bißchen. Vielleicht war er überarbeitet, geistig überlastet oder hysterisch. Sah er schon Gespenster? Seine Vermieterin, die Güte in Person, zu verdächtigen! Spinne erteilte sich eine stille, halblaute Rüge und streckte seinen Kopf beim Fenster hinaus.

Désirées Wünsche schienen sich zu erfüllen, nicht umsonst war sie eine Gemeindebedienstete in gehobener Stellung: Es regnete. Die beiden Bäume, die man auf einem eigens nach Feng Shui-Prinzipien und allen anderen esoterischen Weisheitslehren ausgesuchten Platz am heutigen Tag als Auftakt der Festlichkeiten feierlich einzupflanzen gedachte, würde man wenigstens nicht gießen müssen. Allerdings würde man dies, schon aus symbolischen Gründen, trotzdem tun. Da es sich um Platanen im fortgeschrittenen Alter handelte, mußte die Setzung ein Kran durchführen. Deshalb hatte der Stadtschreiber eine Lesung aus seinem poetischen Gesamtwerk wegen der zu erwartenden Geräuschentwicklung dankend abgelehnt, obwohl in der Stadtinformation bereits verkündet wurde, er werde diese Baumsetzung „moderieren". Die Gruben für die Bäume waren schon seit ein paar Tagen ausgehoben, der sie umgebende Raum gepflastert und mit Sitzbänken ausgestattet, allerdings ohne Lehnen, wie er beim ausführenden Architekten bemängelt hatte; ergebnislos. Die beiden Bäume sollten diesen markanten Platz vor dem Gemeindeamt, der schon einmal – offenbar nicht zur gänzlichen Zufriedenheit – architektonisch umgestaltet worden war, weiter aufwerten, nachdem sich die Bürger bei einer der offiziellen Erhebungsversammlungen schon für einen neuen Namen, und zwar „Stadtplatz" und nicht wie früher (und auch weiterhin für den Postverkehr) „Hauptplatz" entschieden hatten. Wie durch einen Torbogen sollte man durch diese beiden Bäume hindurchgehen oder -fahren, jeder Durchreisende sollte zumindest kurzfristig miterhoben werden.

Alt-Bürgermeister Vogerl hatte, was zu moderieren war, übernommen und löste diese knifflige Aufgabe mit Bravour. Die Kräne, die vom Lastwagen die Bäume in die dafür vorgesehenen Gruben hievten, konnte er noch mit Mühe übertönen; gegen die von ferne einmarschierende Blasmusikkapelle hatte er jedoch keine Chance. Er vermochte gerade noch die Werbetrommel für den „Jedermann-Einrufer" zu rühren; ein skurriler Wettbewerb, dessen Sieger von den Niederungen eines ländlichen Volksfests direkt zur Hochkultur der alljährlichen Festspiele aufstieg: Der stimmgewaltigste „Jedermann"-Rufer, der hier ermittelt wurde, durfte seine Qualitäten in der Tat beim traditionellen landeshauptstädtischen Domplatz-Spektakel unter Beweis stellen. Das Brüllen – eine Voraussetzung für das Theater unserer Zeit.

Der Regen hatte mittlerweile tatsächlich aufgehört, befolgte die Anweisungen des Wetterberichts. Eine beträchtliche Menschenmenge hatte sich eingefunden, um den Beginn der Festlichkeiten mitzuerleben. Nach der Blasmusikkapelle trafen die Liedertafel und andere Fahnenabordnungen ein, die sich ebenso wie diese im Spalier am Hauptplatz aufstellten, gegenüber der TMK, und alle in ehrenvoller Erwartung des Herrn Landesheiligen, der mit einer Kutsche vom Bahnhof abgeholt wurde und jeden Moment hier, am Bezirks-Hauptstadt-Stadthauptplatz, leibhaftig in Erscheinung treten sollte.

Aha, diesen Herren kennen wir doch schon, mit seiner, einer K.u.K.-Uniform so frappant ähnlich sehenden militärischen Aufmachung. Die Ähnlichkeit ist beabsichtigt, beinahe unvermeidbar: Es *ist* eine K.u.K.-Uniform. Wer sie trägt, ist niemand anderer als der Hauptmann der Ehrengarde, samt dazugehörigem historischen Gewehr. Hoffentlich nicht geladen, durchzuckte es Spinne, als die festlich geschmückten, stolz dreinblickenden Männer aus der vordersten Reihe die Gewehre anlegten und in die Luft ballerten; gottlob nur ein Ehren-Salut. Unter dem Applaus der Zuschauer entsteigt der Kutsche nun tatsächlich der Landesheilige höchstpersönlich, der für dieses besondere Ereignis einen irdischen Mandatar als repräsentativen Vertreter entsandt hatte. Aber was geschieht jetzt? Der Ehrengardist geht auf ihn zu – steht das im Protokoll, was wird passieren? Einen Säbel hat er noch – schon greift er mit einer ruckartigen Bewegung danach –

Doch dann stockt die Bewegung. Einen Meter vor dem Politiker bleibt er stehen und brüllt ihn an: „Herr Landeshauptmann, Hauptmann Steiglechner meldet: Alle Neumarkter Vereine zur Begrüßung angetreten!“

Die beim Säbelgriff festgefrorene Hand darf endlich ihre Bewegung fortsetzen, wird ruckartig zur Schläfe gerissen; er salutiert. Der Landesheilige dankt generös, schüttelt seine Hand, und dann noch viele weitere Hände. Nun wird, direkt vor dem Gemeindeamt, die neue Stadttafel enthüllt, die aussieht, als wäre sie echt. Ein paar Grußworte und ein Shakehands mit dem Bürgermeister. Dann das ganze noch einmal für die Photographen. Kurzes Gemurmel, wieder Shakehands, Blitzlichtgewitter, Applaus, dann Aufbruch. Zu Fuß setzt sich der Troß samt Kapelle, Vereinen, Liedertafel und Ehrengarde Richtung Festsaal in Bewegung. Alle haben Hunger. Das Festbankett wartet.

Mit wachsender Unruhe und Spannung verfolgte Spinne das

Geschehen, stimmlich untermalt von Vorwürfen aus seinem stadtschreiberlich-ermittlungsdienstlichen Unterbewußtsein. Wieso hatte er sich nicht gründlicher über das Protokoll informiert? Wieso mußte er überrascht werden? Sicher, seine Krankheit war ihm in die Quere gekommen, seine eingebildete oder tatsächliche; doch wie sollte er eine Katastrophe verhindern, wenn er nicht einmal den genauen Zeitplan für die Abfolge der einzelnen Programmpunkte kannte? Wie sollte er eine eventuelle Abweichung bemerken, wie um alles in der Welt konnte sich so sein Blick für das Außergewöhnliche oder Bedrohliche schärfen?

Sein Hilfssheriff-Über-Ich schimpfte ihn *Detektiv-Dilettant*, ermahnte ihn mit erhobenem Zeigefinger zu doppelter Wachsamkeit, als er sich, dem Konvoi hinterhertrabend, auf den Weg machte, um den weiteren Ablauf des Festprogramms zu verfolgen.

Festbankett

Statt daß ihn eine Ehrenabordnung würdevoll begrüßte, wie Spinne insgeheim gehofft hatte, empfing ihn beim Eingang zum Festsaal der Dackel des Buchhändlers, der lautstark bellend das Mißfallen seines Herrchens wiedergab oder es durch eigenen Unmut anreicherte, aber dadurch immerhin zum Ausdruck brachte, daß es sich bei dem Stadtschreiber unleugbar um eine Person des öffentlichen Interesses handelte.

Ein weiterer Verdächtiger? Der sich auf den Boden duckend als Schwanzwedler tarnte? Oder war das der Dackel des Leiters der Grundwasserbehörde? Eine verblüffende Ähnlichkeit, vor allem in der Körpersprache.

Auf der Festbühne breitete sich der Bürgermeister der ungarischen Partnergemeinde in blumigen Worten über die innige Freundschaft aus, die die beiden Städte verband. Leider konnte man die Blumigkeit seiner Ansprache nur erahnen – die Übersetzerin war kaum zu verstehen.

Nicht einmal ein Sitzplatz am Ehrentisch war für ihn reserviert worden, stellte sich heraus, dabei hätte Spinne so gerne den Landesheiligen von Angesicht zu Angesicht begutachtet, oder zumindest dessen profanen irdischen Vertreter am gemeinen Parkett der Politik.

Noch bevor er sich ernsthaft darüber entrüsten konnte, durchzuckte es ihn: das Festmahl! *Die* Gelegenheit für eine Massen-Vergiftung! Es genügt, ein paar Milligramm einer radikalen Substanz in das Salz zu mischen, und schon war allen der Abend versalzen. Ein herber Lohn für den Unwillen des Bürgermeisters, 300 Millionen von seinem Taschengeld abzuzweigen.

„Sind Sie nicht ein wenig übermotiviert", fragte Désirée, ganz Gemeindebedienstete, als Spinne die Stufen hinaufhetzte und sich atemlos nach dem Menüplan erkundigte. Seinen Anhänger trug sie wieder nicht, stellte er aus den Augenwinkeln mürrisch fest, nur ihr albernes Medaillon mit dem B & V, wen immer diese Buchstaben auch repräsentieren mochten. In ihrer Hand hielt sie eine lange Liste, die in komplizierter Weise die Sitzordnung der Ehrengäste wie die der gewöhnlichen Bürger festhielt. Jeder einzelne Tisch war eingezeichnet, sogar jeder einzelne Stuhl, und darüber stand der Name all derer, die sich für diese Festtafel angemeldet hatten, immerhin 1000 Personen. Und wo stand seiner? Spinne versuchte eilig, einen Blick auf die Liste zu werfen – oder wenigstens in den Ausschnitt von Désirées Abendkleid, wo es immerhin gleich zwei Erhebungen zu bewundern gab.

Der Bürgermeister der ungarischen Partnergemeinde lobte gerade die vorbildhafte grenzüberschreitende Partnerschaft zwischen zwei Städten verschiedener Nationalität und Sprache als ein grandioses Beispiel der Völkerverbindung und einer immerwährenden, grenzüberschreitenden Freundschaft, die selbst die Barrieren einer verschiedenen Sprache und Nationalität grandios und in völkerverbindender Weise überwand und überschritt.

„Was steht auf den Tischen?" fragte Spinne.

„Sieht man ja", antwortete Désirée. „Die Getränke."

„Ja, aber das Essen. Woher stammt das Essen?"

„Die Catering-Firma hat gewechselt, im letzten Moment", sagte Gemeindevorstand Schalkhammer, der sich dazugesellte und argwöhnisch das Gespräch beobachtete. Hatte er ein Auge auf Désirée geworfen?

„Plötzlich? Wieso?"

„Weil sie es nicht schaffen, sagen sie."

„Weil sie es nicht schaffen? Und das fällt ihnen erst jetzt ein? Die lassen sich dieses Geschäft entgehen?"

„Scheinbar."

„Wer bereitet das Essen vor?"

„Na, die Küche." Désirée und der Hilfsvorstand sahen ihm kopfschüttelnd nach, wie Spinne fluchend weiter, die Treppen hinab stolperte, die Küche suchend. Daß jemand soviel Enthusiasmus der Berichterstattung widmete, mochte sie denken. Offensichtlich mußte der Gemeindevorstand vor ihr den Anschein erwecken, als wüßte er nicht, daß ein Anschlag drohte. Was für ein Hilfssheriff, der nicht einmal eine Ahnung vom Fall haben durfte, was für eine Hilfe!

Auf halbem Weg kam ihm das breite Schildkrötengesicht des Buchhändlers entgegen, stellte sich ihm freundlich grinsend in den Weg, die unausweichliche Frage auf den Lippen, warum er denn nicht in seinem schönen Vierstern-Haus...

Von der Bühne dröhnte der nicht endenwollende Sermon des ungarischen Bürgermeisters bis in alle Ecken und Winkel des Festgebäudes, aus allen Lautsprechern trieften innige madjarische Gefühlsbewegungen.

In der Küche angelangt, packte Spinne einen der Köche beim Ärmel. „Was wird serviert?"

„Forelle."

„Forelle blau?"

„Schaut eher grau aus", kicherte der Koch. „Der Farbstoff ist uns ausgegangen." Was der alles wissen will, dachte er.

„Aus dem See?"

„Was kommt heutzutage noch aus dem See! Fangen Sie einmal 1000 Forellen an einem Tag."

„Woher kommen sie also?"

„Vom Großmarkt."

„Wie heißt der Lieferant?"

„Firma Zappel."

„Aha. Geben Sie mir eine. Jetzt gleich!"

„Können Sie nicht warten, bis serviert wird?"

„Ich habe jetzt keine Zeit zu diskutieren."

„Ich merke es. Wohl sehr hungrig, was?" Ärgerlich nahm der

Koch Spinnes Hand von seinem Ärmel und klatschte ihm ein glitschiges Wasserwesen, das seltsam leblos aussah, auf einen Teller. „Salat?"

Spinne überlegte kurz. Wenn er alle Menügänge durchtestete, samt Marinaden und Dessert, und das in dieser Eile, würde ihm so oder so übel werden. Nicht schon wieder! Und wieso sollte überhaupt *er* Versuchskaninchen spielen? „Nein, geben Sie mir eine Schürze!"

„Eine Schürze? Ah, Sie wollen mithelfen. Das ist eine Rede. Wir wissen sowieso nicht, wo uns der Kopf steht." Er griff nach hinten, reichte ihm eine weiße Schürze. Die anderen Köche sahen mißtrauisch zu. „Kennen Sie sich überhaupt aus? Wir haben strenge Hygiene-Vorschriften."

Noch ehe der Koch seinen nächsten Satz zu Ende sagen konnte (er begann: „Waschen Sie sich erst einmal die Hä–") hatte der Stadtschreiber blitzschnell in alle herumstehenden Schüsseln gelangt und daraus jeweils eine Handvoll in die Schürze gepackt, diese zusammengefaltet und war mit dem Teller in der Hand fluchtartig aus der Küche gestürmt, wütende Schimpfkanonaden im Ohr. Das würde eine schlechte Nachrede geben, sofern nachher noch jemand reden konnte.

Jetzt hetzte er wieder die Treppen hinauf, dabei drohte der Fisch vom Teller zu gleiten, offenbar vermutete er Wasser am Boden, der Teller krachte hinunter. Gerade ergriff er noch den Fisch am Schwanz, klemmte ihn zwischen die Zähne und eilte nach oben; zweifellos ein etwas merkwürdiger Anblick für eine honorige Person.

Als er sich seine Erscheinung vergegenwärtigte, kam ihm die rettende Idee, wie er weiter vorzugehen hatte. Er schnappte den eben vorbeitrottenden Dackel, stopfte ihm die Forelle ins Maul, der knurrte widerwillig, appetitlos. Auch die Marinaden ignoriert er, ausgefressenes Ding. Erst nachdem Spinne die Forelle mit dem Dessert, einer Tiramisu-Abart, beschmierte, schnüffelte er daran herum und mampfte das ganze endlich auf, dann schleckte er noch an Spinnes Hosenbein. Der fragte sich, wie lange er nun warten müsse, bis eine letale Reaktion eintritt. Kann schon eine Weile dauern, dachte er, also packte er den Dackel unter den Arm und begab sich wieder mit möglichst argloser Miene in den Festsaal.

„Ah, Sie haben Kontakt geknüpft", witzelte der Gemeindevorstand.

„Ja, man kann sich seine Freunde nicht aussuchen." Der Dackel gibt sich freundlich, ausgelassen, offenbar ist er auf den Geschmack gekommen. Erwartungsvoll blinzelt er in die Runde, erhofft sich noch ein Häppchen. Er betrachtet mich wohl als seinen neuen Patenonkel, dachte Spinne und knurrte ihn an.

„Hallo, Tschek", spöttelte Désirée, als er wieder an ihr vorbeikurvte. Sie fuchtelte noch immer mit den Listen herum, auf denen er nicht draufstand – eine glatte Existenzverweigerung! Gab es ihn etwa gar nicht?

Auf der Bühne trafen gerade die Fahnenabordnungen der Heimat- und Gedenkvereine ein, doch der Bürgermeister der ungarischen Partnergemeinde pries mit überschwenglichen, salbungsvollen Worten den Geist des Friedens und der vorbildhaften völkerverbindenden Freundschaft, die im Geiste der Völkerverbindung verschiedene Völker in Freundschaft und Frieden auf innige und vorbildhafte Weise miteinander verband.

Überhaupt kein Sitzplatz ist für ihn reserviert worden, muß Spinne betrübt feststellen; wie soll er da eine Stadt vor einer unter Umständen gar nicht stattfindenden Katastrophe bewahren? Daß man der Literatur keine Achtung zollte, war er mittlerweile gewohnt, doch als Chef-Ermittler in einer geheimen Kommandosache hätte er sich doch etwas mehr Respekt erwartet, selbst wenn kaum jemand darüber Bescheid wußte. Der Bürgermeister versuchte dieses Manko dadurch wettzumachen, daß er ihm von Zeit zu Zeit ein aufmunterndes oder entschuldigendes Lächeln schickte. Von einer Besorgnis oder gar von einer Bedrohung konnte er im Antlitz des Bürgermeisters nichts entdecken; möglich, daß ihn die Ereignisse an diesem für ihn so wichtigen Festtag und der protokollarische Ablauf so in Bann hielten, daß für Angst oder Sorge buchstäblich kein Raum blieb. Vielleicht hatte er den Erpresserbrief wieder vergessen, vielleicht wußte er aber als dessen möglicher Urheber auch am besten über die in ihm verborgene Dramaturgie? So oder so ähnlich dachte Spinne, wenn er zum Ehrentisch hinübersah, wo all die Würdenträger sich niedergelassen hatten: Der Gemeindepräsident, der Gendarmerieoberkommandant, der Bundesparlamentsvorsitzende und natürlich der Landesheilige, der sich für eine vorzugsweise daseinsentrückte Instanz erstaunlich gewandt auf dem offiziellen gesellschaftlichen Parkett zurechtfand und solcherart manch einem kirchlichen Repräsentanten um nichts nachstand.

Spinne selbst mußte vis-à-vis von einer einfachen Bankangestellten Platz nehmen. Vielleicht konnte er von ihr wenigstens etwas über den Kontostand des renovierten Gastwirtes in Erfahrung bringen.

Gott erhalte Neumarkt!

Nun sprach der örtliche Bürgermeister – dem ungarischen hatte man in einer Atempause das Mikrophon entwendet, oder er war vom Flachgauer Hornquintett akustisch abgedrängt worden, schließlich wollten auch die anderen Partnergemeinden noch ihre Grußworte übermitteln, das Musikschuhwerk sollte anprobiert werden, und nach der Diaschau stand noch die Uraufführung des Liedes „Du Land am Wallersee“ auf dem Programm, bis man allmählich dem absoluten Höhepunkt, der Überreichung der Stadterhebungs-Urkunde durch den Landesheiligen, entgegensteuerte, sofern dies noch jemand bei lebendigem Leib bezeugen konnte.

Mittlerweile waren die Forellen serviert, eifrig wurde auf allen Tischen geschmatzt. Der Landesheilige, von dem wir nicht wissen, ob er nicht doch etwa einer politischen Fraktion zuzuordnen wäre, begann seine Rede mit einem kurzen Streifzug über die Geschichte Salzburgs. „Man vergißt ja so leicht, daß Salzburg einmal ein eigener Staat war. Und Neumarkt war einst ein Grenzposten zwischen Salzburg und Österreich.“ Schließlich trachtete er die Bedeutung des Ortes für die Gegenwart hervorzuheben. „Neumarkt hat nicht nur ein Bezirksgericht, sondern auch eine eigene Kirchenbeitragsstelle – alles sehr relativ, worüber man sich freuen kann“, rutschte es ihm aus dem Mund, um sich gleich darauf bei der anwesenden „hohen Geistlichkeit“ für diese leichthin eingestreute Bemerkung zu entschuldigen und mit einem kleinen Seitenhieb den Bayern zu danken, daß sie „auf unsere Kunstschätze, die sie als Souvenir nach der Besetzung Salzburgs mit nach München genommen haben, so gut aufpassen".

Am Clo traf Spinne den Hilfssheriff.

„Warum behandelt mich der Bürgermeister so elendiglich miserabel?"

„Das einzige, was einen Politiker interessiert, sind die Wählerstimmen. Mir können Sie das glauben, ich bin selber einer. Für den Bürgermeister trifft dies natürlich ganz besonders zu. Jetzt ist er zwei Jahre im Amt, und er möchte wiedergewählt werden. Und der einzige Grund, warum ich Ihnen das sage, ist weil Sie mir leid tun. Oder weil ich vielleicht einmal etwas von Ihnen brauche. Ja, genaugenommen fällt mir das auch jetzt schon ein. Aber ein Politiker sagt sowieso niemals die Wahrheit. Sie können es sich also aussuchen, ob Sie mir das, was ich Ihnen eben gesagt habe, glauben oder nicht. Ist es nun die Wahrheit, wenn ich als Politiker Ihnen versichere, daß Politiker niemals die Wahrheit sagen?"

„Ja, ich weiß. Ein altes philosophisches Problem. Uralt. – Aber das beantwortet noch nicht die Frage, warum mich der Bürgermeister so ins Leere laufen läßt. Am Anfang war das nämlich nicht der Fall."

„Am Anfang war auch noch nicht klar, welche Rolle Sie hier spielen würden. Keiner hat gedacht, daß Sie sich wie ein Fernsehkommissar aufführen, und noch dazu wie ein etwas dümmlicher."

„Aber er hat mich doch mit den Ermittlungen betraut."

„Haben Sie sich das nicht eingebildet?"

„Eingebildet?"

„Ja, so wie Sie sich alles einbilden."

„So wie ich mir Sie gerade einbilde."

„Schon möglich. Jedenfalls merken Sie nun an den Reaktionen, was Ihr Verhalten bewirkt, wenn Sie sowas überhaupt merken. – Je mehr Sie zum Sonderling wurden, umso mehr mußte sich der Bürgermeister natürlich von Ihnen distanzieren. Schon aus Selbstschutz. Glauben Sie mir: der wartet nur darauf, daß Sie einen groben Fehler begehen und er Sie wieder nach Hause schicken kann. Ganz ohne Grund kann er Sie schwerlich entfernen, so gern er es möchte."

„Was für einen Fehler müßte ich denn begehen?"

„Eine grobe Anstandsverletzung. Es genügt beispielsweise, wenn Sie einer Gemeinde-Angestellten nachsteigen…“

Er war also doch eifersüchtig. Bei dem Konsum, den Désirée vorzuweisen hatte, schien es allerdings verwunderlich, daß der Gemeindevorstand bei ihr noch nicht gelandet wäre. Aber vielleicht hatte es gerade zu knistern begonnen, als der Stadtschreiber ihm in die Quere kam bzw. ihr in die Horizontale.

Die Bankangestellte läßt sich keine Aussagen über die Bonität ihrer Kunden entlocken, auch dann nicht, als ihr der Stadtschreiber augenzwinkernd ein Schäferstündchen in der Badehütte in Aussicht stellt; vielleicht ist es ihr dort auch zu muffig.

Nachdem die Überreichung der Ehrenurkunde in bewährter Weise (Shakehands, Applaus, Photographen, Blitzlicht) absolviert und über die mit Musikanten vollgeräumte Bühne gebracht wurde, erklingt die Salzburger Landeshymne, bedenklich nahe an dem alten K.u.K.-Hit „Gott erhalte“, den die bundesdeutschen Brüder entlehnt und keck zu „Deutschland, Deutschland über alles“ transferiert haben, was schon der Alt-Bürgermeister bemäkelt hatte; bedenklich nahe, sowohl was die Harmonien wie auch die Melodieführung betrifft, inklusive jenes ergreifenden Moments, wenn die Musik dem Höhepunkt zusteuert, sodaß man beinahe notgedrungen ergriffen wird, sei es, weil in Kürze ein entscheidendes Länderspiel stattfindet oder weil gerade bei einer olympischen Siegerehrung die heimatliche Fahne hochgezogen oder bei einem historischen Staatsakt irgendwelcher vergangener oder künftiger Freveltaten gedacht wird.

Der Textdichter erschien wiederum als unfreiwilliger Nebenerwerbs-Satiriker, wenngleich vermutlich aus einer anderen Zeit stammend und als solcher teilentschuldigt und zumindest nicht jetztzeit-tatverdächtig; wie sonst könnte er solche Zeilen schreiben: „Ob an der Esse die Hämmer sich regen oder am Pfluge die nervige Hand“? Warum nicht gleich: „der Bauer mit dem Traktor uns nervt“? Die Schulkinder kriegten dies sicher noch die nächsten 50 Jahre eingepaukt, von ihren nervigen Lehrern.

Dem Dackel gefällt’s, ganz selig liegt er dem Stadtschreiber zu Füßen, schnurrt. Schnurrt? Hat man ihn, in einem unbeobachteten Moment, zur Katze mutiert? Naja, vielleicht schnarcht er auch nur.

Mit Fortdauer des Abends legte sich eine bleierne Müdigkeit über Spinnes Glieder, egal welche Art von Kurzweil oder Erbauung von der festlichen Bühne strömte. Waren das die Reste seiner Krankheit oder das Gift, das doch lediglich der Dackel in rauhhaarigen Mengen zu sich genommen hatte, oder die schwerwiegenden Folgen vom unendlichen Freundschafts-Sermon des madjarischen Stadtoberhauptes?

Mit gequälter Miene kauerte Spinne am Ehrentisch, der aussah wie ein ganz gewöhnlicher Tisch, hielt sich kaum noch aufrecht. Links und rechts wurde gescherzt und gefuttert; er hungerte, argwöhnisch den Dackel begutachtend. Auf den Tellern, wo ehedem noch die Forellen schimmerten, gleich welcher Farbe, blinkten bleich und müde ein paar abgenagte Skelette – so wenig bleibt von Mensch und Fisch, wenn all der Nährwert woanders sein Zuhause findet. Kurz bevor er endgültig einzuschlafen drohte, langte sich Spinne von einem der herumstehenden Teller ein paar Salatblätter und stopfte sie mißmutig in den Mund, dann schlich er ermattet nach Hause, um für einen weiteren Festtag gerüstet zu sein. Heute hatte die Katastrophe vorwiegend in seiner Körperlichkeit stattgefunden: in seinem Magen, in seinen Nerven, in seiner Stimmung und in der traurigen Gewißheit einer beharrlich fehlenden Gabe zum Chefermittler.

Gala

SAMSTAG, 23.9.00 – Der Tag der Erhebung

Der Himmel zeigte sich schon frühmorgens fast wolkenlos, nur ein kühler Wind machte darauf aufmerksam, daß man höhererseits diesen eigenwilligen Akt einer Erhebung allenfalls mit gewissen Einschränkungen entgegenzunehmen bereit war.

Die Luft über dem See und der gegenüberliegenden Hügelkette war klar, so klar wie sie nur an ganz besonderen Tagen ist – an jenen seltenen Tagen, an denen Geschichte geschrieben wird.

Jakob Spinne machte sich auf, seine Geschichte zu schreiben. *Der Umzug* stand auf dem Programm; ein Festzug von 1050 Meter Länge, mit einem historischen Teil unter Mitwirkung von Bürgergarde und Bauernschaft.

Allein die über dem Ortszentrum schwebende Geruchswolke übermittelte dem Näherkommenden unzweifelhaft die allgemein verständlichen begleitenden Grußbotschaften einer Großveranstaltung.

Goldgelb-bräunlich schimmernde Grillhühner stritten sich erbittert mit üppig im Fett gewälzten Pommes Frites über die ungebrochene Vorherrschaft im olfaktorischen Reich, von der Konditorei zogen zartbittere Schwaden von Kaffee- und Sahneduft, fein durchsetzt vom Aroma einzelner Tortensorten, bis hinüber zur ‚Krone', sicherten sich die sensorische Lufthoheit und erfüllten so für kurze Zeit den ewigen Traum einer Zuckerbäckergastronomin, nämlich ihre beiden Herrschaftsgebiete miteinander zu verbinden. In der erbarmungslos allerlei molekulare Bestandteile offenlegenden Mittagssonne konkurrierten in einem unentschieden hin- und herwogenden Wettstreit Pökelfleisch, Hammelbraten und Kebab-Ausdünstungen mit dem scharfen Flair, das die vereinigten Duftschwadronen der Moststände und Schnapsbuden aufboten. Ein mäßiger Wind begünstigte in dieser alles in allem fair geführten Auseinandersetzung je nach Laune die eine oder andere Seite, ergriff jedoch nie eindeutig Partei. Die geöffnete Tür vom blitzblau renovierten Gasthaus entließ, ohne draußen anzuklopfen, den Bier- und Rauchdunst vergangener Epochen, ganze

Generationen von umnebelten, unaufhörlich schwatzenden Trunkenbolden meinte man darin zu erkennen.

Manch Mauerwerk verströmte noch den zarten Hauch der Jugend oder den der plastischen Chirurgie, feuchter Mörtel erzählte da und dort von einer mehr oder minder erfolgreichen kosmetischen Korrektur, während die frischen Holzbretter der eifrig fabrizierten Bühnenpodeste in leiser Anklage auf ihre Herkunft und frühere Heimat verwiesen.

Doch da griffen bereits wieder der Staubzucker vom Apfelstrudel, der Rum in den Punschkrapfen und die Vanillesauce, die den Topfenstrudel beinahe verlassen und sich über ihn hinausheben wollte, erfolgreich in das Wahrnehmungsgeschehen ein, und die aufrührerischen Brathühner bliesen mit der ihnen eigenen Note zur Gegenattacke.

In den Hauseingängen standen parfümierte, herausgeputzte Damen, meist mit hochgestecktem Haar, sahen zu, daß sie als Teil des unbeweglichen Festzugsbeobachterzugs gesehen wurden.

Entlang der festlich geschmückten Hauptstraße reiht sich ein Pavillon an den nächsten; hier eine Imbißbude, dort ein Souvenirverkaufsstand, daneben eine der vielen kleinen Festbühnen, auf denen nach Herzenslust drauflosmusiziert wird. Dicht gesäumt drängen sich ausgelassene Menschenmassen in Feiertagsstimmung, also angeheitert, Zuckerwatte mampfende Kinder tollen quietschend zwischen den Hutschpferden herum, überall sind Lautsprecher angebracht, die alles von irgendwo nach irgendwo übertragen; der Schall spült sich wie in einer übergroßen Badewanne auf eine gutgelaunte, lachende Menge, die noch nichts von der Bedrohung ahnt, die auf sie zuzukommen scheint.

Wieder ist Spinne auf der Jagd nach eventuellen Bösewichtern. Wer könnte in diesem endlosen Tohuwabohu wo zuschlagen, und vor allem wann? Und wie vor allem könnte er ihn (samt eventuellen Komplizen) möglichst effektiv daran hindern?

Werden bei der Laser-Show alle geblendet? Das Riesenfeuerwerk!! Es müßte ein Leichtes sein, mit einem über den Köpfen der Menschen explodierenden Feuerwerkskörper, in den eine chemische Substanz gemischt wurde, alle zu vernichten, wenn man die richtige Substanz erwischt und sich diese bei der Explosion ausbreitet; der Tod regnet praktisch vom Himmel – noch dazu, wo das Feuerwerk mitten im Zentrum der Stadt stattfinden sollte, nämlich vom Dach des frischrenovierten Gasthauses. In der Tat, es ist fertig geworden, ganz ohne Gerüst steht es da, unverhüllt, frisch verziert und mit prallen Farben angestrichen, natürlich blau und sogar ein wenig rot.

Unaufhaltsam beginnt sich der Festumzug zu formieren, streng nach Protokoll. Unaufhaltsam nimmt das Verhängnis seinen Lauf, streng nach den Visionen eines potentiell existenten Auftraggebers oder eines ihm mühsam hinterherstrauchelnden Skriptual-Adepten mit amateurdetektivischen Ambitionen.

„Landwirtschaft einst und heute" lautet ein Thema des Festprogramms. Bäuerinnen in Dirndlkleidern auf alten Traktoren. Naja. Wenigstens keine verdächtigen Glatzköpfe sind zu sehen. Frauen haben andere Probleme oder können diese leichter unter einer Perücke verstecken. Der älteste Erbhofbauer wird vorgeführt: Der Wallnerhof, seit 404 Jahren im Besitz einer Familie. Es schien eine gewisse verwandtschaftliche Nähe zu Stefanie Wallner, seiner Vermieterin, zu bestehen, doch vielleicht hatte sich Spinne da wieder getäuscht. Beim nächsten Objekt herrschte hingegen keinerlei Zweifel ob seiner Zugehörigkeit zu dieser oder jener Sippschaft: das nächste Objekt hieß Burgi. „Burgi hat Ausstrahlung, Burgi hat Charme", ereiferte sich Alt-Bürgermeister Vogerl, das Moderations- und Motivations-Genie. Eine von 1378 Neumarkter Kühen, erklärte er; sie genoß den Applaus, war sich ganz und gar ihrer Wichtigkeit bewußt. Jede aus ihrer Familie gab im letzten Jahr über 5000 Liter Milch und – zusammen mit ihrer Kollegenschaft – Butter, Yoghurt und Käse für den Vatikan und 49 andere Staaten. Dem heiligen Vater möge es schmecken! Und an den flotten Bienchen hat er kein Interesse? Soeben stellte man nämlich die örtliche Imkerei vor. 60.000 Flüge für ein Kilo Honig! So viel Aufwand, und wir versalzen ihnen dann die Suppe bzw. setzen ihnen billiges Zuckerwasser vor, das sie dann schlürfen müssen, und sie fallen glatt darauf herein; nichts als Lug und Trug in dieser Welt! Die festlich geschmückte Landjugend ist da aus ganz anderem Holz geschnitzt. Edelmütig, tapfer, adrett und zukunftsfroh, wie sie selbstsicher und festen Blicks da durchmarschieren.

Nun erschien gar eine philosophische Delegation, die sich das Thema „Sein und Schein“ auf ihre Fahnen geheftet hatte, oder war es die Vereinigung demokratischer Bankangestellter? Gewiß, um diese mußte es sich wohl handeln, denn das Transparent, das sie mitführten und hochhielten, lautete: „Jedem das Seine – Uns die Scheine!“

Die Banken feilten gerade an einem ausgeklügelten System, wie sie, grenzüberschreitend, für jeden Euro, der irgendwo auf einem Konto lag, drei Euro Spesen verrechnen durften. Die Namen dafür waren schon erfunden: „Umstellungsgebühr“, „Verwaltungsaufwand“, „Bearbeitungsabgabe“, „Spesenvergütungspauschale“ u.ä.

Als nächstes waren schon von weitem forsche Stimmen zu vernehmen, ein markiges Gebrüll. „Bewahrer und Vernichter“ oder so ähnlich, bildete sich Spinne ein zu hören. Allerdings war er nicht sicher, ob er das bei dem enormen Geräuschpegel wirklichkeitsgetreu wahrgenommen hatte. Eine eigenartige Parole. Wer dies gerufen hatte, ließ sich nicht deutlich ausmachen, denn schon ertönten fanfarenartige Trompeten, und dann marschierte das nächste Grüppchen ein: eine seltsame Abordnung von Jungmännern, denen eifrig zugewinkt wurde. Im Gleichschritt tauchte eine Horde strammer Burschen auf, die immerzu riefen: „Ganz wie es uns gefällt.“ Offenbar altes Liedgut. „Brauchtumspflege“, murmelte der Hilfssheriff beifällig, der sich, an eine Würstchenbude gelehnt, angeregt mit Dr. Kern unterhielt.

„Was ich toll gefunden habe, war ‚Der Todesflug der E 409‘. Ein Spitzenfilm. Tolle Action!“

„Ich dachte, Sie mögen Kino nicht?“

„Naja, dann und wann...“

„Dieser Erdbebenfilm – wie hat er doch geheißen – war aber auch nicht schlecht. Wie plötzlich alles gebebt und gezittert hat! Ich dachte schon, meine Frau hat wieder ihren Schüttelfrost; das haben sie unheimlich gut gemacht.“

„Ja, aber da gab es keine Verfolgungsjagden.“

„Die gab’s beim Todesflug auch nicht. Außerdem brauche ich in einem Katastrophenfilm keine Verfolgungsjagden.“

„Oja. Das gehört dazu. Ich weiß nicht, warum, aber daran hab ich mich gewöhnt. Also bitte. Keine Verfolgungsjagd, keine

Kugeln, keine Schlägerei – da fehlt was."
„Kann sein. Mir nicht."
„Hauptsache, sie reden nicht viel."
Der Hilfssheriff stopfte sich ein Würstchen ins Maul, biß zu. Sie grüßten den Stadtschreiber freundlich. Als er aus ihrem Gesichtsfeld wieder verschwunden war, verrieten ihre Mienen, wieviel von diesem Zeitgenossen zu halten war.

Haben auch nichts anderes im Sinn, die beiden, dachte Spinne, als sich andauernd über Katastrophen zu unterhalten. Kein Wunder, wenn dann einmal tatsächlich etwas passiert. Genau, *die* sind das, nicht ich, dachte er trotzig.

Désirée, ganz Haar, dieses ganz im Wind verfangen und darin verloren, fuchtelte wieder mit irgendwelchen heimtückisch davonflatternden Unterlagen herum. Doch noch etwas anderes schien eine Störung in der Gemütsverfassung dieses lebenslustigen Freizeitvamps zu bewirken. Als sie Spinne entdeckte, stieß sie aufgeregt hervor, daß soeben die Mitglieder eines türkischen Vereins voll Zorn die Ehrentribüne zerstört, ja angezündet hätten, weil ihnen die Teilnahme am Umzug untersagt worden wäre. Der danebenstehende Gendarmerie-Oberkommandant hatte seinen Arm um sie gelegt, um die hektisch hin- und herlaufende Gemeindebedienstete zu beruhigen, was Spinne eher beunruhigte. Er bestätigte ihre Aussage mit knappen Worten und besorgter Miene, nach ein paar Festnahmen wäre die Lage aber wieder unter Kontrolle. So schnell wie Désirée auftauchte, war sie auch schon wieder verschwunden. Spinne hatte kaum noch eine Sekunde, um zur Ehrentribüne zu blicken, denn von nun an ging alles rasend schnell – so schnell, daß sich Spinne rückblickend gar nicht mehr sicher war, ob dieses unumstößliche Geschehen tatsächlich so abgelaufen war:

Unter dem Beifall der Bevölkerung rollen die Einsatzfahrzeuge von Rettung und Feuerwehr vorüber, denn auch die Zivilschutzeinrichtungen sollen vorgestellt werden. Ballonfahrer und Fallschirmspringer erscheinen am Himmel. In manchen der größeren Autos sieht man Männer in Schutzanzügen. Plötzlich ist ein Sausen in der Luft zu hören. Plötzlich Alarm. Löschzüge mit Blaulicht, Folgetonhörner. Doch alle glauben, das wäre ein Teil des Festakts. Die Wageninsassen streifen Gas-

masken über, fordern die Umstehenden mit erschreckten Gesichtern verzweifelt auf zu fliehen oder sich zu schützen. Die Passanten halten dies für eine Übung, eine gekonnte Demonstration der Einsatzbereitschaft und jubeln der gelungenen Darbietung weiter zu. Ein fataler, tödlicher Irrtum: In Sekundenschnelle sinkt einer nach dem anderen zu Boden, es gibt hunderte Tote. Spinne sieht im Vorbeilaufen Gisela Sauerzopf, den Schloßbesitzer und den Richter ins Jenseits entschwinden. Er selbst kann, mit einer Schibrille geschützt, gerade noch entkommen.

Ein Festtag?

SONNTAG, 24.9.00

Nachdem sich der Nebel über dem See aufgelöst hat, ist der Himmel wolkenlos, kein Wind. Gegen Bischofshofen und Seekirchen bestehen offenbar keinerlei Einwände seitens der himmlischen Metereologiebeauftragten. Der Landesheilige hat seinen caelestischen Einfluß geltend gemacht, vielleicht auch eine Rücksichtnahme oder eine Belohnung für die unübersehbaren klerikalen Zugeständnisse in diesen beiden Ortsnamen.

Das Wetter würde für einen weiteren Festtag jedenfalls passen, doch was für eine Kulisse!

Der Ort – wie ausgestorben. Die Hauptstraße – ein Anblick des Grauens. Es ist, als ob jede Bewegung eingefroren wäre. Exakt im Augenblick des lebhaftesten Treibens, als die Stimmung sich kaum noch steigern konnte, hat der Tod zugeschlagen und die Feiernden mitten in ihrer Betriebsamkeit überrascht. Sie sind in den Straßencafes auf die vor ihnen stehenden Tische gesackt, gleich neben ihre Getränkebecher oder schauen mit gebrochenen Augen ungläubig aus Würstelbuden und Verkaufsständen. Die zuvor Seite an Seite am Straßenrand aufgereiht stehenden Körper sind wie Dominosteine unversehens umgeblasen worden und liegen nun starr ineinander verkettet, verhakt, in bizarren Formationen übereinander aufgetürmt. Da und dort ragt ein regloser Musiker mit umgebundenem Instrument aus dem Blickfeld hervor; Akkordeon, Gitarre und Posaune setzen einen visuellen Kontrapunkt zu dem Gewirr aus Gesichtern, Haaren, Hosenbeinen und Stöckelschuhen. Ein Traktor ist weitergefahren und hat eine Fassade gerammt, der Fahrer hält noch, scheinbar achtsam und gebannt nach vorne blickend, das Lenkrad umschlungen, eine letzte, kühle Umarmung. Vor dem Spielzeug-Buch-Geschäft badet eine kläglich aussehende Holzpuppe in einer Regenpfütze, vielleicht aber auch in einem Biersee, daneben trommelt mit jedem Windhauch ein halbzertretener Trachtenhut lautlos auf die Pflastersteine, auf denen sich unzählige offene Kartons mit zusammengepferchten, nicht mehr zum Verzehr gelangten Tiefkühlhühnern drängen. Das farbenfrohe, rege Treiben scheint beinahe noch gegenwärtig, doch nun ist es zu einem kalten, in bläuliches Licht getauchten Photo erstarrt. Nach dem ausgelassenen Lärm und dem Trubel vom Vortag macht sich eine geisterhafte Stille breit – ein bleicher Schrecken liegt über der leblosen Stadt: die untrüglichen Anzeichen einer unvorstellbaren Tragödie, einer Jahrhundert-Katastrophe.

In den Nachrichten war gewohnheitsmäßig von derlei Katastrophen nichts zu hören. Man sendete Allerweltsmeldungen über statistische Belanglosigkeiten, berichtete über „bemerkenswerte Abweichungen“ bei den Ergebnissen der alljährlich stattfindenden Vorsorgeuntersuchungen von Pensionisten oder erörterte die durchschnittlichen Niederschlagsmengen und brachte sie in Zusammenhang mit dem Urlauberverkehr oder den zu erwartenden Einbußen im Umsatz der Beherbergungsbetriebe.

Offensichtlich herrschte eine Nachrichtensperre – oder das Geschehen sollte vertuscht werden. Doch dann änderte eine Station unversehens das Programm und berichtete in einer Sondersendung über die Katastrophe – die Nachrichtensperre war gebrochen. Jetzt plötzlich zelebrierte man auf allen Kanälen nur noch eine genüßliche Katastrophenberichterstattung, wetteiferte mit Sensationen.

Noch härter als das Unglück traf die Überlebenden die Berichterstattung über das Unglück. Nun begann die eigentliche Katastrophe, der eigentliche Frevel.

Die Freude an der Katastrophe

Früher bestand die einzige, wohlfeile Aufgabe der Medien darin, zu berichten, und sie begnügten sich auch damit. Doch nach und nach verstanden sie sich nicht nur als die wahren Weisen und untrügliche Garanten einer objektiven Darstellung, sondern in der logischen Konsequenz all dessen auch als Brutstätte für künftige Politiker, Buchautoren oder andere schnell heranwachsende Stars jeglicher Richtung. Offensichtlich waren sie durch ständige politische Interventionen auf den Geruch der Macht gestoßen und hatten Gefallen daran gefunden. Kaum eine der täglich – vor allem im Fernsehen – aufblitzenden Gestalten, die nicht den Lockungen von Ruhm und schnellem Geld nachgab und leichthin dafür Ehre und Gewissen, sofern vorhanden, auf den Markt warf. Ungeniert luden einander die vertrauten Moderatoren-Gesichter gegenseitig in ihre Sendungen oder Shows ein, oder – hatten sie den Sprung in die hohe Politik geschafft – als Minister ins Kabinett.

Auf den Kulturseiten der großformatigen Tageszeitungen fanden diejenigen gescheiterten Schriftsteller ein letztes Auskommen, die nicht in einem Verlagslektorat unterkamen und dort die vielen verwegenen Emporkömmlinge aus den Pensionisten- und Hausfrauen-Schreibwerkstätten, den Literatur-Fernkursen oder den zahllosen Nachwuchs-Autoren-Seminaren abweisen mußten, die allesamt dem wohlmeinenden Schoß der Volksbildung entsprangen. Dort, im knisternden Feuilleton, mühten sie sich ab, mit jedem Artikel ein weiteres untrügliches Zeugnis abzulegen, daß man in ihnen und nur in ihnen die einzigen Sprachkünstler und als solche die unbestechlichen Hüter immanenter Qualitätskriterien anzuerkennen habe. Einige scheuten sich nicht, in der Freizeit unverdrossen ihrer offen-geheimen Leidenschaft, der Dichtkunst, zu frönen und so erklang aus ihrem Mund so manches dunkle Sonett.

Wollte man jedoch Umsätze machen, dann hieß es, Inserate zu verkaufen, und dafür muß man hohe Auflagen vorweisen. Um Verkaufsziffern zu erreichen, muß man etwas bieten, und da muß man ein paar Laden tiefer greifen; ins Grelle. Man wird früher oder später nicht nur blumige Worte drucken, man wird Bilder malen, denn überall will man Bilder sehen, möglichst einzigartig, möglichst exklusiv, möglichst erschreckend. Nur die schlechten Nachrichten werden sich verkaufen, wird es heißen. Man wird Photoreporter engagieren oder gleich eine Fernsehreportage drehen. Eine Katastrophe muß her, koste es was es wolle. Und kommt sie nicht von selbst, vielleicht findet sich eines Tages jemand, der ein wenig nachhilft.

Bei all der gebotenen oder herbeibeschworenen Trauer verspürte man die sichtliche Genugtuung, endlich über ein umfassendes Katastrophengeschehen AUS NÄCHSTER NÄHE berichten zu können. Die Fernsehanstalten überboten einander mit *Live-Schaltungen* und Reportagen aus dem Unglücksort. Im Halbstunden-Takt wurden die Einsatzleiter der Such- und Bergetrupps herumgereicht, um Stellungnahmen abzugeben. Bilder von den übereinander getürmten Toten, den sogenannten „Leichenbergen", irrten auf elektronischem Wege quer durch alle Kontinente, die Mittagsnachrichten wurden kurzerhand um das Dreifache verlängert.

Jeder Reporter hatte sich laut Anordnung unverzüglich als Betroffenheitsapostel zu gebärden, also posierten diese eifrigen Gesellen vor den Leichenbergen, das Mikro in der Hand, den Kameramann vor sich, und schon konnte es losgehen, doch halt, der Aufnahmeleiter instruierte noch rasch die beiden Agierenden, gab seine letzten Anweisungen: „Erst machen wir einen Schwenk über die Berge, die wirklichen, dann zoomen wir auf die Leichenberge, ganz langsam – das bringt's. Du fängst auf mein Zeichen zu reden an, bist aber noch nicht im Bild. Erst wenn wir näher rangehen, sieht man dich. Vielleicht kannst du dich noch ein bißchen dichter zwischen die Toten stellen? So als ob der Arm des einen noch deine Füße umklammert? Ja, so ist's gut."

Vor den Leichenbergen gaben Scharen dienstbeflissener Fernsehreporter, von gewissenhaften Sendeleitern endlich effektvoll in Szene gesetzt, pathetische Worthülsen von sich oder führten aussagelose Interviews mit Hinterbliebenen. Stundenlange Diskussionsrunden über mangelnde Sicherheitsvorkehrungen wurden abgehalten, um bei der „im öffentlichen Interesse" betriebenen Suche nach Motiv und Täter versteckt anklagend oder aufrührerisch emotionalisierend die nötige Würze zu liefern.

Immer wieder zeigte man in den Nachrichten-Shows die Bilder jener alten Bäuerin, die schluchzend auf den Treppen zum Eingang ihres Hofes saß. Sie wurde als Heldin gefeiert, sie konnte zwar nicht mehr ihre beiden Enkelkinder retten, doch hatte sie zumindest ihre einzige Kuh „aus dem Inferno" in Sicherheit gebracht, weil sie sich und ihr geistesgegenwärtig eine Schürze um Hals und Mund gebunden und sie gleich nach dem Eintreten des Unglücks im Laufschritt an einer Leine aus dem Gefahrengebiet geführt hatte. („War es die Burgi?" fragt der Scriptwriter; „Egal, wenn nicht, wir machen es so, daß es nur die Burgi sein kann"). Mit den anderen hatte es das Schicksal weniger gut gemeint: Dutzende Gänse, Hasen und Hennen kamen ums Leben und fanden ein grauenvolles Ende, indem sie letzten Endes geschlachtet und von irgendwelchen Großstadt-Gourmets pietätlos verzehrt wurden; doch gerüchteweise soll diese Art von Kannibalismus auch vor der Katastrophe schon dann und wann gepflogen worden sein.

Mit aufgeregter Stimme plapperten die Reporter unaufhörlich von dem „unsäglichen Leid" und dem „gewaltigen Ausmaß" des Unglücks. Ein kleines Leuchten blitzte in ihren Augen. Am Unterton ihrer Stimme merkte man den wahren Grund ihrer Aufregung, ein verräterisches, hastiges Stolpern über die „armen Angehörigen" brachte den geheimen Triumph ans Tageslicht: „Wir haben sie endlich, die Sensation! Und ich bin hier und kann euch davon berichten. Wieviel Sendezeit können wir dafür verwenden? Drei Stunden! Können wir noch verlängern? Was können wir zusätzlich bringen?"

Einen *Hintergrund-Report*. Interviews mit den Betroffenen. Die Heimkehr der Überlebenden. Eine kleine Reisegruppe, die extra aus dem angrenzenden Bundesland Kärnten quer über den Tauernpaß angereist war und deren Mitglieder bei der Katastrophe ums Leben kamen. Die Betroffenheit in dem Heimatort dieser Reisegruppe. Einer war Präsident des Hockey-Clubs! Ein Interview mit den Mitgliedern der Hockey-Mannschaft über den Verlust ihres Präsidenten. Vertreter des Jagd- und Fischereiverbandes, die auf die gleiche tragische Weise ihren Obmann und sogar ihren Kassier verloren hatten, wobei man nicht sichergehen konnte, ob nicht weitere Funktionäre, die noch vermißt wurden, in einem der Leichenberge versteckt lagen. Die DNA-Analyse hatte ergeben, daß alle Toten miteinander auf eine merkwürdige Weise verbunden, ja vielleicht sogar verwandt waren. „Alle Menschen sind Brüder“, rutschte es einem zynischen wissenschaftlichen Medizinmann bei einem Kurz-Interview für das Morgenjournal heraus, doch niemand nahm ihn ernst.

Chemiker wurden über Art, Wesen und Herkunft der verwendeten Substanz befragt. Ein Ärzteteam mußte Auskunft geben, wie sich der Todeskampf der Opfer abgespielt haben könnte, welche Funktionen oder Organe – Herz, Leber, Augen, Ohren oder Geist – zuerst ihren Geist aufgaben. Die Enttäuschung bei dem hartnäckig nachstoßenden Reporter war nicht zu verbergen, als einer der Ärzte verlauten ließ, es sei wie ein sofort eintretender Schlaf, man verspüre fast keine Schmerzen, und das ganze dauere nur Sekundenbruchteile. Viel lieber hätte dieser Reporter von dem „Martyrium der letzten Sekunden“, von den „Qualvollen Schmerzen“ und dem „Unvorstellbaren Leid“ und der „Gewaltigen Trauer“ berichtet, die über der Katastrophe, der Stadt und förmlich über dem ganzen Land schwebte. Sein in pittoresken Formulierungen trainiertes Sprachzentrum duldete keine Verharmlosung, er bohrte weiter, wollte diese verniedlichende Darstellung nicht akzeptieren, interviewte drei weitere Ärzte, bis schließlich ein ländlicher Medizinalrat in Ruhe unruhig konzidierte, daß bei jeder Art von Vergiftung zumindest kurzzeitig Schmerzen in der Magengegend auftreten könnten, worauf der Reporter beglückt in seiner nächsten „Live-Stellungnahme direkt aus dem Katastrophen-Gebiet“ von den „grauenvollen Leiden“ und dem „vor Schreck verzerrten Gesichtsausdruck tausender Opfer“ berichtete, die sich „vor Schmerz gekrümmt“ noch in letzter Sekunde zu retten versucht hatten, da es sich anfühlte, „als ob ihnen die Eingeweide aus dem Leib gerissen würden“.

Der Liebe Gott oder der Lauf der Evolution, wie sein Deckname lautete, sah diesem Treiben gelassen zu, zur Strafe für diese verlorenen Seelen würde er so bald nicht wieder eine Katastrophe über das Land jagen; was waren das für Bestrafungen, die noch als Segen empfunden wurden! Und das nicht einmal aus Gründen der

Weisheit, sondern von übel zugerichteten, in seltsame Richtungen abgedrehte Windungen.

Der Sendeleiter versuchte die Rechte an den Ausstrahlungen der verschiedenen Gedenkgottesdienste zumindest europaweit zu vermarkten. Im Einvernehmen mit der Erzdiözese bestimmte er einen Kardinal, der die Gedenkmesse zelebrieren sollte. Was hätte er nicht für eine Stellungnahme direkt aus dem Vatikan geboten, zumindest ein paar Brocken vom heiligen Stuhl!

Am schwersten taten sich die Moderatoren des staatlichen Musiksenders. Zwar forderten die zuständigen Ressortleiter zunächst nur eine „gedämpfte Musikauswahl" – ein Aufruf, dem man gerade noch Folge leisten konnte, denn inmitten des neuzeitlichen Sprechgesangs fanden sich noch vereinzelt Balladen oder Liebeslieder, in denen melodische Fragmente identifizierbar wurden – doch als sie auch für die zwanglos gönnerhaften Zwischentexte eine „angemessene, würdevolle Trauer" verfügten, fühlte sich so mancher der unaufhörlich gute Laune verbreitenden Dauerplauderer ernsthaft in seinem Berufsethos verletzt: Wozu hatte er denn die zahllosen Entfremdungsseminare besucht (die freilich anders hießen) und sich diesen unverfänglichen Schwatztonfall angeeignet, der doch höhererseits unabdingbar verordnet wurde, wozu hatte man denn in jahrelangem Training mühsam die vielen Scherzchen und spitzbübischen Nebenbemerkungen erlernt, die lässig-souverän zum nächsten Musiktitel überleiteten, wozu hatte man all die kleinen Tricks, wie man gekonnt und ohne ins Trudeln zu geraten dieser bedrohlichen Ernsthaftigkeit und Ehrlichkeit auswich, von den erfahrenen Kollegen abgeschaut, wenn sich dieses sorgfältig aufgebaute Plätschergebäude von einem Tag auf den anderen als nicht mehr tragfähig erwies und – wie eine Mode fast! – plötzlich nicht mehr gefragt war? Nicht einmal die Stammhörerschaft der 12- bis 16-Jährigen durfte man über ihre Meinung zu Weißgottwas ans Telefon bitten, ein echter Skandal! Ein Berufsbild, ja ein Ideal so zu stören! War nicht das die wahre Katastrophe?

Aufschwung

Was diesem Ort bisher schmählich versagt blieb, nämlich ein reger Fremdenverkehr mangels geeigneter Unterbringungsmöglichkeiten und eines dafür offenbar unentbehrlichen Tourismus-Vermarktungskonzepts, das setzte nun gänzlich unerwartet ein: der Katastrophentourismus. Klimatisierte Doppeldeckerbusse, gefüllt mit erwartungsvoll aufgekratzten Touristen aus den angrenzenden deutschen und österreichischen Bundesländern, sogar aus Tschechien trafen ein, dichtgedrängte Reisegruppen mit photoapparatumhängten, regenschutzvorsorgenden Kurzbesuchern trabten zielstrebig die Hauptstraße auf und ab, ließen sich nur widerwillig ablenken von der Suche nach dem Parkplatz oder einem WC und hatten ansonsten punktgenau bloß eines im Visier: die Sensation.

In eilig gedruckten Prospekten warb man mit „Live-Nervenkitzel", lockte die erlebnishungrigen Gäste mit „Grauen aus erster Hand" in das „Katastrophen-Land". Geschickt spielte man auf der Klaviatur der Gefühle und mixte einen Willkommens-Cocktail aus Betroffenheit, Trauer und Grusel. Bald machte man aus dem Heimatmuseum, dem Gebot der Zeit gehorchend, ein Kriminal- und Katastrophen-Museum; das neu-überarbeitete Gebot lautete nun: ‚Weniger Kunstschätze, mehr *Action*' oder so ähnlich. Das Schulzentrum wurde umgebaut zu einem *„Krimi-Land"*, in dem die größten Katastrophen des Landes von Laiendarstellern nachgestellt wurden. *Der* Renner schlechthin, wie sich herausstellen sollte.

Kein Seilbahnunglück, keine Tunnel-Tragödie, nicht das schlimmste Lawinen-Drama konnte es mit dieser Jahrhundert-Katastrophe aufnehmen, alle wollten nur den „Erhebungsanschlag" sehen – die Erniedrigung einer hohen Idee.

Schnell wurden die Laiendarsteller umgeschult von umgeschulten Laien-Regisseuren, die sonst nur in den großen Opern- und Festspielhäusern des Landes ihr höchstbezahltes und – wie manche meinen – höchst überbewertetes Unwesen trieben und nun zur bühnengerechten Inszenierung dieser Tragödie engagiert wurden. Sie entwarfen, den Wünschen des Publikums entsprechend, das „Erhebungs-Drama" als großangelegtes Open-Air-Spektaktel mit 400 Komparsen, das zunächst einmal im Monat – an einem Samstag – stattfand. Doch dieses *garantiert echte Live-Drama mit realem Hintergrund* lockte eine Unzahl von Besuchern an, also mußte man öfter spielen, erst wöchentlich, dann täglich. Bald genügte auch das nicht mehr; man gab eine Vormittags- und eine Nachmittags-Vorstellung, bis man schließlich zu einer gerafften Zusammenfassung der Ereignisse im Zweistundentakt überging. Stündliche Aufführungstermine ließen sich leider nicht verwirklichen, seufzte der neueingesetzte örtliche Tourismus-Direktor, der endlich viel zu tun hatte; mehr als ihm lieb war. Schließlich brauchten die Laien, die im Nu zu gut bezahlten Profis mit hochdotierten Jahresverträgen heranwuchsen, auch eine kleine Erholungspause. Nun waren sie nur noch Nebenerwerbs-Landwirte, Nebenerwerbs-Gasthausbesitzer, Nebenerwerbs-Ärzte, Nebenerwerbs-Lehrer, Nebenerwerbs-Gerichtsvollzieher, Nebenerwerbs-Kaufleute, Nebenerwerbs-Supermarkt-Filialleiter, Nebenerwerbs-Supermarkt-Kassenangestellte, Nebenerwerbs-Bankangestellte, Nebenerwerbs-Buchhalterinnen, nun waren sie hauptberuflich Schauspieler.

Natürlich mußte das Drehbuch für den Erhebungsanschlag im Laufe der Zeit verfeinert werden, und auch nicht alle der 400 Agierenden eigneten sich für eine Hauptrolle oder gar für das aufwendige Dasein eines Stars – manche blieben ihr Leben lang Statisten und konnten ihr Rollenspiel eben nur in ihrem angestammten Beruf glaubwürdig zur Geltung bringen.

Die Schüler waren hellauf begeistert, nicht allein deshalb, weil sie dann und wann ebenfalls als Komparsen zum Einsatz kamen, sondern weil diese Vorführungen rund um das Bildungs- und Schulzentrum stattfanden und auch die Klassenzimmer mehr und mehr den Bedürfnissen der anströmenden Reisegruppen Rechnung tragen mußten. Da und dort wurden Imbißstuben, Aufenthaltsräume oder Wartesäle eingerichtet, in denen man die Zeit bis zum Beginn der nächsten Vorstellung an einem Kiosk verbringen und vielleicht ein paar Souvenirkarten mit Bildern der Katastrophe erwerben und in alle Welt schicken durfte (nun gab es sie endlich, die neuen Ansichtskarten – spät, aber doch). Besonders beliebt waren – man wird sich nicht wundern – die seltenen authentischen Photos mit den übereinandergetürmten Leichen.

Für den Schuldirektor erwies sich diese Situation als untragbar und er bestand auf den Bau eines neuen Schul- und Bildungs-Komplexes. Und so kam, mit dem Tod, Leben in die Stadt. Die dafür bereitstehenden Gewerbeflächen und das umliegende Grünland wurden kurzerhand umgewidmet, die Bauwirtschaft boomte. Die Erhebung hatte, auf Umwegen zwar, letztlich doch den ersehnten Aufschwung für die Region bewirkt.

Ein deutscher Medienkonzern wollte die Rechte an einer Exklusiv-Story für seine Magazine erwerben, ein Hollywood-Produzent reiste an, mietete sich in dem teuersten, nicht-existierenden Luxus-Hotel ein, verhandelte gleichfalls über den Kauf dieser Rechte, doch wer besaß überhaupt das Recht auf eine Verfilmung des Massensterbens? Der Täter? Der liebe Gott? Nein, es konnte nur der Stadtschreiber sein, aus dessen Phantasie dieses Geschehen entsprungen war; doch wer war es, der diese Phantasie in seine Gehirnzellen geschmuggelt hatte?

Also doch der liebe Gott. Oder der Lauf der Evolution, sein bewährtes Pseudonym. Beide hatten sich jedenfalls bei vorherigen Verhandlungen als zähe Partner erwiesen und kaum alte, bestehende Rechte abgegeben.

Brauchtumspflege

Es fiel schwer, noch echtes Mitgefühl für die Opfer oder deren Hinterbliebene zu entwickeln, und das, obwohl das Alpenland gewiß nicht von überwiegend herzlosen Menschen bevölkert wurde. Nein, diese zynische Besessenheit, die Lüsternheit, diese hemmungslos zur Schau gestellte frivole Lust auf Unglück machte eine echte menschliche Regung oder gar wirkliche Trauer unmöglich.

Der liebe Gott hatte längst seine Regentschaft aufgeben müssen, sie abgetreten an eine andere imaginäre Größe, die ohne zu zögern die Oberherrschaft über das Bewußtsein und alle geistigen Strömungen für sich in Anspruch nahm: die Einschaltziffer, die sog. *Quote*. Mittlerweile hatte sie ihr Einflußgebiet nicht nur über die sphärischen Regionen ausgebreitet, sondern zeichnete für jeglichen Inhalt verantwortlich, für jegliches Gesprächsthema, jegliche Haltung, kurzum für alles, was das menschliche Zusammenleben prägte. Diesem Gott wurde gehuldigt, ihm wurden Opfer dargebracht, nicht nur das des guten Geschmacks, des Niveaus, sondern auch das der so oft geschundenen und getretenen, von allen Ideologien und Machthabern in getreulicher Eintracht mißbrauchten wahren Werte, die statt ein spätes Blühen zu feiern einmal mehr ein müdes Verwelken fanden – eine schaurige, trübe Coda, ein düsteres Requiem.

In den Büros der Sendeleiter machte sich indessen ein großes Dilemma breit, das ewige Problem bei diesen Groß-Katastrophen. Es schien zwar alles zu stimmen, die Zahl der Toten, die Verletzten, die Dramatik, das Geheimnisvolle, Rätselhafte – doch alle Welt wollte wissen, aus welchem Grund es zu dieser Katastrophe gekommen war. Dieses Ansinnen schien legitim, leider wollte es alle Welt *sofort* wissen – oder gar nicht mehr. Ein ewiges Dilemma. Da hatte man – endlich! – die Aufmerksamkeit eines Millionenpublikums und mußte zusehen, wie sie Tag für Tag, Stunde um Stunde abnahm, weil es diese sogenannten Experten nicht und nicht zuwegebrachten, blitzesschnell Klarheit zu schaffen, oder zumindest nach und nach, in einem dem Medienkonsum einigermaßen adäquaten *Timing*, indem sie wenigstens im Vierstundentakt aufsehenerregende neue Ergebnisse verkündeten. Und was taten sie? Nichts. Was fanden sie heraus? Nichts. Und nicht nur das, sie gaben es auch noch zu. Die Floskel „Die Polizei gibt bekannt, daß die Ermittlungen auf Hochtouren laufen" galt als das allgemein geläufige Synonym für die absolute Ahnungslosigkeit.

Gut, zwei-, dreimal konnte man die Behörden noch mit einer Steigerung dieser Floskel scheinbar ein bißchen schärfer attackieren: „Bei der Suche nach der Unglücksursache tappt die Exekutive völlig im dunkeln." Das ungeduldige Publikum ließ sich damit aber auch nicht ewig hinhalten. In der Folge bot sich noch ein letzter Ausweg: „Die Polizei ersucht die Bevölkerung um Mitarbeit." Oder „Für Hinweise, die zur Ergreifung des Täters führen, setzt die Polizei eine Belohnung aus." Doch was dann? Zu berichten, wie jeder Hinweis im Sand verlief? Das Publikum hatte ein Recht auf einen Täter. Und es wollte ihn gleich. Oder es schaltete um.

Nachdem man alle Überlebenden mehrmals vor die Kameras gezerrt und ausreichend über die Schuldigen oder eventuelle Mängel bei den Sicherheitsvorrichtungen spekuliert und – zusätzlich zu den bereits gefallenen – auch die Köpfe der Verantwortlichen gefordert hatte, machten sich bei den angereisten Reportern allmählich Ermüdungserscheinungen bemerkbar, ein hilfloser, gequälter Gesichtsausdruck, sodaß man sie beinahe trösten wollte: ja, ihr Armen, ständig fragt ihr herum und ständig befragt man euch vom Studio aus, und es gibt wieder nichts Neues! Es galt zu handeln, bevor sich diese Ermüdungserscheinungen auf die Zuseher oder gar auf die Werbekundschaft übertrugen. Nicht auszudenken, wenn etwa kein Herrenmodeunternehmen mehr bereitstünde, das sich das Insert: „Die Reporter der Katastrophenberichterstattung wurden von Schröpfmann und Co. eingekleidet" ein paar Tausender kosten ließe, oder wenn sich kein Sponsor für die in der Gedenkkirche halb-unauffällig unter der Sakristei angebrachte Werbetafel mehr fände!

Da sich trotz intensiven, täglich sich wiederholenden Befragungen des Einsatzleiters sowie des Gendarmerieoberkommandanten und des Innenministers weit und breit keine Ursache für das Unglück, keine schlüssige Erklärung oder gar ein Motiv oder ein Täter finden ließ, wendete man die Aufmerksamkeit abrupt den Geschehnissen in Jugoslawien und der dortigen Erhebung zu – doch niemand stellte einen Zusammenhang her.

Das Thema ist *ausgereizt*, entschied der Informations-Intendant kurzerhand.

Ein paar Gendenkgottesdienste galt es noch zu vermarkten, ein „Report spezial" mit weiteren Hintergrundberichten und einer Dacapo-Story „Neumarkt nach der Katastrophe" sollte noch ins Ausland verscherbelt werden, dann würde man, sollte es nicht zu überraschenden Ergebnissen kommen, die Story erst zu den üblichen Jubiläumssendungen „Die Erhebung – ein Jahr danach" oder „Wie die Neumarkter mit der Katastrophe leben" bzw. „Alptraum im Flachgau" wieder auspacken und die bewährten alten Katastrophen-Bilder mit ein paar neuen mischen und den klatsch- und informationshungrigen Fernsehzuschauern servieren.

Schließlich sollte man auch – nach Interventionen von beiden

Seiten – ausführlich über die zähen Verhandlungen zwischen Regierung und Gewerkschaft berichten; kaum jemanden schien es dabei zu stören, daß die zu einem Skandal aufgebauschten „höchst umstrittenen Sparmaßnahmen“ und die darauffolgenden Verhandlungsrunden – der *Verhandlungspoker* bzw. der *Verhandlungs-Marathon* – alljährlich und rituell, ja beinahe in einem archaisch-religiösen Rahmen stattfanden.

Es galt weiters, jene Brauchtumspflege zu wahren, bei der sich jedesmal, wenn es zu den üblichen Auffassungs-Differenzen bei den Gehaltsverhandlungen kam, die Reporter gierig die Lippen leckten und an die Arbeiterführer die hoffnungsvolle Frage richteten: „Werden Sie Kampfmaßnahmen ergreifen?“, wobei sie die Gewerkschafter beinahe dazu zu drängen schienen. Immerhin konnte man dann die andere Seite mit der provokanten Frage konfrontieren: „Und wie würden Sie auf eine Streikdrohung reagieren?“

Außerdem gab es in jeder Redaktions-Schublade Reserve-Themen und die sogenannten *Evergreens*. Die *Verstaatlichte Industrie* zum Beispiel, die zwar schon vor etlichen Jahren entstaatlicht worden war; dennoch fanden sich immer einige ergraute Funktionäre, die der Öffentlichkeit erklärten, daß ein Teil des entstaatlichten Eigentums noch immer dem Staat zustehe, denn erstens wäre der Staat der beste Garant dafür, daß ein Unternehmen gesichert in den Ruin getrieben werde, und zweitens müsse man im Grunde auch den privatisierten Teil der entstaatlichten Industrie als Staatseigentum auffassen. Was hieße denn privat, wurde im Stile eines regierungsbürokratischen Wanderpredigers argumentiert – daß es den Bürgern gehöre, und was wäre denn der Staat, wenn nicht die Gemeinschaft der Bürger. Also gehöre alles allen, aber vor allem uns, und nicht den Fremden und man müsse sich vor dem drohenden Ausverkauf unseres Landes schützen. Solche Reden machten Sinn und Stimmung, insbesondere wenn sich der ergraute Herr in der Folge einen Aufsichtsratssitz als kleine Entschädigung für diesen Auftritt ergattern konnte. Wir sind doch nicht blöd, dachte er im Stillen, denn mit der Verstaatlichten verkaufen wir auch die Waffenindustrie, und wer verkauft schon die Waffenindustrie ans Ausland? Da könne man gleich eine fremde Armee einladen, unsere Kasernen zu bewohnen, vielleicht indem man einem Bündnis beiträte, da könne man gleich ein paar ferne Regierungen ersuchen, doch die Geschicke unseres Landes mit zu übernehmen. Nein, soweit darf es nicht kommen, daß alles verkauft wird, wo doch die Waffenindustrie das einzige ist, das immer floriert.

Oder ein anderer, noch mehr ergrauter Funktionär mußte der Bevölkerung erklären, warum denn das Geld, das es nicht mehr gab, in 27 Pensions- und Sozialversicherungsanstalten aufbewahrt werden mußte und warum denn jeder einzelne der 27 Direktoren so ein verdienstvoller und unverzichtbarer Bestandteil vom Gemeinwohl wäre, der Arbeitsplätze sichere, und zwar nicht nur den seinen und den seiner Stellvertreter und Stellvertreter-Vertreter, sondern als Garant diene, nicht allein für die Ausgewogenheit unseres innenpolitisch demokratischen Systems, sondern auch dafür, daß jeder einzelne Bürger den in mühsamen Jahren Monat für Monat eingezahlten Betrag eines Tages zwar nicht in barer Münze auf die Hand, doch immerhin als zutiefst moralisch verpflichtendes Versprechen in beständig wiederkehrender Form während der Nachrichtenshows und anderer PR-Sendungen serviert bekomme.

Doch meist genügte es, die Aufmerksamkeit auf das bewegte Schicksal irgendwelcher Stars zu richten. Der Kicker und die Spicy Lady etwa, ein Filmstar, der ein Starlet heiratete oder der Bäcker, der sich von seiner Bäckerin trennte, oder eine Sängerin, die ein Kind gebar, egal ob sie des Singens mächtig war oder nicht.

Mit den Prominenten war immer Hof zu machen, sie blieben unter sich, auf den schillernden Parties, bei Gala-Empfängen und glamourösen Preisverleihungen, bei betulichen Charity-Events, Hauben-Restaurant-Eröffnungen, exklusiven Modeschauen, Premierenfesten und Weltrekordversuchen – diesen Verlust konnte man nur wettmachen, wenn man dem einfachen Mann und der einfachen Frau regelmäßig möglichst einfache Geschichten über das außergewöhnliche Leben dieser Größen vorführte. Alle waren zufrieden. Ein unverfängliches Material, bei dem sich keine Interessensvertretung beschweren konnte – keine Partei intervenierte, kein Politiker fühlte sich auf den Schlips getreten, kein Wirtschaftsboß drohte mit der Stornierung von Werbespots.

Wie sollte man hingegen das Interesse an einer Story aufrechterhalten, die über Jahre hinweg in ermüdenden Gerichtsverhandlungen durchgekaut und zerlegt wurde; das widersprach eindeutig den journalistischen Prinzipien, zumindest denen, die der schnelllebige Publikumsgeschmack in der Praxis diktierte.

Zu guter Letzt standen auch die Präsidentenwahlen im Land der u. Möglichkeiten vor der Tür, und man erging sich in ausführlichen Berichten und Analysen über die Spitzenkandidaten, zeigte die aktuellen Meinungsumfragen in den einzelnen unbegrenzten Landesteilen und spekulierte, welche Auswirkungen welcher Präsident auf die Großmachtrolle, das globale Wirtschaftsleben und das Weltklima haben würde. Man hatte die Sondersendung über die lange Wahlnacht zu planen, die Kommentatoren mußten verpflichtet werden – den Ablauf der Sendung sollte man im großen und ganzen besser vorher festlegen – die Satellitenleitung zu den Korrespondenten in Washington, Moskau, Paris, London und Berlin mußte stehen, schließlich würde alle Welt um drei Uhr morgens wissen wollen, wie „man in Berlin oder in Tel Aviv“ den Ausgang der Wahl beurteilt, und vor allem wollte es alle Welt, vertreten durch den interviewenden Moderator, unbedingt schon jetzt wissen, wie sich dieses Ergebnis auf die künftige Beziehung zwischen diesen beiden Staaten oder auf die da oder dort zweifellos bestehende immanente Problematik auswirken würde.

3. Akt

Gastspiel oder: *Wien-Paris-New Market*

Nichts wie weg! Spinne schüttelt sich mit Grausen. Wieso bin ich nicht in Paris, denkt er und schon ist er dort, spaziert durch die Champs Elysées. Wieder so eine Kleinstadt...

Was so bescheiden „hotel de ville" heißt, sieht kaum wie ein Beherbergungsbetrieb aus, sondern wie ein richtiges Rathaus. Und vis-à-vis von Notre Dame eine Blutspendezentrale – besteht da ein Zusammenhang? Frisches Blut für die Kirche oder so? Dafür haben sie einen eigenen Badestrand auf ihrem kleinen Inselchen, und eben diese einzigartige Atmosphäre, trotz der vielen Touristen.

Die modernen Jäger: Touristen. (Auf der Jagd nach Eindrücken). Nichts darf ihnen entschlüpfen, entfliehen, alles will arretiert und als Beute nach Hause geschleppt werden: Hier sind sie, meine Trophäen.

Diese Franzosen... Wie kann man nur mitten in der Stadt einen „Eichel-Turm" hinstellen!

Herr Hausmann und die unwiderstehliche Liebe zur Geometrie. Ein Freund der imperialen Achsen. Sogar in den strenggezirkelten Parks und Gartenanlagen. Aber nicht jeden muß das beeindrucken... Manche lieben es eher einfacher und nicht so groß aufgedreht. Eine Schulklasse beispielsweise bringt schnell das lineare Parksessel-Arrangement in Unordnung.

„Hören Sie, was soll dies? Sie sind hier nicht als Stadtschreiber engagiert", sagte der Hilfssheriff vorwurfsvoll.

„Sie auch hier? Ich wußte gar nicht, daß ich Sie mitgenommen habe."

„Ich bin überall mit dabei. Wenn Sie das literarische Gewissen einer Stadt sind, dann bin ich die *Supervision*. Aber wenn ich Ihnen einen Rat geben darf –"

„Nein danke."

„Wenn ich Ihnen einen Rat geben darf, dann sparen Sie sich diese Bemerkungen. Konzentrieren Sie sich auf die Handlung. Niemand legt Wert auf Ihre Eindrücke oder gar auf Ihre Beschreibungen oder Urteile. Sie haben sich im Genre geirrt."

„Ich glaube eher, ich habe mich in der Wahl meiner Begleitung geirrt. Ich werde mir das gut überlegen, ob ich Sie ein zweites Mal als Figur erfinde."

„Zu spät. Zu spät", kicherte der Hilfssheriff, begann sich allmählich zu verkleinern, zog sich in eine versteckte Gehirnwindung zurück.

(Allerdings war sich Spinne nicht sicher, ob der Hilfssheriff anstelle von „Zu spät" nicht „Oder umgekehrt" gesagt hatte, doch erschien ihm die Vorstellung, der Hilfssheriff hätte sich ihn erdacht, so abwegig, daß er die eventuell akustisch hörbare Formulierung dieser kühnen Theorie gar nicht erst in sein Bewußtsein sickern lassen wollte).

„Warten Sie. Ich wollte Sie noch etwas fragen. Woran ist denn Ihr Vater gestorben? Ein Unfall? Doch kein Selbstmord?"

„Plötzlicher Herztod."

„Mhm."

„Dabei lebte er ziemlich gesund. Kein Alkohol, keine Zigaretten."

„Tja. Und was war er, bevor er nach Moskau kam?"

„Uno-Beobachter in Israel."

„Uno-Beobachter in Israel!"

Eine folgerichtige Laufbahn. Eine klar vorgezeichnete Karriere, an deren Ende nur das Berufsziel Spion stehen kann, und als dessen finale Konsequenz wiederum der unerwartet frühe Tod, wenn man allzu wißbegierig ist; eine deutliche Warnung für jeden angehenden Stadtschreiber.

Der Bundesstadtschreiber, Staatsschreiber, Genosse Gendarmerieoberkommandantprotokollschreiber. Wo immer er ist, wird sich Leben ereignen. Trägt er einen Kriminalfall mit sich herum, wird er sich auch dort enthüllen bzw. weiter verwickeln. Vielleicht war er nicht nur das Gewissen einer Stadt, sondern das des ganzen Universums (wenn auch gut getarnt, bis zur Unkenntlichkeit). Vielleicht sah man ihn deshalb überall so mißtrauisch an? Offenbar ahnte man es bereits: wo immer er hinkam, würde er zwanghaft aufdecken und den Strudel interner Geschehnisse zu einem Kraut- und Rüben-Haufen (frz. Roulade) gänzlich undurchschaubarer Zusammenhänge vergrößern.

„Statt dieses unnötigen Ausflugs hätten Sie besser eine Liebesgeschichte eingefügt", sagte der Hilfssheriff, der nun auch die Figur des Scriptwriters zu übernehmen schien, „die blonde Sigrid würde sich doch hervorragend dafür eignen, ja sie wartet geradezu darauf, daß Sie da endlich etwas ins Rollen bringen, ebenso wie die Heerscharen ungeduldiger, erotikhungriger Leser! Glauben Sie etwa, das bißchen Sex unter dem Tischtuch, das Ihnen – im Vertrauen gesagt – ohnedies niemand abnimmt, würde reichen? Nein, bitte, eine tragische Liebesgeschichte, lassen Sie es knistern, eine junge Knospe, eben erst erblüht, und schon im Sterben. Nehmen Sie sich doch meinetwegen ein paar Anleihen!"

„Ja, ich weiß, von der Titanic oder so einem Käse. Hau ab, du alter Kitschonkel. Nein, wir drehen hier sicher keinen Katastrophenfilm – wir wollen weder durch Hollywoods Wassertanks waten noch durch ein herz-schmerz-triefendes Tränenmeer; wir haben schließlich andere Sorgen oder was."

Schalkhammer ließ nicht locker. Die Gewissenhaftigkeit einer Amtsperson verband sich mit der Hartnäckigkeit eines Politikers, der sich – eingebildet oder nicht – nur äußerst widerwillig als Adjutant mißbrauchen läßt und statt dessen lieber ungefragt und unaufhörlich seine Ratschläge herunterbetet. „Diese Passage in Paris – die würde ich streichen. Glauben Sie mir. Das ist nicht gut für *unsere Gemeinde*." Welche Gemeinde meinte er nun? Das Juwel im Flachgau oder die Gemeinde der Leser?

Die Früchte beim Frühstücksbuffet, wie verlockend anzuschauen! Doch sieht man genauer hin, merkt man: sie sind aus Pappe, bloße Dekoration. Man greift danach und erkennt sofort: viel zu leicht. Und nicht die richtige Konsistenz. Diese Franzosen...

Ein Hinweis auf alles Verlockende in der Welt?

Beim Frühstück sitzend, kam Spinne erstmals zur Ruhe. Und zur Besinnung, sofern ihm das auf Grund seiner Konstitution möglich war. Als er bezahlen wollte, klapperte er routinemäßig die Taschen nach Kleingeld ab. Rechts unten, da klimperte etwas. Er griff hinein – und hatte den Smiley in der Hand bzw. blieb sein Mittelfinger beinahe in der Anstecknadel stecken. Den hatte er mitgenommen?

Vermutlich hatte er ihn eingesteckt, als er vor der Abreise hastig ein paar der wichtigsten Dinge zusammenpackte, die auf, unter oder rund um dem Schreibtisch lagen: Die Uhr, die nicht ging, seine Lederjacke, als deren Rohstofflieferanten bei genauerer Betrachtung weder im Schloßhof angetroffene Geweihträger noch der deplacierte Wildschweinkopf in Frage kamen, die Kreditkarte, die er nicht besaß, den Reisepaß, den man nicht mehr brauchte und ein paar Geldscheine und Münzen, die bald nichts mehr taugten – der arme Erpresser! Auch er müßte demnächst sein hart verdientes oder nicht verdientes Kleingeld in eine gemeinschaftlich verordnete Währung umtauschen, hoffentlich irrte sich niemand beim Zählen!

Nun würde man also auch in Paris über jeden seiner Schritte Bescheid wissen, dachte er grimmig, sofern er diesen immerwährenden Lächler nicht unter einen Baukran legte oder ins Dekolleté der Serviertante schob, die noch immer, lästig wie es nur Serviertanten und Servieronkel können, vor ihm stand und kleinbürgerlich auf Bezahlung der Rechnung bestand; so ein harter Schritt in die Realität!

Was die ihm unbekannten Zuhörer an diesem Ort wohl alles zu hören bekämen, nicht die beliebigen Dutzendgäste dieser Pension, die überall gleich aussahen, sondern jene unbekannten Profi-Abhorcher, die am anderen Ende des Smileys saßen und lauschten; hoffentlich waren sie des Französischen mächtig, zumindest des französischen Stöhnens!

Das unerquickliche Intermezzo, daß da jemand so etwas nüchtern Triviales wie schnödes Geld von ihm verlangte, noch dazu in einer fremdländischen, unvereinheitlichten Währung, löste Spinne geradezu auf weltmännische Weise. Er tat, als hätte er endlich verstanden, sagte etwas wie: „Ah, Geld, Monetas, Tafelsilber!" nickte zweimal und deutete nach draußen, sagte dann „Macchina", und als das gallische Tantchen das wieder nicht kapierte, machte er „Brumm, brumm", imitierte einen Formel 1-Wagen, aus dem er die zur Befriedigung kellnerlicher Bedürfnisse erforderlichen Zahlungsmittel sogleich holen wollte, schnappte sich noch ein Croissant und verschwand auf Nimmerwiedersehen.

Diese Strategie war notwendig, nachdem wie schon am Vortag in einem anderen Hotel, wo er gleichfalls nicht übernachtet hatte, sein leger hingeworfenes „Zimmer 112" ohne Erfolg blieb. Den Tip, so zu einem kostengünstigen Frühstück zu gelangen, hatte er vom Hilfssheriff erhalten, der sich zur gleichen Zeit vermutlich in einem der besten Häuser breitmachte und dort – auf unser aller Kosten! – das Gemeindebudget verpulverte.

Grande Imagination

Gibt es einen Militär-Attaché in Paris? Eine riesige „Ecole Militaire“ stand da jedenfalls herum. Hier verniedlichen sie wieder, dachte Spinne. Wir würden schon Militär-*Akademie* sagen; schließlich geht es um die hohe Kunst des Tötens – wer würde denn dies den Schulkindern überlassen? Dann lieber gleich den Söldnern und der Legion.

Wieso konnte sich – scheinbar so harmlos und unscheinbar – das Unesco-Gebäude ganz in der Nähe der Militärschule an diese schmiegen, sie im Halbkreis fast umschirmen? Wurden etwa von der Spitze des Eichelturms strategische Signale quer durch Europa bis nach Serbien gesendet? Wieso glitzerte der ganze Turm jede Stunde zehn Minuten lang wie die verrückt gewordene Inneneinrichtung eines Tanzpalasts? War dies, ebenso wie das peinlich-kitschige, kleine Riesenrad am Ende der Champs Elysées, wirklich nur eine Reminiszenz an die Silvester-Feiern zum Jahrtausendwechsel, wie man die naiven Hiesigen glauben ließ? Oder steckte in der Abfolge der zuckenden Leuchtkörper eine geheime Botschaft, furios erdacht von einem genialen Agenten, der sich als Licht-Dramaturg tarnte und so – unbehelligt und in aller Öffentlichkeit – seine verschlüsselten Informationen über die weitere Marschroute der französischen Balkan-Politik weitergeben konnte? Was stand auf den Flugblättern, die vor der Sorbonne verteilt wurden? Schon wieder ein flammender Appell zu einer Revolution? Oder doch nur ein müdes 1968-er-Revival bzw. der allmonatliche Streik-Aufruf?

Wo der französische Premier residiert – das war natürlich früherer K.u.K.-Besitz, von einer alten Großmacht in eine transferiert, die sich als neue fühlt; sogar Fußballweltmeister waren sie geworden!

Und das Botschaftsgebäude (in das sich Spinne anläßlich eines diplomatischen Empfangs Zutritt verschafft hatte) werden sie uns auch bald wegnehmen; fehlt nur noch, daß sie das Kultur-Institut schließen, erst eines, und dann, nach und nach, alle – so etwas könnte im Flachgau nie passieren!

„Wenn sich hier“, richtete er sein Wort an den hiesigen Militär-Attaché, „hinter diesem Bildnis unserer verehrten Kaiserin

Sisi, beispielsweise eine Wanze verbirgt – würden Sie das merken? Wären Sie dafür zuständig?"

„Keine Sorge, da haben wir schon unsere Leute", antwortete der stattliche, elegante Uniformträger, schwer behängt mit allerlei Edelmetall, der neben dem Botschafter placiert, das auffälligste Viertel des händeschüttelnden Begrüßungsspaliers abgab.

Er hat keine Ahnung, dachte Spinne, daß jedes seiner Worte abgehört, aufgezeichnet und auf die geheimdienstliche Goldwaage gelegt wird. Aus einer puren Laune heraus hatte er sich den Smiley aufs Sakko gesteckt, gleich neben der Krawatte, die er nie trug.

Vielleicht ein paar Wünsche gefällig? Wollen Sie endlich zu Ihrem langerhofften Stöhnen kommen, *mes chers voyeurs acoustiques*? Vielleicht eine innige Umarmung mit dieser kurvigen Schönheit oder – verwegener noch – mit der Frau von seiner Exzellenz, dem Botschafter, der ausgezeichneten Dame? Wie gefährlich, das zu denken! Und daß sich diese überladene Cocktail-Steh-Party-Versammlung tunlichst in ein Deux-à-deux-Tête-à-tête in einem französischen Himmelbett verwandle! Vorsicht, nur das Mögliche kann (und will) wirklich werden, nicht das Unmögliche. Wunder sind (vorerst) ausgeschlossen; doch eine empfindliche Einbuße, wenn auch nicht ganz ungerechtfertigt.

Ja, so ist es, wenn man in der „Straße der bösen Buben" spaziert, die es tatsächlich gibt: Rue des mauvais garçons.

Das Französische an sich wäre nicht schwer – es fehlen nur ein paar Umstandswörter, ein paar Verben, ein paar Hauptwörter – und natürlich Vokabel. Sowie eine Handvoll Redewendungen und die Sicherheit, dies alles in tolldreisten Konstruktionen zusammenzuführen. Möglichst in einer Aussprache, die dem Nasalen entgegenkommt und die hiesigen Nasal-Geborenen, die mit Heimvorteil ausgestattet sind, nicht brüskiert. Und das R muß rollen, wie z.B. in „Ärrrprrrässärrrr".

Spinne spazierte auf der Neumarkter Hauptstraße. Als er das renovierte Gasthaus und die Konditorei passiert hatte, wurden die Straßen breiter und die Häuser höher. Hinter der ersten Häuserzeile taten sich unerwartet weitere Straßenzüge auf, viele fröhliche, geschäftige Menschen durcheilten die Straßen: da, ein belebtes

Viertel, das er noch nie durchkreuzt hatte, mit mondänen Geschäften, eleganten Straßenlaternen und vorgelagerten Straßencafes.

In der Mitte dieser breiten Prachtstraße stand Herr Hausmann, wartete geduldig, bis Spinne näherkam und sagte dann gutmütig: „Ich habe dies alles nur so geometrisch angelegt (er sagte selbstverständlich *arrangiert*), damit Sie sich nicht ständig verlaufen." Das war wirklich aufmerksam, doch selbstredend bzw. in Selbstgespräche verwickelt hatte er sich auch in Paris verirrt. Am Ende des Boulevards stand nicht der Triumphbogen, sondern die neuerrichtete Durchfahrt mit den zwei jungen Bäumen von Neumarkt. Als er staunend das Rondell durchschritt, ertönte unverhofft ein Lautsprecher, der jeden Ankommenden besäuselte: „Wir sind ja so stolz auf Sie." Darauf folgte ein verdächtiges, weibliches „Ah" und „Oh", gestöhnt wie in einem einschlägigen Zelluloidwerk. „Dieses Denkmal", hörte man weiter, „wurde zu Ehren von Jakob Spinne errichtet, unserem Stadtschreiber. Ihm verdanken wir nicht nur die Filmstadt, sondern auch die vielen Wegweiser im naturgeschützten Moorgebiet. Danke, Spinne!" Gerührt trippelte der solcherart Gerühmte weiter. „Diese Sendung", konnte man im Weitergehen noch vernehmen, „widmete Ihnen die Raiffeisenkasse." Dazu hatte all das Geld, das er für Neumarkt verdient hatte, wieder nicht gereicht, der knausrige Bürgermeister mußte sich unbedingt noch einen Sponsor suchen, um sich ein paar Groschen zu sparen und ihm die Show zu stehlen. „Ah" und „Oh" klang es wieder in seinen Ohren – nur eine konnte die Urheberin dieses sehnsüchtigen Rufes sein! Richtig, dort lag sie schon, mitten auf der Hauptstraße und lächelte, prächtig dekoriert wie bei einem Frühstücksbuffet, doch regungslos. Sie war nackt, nur ein paar Blumengirlanden rankten sich um ihr Haar und um die Hüften, lächelte, lächelte immerzu, unergründlich und geheimnisvoll wie Mona Lisa, leider ebenso leblos, wie aus Marzipan. Bei genauerem Hinsehen mußte er feststellen, daß man eine Plastikpuppe mit Désirées Gesichtszügen für ihn hingelegt hatte. Gut gemeint, dieser Empfang, doch nicht ganz das Wahre. In der Hand hielt sie, in eindeutiger, obszöner Geste, den Eichelturm, von dem wir nicht mit Sicherheit wissen, ob sich sein paradoxes Assoziationsgefüge nicht doch auf einen einfachen Hörfehler oder – wieder einmal –

auf einen falsch gezogenen Schluß zurückführen ließ.

Ein Sumpfbiber machte sich an die Obstdekoration heran, versuchte die Pappendeckelorangen anzuknabbern und sprintete dann enttäuscht davon, auf die Fassade eines sich hinter der Plastikpuppe erhebenden riesigen Gebäudes. Der erste Stock sah aus wie das siegesharte Zarenschloß, der zweite Stock wie ein x-beliebiger Wohnbunker, der mit Genossenschaftsmitteln hingepfercht worden war, aus seinen Fenstern winkten der Pfarrer und der Landesheilige. Doch einen Stock höher wölbte sich das Gebäude zu einem monumentalen Halbrund, tatsächlich, das Uno-Hauptquartier! Ganz oben wehte eine Flagge. Bevor Spinne noch die Farben erkennen und deren Zugehörigkeit zu irgendeiner Nationalvereinigung diagnostizieren konnte, erschien ein riesiger Hammer, zertrümmerte den gesamten Gebäude-Komplex, der zu Staub und Asche zerfiel. Ein hämisches Grinsen war zu hören. Die Straßenzüge versanken in den Boden, die Geschäftsviertel vereinfachten sich wieder, ebenso wie die Mienen der Passanten, die zusehends weniger wurden. Allmählich nahm die Szenerie wieder ländlichen Charakter an. Nach der Konditorei erschien wie gewohnt die niedliche Tankstelle mit den zwei Zapfsäulen mitten im Ort, wenngleich noch ein wenig von Rauch und Nebelschwaden verdeckt. Der Nachhall des Grinsens ging über in eine Stimme voll bösartiger Genugtuung. Die Stimme kam ihm bekannt vor. Sie sagte nur einen Satz, genaugenommen drei Worte: „Tod den Verrätern!“

Wem gehörte diese Stimme? In der Uno saßen die Verräter? Ein Traum, gewiß, doch in welchem Traum lag nicht ein Ausschnitt der Wirklichkeit verborgen? Vielleicht war man, von Seiten seines Unterbewußtseins, endlich dazu übergegangen, ihn nächtens, wenn sein kritischer, ihn so oft in die Irre führender Verstand nur mäßig störte, mit brauchbaren Informationen zu versorgen, zumal die Tips und Hinweise anderer Zeitgenossen nichts taugten? Die Stimme gehörte entweder einem Gasthausbesitzer oder einem Werbeboß oder einem anderen männlichen Wesen, dem er schon irgendwann einmal begegnet war.

Nein, er mußte zurück. Er hatte seine Pflicht vernachlässigt. Er hatte die Katastrophe nicht verhindert, nun mußte er wenigstens den Täter schnappen. Nein, man darf nicht so sang- und klanglos seiner Verantwortung entfliehen! Insbesondere wenn man sich noch die Belohnung ergattern wollte.

Ein letztes Frühstück aus Pappe, doch mit echten Croissants. Und dann nichts wie zurück. Was mochte in der Zwischenzeit mit dem erhobenen Land geschehen sein?

Fliegender Wechsel *oder:* ***Wiederaufnahme***

Ein eiliger Rückflug, wie im Traum oder mit den Austrian *Aliens*.

Der neue Flughafen *Flachgau-Nord*, der die beiden Metropolen verband, lag ein wenig außerhalb von Neumarkt. Alle zwei Stunden ein Direktflug. Erst bloß für den militärischen Informations- und Truppenaustausch, später auch für die Weitergabe allgemeiner Freundlichkeiten politischer Natur, und ganz zuletzt für den privaten Passagierverkehr.

Die vierspurige Flughafenautobahn führte am weitläufigen Technologie-Center vorbei, dahinter konnte man die riesigen Hallen der *Cine-City* erkennen: die erste Adresse für den kontinentalen Spielfilm. Der Schloßherr hatte sich wieder einmal, diesmal als Filmzar, eindrucksvoll in Szene gesetzt, verewigt beinahe. Was brauchte der noch ein Mausoleum! Die Bürotürme waren bis spät in die Nacht erleuchtet, hier wurde nach knochenharten Gesetzen kalkuliert, bilanziert, projektiert, bankrottiert.

Ein Alptraum der radikalen Veränderung, der Wirklichkeit wurde?

Die grünen Wiesen waren verschwunden, verbargen sich unter einer dicken Schicht aus einem hellen Kunststoffmaterial, das die Einheimischen liebevoll, beinahe wie einen alten Freund aus Kindertagen begrüßten, als ob es direkt vom Himmel gefallen wäre!

Der Lauf der Jahreszeiten, die Drehung des Erdballs und sämtlich andere damit verbundenen Gesetzmäßigkeiten schienen bemüht, allen menschlichen Eingriffen zum Trotz, ihren Sinn für Ordnung und Kontinuität aufrechtzuerhalten. Niemand aus diesen Kreisen wollte in Verruf kommen oder sich als unregelmäßig schelten lassen.

Spinne trug seine 36,5 Grad Temperatur herum, ängstlich darauf bedacht, diese gegen sämtliche äußere Widrigkeiten zu bewahren. Manche Körperteile schrumpften, von denen er das Gegenteil gewohnt war.

Nein, dieses Bild, Neumarkt im Winter, blenden wir flugs wieder aus. Was ist das für eine Zeit, wo jeder übers Wasser gehen kann, nicht nur die reinen Seelen!

Und diese Prophezeiung einer ultramodernen Stadt, die gewiß Wirklichkeit wird, und sei es vielleicht erst in ein paar hundert Jahren, wenn jedes beliebige „Negerdorf" es geschafft hat, können wir erst recht nicht brauchen. Bleiben wir im Zeitgefüge, beugen wir uns den Jahreszeiten, ergeben wir uns der Übereinkunft.

Jakob Spinne freute sich wie ein waschechter Flachgauer, der nach einer langen Reise zurückkehrt, auf sein Zuhause, auf seine temporär-vorübergehende Bleibe, an die er sich schon beinahe sentimental gewöhnt hatte, er freute sich auf die klare Luft, den See und auf seinen Rundum-Terrassen-Ausblick. Doch jede naive Freude, besonders wenn sie auf die Zukunft gerichtet ist, verdient einen kleinen Dämpfer; so scheint man zumindest in der Schicksalsschreibstube zu denken, doofes, bürokratisches Pack! Irgend etwas war anders; er konnte nicht sagen, was. Ein großer Holzstoß lag, fachgemäß aufgeschichtet vor dem Haus, doch das war es nicht, der störte nicht.

Zur Vermieterin sagte er lachend: „Stellen Sie sich vor: Ich habe Sie schon verdächtigt, daß Sie mich vergiften wollen!" Sie lachte etwas gequält mit. Doch ein Fünkchen Wahrheit?

Stefanie Wallner verhielt sich sonderbar distanziert, als sie ihm, beinahe widerwillig, die Schlüssel aushändigte.

„Und hier haben Sie den Badehüttenschlüssel", sagte sie auch noch, vieldeutig grinsend; sie wußte also Bescheid. Alle wußten alles über ihn, er wußte jedoch nichts, über niemand. Hatte sie gar verräterische Flecken im Badehüttenkanu oder auf der Luftmatratze entdeckt?

Es fiele schwer in diesem Ort, ein Priester zu sein, der heimlich das Zölibat zu brechen beabsichtigte. Gottlob mußte Spinne – seinem Wissen nach – kein freiwilliges oder unfreiwilliges Zölibat befolgen, er mußte lediglich dem Klischee eines verkommenen Poeten genügen, also genau das Gegenteil: Möglichst herumzuhuren und sich die Nächte um die Ohren zu saufen, ein paar Exzesse mit eingeschlossen, sonst würde man womöglich ernstlich mißtrauisch werden und an seinen Qualifikationen zweifeln.

So gesehen hatte er – spärlich aber doch – zumindest ansatzweise widmungsgemäß agiert, damals in der „Sektion Nord".

„Den Meldezettel müssen Sie auch wieder ausfüllen." Als ob er ein paar Jahre weggewesen wäre! „Den können Sie dann aufs Gemeindeamt tragen; Sie haben ohnehin dauernd dort zu tun." Schon wieder so eine Anspielung.

Auf der Terrasse sitzend dämmerte ihm allmählich die Natur der Veränderung bzw. die grausame Veränderung der Natur: Schon wieder ein glatter, kaltblütiger Mord. Ein Dreifachmord! Die drei alten Birken vor dem Haus waren fort. Der Holzstoß hatte also doch indirekt einen Anteil an der Veränderung.

Seit sie diese vertrauten wundersamen Wesen, diese heimlichen Bundesgenossen, durch ihren Sohn oder Enkel oder wen auch immer umfällen ließ, hatte die Vermieterin für ihn ausgespielt. Nun konnte sie mit keiner literarischen Milde mehr rechnen oder mit außertourlichen Angaben über sein privates Leben, nach denen sie gewöhnlich alle Ohren spitzte, um damit beim Dorfklatsch mit würzigen Neuigkeiten auftrumpfen zu können. Zur Strafe für diesen unverzeihlichen Frevel würde er sie von nun an rücksichtslos altern lassen, im Eilzugstempo, aus den Söhnen Enkelkinder formen, auf ihre Gesichtshaut Falten zaubern und sie statt zum Tanzball in die Küche stecken und sie vor ein Fenster setzen, von dem sie mit mürrischem Gesicht kaffeeschlürfend bis ans Ende aller Tage mißmutig das ungerechte Treiben der Welt begutachten muß.

Was würde sich in der Stadt seit der Katastrophe verändert haben? Ein erster Rundgang sagte ihm: Scheinbar alles beim alten. Als wäre nichts geschehen.

An den Gebäuden war kein Schaden entstanden; saubere Arbeit. Einiges gelernt, unsere lokalen Attentäter, von den großmächtigen Kriegsherren. Oder hatten sie gemeinsame Sache gemacht?

Am Gemeindeamt prangt unübersehbar die feierliche Tafel „Stadtamt", auch wenn sie nur ein Provisorium ist.

Den Richter hatte es erwischt – das bedeutete einen Nebenbuhler weniger, für so manchen. Und ungetrübtes grünes Licht für so manche Ehefrau, sowie den Wegfall sämtlicher ohnedies nicht bestehender moralischer Schranken.

Die Wirtin von der ‚Krone' wußte offenbar, warum sie sich so emsig nach einem Nachfolger umgesehen hatte. Der Schloßbesitzer hatte einen großen Schritt näher zum Mausoleum genommen, gleich ob seine letzte Bleibe nun in diesem Schloß lag oder in seinem nächsten.

Die Wäscherei versteckte sich noch immer hinter der selben Ecke, und die selbe Person, mehr breit als hoch, schlurft nach dem Öffnen der Tür und dem Ertönen des Klingeling wie gewohnt herbei, benützt die selben Argumente und Ausreden, um ihr klägliches Scheitern zu vertuschen.

Auf den ersten Blick waren also kaum Änderungen zu bemerken. Um den Faden seiner Ermittlungen wieder aufzunehmen und den Erpresser endlich zu entlarven, benötigte Spinne nun dringend authentische Augenzeugenberichte. Informanten, die er leider versäumt hatte, rechtzeitig anzuwerben. Irgend jemand mußte doch etwas Verdächtiges gesehen haben! Da er gerade beim renovierten Wirtshaus vorüberging, versuchte er es bei dessen hochverdächtigen Besitzer Josef Weinzettl.

„Und wie haben Sie die Katastrophe überlebt?"

„Welche Katastrophe?"

„Na, der Anschlag."

„Welcher Anschlag?"

„Bei der Erhebung; beim Umzug. Die Stadterhebung! Waren Sie nicht dabei?"

„Doch. Die Katastrophenübung meinen Sie?"

„Nicht die Übung; das war Ernst. Haben Sie nichts gemerkt?"

„Jaja, viele Leute, viel Hektik, wie immer, bei so einem Umzug."

„Nein, eine wirkliche Katastrophe. Die hat doch stattgefunden. Ich hab es im Fernsehen gesehen, nach zwei Tagen. Sie nicht?"

„Den Film? Den habe ich auch gesehen; der war gut gemacht."

„Das war echt. Das war eine Reportage."

„Jaja. Wie ‚Der Weiße Hai' und ‚Der Außerirdische.'"

„Hören Sie –"

„Das war Hollywood."

„Das schon; das nicht."

„Wer sonst außer die in Hollywood könnte sich sowas ausdenken! Und die Leute glauben das dann noch! Und an die grünen Männchen glauben Sie etwa auch? Und an die Mondlandung?"

„Hä? Was?"

„Wiedersehen, schönen Tag noch."

Gut, der Wirt steckte vermutlich mit den Verursachern der Katastrophe unter einer Decke, gehörte zumindest der gegnerischen Seite an, oder sagen wir, der suspekten, militärischen. Der dem Balkan allzu informationsbegierig zugewandten.

Ein paar andere Bewohner meinten, als er sie auf die Katastrophe ansprach: „Wohl die Phantasie etwas mit Ihnen durchgegangen, was?" Keiner wollte näher in Kontakt mit ihm treten. Doch war dies nicht auch zuvor schon der Fall gewesen? Erschien ihm die Distanz nur deshalb so seltsam, weil sie jetzt nicht mehr ausschließlich seinem Wunsch entsprang? Machte es wirklich so viel Unterschied, wer den ersten Schritt zur Distanz setzte? Distanz ist doch gleich Distanz, 100 Meter sind 100 Meter.

Aus irgendeinem Grund wollte man die Katastrophe vertuschen. Das Image? Tourismus? Plante man eine neue Werbelinie? Nach der harten Katastrophen-Tourismus-Schiene nun wieder die sanfte Welle; in der Seele liegen und die Wiese baumeln lassen oder so ähnlich? Oder hatte man das Geschehen so gut verdrängt?

Sie wollten es einfach nicht wahrhaben, daß die Bewohner des Ortes gut um die Hälfte dezimiert worden waren! Klar, denn dann wären sie plötzlich nur mehr 2500, auf keinen Fall mehr 5000 wie für eine richtige Stadt. Aber niemand würde es wagen, diesen Rechtsakt der Erhebung rückgängig zu machen, nicht einmal der Landesheilige. Einmal Stadt, immer Stadt.

Vielleicht war es gar kein Anschlag, sondern ein Massen-Selbstmord, weil niemand den plötzlichen Ruhm verkraftete? Ein Selbstmord, den er durch seinen gnadenlosen Vorausblick fatal herbeiprophezeit hatte?

Kollektive Verschwörung

Was wohl aus Désirée geschehen sein mochte? Das Telefon im Gemeindeamt läutete immerhin.

„Ich treffe mich nur mit Ihnen, wenn Sie aufhören, ständig über diese Katastrophe zu reden. Und wenn Sie etwas anderes als die Lederjacke tragen." Zweiteres erschien vergleichsweise einfach, zumal es für die Lederjacke schon viel zu kalt war. Und mit ihr zu reden hatte er ohnehin nicht vor, obwohl ihm einiges einfiel, das er sie fragen könnte, wenn sich ihr Zusammensein wieder einmal nur auf die banale Ebene eines rhetorischen Austausches beschränken sollte.

Ihr Tonfall klang weder überrascht, daß er sich meldete, noch erfreut, aber auch nicht abweisend, eher neutral, *zu* neutral für seinen Geschmack, diagnostizierte er: beinahe teilnahmslos. In seiner unverborgenen Interesselosigkeit fast schon ein Affront, eigentlich beleidigend. Na, steiger' dich da nicht rein, Herr Nachwuchsermittler, raunte jemand aus einer Gehirnecke quer hinüber durch die Kammer.

Ein-, zweimal durfte man bei dieser Dame, die Träume nicht miteingerechnet, dann wurde man ohnehin gnaden- und ausnahmslos abserviert, was die privaten Antrauungen betraf, irgendein Unterschied zum Berufsleben mußte sein, vielleicht sogar ein Gegengewicht. Dabei hatte er so gehofft – wie wahrscheinlich jeder im Stillen – eine rühmliche Ausnahme zu bilden und den Dauer-Lover abgeben zu dürfen. Nichts damit!

Ihr Tonfall wies ihn klar darauf hin, daß auch er sich nun zu der langen Reihe ihrer Ex-Geliebten zählen durfte. „Sie" sagte sie auch wieder; ursprünglich seine Idee, jetzt war ihm das gar nicht mehr recht.

Der Hilfssheriff, gleichermaßen vorhanden wie abwesend, hat natürlich wieder einmal von nichts eine Ahnung, leugnet alles, will vor allem nicht seine Position, von der man nicht einmal mit Sicherheit wußte, ob er sie innehatte, aufs Spiel setzen.

Ihm konnte man stundenlang klare Fragen stellen, ohne auch nur einmal eine klare Antwort zu erhalten – vielleicht gehörte das zum Berufsbild einer aufstrebenden politischen Erscheinung?

Im Museum saß eine Neue. Natürlich behauptete sie, sie wäre schon immer dagewesen. Sie sprach in der typischen Redeweise von Museumsdirektoren, Architekten oder Bildhauern. Ihnen verdankte man Wortkonstruktionen wie „öffentlicher Raum", „urbanes Umfeld" oder „Spannungsfeld" und Äußerungen, die unaufhörlich beteuerten, wie „spannend dieser Gegensatz von alt und neu" wäre – auch eine Art, sich mit dem unwiederbringlichen Verlust des Alten, Gewachsenen abzufinden und sich nebenbei gleich eine kunsttheoretische Existenzgrundlage für das eigene Treiben herbeizurechtfertigen.

Die ‚Krone' hat geschlossen, stellte er fest, als er weiter, die Hauptstraße entlang, durch den Ort spazierte. Das war doch schon immer so, beteuerten die Einheimischen unisono. Das, als einziges, hatte sich nicht geändert: ihm das Gefühl zu vermitteln, jemand Seltsamer zu sein, der unentwegt etwas Seltsames will, ganz abgesehen von den seltsamen Fragen, die er unaufhörlich stellte.

Wie sollte er einen Anschlag aufklären, den alle leugneten und den niemand wahrgenommen haben wollte? Wo waren die Toten hin verschwunden? Der Pfarrer mußte hunderte Seelenmessen gelesen haben, der Friedhof müßte hoffnungslos überfüllt sein. Oder hatte man die Opfer gar in der Eile verbrannt wie die Träger und potentiellen Verbreiter einer gefährlichen Tierseuche? Daß plötzlich ganze Häuser leerstanden oder Bauernhöfe nicht mehr bewirtschaftet wurden, schien die Einwohner nicht sonderlich zu wundern. „Ja, die Landflucht", machten sie sich weis. Und jene Familien, von denen einzelne Mitglieder fehlten, behaupteten steif und fest, jaja, der oder die wären verschwunden, sie hätten Abgängigkeitsanzeige erstattet, bis jetzt leider ohne Ergebnis, aber die Polizei würde sich schon melden, wenn sie den Vermißten irgendwo aufgegriffen hätten, doch wahrscheinlich werde der oder die von selber wieder auftauchen – als wäre das spurlose Verschwinden von mehreren hundert Einwohnern eine bloße Laune oder ein gut gelungener Scherz zum Auftakt des unmittelbar bevorstehenden Faschings.

Den Weg zu den offiziellen Stellen konnte er sich sparen. Im Gendarmeriegebäude würde man bloß die Zunahme von Vermißtenmeldungen bestätigen und ihn ansonsten stirnrunzelnd über seine konfusen Vermutungen befragen oder sicherheitshalber in Gewahrsam nehmen, wenn er sich allzu verdächtig benahm und sich ihnen dadurch ein gewisser Zusammenhang ins Hirn drängte. Auf der Post würde man nur eine gehäufte Anzahl von unzustellbaren Sendungen zugeben können, über deren Ursache man keine Spekulationen anstellen wolle. In den Schulen freute man sich vermutlich über die endlich auf höhere Weisung eingetretene Reduktion der Schüleranzahl in den Klassen, die lang genug vom übertrainierten und überbeanspruchten Lehrkörper gefordert worden war. Die Eltern, die nicht mehr lebten, beantworteten die Mitteilungen über die fehlenden Schüler gar nicht, und die anderen legten in ihren Antwortschreiben die Vermißtenanzeige als Entschuldigung bei; weil es die meisten jedoch peinlich anrührte, daß der Sohn oder die Tochter als Schulschwänzer gelten könnte, behielten sie die Angelegenheit lieber für sich oder versuchten, diese zu vertuschen – und so glaubten die meisten, es handle sich um einen Einzelfall.

Die Abnahme von Konsum und Kaufkraft oder ein anderer prekärer ökonomischer Rückschlag würde als objektives Kriterium erst in ein oder zwei Jahren statistisch erfaßbar werden, ebenso wie das Ergebnis der in ein paar Monaten stattfindenden Volkszählung. Désirée hatte sicher einen Rückgang bei den Trauungen zu verzeichnen; sie würde das vermutlich als Indiz einer freieren, emanzipierteren Gesinnung auffassen, für die sie – im Gegensatz zu ihrem Berufsethos – in ihrem Privatleben eine Vorreiterrolle einnahm. Daß sämtliche Sterbefälle amtlich korrekt erfaßt wurden, war bei einem solchen Durcheinander wie nach der Katastrophe kaum anzunehmen.

Eine kollektive Verdrängung? Eine kollektive Verdrängung einer kollektiven Schuld? Weil jeder ein Stück Schuld auf sich geladen hatte? Weil jeder sich ein Stück miterheben wollte mit der Stadt, mehr sein wollte, weil die Bescheidenheit mit auf der Vermißtenliste stand?

Irgendeinen Zusammenhang schien es zu geben, den er nicht und nicht kapierte. Irgendeine Spur, die er nicht verfolgt, ein Verdachtsmoment, das er bei seinen weitläufigen Überlegungen noch nicht berücksichtigt hatte. Wer oder was prüfte da seinen Koeffizienten?

Zum Ermittler taugte er nicht, das wurde ihm mittlerweile mehr als klar. Er sehnte sich zurück nach seiner seligen literarischen Vergangenheit, in der er ohne die Qualen einer richtungsgebundenen Logik nach Herzenslust in den psychischen Strukturen erfundener Figuren fuhrwerken und heruminterpretieren konnte, er sehnte sich zurück zu den innigen, sentimentalen Empfindungen seiner herzzerreißenden Liebeslyrik oder danach, den Groll über seine zu Unrecht berühmt gewordenen Kollegen in der von ihm bevorzugten Weise loszuwerden, indem er sie in ätzenden Zeitungsartikeln und Glossen der Lächerlichkeit preisgab, weil sie seiner Auffassung nach entweder zu bieder schrieben oder zu modern, auf keinen Fall jedoch in der einzigen richtigen und zulässigen Weise, nämlich so wie er.

Vielleicht aber würde er sich sogar einem experimentellen Avantgarde-Poeten-Kreis anschließen, der ausschließlich Konsonanten verwendete und für den der Gebrauch von Vokalen die Wurzel allen literarischen Übels dieser Welt schlechthin darstellte, auf den man gerade noch notgedrungen zurückgreifen durfte, um – dem Gebot der Verständlichkeit gehorchend – dieses Unheil möglichst eindrucksvoll darzustellen, oder man beschloß, die Worte per Zufallsgenerator aneinanderzureihen, um sich dann lauthals über das mangelnde Kunstverständnis der Öffentlichkeit zu entrüsten.

Nein, wenn es ihm nicht innerhalb einer angemessenen Frist gelänge, den Täter dieser allseits geleugneten Tat zu überführen und die Belohnung sowie den damit verbundenen, dringend benötigten Bestätigungsschub einzukassieren, dann würde er nur noch das Notwendigste im Rahmen seiner Tätigkeit tun, nämlich die Vorkommnisse in diesem eigenartigen Landesteil niederzuschreiben und ansonsten seine Zeit hier einfach abzusitzen, ohne sich ständig durch Erhebungen zu exponieren und bei jeder Begegnung nichts als Stirnrunzeln hervorzurufen. Er würde eben den einen Monat nur noch schreiben und trachten, nach Ablauf dieses Monats, oder besser noch, rechtzeitig, *vor* Ablauf dieses Monats, das vereinbarte Salär zu erhalten, bevor irgend jemandem vielleicht einfiel, es gebe eine neue Währung und das alte Geld wäre nichts mehr wert oder überhaupt nichts mehr wäre mehr etwas wert und am allerwenigsten das, was er hier zu Papier gebracht hätte.

Werktreue oder: *Auf der Suche nach authentischem Material*

Wenn Personen als zuverlässige Auskunftsquellen ausschieden, wer oder was könnte ihm dann einen eindeutigen Beweis liefern, daß der Anschlag tatsächlich stattgefunden hatte? Oder wie er vor sich gegangen war? Oder wer ihn etwa durchgeführt hätte und ein paar andere Kleinigkeiten, die zur endgültigen Lösung des Falles beitrugen. Beitrugen! Als ob er schon irgend etwas in Erfahrung gebracht hätte! Nicht den kleinsten Schritt war er einer Lösung nähergekommen. Im Gegenteil. Alle hatten sich umgebracht, oder wenn es ihnen nicht gelingen wollte, stand jederzeit ein ganzer Industriezweig samt ausländischen Mächten und deren Handlanger bereit, ihnen dabei großräumig zur Seite zu stehen.

Eine Möglichkeit gab es allerdings noch. Spinne erinnerte sich, während der Festlichkeiten ein paar Mal jemanden gesehen zu haben, der mit einer Filmkamera herumgelaufen war. Und wenn diese Person des Filmens kundig war und dies nicht nur vortäuschte, dann müßte man vielleicht noch auf die Originalaufnahmen stoßen.

„Gibt es nicht Amateuraufnahmen vom Umzug?" fragte er den Hilfssheriff.

„Vielleicht", lautete die rotzige Antwort. Es war alles beim alten, wie vor der Katastrophe.

„Ich meine, wenn es sie gibt, wo sind sie dann?" So mußte man nur bei Vorschulkindern präzisieren, aber der Hilfssheriff hatte sich nun einmal auf dieses Spiel festgelegt.

„Na, bei dem, der sie gedreht hat."

„Das hilft mir enorm weiter. Danke."

„Gerne."

„Lebt der noch?"

„Wenn er nicht gestorben ist, dann lebt er noch. So wie alle, die noch nicht gestorben sind."

„Danke für diesen aufschlußreichen Hinweis."

„Aber täglich stirbt einer. Wir leben in einer ziemlich schnellen Zeit. Ziemlich schnell geht alles. Mörderisch schnell."

Spinne ließ ihm innerlich kochend seine Späße, versuchte, die Contenance zu bewahren und fragte in dem gutmütigsten aller Tonfälle, den man etwa anwendet, um einen gefährlichen Irren, der knapp vor einem Tobsuchtsanfall steht, noch für einen kurzen Moment davon abzuhalten: „Wer war es denn, der bei der Erhebung gefilmt hat?"

„Na wer wohl? Der vom Schachclub natürlich."

„Der vom Schachclub? Dr. Kern?" Den hatte er würstchenessend und mit dem Hilfssheriff plaudernd in Erinnerung. Spielte ihm seine Erinnerung wieder einmal einen Streich?

„Klar. Der hat ein eigenes Werbefilm-Studio."

„Ist er nun Amateur oder Profi?"

„In der Werbung Profi, beim Filmen Amateur."

„Was sagen die Kunden dazu?"

„Die sterben doch alle aus. Tag für Tag stirbt einer." Der Gemeindevorstand schien einen melancholischen Tag zu haben.

„Jaja. Aber er selbst lebt noch. Oder?"

„Auch nicht mehr als Sie oder ich."

„Das genügt für ein paar Fragen und für eine Privat-Vorführung. Können Sie mich anmelden?"

„Aber gewiß doch." Der Hilfssheriff klemmte sich hinter den Hörer.

„Fragen Sie ihn, ob er die Originalaufnahmen noch hat."

Schalkhammer versuchte, ihn mit einer Handbewegung zu verscheuchen, Spinne folgte artig, doch nach zwei Metern Rückzug dämmerte ihm die Unverfrorenheit seines Gegenübers, gleich, wer wessen Vorgesetzter sein mochte, und er blieb stehen. Der Hilfssheriff scherzte und kicherte mit seinem Gesprächspartner, wechselte allem Anschein nach kein ernstes Wort, dann legte er auf und sah Spinne an. „In Ordnung. Sie können nach Dienstschluß bei ihm vorbeikommen und sich das Material ansehen."

„Das haben Sie vereinbart?"

„Sicher."

„Davon habe ich nichts gehört."

„Lauschen Sie etwa? Hören Sie, wenn Sie mir nicht glauben, telefonieren Sie das nächste Mal selber."

„Schon gut. Also wann?"

„Nach Dienstschluß."

„Wann ist das?"

„Ich soll das wissen?"

„Das nennen Sie vereinbart?“

„Ich dachte, Dienstschluß ist klar.“

„Wessen Dienstschluß?“

Der Hilfssheriff kratzte sich am Kopf, täuschte angestrengtes Nachdenken vor. „Von den Mikroben vielleicht. – Ist doch egal. Die Geschäfte sperren um sechs. Also lassen Sie ihn noch eine Pizza essen und gehen Sie um halb sieben hin.“

„Meine Gehirnzellen sperren um acht.“

„Ich dachte, die haben gar nie offen.“

Zeitlupen-Consulting

Die Uhr, die der Stadtschreiber nie trug, würde exakt kurz vor halb sieben zeigen, wenn sie je in der Lage wäre, die korrekte, für diesen Landstrich vereinbarte Zeit anzukündigen, als Spinne das Geschäfts- und Bürohaus des Consulting-Schach-Portal-Werbe-Bosses betrat, das sich ein wenig hinter der Hauptstraße befand, wo der Lärm des Durchzugsverkehrs nicht mehr so hinreichte.

Dr. Kern erhob sich, öffnete und setzte sich sogleich wieder an seinen Aluminium-Schreibtisch. Er sah müde aus. Zuviele Geschäftskunden, die sich beraten lassen wollten, wie man den anderen am schnellsten das Geld aus der Tasche zieht? Wunderdinge könne er natürlich keine bewirken, pflegte Dr. Kern zu sagen, doch am leichtesten gehe es in einer Zeit wie dieser freilich mit dem Medium dieser Zeit, und den Auftritt dort zu gestalten, helfe er gewiß gerne mit, wurde er nicht müde zu sagen, doch gelte es erst einmal, sich selbst ein paar Fragen zu stellen: Sind die Hausaufgaben auch gemacht worden, stimmt es mit dem Vertrieb, funktionieren Service und Support, ist man wirklich bereit für eine neue Ära, oder möchte man nur den alten Ladenhütern ein neues Kleid überwerfen, denn erst dann, wenn man wirklich bereit wäre umzudenken, könne man sich um das *Design* bemühen und um den *Content*, aber am besten ohne Schnickschnack, pure Information, schnell und direkt und ab in den Warenkorb, hahahaha, aber dazu braucht man ein Tor, einen Zugang, um ins Netz zu kommen, ein Nadelöhr, durch das man die Kunden findet oder umgekehrt, durch das die Kunden das Produkt finden, da braucht man *Zugriffe*, einen regen Besucherstrom, da braucht man eben ein *Portal*, wurde Kern nicht müde zu sagen, eben *sein* Portal, das er schaffen wolle, diese optimale und einzigartige Synthese aus royalem Spiel und Big Business, das im Grunde ja auch nichts anderes wäre als der Spieltrieb für das Kind im Mann, ich bitte Sie, jeder trägt es doch mit sich herum, das Kind, auch wenn man zufällig mit echten Scheinen spielt, aber damit das Spiel knochenhart und erfolgreich wird, muß man die Spielregeln kapieren, dazu bedarf es eben dieser Neuorientierung auf einen weltumspannenden Wettbewerb, auf einen globalen Marktplatz, dazu braucht man eben dieses Umdenken, wurde Kern nicht müde zu sagen, aber er persönlich stehe bereit, den Weg für dieses neue Zeitalter zu ebnen, wurde er nicht müde zu sagen, er fühle sich fit und gerüstet für diese neue Epoche, und das sagte er denen auch wieder und wieder, und so saß er, etwas müde geworden, vor seinem Aluminiumtisch.

„Haben Sie das Material vorbereitet?"

„Die Pizza? Die habe ich schon gegessen. Wollten Sie auch eine?" Vor ihm, auf der Aluminium-Tischplatte, lag, beinahe unsichtbar, eine Alu-Folie, sonst nichts, kein Besteck, kein Trinkglas, keine Krümel. Mit einer schnellen Bewegung knirschte er sie zusammen, formte ein silbernes Tennisbällchen, das er gut drei Meter weit in die Ecke warf, wo es ein geflochtener Papierkorb mit einem tiefen Plopp voll Genugtuung aufnahm. Ein Zielschütze? Ein weiteres Hobby? Oder ein Pedant? Eine tägliche Übung?

„Nein danke. Die Filmaufnahmen."

„Filmaufnahmen?"

„Von der Erhebung. Wissen Sie nichts? Hat Ihnen niemand etwas gesagt?"

„Doch doch. Ja, die Erhebung... Ziemlich großes Ereignis, was? Wir haben einiges an Material gedreht."

„Deswegen bin ich hier."

„Ach so? Wollen Sie es sehen?"

„Ja."

„Aha. Interessant. Ja. Gut. – Äh. Leider ist das meiste verschwunden."

„Verschwunden?"

„Ja. Ein großer Verlust. Irgend jemand muß es irrtümlich überspielt haben.“

„Irrtümlich?“

„Natürlich. Niemand macht so etwas absichtlich. Eine Kassette ist noch da.“

„Können wir die sehen?“

„Klar.“ Er stand auf, bereit sich in Bewegung zu setzen. Dann stockte er, als ob ihm etwas eingefallen wäre. „Warten Sie. – Jetzt gleich?“

„Ja. Warum nicht?“

„Ja, warum nicht? – Na gut. Kommen Sie mit.“ Er ging voraus, durch einen schmalen Gang, von dem links und rechts ein paar Nebentüren in ein ungewisses Irgendwohin führten. Schließlich gelangten sie in einen kleinen, notdürftig verdunkelten Raum.

„Mein Schneidezimmer“, verkündete der Consulting-Boß stolz.

„Und was schneiden Sie da?“

„Emmentaler. Extrawurst. Schinken. Hahahaha.“

„Wirklich zu komisch.“

„Nein. Hier bereite ich alles fürs Portal vor. Wissen Sie, mir schwebt was Einzigartiges vor. Wer im Web mitmachen will, muß auffallen. Ich habe mir da gedacht, damit jeder auf meine Seite kommt...“

„Können wir die Kassette sehen?“ Gespräche übers WWW interessierten Spinne fast so sehr wie solche über Hundezucht oder Waffensammlungen. Umständlich legte der Werbeboß die Kassette ein. Wenn er fürs Damengambit auch so lange braucht, sind selbst Kasparows Nachfahren mittlerweile wieder entschlafen, dachte Spinne.

Endlich flimmerte etwas über den als Filmleinwand getarnten Monitor. W. in Großaufnahme. Ein Schwenk über den Hafen zu einem vertrauten Bekannten, dem Seeuferweg; leider war die Badehütte nicht zu erkennen.

„Haben Sie die Aufnahmen gemacht?“ fragte der Stadtschreiber.

„Nein. Mein Kameramann.“

„Arbeitet der hier? Ist er da?“

„Nein. Der ist verschwunden.“

„Verschwunden?“ Alles und jeder schien zu verschwinden, und niemanden schien dies zu stören. Eine seltsame Stadt. Eine Stadt ohne Einwohner.

„Ja, spurlos. Einen Tag nach der Erhebung. Einfach abgehauen. Dabei hätte er noch ein volles Monatsgehalt bezogen. Das hätte er zwar nicht bekommen, aber das konnte er ja nicht wissen. Stellen Sie sich das einmal vor! Einfach abhauen, ohne das Gehalt zu verlangen. Mir soll's recht sein. Jetzt mach ich's eben selber. Ich mach alles selber, das kommt billiger."

„Haben Sie finanzielle Schwierigkeiten?"

„Wenn das mit dem Portal funktioniert, bin ich über dem Berg. Eine *Dotcom*, dann an die Börse, und dann ab in die Karibik. Hahahaha. Das glauben zumindest alle."

Nun sah man Teile des Umzugs, den Trachtenverein, einen Posaunisten in Großaufnahme, auch Burgi kam ins Bild. Dazwischen hetzten die Hobbysportler irgendeines denkwürdigen Gedenklaufes vorüber, um sich in der nächsten Einstellung als gutgelaunte Festtagsbesucher an den Brathühnern sattzufressen und einander Biergläser entgegenzustemmen.

Die Filmaufnahmen endeten abrupt mit dem Auftauchen eines Ballonfahrers.

„Und was ist das?"

„Was?"

„Na das. Der Ballonfahrer."

„Ja, insgesamt waren es sicher zwanzig."

„Aber der eine fliegt etwas abseits; oder sagen wir, er gondelt. Torkelt er nicht? Spielen Sie das noch einmal."

Kern fuhr das Gerät zurück und begann noch einmal mit dem Umzug.

„Nicht so weit. Nur den Schluß."

Kern spielte das Ende des Streifens, wo nur mehr das Band rauschte und flimmerte, Alpenglühen ohne Farbstoff.

„Das ist zu weit."

Endlich hatte es der Consulting-Boß kapiert. Oder stellte er sich absichtlich so dumm an, um ihn zu ärgern?

„Da. Im letzten Moment, wenn er näherkommt, beginnt er zu trudeln."

„Vielleicht hat der Kameramann Schlagseite bekommen. Das tut er manchmal – besonders wenn ein festlicher Anlaß gefilmt wird. Ich meine, wenn er getrunken hat."

„Ich bin zwar kein Experte, aber so sieht das nicht aus. Das Bild bleibt ruhig; es ist der Ballon, der wackelt."

„Naja, ich weiß nicht..."

„Können Sie den Ausschnitt vergrößern, das muß doch gehen, bei Ihrem ganzen Computerzeugs – oder steht das nur so im Weg herum?"

Damit hatte er Kerns empfindliche Stelle, seinen Ehrgeiz erwischt. Sogleich erging sich der Werbeheini in die Litanei seiner erfolgreichsten Bearbeitungen für diesen oder jenen Kunden, und sogar für solche aus der Landeshauptstadt!

„Nun gut, dann zeigen Sie, was der Bursche kann." Computer zu vermenschlichen wirkt immer bei diesen Leuten, die sich so einen Haustierersatz halten.

Haarscharf am Ziel vorbei

Nach knapp zwanzig Minuten hatte Kern den entsprechenden Ausschnitt gespeichert, „komprimiert", wie er sich ausdrückte und vergrößert, sodaß man mit ein bißchen Qualitätsverlust ein paar Details wie sogar die Haarfarbe des Ballonfahrers erkennen konnte, die sich jedoch wirkungsvoll als unauffälliges Schwarz tarnte und von Spinne gar nicht gesondert wahrgenommen wurde. Nein, etwas anderes fesselte seine Aufmerksamkeit.

„Da", schrie er. „Da haben wir ihn wieder. Sehen Sie ihn? Was macht er denn da?"

„Sie haben recht. Er trudelt", sagte Kern.

„Aber *bevor* er trudelt. Er hat etwas verloren. Er trudelt, *weil* er etwas verloren hat. Was heißt, verloren! Er hat etwas abgeworfen! *Er* war es."

Durch das wiederholte Abspielen der Sequenz und durch das Vergrößern am Computer hatte Spinne aufgeregt erkannt, daß aus diesem Ballon ein weißer Gegenstand hinunterfiel, ein Päckchen vielleicht, das sich dann teilte oder platzte und dessen Inhalt wie ein Sprühregen niederging. Oder ging da seine Phantasie mit ihm durch? Nein, in der Tat, der Ballonfahrer hatte etwas abgeworfen;

womöglich hatte er genau denjenigen Gegenstand abgeworfen, der das Massensterben verursachte. Mit ein bißchen gutem Willen konnte man sogar die Hand des Ballonfahrers sehen, wie sie zum Werfen ausholte, und den guten Willen konnte man Spinne beileibe nicht absprechen!

„Er war was?“

„Na, der Auslöser für die Katastrophe.“

„Welche Katastrophe?“

Mein Gott, jetzt ging das wieder los. „Schon gut. Spielen Sie es noch einmal.“

„Und noch einmal und noch einmal. Wenn Sie mich gut zahlen, spiele ich es Ihnen die ganze Nacht vor und morgen und die ganze nächste Woche. Nein, nächste Woche nicht, da haben wir Meisterschaft.“

„Im Ballonfahren?“

„Quatsch. Im Schach natürlich.“

„Haben Sie überhaupt noch eine Mannschaft?“

„Wieso denn nicht? Die meisten kommen allerdings von auswärts...“

Allerdings...

Spinne wagte einen Vorstoß, was hatte er denn schon zu verlieren? „Darf ich Sie ins Vertrauen ziehen?“

„Freilich“, antwortete Dr. Kern gutmütig. Dabei sah er Spinne jedoch so naiv-versonnen an, daß Spinne diesen Gedanken gleich wieder verwarf.

Nein, den Anschlag würde auch Kern nicht zugeben, aber vielleicht konnte er wenigstens den Smiley untersuchen. Mit technischen Geräten kannte sich der Schach-Consulter doch aus, wenngleich er mit seinem Elektronikschrott ziemlich umständlich herumhantierte, aber möglicherweise läßt sich dieses Zeug nur so umständlich handhaben. Vielleicht könnte er den Smiley für seine Zwecke ausnützen, überlegte Spinne, und – anstatt sich unablässig angrinsen zu lassen – lieber den Abhörer abhören? Es war höchste Zeit, daß auch er sich mit modernster technischer Gerätschaft ausrüstete!

Seine Gedanken nahmen eine Kurve, kreisten und krümmten sich um die weiblichen Kurven. Vielleicht sollte er Désirée den

Smiley schenken, wenn sie schon seinen Anhänger aus dem Trash-Laden nicht trug, undankbares Geschöpf! Dabei hätte sie sogar zwei zur Auswahl. Vielleicht würde er dann etwas in Erfahrung bringen? Es fehlten zwar noch die Empfangsgeräte am anderen Ende...

Bei Désirée würde er wenigstens wirklich die meiste Zeit ein Stöhnen hören.

„Wie kommen Sie denn auf die Idee, daß dies ein Mikrofon ist? Nein, so etwas!" lachte Dr. Kern polternd, nahm den Smiley noch einmal kopfschüttelnd unter die Lupe und steckte ihn kurzerhand ein.

Nun hatte er seinen Glücksbringer eingebüßt! Vielleicht würde ihn der Sieger des nächsten Schachturniers als Zusatzprämie erhalten oder er diente als Vorlage für eine abwegige Werbekampagne für ein abwegiges Industrieunternehmen.

Was soll's, dachte Spinne, den Beweis für den Anschlag habe ich nun jedenfalls, und sogar den Täter. Den Ballonfahrer kann ich sicher ausfindig machen, und über den komme ich dann zu dem Erpresser, und wenn ich den erst habe, dann ist es nur ein kleiner Schritt, und dann –

„Schweres Fieber", sagte der Internist, „aber er kommt schon wieder auf die Beine."

„Er hat die ganzen Feierlichkeiten verschlafen. Drei volle Tage", nickte die Vermieterin, „dank dem Mittel, das Sie mir gegeben haben."

„Das war seine einzige Chance, daß er darüber hinwegkommt."

„Das ganze Erhebungsfest zu verschlafen, so was. Dabei war's so schön." Ihre Augen glänzten.

„Danke, Agnes." Der Internist hauchte ihr ein Küßchen auf die Wange.

Agnes, wieso Agnes? quälte sich eine Frage durch des Stadtschreibers Zellen. Ich dachte, sie heißt Stefanie.

„Egon", flüsterte sie verschämt, „mein Mann ist doch unten..." Mit aller Kraft hob Jakob Spinne eines seiner Augenlider. Das Geturtel ging schon eine Ewigkeit, und das vor seinen Augen, egal wie fest verschlossen sie sein mochten und wie tief er geschlafen haben mußte. Das war gar nicht der Internist, sondern der Richter! Und dem hatte er doch beim Sterben zugesehen. War er etwa im Jenseits? Und im Jenseits dürfen selbst biedere Richter Anleihen von der unbiederen Ehefrau nehmen, oder was? „Er hat wie wild phantasiert", hörte er die Vermieterin raunen, „von einem Anschlag und einer Katastrophe, unaufhörlich."

Noch immer klebten die Deckel schwer und fest vor seinen Gucklöchern. Keine Chance, sie in die Höhe zu stemmen. Hatte jemand ein Vorhangschloß angebracht oder einen Panzerschrank davorgeschoben?

Wie lange? wollte er fragen, doch auch seine Lippen ließen sich keinen Millimeter bewegen. Wie lange habe ich geschlafen?

In seinem Mienenspiel hatte sich offenbar eine Regung bemerkbar gemacht, denn über das Antlitz jener Frau, die er immer für Stefanie Wallner gehalten hatte, huschte der Anflug eines freudigen Lächelns. „Er kommt zu sich! Na endlich."

In der Tat, jetzt schaffte er es. Unter Aufbietung all seiner Kraftreserven drückte er die Tonnenlast in die Höhe. Etwas schmerzhaft Ungewohntes traf auf seine Sehorgane: Tageslicht.

Das erste, worauf sein Blick fiel, nachdem er wieder klare Umrisse erkennen konnte, war ein roter Luftballon, der an der Decke baumelte.

„Den hat Ihnen mein Enkel gebracht", beantwortete die Vermieterin glückstrahlend seinen verwunderten Gesichtsausdruck. Der hatte sich also weiter verjüngt. Sie hingegen wurde älter wie alle anderen auch, glich sich allmählich an, ja pirschte sich an ihr altersgemäßes Erscheinungsbild heran, sprintete fast.

„Damit Sie bald gesund werden und wieder auf andere Gedanken kommen."

Geglückt, konnte man sagen.

So oder anders

Spinne saß auf der Terrasse und sinnierte. In der nahenden Dämmerung spiegelten sich die Baumkronen der gegenüberliegenden Hügelkette in dem von goldenen Wellen durchtanzten See. Aus dieser Entfernung sahen selbst die auf der Bundesstraße vorüberrollenden Lastwagen wie liebliche Miniaturspielzeuge aus, die – ihres Lärms und damit eines Gutteils ihrer Bedrohung beraubt –

auf unsichtbaren Fäden quer durch die Landschaft gezogen wurden. Sogar die privilegierten Seeuferweg-Bonzenhäuser fügten sich in das idyllische Bild einer im Abendlicht verzaubert schimmernden Märchenlandschaft.

Mit jedem Tag zeigten die Baumwipfel ein wenig mehr Gelb, kaum ein Segelboot ließ sich blicken, alles, was weiß im blauen Wasser aufblitzen konnte, war längst abgetakelt, zusammengerollt und in Bootshütten verstaut, die bunten Kähne, die noch vereinzelt im Hafen ankerten, hatte man mit graugrünen Schutzmänteln umhüllt, wenn sie nicht gar ans Ufer gezerrt worden waren und allmählich in einem Meer von Herbstblättern verschwanden.

Das Gelb würde man gerade noch billigen, im Spätherbst kam jedoch ein schmutziges Braun hinzu, ein letztes Aufbäumen vor dem Verfall, Vorbote der winterlichen Dürre und Kahlheit. Hatte man die märchenhaften Tage nicht in der Erinnerung gespeichert, so waren sie vorbei und verloren.

An einem See will man den Sommer natürlich erst recht nicht hergeben. Irgendwann, Ende Oktober, wird auch der Badehütten-Schlüssel vollends überflüssig...

Die Seespiegelanhebung. Eine grandiose Maßnahme, da man sie überhaupt nicht wahrnahm – und als solche natürlich auch nicht kritisieren konnte. Vielleicht stellte dies generell ein Modell für sämtliche politische Vorhaben dar: unbemerkt zu bleiben (doch viel Aufwand darüber zu betreiben).

Möglicherweise könnte man die Lösung dieses kleinen Rätsels aber auch darin entdecken, daß der See eben nicht eben liegt, so wie man sich das vorstellt, sondern auf der einen Seite ein bißchen weiter nach unten hängt, nicht etwa weil die Erde gekrümmt ist, sondern weil so wie in einem Flußverlauf auch in einem See ein natürliches Gefälle auftreten kann.

Es gibt sie, es gibt sie nicht, die Katastrophe, dachte er. Es hat sie gegeben, es gibt sie, und es wird sie wieder geben. Oder nicht? Ein natürliches *Perzeptions-Gefälle*. Lieber nicht zu viel denken oder an der eigenen Wahrnehmung zweifeln oder an den Visionen, lieber nicht den subjektiven Anteil an der Wirklichkeit untersuchen, lieber nicht. Lassen wir alles wie es ist. Denken wir lieber an die Frauen statt an die Katastrophen, oder eins als Auslöser für das andere.

Die französische Botschaft, hörte er in den Nachrichten, werde geschlossen, nach einem diplomatischen Empfang wäre es zu einem Skandal gekommen, in dem die Frau des Gastgebers verwickelt gewesen sein sollte; doch im allgemeinen nahm man an, daß dies und die schon länger herumschwebenden Spionage-Gerüchte nur als willkommene Ausrede für die Sparmaßnahmen und die ohnehin bereits beschlossene Schließung dienten. Wozu brauchte man in einem vereinigten Kontinent der künftigen u. Möglichkeiten noch Botschaften? Es gab die Post, privatisiert, gemeinsame Briefmarken, die Uno, Einrichtungen zur militärischen Zusammenarbeit, was denn noch, was wollten denn die? So oder so ähnlich äußerte sich ein offizieller Sprecher.

Vom Bürgermeister hatte er überhaupt nichts mehr gesehen. Ob er bei der Katastrophe ums Leben gekommen war? Jedenfalls schien er niemandem abzugehen. Es fehlte noch, daß irgendeiner sagte: „Welcher Bürgermeister?" Die Abwesenheit dieser politischen Instanz konnte keinen großen Verlust darstellen, wenn das Leben der Bürger ohne nennenswerte Einbußen weiterging.

Ein Problem erblickte Spinne jedoch dabei, und zwar ein erhebliches. Wer würde ihm am Ende seiner Tätigkeit das Verdienstkreuz und den Orden umhängen? Ob er das dem Hilfssheriff überlassen sollte, bei all den Frechheiten, die sich dieser schon geleistet hatte? Naja, vielleicht schicken sie wieder den Landesheiligen und er rückt mit seiner Kutsche an, von mir aus darf er diesmal auch mit dem Jaguar anreiten.

„Es ist zum Kotzen! Sie benutzen ja die Menschen! Jeder einzelne Mitmensch dient Ihnen nur als Vorlage für Ihre abstrusen Konstrukte", meckerte der Hilfssheriff und überstieg damit bei weitem seine Kompetenzen, spielte sich auf als Adjutant des skriptiven Protokolls. „Und wie kommen Sie überhaupt darauf, daß es den Richter nicht mehr gibt? Das könnte Ihnen so passen!" setzte er fort, nicht zum Schweigen zu bringen, der ewige Besserwisser. Hätte es nicht *ihn* erwischen können? Naja, wahrscheinlich würde er uns abgehen, wenn man ihn nicht zur Seite hätte. Wahrscheinlich würde uns allen todlangweilig werden ohne diese beständigen, neunmalklugen Plapperer innerhalb unserer Wände.

Die Wirklichkeit ist dehnbar, ebenso was wir davon wahrnehmen, und erst recht, wie wir sie darstellen. Denken wir lieber an die Frauen, die ersehnten. Gönnen wir ihnen eine Hauptrolle in unserem realen oder irrealen Lebens-Drama.

Im Charakterfach

Eine längst fällige Aussprache war nachzuholen.

Diesmal hatten sie sich in der Pizzeria verabredet. Es waren wenig Gäste anwesend, nur vorne gab es jemanden, der fortwährend den Platz wechselte. Kaum saß er eine Zeitlang irgendwo, nahm er sein Getränk und setzte sich woanders hin. Und dann das gleiche wieder und wieder. Als der Kellner höflich an ihn herantrat und etwas in sein Ohr murmelte, das zu seiner Konsolidierung beitragen sollte, entgegnete er schroff: „Ich habe keine Lust darauf, daß mir ein dämlicher Lautsprecher andauernd ‚Guantanamera' ins Ohr säuselt." Daraufhin beruhigte er sich etwas, wechselte nur noch einmal seinen Platz, blieb dort bewegungslos sitzen und sah reglos in sein Glas, in dem aber nichts mehr zu sehen war, zumindest kein physikalischer Inhalt.

Stumm und friedlich saßen sich der Stadtschreiber und Désirée gegenüber, nach all den Ereignissen herrschte Einvernehmen, nahezu Sympathie. Wenn sie etwas weniger verrucht wäre, hätte ich mich beinahe in sie verlieben können, räsonierte Spinne in einem kurzen, gönnerhaften Anflug von Sentimentalität, der aber bald einem grenzenlosen Erstaunen wich.

„So klein und schon im Rollstuhl!" rutschte es aus ihm heraus. Ach so, ein Kinderwagen, der da ins Lokal geschoben wurde. Nach und nach füllte sich das Lokal.

„Ich nehme Spaghetti Bolognese", sagte Désirée.

„Und Sie?" fragte der Kellner.

„Und ich Sphagnetum magellanici."

„Äh, wie bitte?"

„Kennen Sie nicht? Das ist der Torf vom Hochmoor. Hahaha. Nur ein kleiner Scherz. Schon gut. Bringen Sie mir auch so ein Nudelzeug. Aber mit Messer und Gabel. Ich will hier nicht die Nacht verbringen und dauernd das Zeug um den Löffel drehen,

nur weil es die Italiener nicht schaffen, diesen Fraß in einer handlichen, mundgerechten Größe herzustellen."
„Sie können Makkaroni nehmen."
„Nein, das ist mir zu makaber."
„Oder Canneloni."
„Klingt so nach Kanal..."
„Häpm. Also, bitte. Ich weiß nicht; wie wäre es mit Gnocchi?"
„Esse ich höchstens in der Suppe, als Griesnockerl. Aber ich mag keine Suppen."
„Dann weiß ich wirklich nicht..."
„Schon gut, habe ja gesagt, ich bleibe bei den Spaghetti. Mit Messer und Gabel."
Der Kellner trollte sich, erleichtert.
„Ist es immer so einfach und unproblematisch, wenn Sie eine Bestellung aufgeben?"
„Nein, manchmal muß ich auch brüllen. Am liebsten verschlinge ich das Personal. Besonders wenn es weiblich ist. – Nur mit den Augen, versteht sich."
„Aha."
„Aber heute habe ich Fast-Tag. Es ist ja nur noch fast Tag, wird schon dunkel. Hahahaha." Den Lacher hatte er vom Consulting-Boß. Wieso ließ er sich bloß immer nur von Schwachsinn anstecken statt von geistiger Größe, die zugegebenerweise seltener auftritt. „Heute habe ich Diät. Heute sind Sie dran."
„Und was passiert mir da?"
„Nichts. Sie werden verschlungen, wie alle. Aber nicht nur mit den Augen."
„Klingt vielversprechend."
„Über die Katastrophe darf ich ja nicht reden?"
Sie drohte ihm mit einer Gabel.
„Also reden wir über die Zeit *vor* der Katastrophe. Sie haben mich in eine ganz schön blöde Situation gebracht, damals, im Theatersaal."
Sie zwinkerte. „War's nicht auch ein bißchen angenehm?"
„Der Aperitif schon. Aber bei der Nachspeise habe ich mir fast den Magen verdorben."
„Weil Sie immer so kompliziert bestellen."

„Sie haben leicht lachen."

„Sie auch."

Er verzog das Gesicht zu einer kurzen Grins-Grimasse, dann rückte er es wieder auf ernst zurecht.

„Wie kann ich das bloß wieder gutmachen?" spöttelte sie, „Soll ich unter dem Tisch verschwinden?"

„Hören Sie bloß auf", warnte er. „Sonst schreibe ich Ihrem Mann einen Erpresserbrief."

„Sie sind das also immer..."

„Wie, immer; was heißt immer? Das war... das war doch ein Scherz."

„Sie immer mit Ihren Scherzen. Mein Mann erzählte mir, daß er schon mehrere Drohbriefe erhalten hat."

„Und was stand drin?"

„Das hat er nicht gesagt."

„Warum?"

„Um mich nicht zu beunruhigen. Sagt er."

„Sehr beruhigend. Und das wirkt?"

„Was? Ob ich jetzt beunruhigt bin?"

„Nein, die Drohung natürlich."

„Keine Ahnung. Ich weiß ja nicht, was drin steht. Er sagt nur, daß es gefährlich klingt."

„Ich war es auf jeden Fall nicht."

„Ihnen würde ich sowieso nichts glauben."

„Wieso?"

„Jemand, der Spaghetti mit Messer und Gabel ißt..."

Da kamen sie schon. Dampfend, auf einer riesigen Schüssel. Sie rollte, er schnitt.

„...aber zutrauen würde ich es Ihnen schon..."

„Was?"

„Das Schreiben." Schon wieder eine, die ihm alles zutraute. Wieso traute er sich nichts zu? Er traute sich nicht einmal, die widerborstigen Nudeln zu kräftig zu attackieren, damit die Sauce nicht davonspritzte, egal ob sie nun aus Bologna, Udinese oder vom AC Milan stammte.

„Vielleicht steckt jemand dahinter, den ihr Mann zu kräftig attackiert hat, ich meine zu hart angegriffen, zu streng verurteilt."

„Das kann natürlich sein." Sie sah ihn milde an. Es war wirklich unfair, jemanden so streng zu verurteilen, bloß weil er nicht Spaghetti essen konnte.

„Sagen Sie mir doch endlich, was Ihr Mann über Sie weiß", versuchte er es rundheraus. Er hatte Mitleid mit ihr, wie sie sich, einer bloßen läppischen Etikette gehorchend, mit den sich endlos schlängelnden Teigwürmern abmühte und kaum etwas um den Löffel oder gar in den Mund bekam. Armes Ding, dachte er, so gefangen, in ihrem Brauchtumskorsett! Das hätte er nicht denken sollen, denn dieser Gedanke brachte ihn auf einen anderen.

„Was denken Sie?" Sie schien seine Gedanken zu erraten. Hatte er sie angesteckt?

„Ich dachte, ich hätte Ihnen eine Frage gestellt..."

„Ach so?"

„Aber vielleicht habe ich mich geirrt."

„Was haben Sie denn gefragt?"

Er kratzte sich am Kinn „Ah, weiß nicht. Schon vergessen."

„Dann war es sicher nicht wichtig."

„Mhm. – Oja. Da ist es wieder: Ob Sie manchmal Strapse tragen."

„Das haben Sie gefragt?"

„Nein?"

„Daran kann ich mich nicht erinnern."

„Nicht? Ich dachte schon. Vielleicht war es auch etwas anderes."

„Vielleicht."

„Ach ja. Was Ihr Mann über Sie weiß."

„Na endlich. Sind Sie froh, daß es Ihnen wieder eingefallen ist?"

„Also?"

„Also. – Ich trage manchmal Strapse. Das wollten Sie doch hören. Das erregt Sie. So wie alle anderen Männer. Sie sind genau gleich. Sie sind um nichts besser als jeder andere."

Sie wurde allmählich laut und ärgerlich. Ärgerlich allein wäre nicht so schlimm.

Ein paar Gäste drehten sich um, sahen herüber, der Kellner klimperte an der Bar nervös mit einem Löffel auf ein silbernes Metall-Tablett. Der kleine Mensch im Kinderwagen begann wie ein richtig ausgewachsenes Baby zu quengeln. Doch Désirée ließ sich nicht so leicht bremsen, steigerte sich in eine Anti-Männer-

Legende, offensichtlich ein einstudierter Monolog aus einem anderen Stück, ein wenig überzeichnet. Die Frau, die alle Männer haßt und sie deswegen reihenweise vernascht. Oder: die Frau, die sich selbst haßt und sich deshalb zwanghaft erniedrigt. Oder: die Frau, die von ihrem Vater nie geliebt wurde und deshalb... Oder: die Frau, die seit Adam und Eva. Ein Bühnen-Klassiker zweifellos, wenn auch ein wenig abgespielt, angegraut, Staub auf dem Skript. Zeit für eine Neu-Inszenierung?

„Sie wollen doch nur mit mir ins Bett. Jeder will nur mit mir ins Bett. Und ich will mit jedem ins Bett. Ich sehe nur noch Schwänze, wandelnde Schwänze." Laut allein wäre nicht so schlimm; laut und obszön. Die Unterhaltung an den anderen Tischen war zum Erliegen gekommen, nun sprach nur noch eine, wie es sich für einen echten Bühnen-Monolog geziemte, in einem echten Bühnen-Klassiker.

„Sie wollen mich ficken. Und ich will Sie ficken. Alle wollen ficken. Also ficken wir! Warum ficken wir denn nicht gleich hier? Warum ficken denn alle nicht in aller Öffentlichkeit, wenn jeder nur ficken will?" Nun schrie sie bereits. „Warum fickt denn niemand?"

Der Kellner verschwand nach hinten, suchte den Geschäftsführer, gleich würde er ihn finden, gleich würde der Geschäftsführer herauskommen. „Warum ficken Sie mich nicht? Ficken Sie mich doch! Ficken Sie mich endlich!"

Der Zusammenbruch konnte nicht lange dauern, eine Steigerung war unmöglich. Allein aus dramaturgischen Gründen müßte sie nun bald umkippen und zu weinen beginnen. Sie rief noch einmal, mit beinahe überschlagender, halb schon gebrochener Stimme, schon halb in Tränen, halb verzweifelt, bittend, flehentlich: „Ficken Sie mich!" Dann begann sie hemmungslos zu schluchzen.

Der Stadtschreiber entschuldigte sich bei dem eben mit entschlossener Miene herantretenden Geschäftsführer (den Désirée, ihre Stirn auf die Tischkante gepreßt, gar nicht mehr wahrnahm) und mit einem ernsten, besorgten Kopfnicken bei den anderen Gästen. Dann steckte er ihm eine zusammengefaltete Banknote zu und flüsterte ihm etwas ins Ohr, worauf der Patron mit leisen, verständnisvollen Schritten davontrabte und eine Kassette mit unverfänglicher Tanzmusik einlegte. Nach und nach glättete sich die Atmosphäre wieder einigermaßen, nur die Lady flennte unaufhörlich. Nun stand „Charakterwandel" auf dem Spielplan, nun hatte sie ihre andere Seite zu verkörpern: das arme Seelchen, das mit ihrem kühlen Kalkül des männervernichtenden Dauer-Vamps nicht zurandekam und im Stillen daran verzweifelte. Ach, welche Tragik!

Er hatte keine Lust, den Stichwortgeber in diesem herzzerreißenden Schauspiel abzugeben und es dadurch noch mehr in die Länge zu ziehen, schließlich mußte er um den letzten Akt Sorge tragen, schließlich hat man ja Kosten.

„Häpm", machte er, und als sie mit verwaschenem Gesicht zaghaft aufblickte, ein zweites Mal, sachte: „Häpm."

„Eigentlich", setzte er behutsam fort, als sie sich allmählich gefaßt hatte, „wollte ich nur wissen, wie Ihr Mann darüber denkt."

„Ach so", sagte sie tonlos, müde. Gleich würde ihr einfallen, daß ihr Make-Up vermutlich nicht mehr ganz dem Standard entsprach, den sie für sich festgesetzt hatte. Sie würde für eine Viertelstunde verschwinden, und beim Blick in den Spiegel würde sie sich eine Strategie für ihr weiteres Agieren zurechtlegen, nachdem sie sich ausgiebig wegen ihres Ausbruchs in aller Öffentlichkeit verwunschen hatte. Dann würde sie die Konsequenzen dieses Eklats überdenken und zu dem Schluß kommen, daß sie dieses Lokal besser bald verlassen sollte, er hingegen würde verabschiedet und auf ein anderes Mal vertröstet werden, auf jeden Fall würde er weder neue Informationen noch eine Antwort auf seine Fragen erhalten. Den unerwartet wieder zum Leben erweckten, gewiß mittlerweile ernüchterten Richter konnte er auch nicht fragen, dem Dorftratsch würde er kein Gehör schenken oder nicht trauen. Was hatte er mit diesem lasterhaften Pärchen zu schaffen? Was hatte er damit zu tun? Schon tat es ihm leid um die vergeudete Zeit und vor allem um den Schein. So ein großer Schein, um sich kurzfristig Ärger zu sparen, sich aus einer unangenehmen Situation zu retten und die Würde einer vermutlich ohnehin verruchten Frau wiederherzustellen, das konnte man billiger haben, vielleicht indem man sich gleich von all dem Theater fernhielt! Nichts Gutes kommt vom Theater dieser Zeit...

4. Akt

Ein verwunschener Ort

Pünktlich, im November, auf den Berggipfeln der erste Schnee. Über den Wiesen liegt Rauhreif, die Bäume oben am Hügel sind nun gänzlich ohne Laub, nur unten, beim See, glänzt es noch goldgelb aus dem windgeschützten Tal herauf.

Spinne saß vor dem Fernsehapparat und hing seinen eigenen Gedanken nach. Désirée war leider komplett überdreht, fast übergeschnappt. Die Katastrophe, von allen geleugnet – in ihrem Innenraum hatte sie zumindest stattgefunden.

Zwei Sieger gab es in Belgrad, meldet der Staatsfunk, nach diesem 24. September, und darauf folgte eine Erhebung, ja ein Umsturz, war der etwa von Neumarkt aus gesteuert??

Zwei Sieger: Der altbekannte Herr Diktator, der einzige steckbrieflich gesuchte Verbrecher, dessen Wohnsitz bekannt ist und der sich ungeniert in der Öffentlichkeit und im Fernsehen zeigen durfte, und der Neue, Liebkind und Darling des Westens, ein Hoffnungsträger für die europäische Stabilität, d.h. ein möglicher Garant für die hochwillkommene Erweiterung des ökonomischen Spielraums. Und jeder wollte Sieger sein. Hoffentlich wiederholt sich das Chaos nicht bei den amerikanischen Präsidentenwahlen. Nein, so etwas darf man nicht denken.

Einen Tag vor seiner Abreise hat Spinne die Hoffnung aufgegeben, den Fall zu klären, den es offiziell anscheinend nicht geben darf. Wenigstens einen Ausflug will er noch unternehmen, um sich von der Gegend zu verabschieden...

Der letzte Tag, dachte Spinne, wie schnell das geht! Also kreuzte er noch einmal auf den ländlichen Nebenstraßen mit ihren zahllosen Abzweigungen herum, eine davon die ehemalige Römerstraße, die mitten durch den Wald führte. Er fuhr, beinahe wie zufällig, genau die selben Plätze ab, auf die er bei seinem ersten Eintreffen gestoßen war: das standesgemäß geschmückte Haus der Blumenbinderin, jenen großen, weitläufigen Bauernhof mit dem minimalen Gästezimmer; nur des Buchhändlers Leichenhalle lag nicht auf seinem Weg.

Nicht ganz zufällig fuhr er hier, stellte er fest, als er sein Unterbewußtsein befragte. Quatsch, antwortete es, was heißt zufällig! Du willst dieses zweite Schloß finden, von dem du gehört und gelesen hast, die alte, verfallene Burg. Lichtentann. *Lichtentann*, nicht Fichtentann!

Das Unterbewußtsein hatte recht, wie immer, wenn es sich nicht als Hauptsheriff oder Hilfsvorstand tarnte und unter falschen Namen für fragwürdige Einflüsterungen sorgte. Okay, es zieht mich dorthin, gab er widerwillig zu.

Manche kannten die Burg, doch die meisten nicht, schüttelten nur stumm den Kopf, wenn man sie fragte. Einige sagten, ja ja, die Ruine, andere wußten wohl von dem Namen „Lichtentann", doch bloß als Bezeichnung eines kleinen Landstrichs, von einer Burg war ihnen nichts bekannt.

Nein, nein, hieß es, die Burg ginge unterirdisch weiter. Da gäbe es Gänge und geheime Bunker, richtige Gebäude. In einem der unterirdischen Räume sollen sogar Reliquien aufbewahrt werden, nicht Relikte; richtige Reliquien. Dann und wann fand ein Pilzsammler seltsame Gegenstände, und ein Hund, der gegraben hatte, stieß auf Tonscherben und Knochen. In den letzten Kriegsjahren hatten sich ein paar Offiziere hierher zurückgezogen, um zuerst gegen die Besatzer erbittertsten Widerstand zu leisten – gegen die Besatzer, die sie auf keinen Fall als Befreier anerkennen wollten und in denen sie immer noch, und wohl ihr ganzes Leben lang nur Feinde sahen – bis sie sich letzten Endes eilends all ihrer Uniformen und Waffen entledigt hatten, um weiß Gott wohin zu verschwinden, und da all dies in den Gräben rund um die Burg geschehen war, wußte man nicht, ob nicht der ganze Komplex mit Munition und Sprengkörpern übersät oder gar vermint war, deshalb unterließ man weitere Nachforschungen und Grabungen. Die Vergangenheit sollte ruhen. Sie wurde ohnehin unversehens geweckt und spielte uns dann und wann ihre schrecklichsten Alpträume in greller Verzerrung höchst wirklichkeitsecht vor.

Um die nähere Umgebung dieses Gebiets rankten sich wilde Legenden. Eine Stelle hieß „Goldene Kutsche", weil eine hochmütige Gräfin sich einmal hier versündigt und samt Kutsche im Moor versunken sein soll, eine andere Örtlichkeit unweit davon nannte man „Toter Mann", dort wäre einst, so geht die Sage, ein Mord wegen eines Krapfens passiert – dafür konnte man aber weder Spinne noch Gisela Sauerzopf oder gar Herrn Guschlbauer die Schuld zuschieben.

Dieses zweite Schloß, dessen Existenz vom Alt-Bürgermeister glatt bestritten wurde; eine Ruine, geheimnisumwittert. Wer wohnte hier? Und wo sind die, die dort wohnten, jetzt? Auf der Karte war diese Ruine jedenfalls eingezeichnet. Ein Steig mit dem Namen „Schloßgraben" deutete auf die frühere Existenz eines herrschaftlichen Anwesens hin.

Endlich entdeckte er bei einer Weggabelung eine Tafel. Dort stand auf einem Pfeil „Zur Ruine. 15 Minuten", der Pfeil wies nach oben. Spinne stellte das Auto ab, folgte dem Pfeil. Der Anstieg war beschwerlich, steil. Kurz ging es über eine Wiese, dann auf einem Hohlweg durch den Wald. Höher und höher schlängelte sich der Pfad den Hügel hinauf. Würde sich hier das Geheimnis lüften? Tief hatten sich die Furchen in den Weg eingegraben, in den Furchen hatte sich Wasser gesammelt, zusehends morastiger wurde das Terrain. Ein weitläufiges Sumpfgebiet noch als letztes Hindernis vor der verwunschenen Burg. Bis zu den Knöcheln watete er im Schlamm, doch wie magisch zog es ihn nach oben, er mußte diese Ruine finden. Nun war er eine gute halbe Stunde unterwegs, einmal – bei einer besonders schlammigen Stelle – hatte er es allerdings vorgezogen, lieber durch den Jungwald zu kriechen. Hatte er eine Abzweigung versäumt? Hatte er sich wieder einmal verirrt? Na, und wo bist du jetzt, sekundäres Hilfsbewußtsein? Wieder einmal schwer inkognito und ziemlich ungreifbar!

Der Weg führte weiter und immer weiter nach oben, machte keinerlei Anstalten, irgendwo hinzuführen, Beschriftungen zu suchen war so gut wie sinnlos. Also blieb er stehen, sah sich um. Wo würde *er* eine Burg hinstellen, überlegte er.

Einen kleinen, bewaldeten Hügel hatte er seitlich passiert, dort dahinter oder obenauf vermutete er sie am ehesten. Also watete er wieder zurück und erklomm den Hügel. Oben angekommen, entdeckte er darunter einen weiteren, kleineren Hügel. Unten schlenderte ein Wanderer durch den Wald, den könnte er fragen, doch irgend etwas hielt ihn davon ab, zumal er zwischen den beiden Erhebungen einen schmalen Pfad ausgemacht hatte, der hinter den tiefergelegenen Hügel führte – vielleicht die Reste eines alten Burggrabens?

Jetzt wußte er sich auf einer sicheren Fährte. Er kletterte den Hang hinab und folgte mit wachsender Neugier dem Pfad. Aha. Man muß also stehenbleiben, innehalten, erst einmal zur Ruhe kommen, damit die unterbewußten Hilfsgeister sinnvoll eingreifen können.

Der Pfad wand sich rund um den Hügel und führte dann zu einer ebenen Fläche, die sich ausweitete und auf der dem Tal zugeneigten Seite von alten Mauerresten begrenzt wurde. Es war ein Platz mit einer eigenartigen Atmosphäre; eine Atmosphäre, die ihn sofort in ihren Bann zog. Ein Platz voll Geschichte, voll Vergangenheit, aber auch voll Kummer, voll Melancholie. Die „Herren von Alten-Tann“ sollen hier gehaust haben, wie man auf einer Inschrift lesen konnte, ein Adelsgeschlecht, das die Burg als Lehen erhielt, dann wieder verlor, zurückeroberte, erneut einbüßte usw. Was für eine Geschichte seit über 900 Jahren, und jetzt stand nur noch eine Mauer von der ehemals heißumkämpften Festung.

Wer immer die Burg hier angelegt hatte, der hatte wahrlich einen guten Ort gewählt. In der Mauer war ein Torbogen erhalten, dahinter ging es schroff nach unten. Und genau dort, vor dem Abgrund, stand wieder diese seltsame Gestalt, stand und schaute, schaute hinunter oder ins Nichts. Der Stadtschreiber wollte ihn grüßen, doch der Mann ließ dies nicht zu, er hatte eine Mauer um sich aufgebaut, eine Mauer aus Abwehr, die jedem riet, sich fernzuhalten.

Der Selbstmörder bei der Ruine

So sehr ihn die Anwesenheit dieses Mannes störte, Spinne mußte zugeben, daß der Fremde auf eine seltsame Weise in diese Atmosphäre paßte. Als ob er hierher gehörte. Als ob beide, Mann und Burg, einander gehörten, zueinander gehörten, zur gleichen geistigen Sphäre gehörten, wenngleich Spinne mit der Ruine allein fraglos besser zurechtgekommen wäre. Instinktiv wußte er, er durfte diesem Mann nicht in die Augen sehen. Dieser Mann hatte dunkle Gedanken. Tiefschwarz. Schwarz war er auch angezogen, schwarze Jacke, schwarze Hose, kurzes, helles Haar, die Hände in den Taschen, den Kragen aufgestellt, in eine dunkle Wolke gehüllt, brütend. Ein wenig bemühte er sich, den Anschein eines harmlosen Spaziergängers zu erwecken, studierte die Tafel, auf der die wechselvolle Geschichte der Burg und ihrer Besitzer zu lesen war. In unmittelbarer Nähe der Burg befand sich früher, so stand dort, auch eine alte Richtstätte samt Galgen.

Der Stadtschreiber, weit davon entfernt, sich heroisch zu fühlen oder heroisch zu agieren, wollte beides, wollte gleichzeitig hierbleiben an diesem magischen Ort und wollte gleichzeitig die Gegenwart dieses dunklen Gesellen möglichst schnell hinter sich lassen, er wollte nur noch flüchten, ja, nur weg von diesem schwarzen Gebräu, nichts wie weg von dieser Masse Mensch, weg von dieser Verzweiflung, die sich in der Mitte einer schwarzen Wolke gesammelt hatte, die jetzt und jetzt zu explodieren drohte.

Erst ein paar hundert Meter weiter unten, nachdem Spinne hinabgestolpert war, einen anderen, scheinbar leichter gangbaren Weg, der durch den Torbogen führte, vorbei an den Resten eines weiteren verfallenen Gemäuers, erst dann kam ihm zu Bewußtsein, er hätte vielleicht auch helfen können, etwas sagen, doch dieser Mensch ließ keine Hilfe zu, er hatte ein Bollwerk aufgebaut, er würde jedes Gespräch vernichten oder zum Anlaß seiner eigenen Vernichtung nehmen. Und als Spinne endlich unten ankam, beschleunigte er seine Schritte, er hatte nur vor einem Angst: diesen Schuß zu hören, einen tödlichen Schuß, denn das würde nun schon der vierte sein, der sich aufgrund seiner Anwesenheit das Leben nahm, ließ man einmal die Katastrophe der Erhebung außer Acht.

War nicht die Auslöschung eines Einzelnen, freiwillig, die größte Katastrophe und multiplizierte sie sich tatsächlich, wenn sie sich in tausenden Einzelschicksalen zutrug? Wie makaber, daß sich dieser arme Unglückliche einen alten Richtplatz für seine letzte Tat ausgesucht hatte. Zuvor war er oben auf einer Brüstung gestanden, auf dem zweiten, gerade noch verbliebenen Torbogen und hatte heruntergeblickt, und als er den Stadtschreiber näherkommen sah, wich er zurück – vielleicht war er schon bereit gewesen zu springen, obgleich die Höhe für einen endgültigen, letzten Sprung nicht auszureichen schien.

Und wie er früher durch den Wald gestreift war, mit einem ganz anderen Schritt als gewöhnliche Wanderer und Spaziergänger; in sich gefangen, nicht die Natur und den Wald und den Geruch des Herbstlaubs aufnehmend, sondern nur sich und seine allertiefste, für ihn kaum mehr zu bewältigende, unlösbare Problematik. Er ließ keinen Platz für Unverbindlichkeit, keinen Platz für Kontakt, keinen Platz für einen Gruß, keinen Zentimeter ließ dieser Fremde für ein freundliches Lächeln, alles hüllte er in seine kalte, unnahbare Abwehr ein, in seinen dumpfen Verzweiflungsschrei, der nicht überhört, aber auch nicht übertönt werden wollte und der sich fast wie besessen dagegen sträubte, von der Ursache seiner Verzweiflung, seiner Nicht-Einheit befreit zu werden.

Nur weg, dachte Spinne, nur weg, schnell in das Auto steigen und wegfahren. Nicht auf diesen Schuß hören, nicht auf diesen Schuß warten, nicht darauf achten, wie sich der Schall aus der Stille löst und von den Bergen zurückgeworfen wird, nicht hinhören, wenn sich ein dumpfer Fall bemerkbar macht, ein dunkles Kollern, nur nicht diese Laute wahrnehmen, schnell weg, nur weg. Nichts wie weg.

Ein allfälliger plötzlicher, lauter Knall könnte freilich auch den gesetzeskonformen Schuß eines Jägers oben im Wald zur Ursache haben, ja es müßte sich gar nicht um einen Schuß handeln. Nur nicht an einen Schuß denken, dachte Spinne. Nur nicht an den Tod denken.

Schon bei seiner ersten Wanderung, bei der er hoffnungslos in die Irre gelaufen war, hatte es ihn zu dieser geheimnisvollen Ruine hingezogen, doch er hatte die Entfernungen unterschätzt. Auf der Karte sah alles viel näher aus als in Wirklichkeit. Er wollte die gegenüberliegende Hügelkette entlangwandern, die er von seiner Terrasse aus immer vor Augen hatte; von Sommerholz, der Hochebene, wo er sein Auto abstellte, gleich bei der Kirche, von der man fast schon hinuntersah auf den anderen See, den Irrsee, quer hinüber bis zu jenem Kolomansberg, zumindest zu dessen für die Öffentlichkeit zugänglichen Teil. Am Rückweg würde er noch dieses halb verfallene Schloß besichtigen, doch der Weg war weit, selbst am Gipfel war der Boden feucht, überall unter den Füßen schwabbelte es, ein Hochmoor, sodaß er viel länger brauchte und den Rückweg gar nicht mehr antreten konnte oder wollte, und so wählte er einen Abstieg quer durch den Wald zu einem Berggasthof und ließ sich als armer, verirrter Wandersmann von der Vermieterin abholen und zurück zu seinem Auto bringen. Ohne den Nebel wäre die Aussicht wahrscheinlich atemberaubend gewesen und vielleicht hätte er dann sogar die Ruine gesichtet, doch er hatte sich absichtlich diesen trüben Tag für einen spätsommerlich frühherbstlichen Wandertag auserkoren.

Als er aber tatsächlich vor der Ruine stand, wußte er, er hätte sie weder sehen oder entdecken können, noch wäre er in der Lage gewesen, sie bloß zu besichtigen wie ein Tourist, sie mit den Augen unsittlich zu berühren, sie zu begaffen, sie beinahe zu betatschen. Hier, an dieser Stätte, an diesem alten Richtplatz, war man als ganzes Wesen gefordert, hier mußte man *sein*, sehen, empfinden, nachempfinden, jetzt empfinden. Hier mußte man sich einfühlen können, noch dazu, wenn andere, fremde Gestalten sich ebenfalls angezogen fühlten von diesem dunklen Ort, düstere Wesen, die unter Umständen eben einen Richtspruch fällten, über sich, oder sich einen fremden Richtspruch erhofften oder sich in die Unklarheit stürzten oder in den Abgrund; hier wäre man in der Dämmerung ohne anwesende Mittäter kaum je wieder weggekommen, magisch hielt einen dieser Ort gefangen. Von keiner Seite einzusehen; eine Festung, praktisch uneinnehmbar, außer mit den Mitteln der modernen, sauberen Luftkriegstechnik.

Nicht an den Krieg denken, sagte sich der Stadtschreiber, nur nicht an den Tod denken...

Bellende Gesellen

Nie und nimmer würde er es nun, am Tag seiner Abreise, erfahren, wenn dieser Unglückliche sich tatsächlich etwas angetan haben sollte; ein lokales Ereignis dieser Größenordnung – der Tod eines Einzelnen – erreichte kaum die überregionalen Nachrichten, da müßte der Arme schon eine sehr spektakuläre Todesart gewählt haben, um noch in den Spätnachrichten aufzuscheinen, etwa, sich einen Galgen zu zimmern und draufzuschreiben: „Ich bin der letzte Raubritter“ oder „Nieder mit allen arischen Nicht-Ariern“ oder ähnlich Sinnvolles, oder er müßte sich wenigstens selbst verbrennen oder seine Gliedmaßen einzeln einer mitgeführten Meute von scharfen Hunden verfüttern. Doch von Hundegekläff war nichts zu hören gewesen, nur an ein paar Kinder erinnerte sich Spinne, mit glockenhellen Stimmen, Kinder, die sangen und summten und raschelnd durchs Laub tollten. Nein, von diesem Ereignis würde er wohl nie erfahren, es sei denn jener Unbekannte las dieses Buch und rief ihn an.

Das Telefon läutete. „Ich habe Sie gestern gesehen“, sagte eine unbekannte Stimme. Spinne wußte sofort, mit wem er es zu tun hatte. „Ihr Gesicht kam mir bekannt vor, doch ich wußte nicht, wo ich Sie hintun soll. Erst als ich sah, wie Sie in Ihr Notizbuch kritzelten und dann Ihr Bild in der Zeitung mit der Ankündigung Ihrer Lesung entdeckte, wußte ich, daß Sie der Stadtschreiber sind. Ich habe Sie gestern gesehen, Sie wissen ganz genau, wo, und Sie fragen sich sicher, was ich dort wollte. Aber ich möchte das nicht am Telefon mit Ihnen besprechen. Treffen wir uns.“

„Ja, natürlich“, antwortete Spinne. „Wo?“

„Na oben, bei der Burg. – Aber diesmal wird es ernst. Ich muß Ihnen etwas zeigen“, sagte der andere.

„Wann?“

„Jetzt.“

Der Stadtschreiber warf sich in sein Auto, fuhr die paar Minuten zum Ausgangspunkt des Fußwegs, stellte den Wagen wieder unten bei der Wegkreuzung ab und hetzte nach oben. Den steilen Weg hinauf zur Burg schaffte er diesmal in nicht einmal fünf Minuten. Oben atemlos angekommen, setzte er sich auf die kleine Bank zu dem Jausentischchen. Er war allein.

Der andere hatte ihn hinters Licht geführt, er war nicht gekommen; war er etwa an einem anderen Ort? Sein Handy läutete.

„Warten Sie auf mich“, sagte der andere, „Ich habe mich verspätet.“

Eine Finte, eine Taktik?

„Ich mußte noch etwas erledigen.“

Was hatte er zu erledigen?

Nachdem etwa eine halbe Stunde vergangen war, hörte Spinne ein rollendes Geräusch, als ob sich jemand mit stampfenden Füßen einen Weg durch das dichte Herbstlaub bahnte. Hundegekläff war zu hören. Das war nicht einer, das waren viele. Aus der Ferne vernahm er ihr Lachen, ein höhnisches Heulen. Sie sprachen nicht, sie schnarrten. Ohne Zweifel handelte es sich um Relikte einer Zeit, die sie selbst gar nicht miterlebt hatten, deren Ideale sie jedoch aus einem unnachvollziehbaren Grund aufrechterhielten. Immer näher kamen sie. Schon hörte er ihre Kommandos; sie skandierten, wie der Mob bei einem Fußballspiel, oder war der Mob bei einem Fußballspiel lediglich die harmlose Abordnung dieser militanten Rasse, die sich einen fanatischen Rassenhaß auf ihre Fahnen geschrieben hatte, jene Fahnen, die sie nur zur Tarnung mit den Clubfarben irgendeines Fußballvereins schmückten, der in jedem zweiten Europacupspiel ohnehin ein schmerzliches Debakel einstecken mußte – was für eine Blamage für ein ganzes, von der offiziellen Sportwelt mehr und mehr gedemütigtes kleines Fußball-Land!

Wieder läutete das Telefon.

„Warten Sie, wir sind gleich bei Ihnen", sagte der andere, höhnisch lachend. Offensichtlich war er der Anführer. Nun sah er sie kommen. Sie hatten tatsächlich Fahnen mit, und auf ihren schwarzen Jacken waren Totenkopfsymbole gemalt. Nichts Positives, nichts Gutes hatten diese Menschen im Sinn, und schon gar nicht mit ihm.

„Warten Sie, wir sind gleich da."

Was sollte er tun? Der andere entließ ihn nicht einmal akustisch aus seinem Dunstkreis; optisch hatte er ihn bereits fixiert. Eine Flucht wäre vergeblich, kein Rückzug war möglich, die Hunde würden ihn einholen.

Oder waren es doch nur Polizisten? Waren diese Uniformen nur der Ausdruck einer anderen, gleichfalls fanatischen Gesinnung, etwas Rechtes, den Rechtsstaat, der ganz rechts stand, zu verteidigen? Zu verteidigen gegen die, die ganz weit rechts standen oder ganz weit links standen? Waren das Diensthunde? Waren es Polizisten? Waren diese Polizisten nicht einfach nur hier, um ihn zu verteidigen, zu schützen, um ihm bei den Ermittlungen zu helfen?

Stapfte dort nicht der vertraute Gendarmerieoberkommandant oder gar der Leiter der staatspolizeilichen Ermittlungszentrale? Ach, daß man nie zwischen rechts und links unterscheiden konnte! Daß noch immer so viele der Kinderkrankheit eines alten Jahrtausends erlagen! Ultrarechts und ultralinks, wie peinlich doch beides, wie gänzlich an der Wirklichkeit vorbeigehend, immer nur an der äußersten Peripherie klebend und diese als Brandmarke hervorhaltend, sich an ein Feindbild klammernd; wie viele Kriege wurden wegen rechts und links geführt, wie viele geistige Schlachten, wieviel Energie ging sinnlos dabei verloren – dabei gibt es das in Wirklichkeit doch gar nicht, dieses Rechts und Links, dachte er, es gibt doch nur bewußt oder unbewußt, im Einklang oder nicht, wach oder nicht, *im Jetzt* oder eben nicht. Doch für die Schläfrigen, für die Halbwachen, für die Halbschlafenden ist alles grau, und jedes Schwarz und Weiß kommt ihnen gerade recht. Hauptsache, sie können darüber faseln, in ihren stundenlangen Sendungen voll Gequatsche.

Nein, das waren keine Polizisten, so viel Tarnung und Verstellung konnte man nicht einmal den Spitzenbeamten der ideologisch doch gewiß gut getarnten Exekutive zutrauen. Nein, das waren echte Übriggebliebene, Radikale; keineswegs *freie* Radikale, doch gleichermaßen ungenießbar, radikale Fanatiker, kurzgeschoren, militant, Parolen brüllend, gewaltbereit, übelster Pöbel, der sich den Hügel hinaufwälzte und ihn als Vertreter einer gegensätzlichen Gesinnung, als Vertreter reiner Menschlichkeit bestrafen, ja womöglich lynchen wollte, oder der zumindest beabsichtigte, ihm einen Denkzettel zu verpassen, ihn zu verprügeln, zu demütigen oder zu quälen. Schon drang ihr Lachen näher, ihr scharfes, markiges Geschrei – es mußten gut achtzehn oder zwanzig sein, auch zwei Frauen waren darunter, schlimm anzusehen in ihrer Entferntheit, noch krasser als ihre männlichen Kumpanen; eine Entfremdung jeder Natürlichkeit. Das Gruppenbewußtsein, dem sie sich unterwarfen, stärkte sie und erhob sie zu einer Macht. Als Einzelne lümmelten sie bloß gleich einer dunkel drohenden Existenz in den geistigen Hohlräumen der Zeit, eine potentielle Gefahr, so wie ihr Anführer, doch in der Gruppe, hier, in diesem harten, metallischen Kern stellten sie eine brisante, lebende Waffe dar.

Und erst die Hunde. Mächtige Tiere, eine ganze Meute. Es war nicht klar ersichtlich, wer wen zog. Der Stadtschreiber bemühte sich angestrengt, an das harmlose Treffen eines Hundezüchtervereins zu glauben, doch es wollte ihm nicht gelingen; zu furchterregend waren diese Gestalten: die Biester mit ihrer offensichtlichen bulligen Körpergewalt, und die Burschen mit ihrer hinterhältigen, versteckten Brutalität.

Nun hatten sie den Torbogen durchschritten, die Hunde waren vorausgeeilt, hechelten nach oben, von ihren Leinen nur mit Mühe zurückzuhalten, schnüffelten dem auf der Bank kauernden Opfer entgegen. Der Anführer pflanzte sich vor Spinne auf. Was würde geschehen?

In der Falle *oder:* ***Alles was rechts ist***

Spinne hatte mit seinem Leben abgeschlossen, er gab keinen Pfifferling mehr darauf, jemals wieder die Seeuferordnung übertreten zu können oder auch nur noch einen Blick auf den See zu werfen oder auf das blaurenovierte Gasthaus. Sehnlichst wünschte er sich in ein Bezirksgericht; nicht hier, an diesem archaischen Richtplatz sollte entschieden und wenn nötig geurteilt werden, nicht hier, wo offensichtlich inkompetente und moralisch nicht integere Personen willkürlich über ihn zu Gericht saßen, während doch in einem Bezirksgericht (dessen Existenz für die nächsten 400 Jahre gesichert schien, sofern die Auffassungsdifferenzen unter den Einwohnern nicht unvermittelt abebbten) die pure Lauterkeit herrschte und die obersten Ratsherren nur ab und zu ein paar Paragraphen in die Richtung der zur jeweiligen Zeit herrschenden Strömungen und Mächte wenden mußten, damit sie auf deren Geldflüsse auch in Zukunft zählen konnten.

Jeder, der richtet, ist eine Anmaßung, dachte er. Was werden sie mir vorwerfen, und was kann ich zu meiner Verteidigung anführen? Sein Notizbuch lag aufgeschlagen auf dem Tisch. Hier, von diesen gewiß nicht kulturliebenden und gewiß nicht human denkenden und handelnden Menschen, konnte er keine Milde erwarten. Auch ein Geständnis würde ihn kaum vor einer Strafe bewahren. Jeder Richter ist ungerecht, jeder Richter maßt sich ein Urteil an, niemand kann doch in mich hineinblicken, was habe ich denn getan?

Der Anführer hielt seinen Kopf ein wenig schief und sah ihn an. „Schön, Sie zu sehen. Danke, daß Sie meiner Einladung gefolgt sind." Er wartete, bis alle anderen lachten. Ein grölendes, blechernes, stotterndes Lachen breitete sich aus, hämisch, blökend. Manche der Gruppenmitglieder erweckten den Eindruck, als würden sie sich bereits voll Vorfreude genüßlich ausmalen, auf welche Weise sie ihr Opfer demnächst malträtieren wollten. Vielleicht würden sie ihn am Boden entlangzerren oder von den Hunden zerfleischen lassen. Ein blutrünstiges Leuchten quoll aus wildflackernden, dämlich-derben Augen, die in schwammigen Milchgesichtern steckten. Wir sind nur zufällig in die falsche Richtung gelenkt, sagten diese Augen, wir könnten genausogut in eine andere schauen, etwas anderes tun, doch hier haben wir endlich ein Ziel, ein Ideal gefunden, sagten diese Augen. Wieso verteidigte er noch seine Peiniger, dachte Spinne, *ich* soll doch verteidigt werden. Ich werde doch nicht meine Richter freisprechen!

„Es ist gut, daß Sie meiner Einladung gefolgt sind", wiederholte der Anführer. „Mein Name ist Emko. Merken Sie sich diesen Namen", sagte er, „solange Sie es können." Wieder folgte eine kurze Pause und ein kurzes Lachen seiner Gesinnungsfreunde. „Wir haben uns ja gestern getroffen. Und Sie haben mich – gestört." Wieder ließ er eine Pause. Wobei hatte er ihn gestört? „Sie haben mich von etwas abgehalten, was ich tun wollte."

Also doch. Wollte er seinem sinnlosen Leben ein Ende setzen? Nachdem er gewiß genug Greueltaten begangen, gewiß ein paar Ausländerheime angezündet, ein paar Schwarze verprügelt oder Flüchtlinge durch die Straßen geschleift, ein paar Türken mit Messern traktiert und da und dort ein Haus oder ein Auto in die Luft gesprengt hatte?

„Sie werden sicher wissen wollen, wovon Sie mich abgehalten haben..." Dann ließ er erneut eine Pause. Diesmal folgte kein Lachen, sondern nur stumme, erwartungsvolle Blicke, die ihn gewissermaßen aufforderten: ‚Na, sag schon!' Abgesehen von einem möglichen Freitod hatte Spinne keine Ahnung, worauf sie anspielten, aber es konnte sich nur um etwas Schreckhaftes handeln. Was sonst sollte solchen Gehirnen entspringen?

„Sie wollen es sicher wissen. Aber ich sage es Ihnen nicht." Jetzt lachten sie wieder. Ein billiger Scherz, der ein wenig an den Stil des Erpresserbriefes erinnerte. War dieser Mann der Schreiber?

„Wir kennen uns bereits", setzte er fort. „Wir haben uns ganz am Anfang gesehen. Sie werden sich nicht erinnern. Aber ich erinnere mich genau."

Fieberhaft überflog Spinne im Geist alle Begegnungen mit männlichen Wesen, die sich in den letzten zwei Monaten in sein Gedächtnis eingegraben hatten und dort doch Spuren hinterlassen haben mußten. War das der böswillige Traktorfahrer? Oder jemand vom Schachclub?

„Ich werde es Ihnen nicht verraten, was ich tun wollte. Aber ich werde es Ihnen zeigen." Noch schlimmer, dachte Spinne.

„Und zwar an Ihnen." Natürlich.

Er mußte Zeit gewinnen. Vielleicht kamen irgendwelche Wanderer vorbei, die die Szenerie beobachteten und die Polizei verständigten, die wirkliche Polizei, jene Schutzmacht, vor der wir oft zittern, die er sich jetzt jedoch sehnlichst herbeiwünschte, wenn sie nicht selbst vor lauter Angst Reißaus nahm, wie es nach dem Hörensagen schon des öfteren vorgefallen sein sollte. Vielleicht tauchten unversehens ein paar Sportler auf; es gab sie ja immer wieder, diese seltsamen Geschöpfe, die schweißtriefend den Berg hinaufjoggten, und auf der anderen Seite wieder hinunter, vielleicht hatte einer von ihnen ein Handy... Er mußte Zeit gewinnen.

„Beantworten Sie mir doch ein paar Fragen. Sie würden mir einen großen Dienst erweisen", wagte Spinne einen Vorstoß.

Emko lachte. „Habe ich mir gedacht. *Fragen*! Sie fragen immer. – *Dienste* erweisen wir nicht. Niemals." Die anderen lachten, stießen sich an.

„Wir dienen nur Einem."

„Und wem?" fragte der Stadtschreiber.

„Dreimal dürfen Sie raten."

Spinne wollte die Antwort nicht hören, er wollte nicht raten.

Es war doch unmöglich, daß sie einem verstorbenen Schein-Messias dienten, einer Person, die nichts als Unglück über die Welt gebracht hatte, wenn auch nicht durch die vielen kleinen Kriege in den letzten zweitausend Jahren, sondern durch einen großen im letzten Jahrhundert.

„Einem Prinzip?" fragte er.

„Nein, einem Prinzipal", lachte der andere. „Einem Duce. Unserem Führer. Es gibt nur einen Führer. Es gibt nur eine Religion."

„Und wie heißt diese Religion?" fragte der Stadtschreiber möglichst arglos.

„Sieg", antwortete der andere, fast tonlos, mit scharfen, stechenden Augen.

„Sieg" wiederholte es im Chor, und noch einmal: „Sieg." Und sie steigerten sich mit diesem Wort. „Sieg. Sieg. Sieg", riefen sie: „Sieg."

Dann skandierten sie wieder Parolen, schnell hintereinander, kaum wiederzugeben, es klang wie die Salven eines Maschinengewehrs.

„Wir sind die rechten Richter", schrieen sie. „Rechts um ist unsre Welt."

Das kam ihm irgendwie bekannt vor. Ein frühes Gedicht aus seiner Jugendzeit? Er mußte weiter Zeit gewinnen. Wenn doch nur jemand vorbeikäme, mit einem Telefon...

Sein Handy läutete. Der Anführer schien irritiert. Rein mechanisch und ohne ihm die Chance eines Eingreifens zu geben, griff Spinne nach dem Gerät, drückte auf die Taste und sagte: „Hallo", als wäre dies die natürlichste Sache der Welt.

Der Bürgermeister war am Apparat. Aha, der lebte also noch. „Wie geht's", fragte er.

„Danke. Den Umständen entsprechend."

„Sie klingen so atemlos; machen Sie gerade eine Wanderung?"

„Ja, so könnte man es sagen." Der Anführer trat einen Schritt näher. Es war klar, daß er mithörte und sich bereitmachte, sofort einzugreifen, sobald auch nur ein einziges falsches oder verräterisches Wort über Spinnes Lippen fließen sollte.

„Wo sind Sie denn?" fragte der Bürgermeister. Emko (oder M. Coe?) nahm ihn beim Ärmel, dann überlegte er es sich jedoch und packte ihn beim Kragen. Wenn Spinne das Wort „Lichtentann" oder „Ruine“ in den Mund nahm, würde er ihn vermutlich im nächsten Augenblick erwürgen.

„Richtung Kolomansberg“, antwortete er; das war die Wahrheit, und doch nicht verräterisch genug, um den Anführer zu reizen. Leider auch nicht hilfreich genug, um den Bürgermeister auf seine Spur zu bringen.

„Wann kommen Sie denn wieder runter?“

„Äh… Das würde ich selbst auch gerne wissen“, rutschte es ihm heraus. Emko schickte einen drohenden Blick. „Ich bin noch einige Zeit in diesem äh Terrain gefangen. Die Umgebung hält mich gewissermaßen fest.“

„Aber Sie reisen doch morgen ab“, wunderte sich der Bürgermeister. Offensichtlich machte er sich Sorgen um das Gemeindebudget, schließlich verursachte er ja Kosten.

„Wenn ich kann – gern.“

„Na, Sie scheinen wirklich unsere Stadt ins Herz geschlossen zu haben“, lachte er. Wenn er nur etwas kapieren würde!

„Und umgekehrt.“

„Haben Sie etwa gar ein Schäferstündchen? Sie sind doch nicht allein am Berg“, mutmaßte der Bürgermeister endlich richtig, wenn auch komplett in die verkehrte Richtung.

„Ja, es ist ein – liebevolles Tête-à-tête.“ Der andere war ihm in der Tat bis auf zehn Zentimeter nahegerückt, schon griff er nach dem Gerät, um das störende Geschwatze zu unterbinden.

„Na, dann rufen Sie mich doch an, wenn Ihr Spaziergang vorbei ist. Hoffentlich ist es Ihnen nicht zu kalt für ein lauschiges Rendezvous im Wald.“

„Nein, die Bäume haben noch Blätter“, sagte der Stadtschreiber im letzten Moment. „Und die Blätter sind noch GRÜN.“ In die Betonung dieses Wortes „Grün“ legte er all seine Angst, all seine Sorge, all sein Wissen der letzten Monate, all seine Verzweiflung. In den Hinweis auf diese Farbe kleidete er seine Botschaft und verschickte sie mit einem von hörbarem Seufzen begleiteten Stoßgebet – an wen auch immer – auf daß sie ein weit- und umsichtiger Staatsmann dechiffrieren und ihm tunlichst bald zu Hilfe eilen möge.

Schon hatte er sein Handy eingebüßt, schon wurde auf den roten

Knopf zum Beenden des Gesprächs gedrückt – der Bürgermeister würde lediglich annehmen, die Verbindung wäre eben abgerissen wie so oft bei einem schlechten Funk-Empfang. Emko warf das Gerät einfach in hohem Bogen hinter sich auf den Waldboden. Zwei Männer lösten sich aus der Gruppe und traten mit den Stiefeln darauf herum, bis es knautschte, knirschte und blechern quietschte – ein freudiger Vorgeschmack auf das, was ihn erwartete. Mithilfe dieses mobilen Kumpanen würde wohl kaum jemals wieder zärtlich-amouröses Geflüster sein Innenohr durchströmen.

Eine meta-semantische Macht

„Hat mir gar nicht gefallen, wie Sie da reden", sagte der Anführer ärgerlich.

„Tut mir leid. Entschuldigung. Das ist eine reine Gewohnheit. Wenn es läutet, rede ich einfach, wie mir der Schnabel gewachsen ist. – Aber, Sie wollten mir doch etwas zeigen..."

„Geduld. Geduld", antwortete der andere, „Sie werden es noch früh genug erfahren. – Am eigenen Leib."

Spinne schluckte.

„Aber zuerst müssen *Sie* mir ein paar Fragen beantworten."

Die grünen Buntstifte, dachte der Stadtschreiber, hoffentlich kapiert der Bürgermeister die Nachricht mit den grünen Blättern. Wenn er richtig kombinierte, mußte er auf die Idee kommen, daß er die grünen Blätter nur deshalb so betont hatte, um ihn an den Erpresserbrief zu erinnern, ein klarer Hinweis, daß er dem Täter auf der Spur war! Hoffentlich steckte der Bürgermeister nicht mit der Bande unter einer Decke und lachte sich insgeheim hämisch ins Fäustchen. Spinne sehnte sich danach, den Bürgermeister als wahres Unschuldslamm in die Arme schließen zu dürfen. Hoffentlich schöpfte er Verdacht und machte sich auf die Suche nach ihm. Jetzt tat es dem Stadtschreiber leid, daß er ihn nicht schon früher in die Ergebnisse seiner Recherchen eingeweiht hatte, so verpuffte der zweite Hinweis auf den Kolomansberg und den dortigen Horchposten ins Leere.

Wieder läutete ein Telefon. Diesmal von einem der Gefolgsleute. Es läutete nicht, es *sang*. Verdi, Rigoletto. Auf in den Kampf! Oder war es doch „Der Maskenball"? Einer der Recken griff in seine Brusttasche und beantwortete mit kurzen, stoßenden Worten leise das Gespräch, es klang wie eine Anfrage. Vielleicht war es die Erkundigung eines höhergestellten Auftraggebers, der sich über den Verlauf dieser Verhandlung informieren wollte; eine außergewöhnliche Tagsatzung...

Der Anführer ließ sich nicht beirren, stellte ein paar Fragen, mit denen er herauszufinden trachtete, wieviel der Stadtschreiber schon wußte, dann zog er plötzlich ein scharfes, langes Jagdmesser hervor, riß mit einem Griff den Pullover und das Hemd des Stadtschreibers in die Höhe. Schlagartig wußte Spinne, was der Anführer gestern tun wollte und wobei er ihn gestört hatte. Er hatte dieses Ritual in einer BBC-Dokumentation gesehen. Diese fundamentalistischen Rassisten zelebrierten ein geheimes Einführungs-Ritual. Zur höchsten Anführerschaft konnte man nur aufsteigen, wenn man sich selbst mit einem Messer, das unter einer Flamme erhitzt wurde, am eigenen Leib ein Hakenkreuz einritzte, direkt über dem Herzen. Es mußte etwa zwanzig Zentimeter lang und zehn Zentimeter breit sein und würde das ganze Leben dort thronen.

Das Ritual war mit größten Schmerzen verbunden. Es hieß, daß es nur ganz wenige gab, ein paar in England, ein paar in Deutschland und ein paar in Amerika, die stolz mit diesen eingebrannten Insignien herumlaufen durften. Dieses Ritual wollte er nun an Spinne vollziehen, das wollte er ihm also zeigen, um es möglicherweise im Anschluß daran vor allen Anwesenden an sich selbst zu wiederholen. Das Blut gerann in Spinnes Adern, fieberhaft tastete er sein Unterbewußtsein nach Auswegmöglichkeiten ab, da läutete wieder ein Telefon, diesmal mit einer anderen Melodie. „Ach wie so trügerisch", klang es nun; doch nicht nach Frauenherzen, dachte Spinne.

Der Anführer schien es sich plötzlich anders zu überlegen. Er versetzte Spinne einen kräftigen Faustschlag in die Magengrube, worauf dieser nach vorne kippte, dann griff er ihm ans Kinn, öffnete seinen Mund und faßte nach seiner Zunge.

Noch grausamer, durchzuckte es den Stadtschreiber. Das war

das andere Ritual, von dem berichtet worden war. In Amerika sollen sich Mitglieder des Ku-Klux-Klan oder einer anderen rassistischen Vereinigung die Zunge herausgeschnitten haben, damit sie nicht im Fall eines Verhörs etwas ausplauderten. Bei manchen Geheimdiensten und sogar bei biederen Auftragsmördern war das früher gang und gäbe, wenngleich Geständnisse natürlich auch in Schriftform möglich sind und wohl jeder im Zuge einer einigermaßen ausgewogen konzipierten Folter früher oder später das eine oder andere Geheimnis preisgab, ob es nun den Tatsachen entsprach oder nicht – Hauptsache, man entrann diesem sorgsam von höherer Hand inszenierten Schmerz-Szenario. Doch hier stand der Symbolgehalt im Mittelpunkt. Ein würdiger Adept des militanten rassistischen Fundamentalismus dokumentierte einem ranghöheren Auftraggeber auf diese Weise seine bedingungslose Unterwerfung. Ein heiliger Krieg gegenüber der Sache der Ungerechten wurde so auf bestechende Weise unter Beweis gestellt, indem jeder Widerspruch durch das Fehlen des entsprechenden Organs auch in ferner Zukunft untersagt und unmöglich gemacht wurde. War das nicht die schlimmste Bestrafung, daß man ihm, dem Stadtschreiber, der gekommen war, um einen Bericht zu verfassen, die Sprache streitig machen wollte, ihm seine Stimme, seine Zunge raubte?

‚Höchster Alarm', signalisierte sein Unterbewußtsein, ‚Handeln! Sofort!' In allerletzter Sekunde, als er schon das kühle Metall der scharfen Klinge an den Rändern seines Gaumens spürte, fiel ihm die Rettung ein: *Ich brauche nur zu denken, und alles was ich denke, wird zur Wirklichkeit.* Wie konnte ich das bloß vergessen! Diese neuartige, wenngleich höchst hilfreiche Begabung, wem immer ich sie zu verdanken habe, möge ihre erste ernste Bewährungsprobe bestehen, hoffte er flehentlich, doch nun galt es, schnell etwas Abhilfe Schaffendes, Segensreiches zu denken, und das erste, was er denken konnte, war: MUSIK. Er dachte ‚*MUSIK, eine wunderschöne Musik!*', und mit einem Male begannen alle Handies zu läuten und zu musizieren, sangen wild durcheinander, zwanzig Mal, von allen Seiten piepste, summte und trillerte es, alle Melodien, die je eingespeichert waren, ja, alle Melodien, die je in der Menschheitsgeschichte komponiert und geschaffen worden waren, erklangen, wenn auch durch ein etwas kärgliches, obertonverzerrtes Lautsprecherangebot – doch es reichte, um die Hunde wild zu machen. Sie rissen sich von den Leinen los, rannten wie toll im Kreis umher und stürzten sich auf die Inhaber dieser für sie unerträglichen Schallquellen – es mußte ein Frequenz-Bereich sein, der sie wie von Sinnen werden ließ. Wie verrückt suchten sie nach den Auslösern der schmerzerregenden, alleszersetzenden Tonfolgen, tappten mit ihren Pranken nach den Brusttaschen, bissen in Hände, krallten sich in Oberarme, rissen die Haut von den Gesichtern, zerfetzten die kaum zu einer Gegenwehr fähigen, hilflos herumtorkelnden Gestalten. Von einem mächtigen Koloß niedergeworfen, stürzte Emko durch den Torbogen tief hinunter auf den steinernen Weg, wo er hart aufschlug; ein gewaltiger Köter hetzte ihm nach und zermalmte krachend seine Knochen. Mit überirdischer Kraft fiel die tierische über die menschliche Meute her, ruhte nicht eher, bis jeglicher Laut verstummt und jeder einzelne Körper zerfleischt war und nur mehr ein paar zuckende Gliedmaßen am Boden lagen, die sie knurrend umkreisten. Ein Handy krächzte noch in den letzten schwächlichen Tönen stockend „Sag zum Abschied leise Servus".

Spinne atmete tief durch. ‚Nun muß ich mir nur noch die Hunde wegwünschen', dachte er, doch das war gar nicht nötig. Sie schienen jegliches Interesse an ihm verloren zu haben (sofern sie es je besessen hatten), umschlichen mit bebenden Körpern die Toten, bewachten deren verblutende Reste.

Verräterische Neugier

Es waren zwar alle Gegner erledigt und er war mit heiler Haut davongekommen, doch bald fragte sich Spinne, wer ihm nun Auskunft über die Motive und die Auftraggeber dieses gewaltsamen Überfalls geben sollte. Er versuchte, das letzte, noch erbärmlich piepsende Handy vor den Hunden zu ergattern und steckte es ein – vielleicht eröffnete sich eine Möglichkeit, daß jener geheimnisvolle Anrufer noch einmal Erkundigungen über den Fortgang der Aktion einholte, und er konnte ihn dann in ein Gespräch verwickeln und mit Hilfe seines zweiten Handies, das er nicht mehr besaß, die Polizei informieren und ihn letzten Endes dingfest machen. Mit zitternden Knien machte er sich auf den Rückweg, erwog, ob und wann er die Polizei verständigen sollte, doch dann verwarf er den Gedanken wieder. Damit alles seinen richtigen Lauf ging, müßte er vermutlich Anzeige erstatten, ein Protokoll müßte aufgenommen werden; er würde ein paar Stunden in einem muffigen Wachzimmer mit stupid dreinblickenden, mißtrauischen Landgendarmen verbringen, die sich verzweifelt abmühten, diese unerhörten Vorfälle in ein schwerfälliges Amtsdeutsch zu transkribieren. Spinne verspürte keinerlei Bedürfnis, sich nach all den durchgestandenen Ängsten noch langatmigen Verhören auszusetzen; mochten die Polizisten doch ruhig ein paar Stunden oder Tage später von einem einsamen Wandersmann über den grausamen Fund unterrichtet werden. Das unerklärliche Geschehnis würde vielleicht einmal als ‚Kollektiver Ritual-Selbstmord' in die lange und ruhmreiche Geschichte dieses archaischen Richtplatzes eingehen.

Das Handy läutete. Mechanisch drückte Spinne auf den Knopf. Eine Frauenstimme war am anderen Ende.

„Egon?" sagte sie.

„Mhm", anwortete der Stadtschreiber, um sich nicht verdächtig zu machen.

„Bist du's, Egon?"

„Mhm", wiederholte er.

„Na, wie ist es gelaufen?" fragte sie.

Eine Frau als Auftraggeber? Oder fragte sie nur nach dem Resultat der allwöchentlichen Kegelpartie? Die Stimme kam ihm bekannt vor. Ach, wie so trügerisch!

„Na, wie ist es gelaufen?"

„Mhm", antwortete er, möglichst mehrdeutig.

Ewig würde er nicht „Mhm" sagen können. Vielleicht könnte er noch zweimal husten oder sich räuspern, aber irgendwann einmal würde sie mißtrauisch werden; vermutlich bald.

„Habt ihr ihn fertig gemacht?" wollte die Frauenstimme wissen.

Das klang im ersten Moment gefährlich, doch letzten Endes konnte damit auch der Acker oder der Rasen vor dem Blumenbeet gemeint sein.

„Was ist? Bringt ihr ihn mit, oder laßt ihr ihn dort?“ fragte sie. Ihn oder einen Sack Zwiebel oder den fertig zubereiteten Salat?

Einmal „Naja, mh“ könnte sich gerade noch ausgehen, würde jedoch bereits verräterisch klingen, also pfauchte er ein „Pf“ durch den Äther, das ein „Was weiß ich?“ bedeuten sollte. Woher kannte er diese Stimme, überlegte er fieberhaft. Sie hatte einen naiven, wenn auch aufreizenden Unterton; fordernd, ungeduldig, etwas einfältig, und doch auch belehrend. Er kannte diese Person, das wußte er genau, er hatte mindestens schon ein- oder zweimal mit ihr gesprochen, vielleicht am Anfang seines Aufenthalts.

Wenn er doch nur etwas besser aufpassen würde, wenn er doch bloß ein besser funktionierendes Gedächtnis hätte! Genauigkeit und Gewißheit könnten als Gradmesser dienen, stünden sie nicht auf der Abgängigkeitsliste. Das Erinnerungsvermögen muß als vermißt gemeldet werden. Kein träges Einsatzkommando macht sich, kurz vor Dienstschluß, noch auf die Suche.

„Was ist, Egon? Du klingst so seltsam. Ist etwas los?“

Das verneinende „N – n“, das er nun anbringen durfte, bedeutete immerhin eine unauffällige, willkommene Bereicherung seines tonlosen Vokabulars.

„Oder kannst du nicht reden?“, ergänzte sie selbst, bevor sie noch Verdacht schöpfen konnte.

Es war besser, das Gespräch zu beenden und zu versuchen, jene geheimnisvolle Gesprächspartnerin später zu eruieren. Die Nummer hatte sich eingespeichert, stand am Display; wenigstens eine nützliche Funktion dieser Piepgeister.

„Pscht“, sagte er noch, zur Bekräftigung, dann drückte er auf Stop.

Als er daheim die Nummer vom Display mit den Nummern im Telefonbuch verglich, war ihm mit einem Schlag alles klar, bzw. hatte er erstmals eine Ahnung, wo er wen auch immer zu suchen hatte.

Der Anruf kam vom Schulzentrum.

Das Netz der Spinne

Was zuerst? Nun galt es, die Schuldigen zu entlarven. Weinzettl? Kern? Vogerl? Wollte der Alt-Bürgermeister etwas verbergen, da er die verfallene Burg leugnete? Nun, man konnte es ihm nicht übelnehmen. Die Existenz dieses Schlosses bestand im Grunde nur aus einer Mauer und zwei Torbögen.

Von einer anderen Ruine hatte der Alt-Bürgermeister erzählt, von *Wildeneck* auf der anderen Seite des Berges, im Irrseegebiet, die von bösen Raubrittern bewohnt worden sein soll und allmählich dem Verfall preisgegeben wurde. Ein geheimer Tunnel sollte von dort, mitten durch den Berg bis zum Schloß Sighartstein führen. Dieser Tunnel wäre keinesfalls Legende, sondern da gäbe es Aufzeichnungen, das Militär würde wohl darüber Bescheid wissen und vielleicht sogar diesen versteckten Durchgang für seine Zwecke verwenden.

Ja, wissen Sie nicht, raunte ihm die Wirtin von der Krone aus dem Jenseits zu, in der Nähe der Ruine soll, in einer Metalldose, eine Haarlocke des Führers vergraben sein!

Diese alte Hexe! War zu erwarten, daß auch die wieder zurückkommt, zumindest als Geist oder als Einflüsterer seines Geistes. Eine Haarlocke des Führers! Alle schienen das zu wissen, nur er wieder einmal nicht. Ein Gerücht, versuchten sich seine Informanten herauszureden, die er nicht angeheuert hatte, allen voran der Hilfssheriff. Ein bloßes Gerücht. Eine Haarlocke, na wenn schon. Für ein paar Verrückte bedeutete das eine Weltsensation, zumindest gab es den idealen Rahmen für düstere Zusammenkünfte ab.

Die Schuldigen, Herr Spinne! Besinnen Sie sich auf die Schuldigen! Die Frau. Die Hunde. Wem gehören die Hunde? Dem Schloß! Dort hatte man jedenfalls mit ihrer Aufzucht geprahlt. Blutrünstige Bellbestien. Sogar die Pizzeria verweigerte die Zustellung, hieß es, bzw. der Kellner erkundigte sich bei jedem Auftrag besorgt, ob die Biester an der Kette bzw. hinter Gitter lagen. Verfluchte Dobermänner. Oder waren es Rottweiler? Na egal. Hauptsache, sie sind fort. Sie stammten zweifellos aus der hochherrschaftlichen, zaristischen Zucht, von jenem schnarrenden Schloßherrenbruder. Wo sind sie? herrschte er ihn an. Ich weiß nicht, schnarrte der zurück. Sehen Sie nicht mein Unglück? Sie sind entlaufen. Alle? Ja, alle. Oder entführt. Entführt? Von wem? Was weiß ich. Ich habe so viele abgegeben, wer weiß, wohin; wenn ich das geahnt hätte, hätte ich ein paar behalten. Ich bin untröstlich.

Den Verlust von 2612 Neumarkter Menschen hatte er sichtlich weniger beweint, den seines Bruders miteingeschlossen.

‚Sie werden wiederkommen', könnte Spinne ihn trösten, tat es aber nicht. ‚Sie sind nur im Wald, passen auf ihre Herrchen auf. Sie werden wiederkommen, nach einiger Zeit, wenn sie es kapiert haben, daß kein Handygeklingel mehr ihren Hundefrieden stört. Sie werden wiederkommen und stehen dann wie gewohnt zur weiteren Bewachung zur Verfügung. Oder warten darauf, daß sie jemand für einen kleinen Einschüchterungsversuch abholt. Ist leider diesmal schiefgelaufen; ausnahmsweise hat es die Bösen erwischt.'

Wer hatte sie abgeholt? Sie waren doch wohl nicht wirklich entführt oder entlaufen. Vermutlich hatte Emko oder sonstwer Zugang zum Schloß. Vielleicht stammten die Hunde aber auch aus einer anderen Zuchtlinie.

„Da haben Sie ja was Schönes angerichtet", sagte der Bürgermeister vorwurfsvoll, „mit Ihrer Haarlocke!"

„Mit meiner?"

„Sie wissen schon. Seither pilgern jedes Wochenende Tausende Unverbesserliche zur Burg und halten dort ihre brüllenden und stampfenden Treffen ab."

„Gut, ich werde diese Passage streichen", antwortete der Stadtschreiber.

Nicht einmal Metall, sondern Kunststoff, von wegen! Oder Bakelit, wie das Zeug damals hieß, dachte er, als er das Relikt, eine alberne Dose ohne Inhalt, in seinen Händen drehte. Die Museumstante grinste ihn, halb aus dem Diesseits, halb aus dem Jenseits, an.

„Jedes Wochenende zehn- oder zwanzigtausend", stöhnte der Bürgermeister. „Mehr als zur Stadterhebung."

„Und mehr als zu meiner Lesung..." spöttelte der Stadtschreiber.

„Niemand wird sich auskennen. Das ist kein Roman, das ist ein Tollhaus, ein Tohuwabohu", mischte sich der Hilfssheriff ein, sein personifiziertes literarisches Über-Ich.

„Was soll schon herauskommen, wenn sich der Mossad, die Nato und der KGB zusammentun!"

„Die Neo-Nazis haben Sie vergessen."

„Die dienen vielleicht nur als Staffage. Als Ablenkungsmanöver."

„Oder als Handlanger. Sie wissen ja: Junge Leute, die noch ‚Ideale' haben, lassen sich schnell für alle möglichen Arbeiten heranziehen..."

Halten Sie mich nicht auf, ich löse gerade den Fall, den es nicht gibt!

Richtungsweisende Enthüllungen

Die Person, die er suchte, war nicht im Schulzentrum, also machte er sich auf den Weg zu ihrem Wohnhaus. Die Tür war unversperrt.

Er betrat das Haus. Treppen aus Marmor, oben ein feudal eingerichtetes Wohnzimmer. „Scheinen recht gut zu laufen, die spirituellen Bewußtseins-Seminare", rief er. Da niemand antwortete, öffnete er die Tür zu einem weiteren Raum.

„Am besten läuft die *Körperarbeit*", entgegnete Agnes, streckte den Kopf über die Bettkante. In der Tat, unter ihr wand sich ein weiteres nacktes Geschöpf, er konnte nur ein schwarzes Haarbüschel erkennen.

Ganz so unnahbar, wie sie wirkte, war sie also doch nicht.

„*Mit Trance in den 7. Himmel* war ein Riesen-Erfolg", ergänzte sie.

„Ist das eine Initiative, damit alle arbeitslos werden, und die Zusatzversicherung wegen Erwerbsunfähigkeit verkaufen Sie gleich mit?"

„Ich habe noch nie einen Kurs absagen müssen. Außer *Die Flachgauer Dialekte für Außerirdische*."

„Vielleicht war die Zielgruppe doch etwas klein."

„Quatsch."

„Oder zu weit entfernt."

„Zuwenig Werbung, das ist alles. Werbung ist das A und O."

„Oder die Außerirdischen sind kontaktscheu; zu Recht."

„Ich habe mir noch überlegt, das Seminar umzubenennen. Aber ‚Die Flachgauer Dialekte für Touristen' klingt einfach zu bieder, das ist unter meiner Würde."

Unter ihr kicherte es, unverkennbar weibliches Gekicher. Ein zweiter Kopf lugte über die Bettkante. Ist es die Möglichkeit! Agnes war gerade im Clinch mit seiner Ex-Geliebten Désirée. Eine Lesbe!

„Warum tun Sie das alles?" Wollen wir mal sehen, ob der Verhörton jetzt klappt.

„Ich sage Ihnen, es liegt am Fernsehen. Nicht ich bin schuld. Das Fernsehen ist schuld. Richtig katastrophengeil wird man. Ich halte es nicht mehr aus ohne eine Katastrophe, möglichst in meiner Nähe. Zwei Fernsehteams pro Tag, die einen interviewen – das ist doch das mindeste!"

„Ich bin eben einem Mordanschlag entkommen", sagte Spinne, ihr mit dem Zeigefinger drohend, „Und nachher habe ich mit der Auftraggeberin telefoniert."

Agnes wurde ernst. „Ich hasse alle Männer", sagte sie. „Darum hetze ich sie aufeinander los."

„Das ist kein Motiv. Sagen Sie mir ein anderes."

„Wofür?"

„Für Ihre Umtriebe."

„Für meine Umtriebe mit Frauen? – Ich liebe die Frauen."

„Ist es nicht die Macht, die sie Ihnen verleihen? – Endlich unabhängig zu sein, von diesen bösen Männergeschöpfen? Ihnen nicht mehr unterworfen zu sein?"

„Quatsch. Lüge. Verrat", pfauchte sie. Also wußte er, daß er in die richtige Richtung getippt hatte.

„Wie hetzen Sie sie aufeinander los?"

„Im Schach-Club natürlich. Ich habe das königliche Spiel erfunden. Schließlich bin ich eine Dame."

„Ja, aber eine schwarze. Eine schwarze Hexe."

„Gut. – Also sind Sie am Zug. Sie dürfen anfangen."

„Wir stehen knapp vor der Entscheidung. Matt in drei Zügen ist angesagt. Sie werden verlieren. Außerdem haben Sie Ihr Zeit-Limit überschritten."

„Nein", sagte sie und sprang auf. „Ich habe noch ein paar Sekunden."

Sie griff nach einer schwarzen Schatulle. Blitzschnell hatte sie ein Päckchen mit einem weißen Pulver in der Hand.

„Wenn ich hier hineinblase", sagte sie, „haben wir beide verloren. Und nicht nur wir, sondern jeder, der noch in zwanzig Jahren bloß in die Nähe dieses Landstrichs kommt."

„Das ist ein Blöff; mit Ö", sagte er lautlos, doch seine Lippen bebten, „ein Blöff mit Ö, wie Österreich."

„Dann kommen Sie doch", sagte sie und öffnete das Päckchen ein wenig, spitzte ihren Mund. „Kommen Sie ruhig. Ich habe nichts mehr zu verlieren. Ich habe doch nur noch ein paar Sekunden..."

„Agnes, bitte!" sagte seine Ex-Geliebte vom Bett, sie hatte nur einen BH übergestreift. Unten war sie nackt, was sollte der BH? „Hör auf mit dem Zeug. Du hast mir doch versprochen, endlich damit aufzuhören. Ich kann es nicht mehr sehen."

Rauschgift? Keine Bedrohung für Millionen von Menschen, sondern bloß für schätzungsweise zierliche 48 Kilogramm? Selbstvernichtung? Und Désirée mit vom Spiel? Eine Amtsperson! Nein, das würde Désirée nie tun.

„Was ist das für eine Substanz?" fragte er.

„Das werden Sie nie erfahren", antwortete Agnes, öffnete das Päckchen ein kleines Stück mehr, „Es sei denn..."

„Es sei denn, was?"

Das Telefon klingelte.

„Pronto", sagte sie. Wieso sprach sie plötzlich italienisch? „D'accord", setzte sie ihre mehrsprachige Tele-Symphonie fort. Was hatte denn das wieder zu bedeuten! „Okay. Okay, okay. Tschüs. Servus. Grüezi." Doswidanja fehlte noch. Sie legte auf. Pan-Europäische Gesprächspartner?

„Agnes, ich flehe dich an. Hör auf damit."

„Ich habe soeben aufgehört. Ich rede nur noch – mit euch. – Genaugenommen...", sie sah Spinne an, „nur mit dir."

Er ging einen Schritt auf sie zu.

„Bleiben Sie wo Sie sind", zischte sie. „Und du auch", wandte sie sich an die auf dem Bett kauernde Schönheit. Sie redete also doch wieder mit beiden. Ein kleiner Meinungsumschwung, wie in der Politik.

„Keinen Schritt näher", wiederholte sie und streckte ihm das fast geöffnete Päckchen wie eine Waffe entgegen. Nur mit Daumen und Zeigefinger hielt sie es noch zu.

„Woher haben Sie das Zeug?" fragte er.

Sie schwieg, sah ihn mit zornig flackernden Augen an.

„Das nennen Sie *biologische Schädlingsbekämpfung*?"

„Wer glauben Sie denn, wer der größte Schädling ist?" erwiderte sie giftig; giftig wie ihre Substanz, egal wie immer diese beschaffen sein mochte.

„Ich habe noch viel mehr davon", sagte sie, und ihre Augen begannen zu leuchten. Es schien, als ob nur noch ihre Augen sprachen und diese notwendige, wenn auch lästige Kommunikation alleine absolvierten. Ihr Mund, ihre Lippen, die Zunge und der Gaumen formten lediglich, was von der Glut ihrer Augen diktiert wurde und gaben es beinahe teilnahmslos wieder. „Eine ganze Kiste. Das reicht für zweihundert Jahre keimfreier Existenz auf diesem Planeten. Oder auf einem anderen. Als Reisegepäck – falls jemand auswandern möchte, auf den Jupiter."

Hier hatte er ihn nun im Original, den zynischen Tonfall.

„Diese Substanz darf nicht mit Luft in Berührung kommen?"

„Nicht mit Sauerstoff, nicht mit Stickstoff", formulierten ihre Augen langsam, und ihre Lippen preßten es triumphierend hervor. „Und vor allem nicht mit Wärme. Auf keinen Fall mit – Atemluft. – Es ist die Wärme meines Atems, die eine ganze Welt zerstört."

„Quatsch. Es ist Crack. Billiges Crack. Du bist völlig verkifft und versifft. Sie weiß nicht, was sie redet."

Giftig funkelnd sah sie kurz nach links, dann suchten ihre Glutstäbe wieder die gebannt auf sie gerichteten Augen des Stadtschreibers und flößten weitere Worte in diese hinein, sanft und verträumt: „Es ist meine Atemluft. Es ist alles nur Luft. Meine Luft... Mein Atem, der die Welt erschafft oder zerstört. – Eine Eiszeit...? Oder ein Feuer für Jahrmillionen. Ein Vulkan. Und im nächsten Moment – wieder Eis. Aber kein Leben, nur Luft. Leichte, ätherische Luft. Wie oben."

Sie blickte zur Decke. Er sah lediglich ein paar Installations- oder Lüftungsrohre, weiß, mit rotbraunen Rostflecken.

„Ein Kanal nach oben. Es ist der Kanal nach oben. Kennen Sie den Kanal nach oben?“ Sie flüsterte nur noch, versonnen, wie in Trance. „Es ist die feinere Luft, die durch den Atem strömt, die uns scheinbar mit der hiesigen Luft verbindet, und unser Atem ist diese Verbindung zu dem Feineren, zu dieser ätherischen Kraft. Kennen Sie diese Kraft?“

„Jaja“, sagte er, „Irgendwie. Jaja. Kommt mir irgendwie bekannt vor. Aber – nicht in so einem Zusammenhang.“

„Der Kanal. Meine Nase – ist der Kanal.“

„Völlig high, heute wieder. Du bist völlig überdreht. Geh' schlafen“, brummte es verärgert aus Désirées Mund.

Der Glanz in ihren Augen, dachte Spinne, damals, beim renovierten Wirt! Da ist er wieder. Und daher kommt er also. Esoterik und Drogen. Und ein bißchen Wahnsinn, naja. „Woher haben Sie das Zeug?“

„Na von wo schon?“ klang es vom Bett herüber, „Vom Hauptbahnhof, einen Tausender das Gramm.“

„Ich züchte sie, meine kleinen Freunde“, sagte Agnes sanft, sah liebevoll auf ihr Päckchen. „Jeder einzelne, jedes Körnchen, jedes Atom ist mein Freund. Es sind die wahren Freunde. Das sind die wirklichen Menschen. Die einzigen Wesen ohne Eigenschaft. Das wahre Sein. Nur reinste Kraft. Pure Energie. Alles können sie schaffen und alles zerstören. Es sind meine Lieblinge. Alle anderen können mir gestohlen bleiben, alle anderen werden sterben...“

Der Stadtschreiber machte einen Schritt auf sie zu, packte sie am Arm, sie entriß sich, öffnete das Päckchen und blies hinein. In diesem Moment –

Moment-Aufnahme

In diesem Moment war wieder dieses Sausen in der Luft zu hören, wie beim Anschlag, den es nicht gegeben hat. Spinne sah, wie kurz vor seinem Tod, sein Leben in einem Zeitrafferfilm ablaufen. Kein Consultant tauchte auf, um ihn zu unterstützen oder ihn zu verwirren, keine Hilfskraft bot sich für diese letzte Sekunde leichtfertig an, als Begleitung oder gar als Wegbereiter, kein Buch gab in Wirklichkeit je Auskunft darüber, was man in diesem letzten Moment denken oder fühlen sollte, wo man sein Bewußtsein hinwenden konnte, oder was man noch wünschen durfte. Könnte er vielleicht noch einmal mit Hilfe dieser magischen, wortlosen Macht Musik die Katastrophe abwenden, die diesmal nicht bloß ihn, sondern möglicherweise alle oder zumindest den noch lebend verbliebenen Rest der jungen Stadt treffen würde?

Da klang wieder dieses Sausen in der Luft, wie ein großer, weiter Flügelschlag, oder kam das etwa schon von drüben? Stand er bereits, mit einem Bein, im Jenseits?

Was gibt es in diesem Moment noch zu denken, zu tun, zu vergeben vielleicht, wenn alles sich so unerwartet dem jähen Ende zuneigt? Das Bild seiner Eltern tauchte auf, das seiner Frau oder seiner Freundin, von der wir nicht wissen, ob sie – in ein- oder zweiförmiger Personalität – tatsächlich existierten, Momente der Liebe, der Verzückung, seine dichterische Verklärung, die höchsten Stufen, die er erklommen hatte, als er sich weit über jegliches Menschenmaß erhoben hatte, der Absturz, als er dabei seine Demut verlor, die er leichtfertig eingetauscht hatte gegen eine billige Eitelkeit, die ihn sogleich wieder hinab ins übliche Menschenmaß zurückkatapultierte, seine wenigen Freunde, die nur Teile von ihm sahen und erkannten; kein Wunder, wo er sich doch selbst kaum erkannte! Sein Innerstes, das ihm stets so fern und nah zugleich geblieben war, seine Sehnsucht, die noch immer in ihm glühte, selbst wenn er sie durch eine geordnete, streng rationale Regulierung in ein ärmliches Korsett zwängte und ihr all die Flügeln stutzte, die ihn weiß Gott wohin gebracht hätten, wenn er ihr nur einmal, einmal nur, nachgegeben hätte, statt ständig vor ihr zu flüchten, aus Angst vielleicht, ach hätte er nur noch eine Sekunde, einen Moment, um sich seiner Sehnsucht anzuvertrauen, er hätte keine Angst, jetzt nicht. Er verspürte auch keine Angst vor dem Sterben, zu oft hatte er schon mit allem abgeschlossen, in diesen Tagen, in diesen unruhigen Zeiten, ständig lief der Tod nebenher, man mußte mit ihm rechnen, er war ein Allgegenwärtiger, man mußte froh sein, ein wenig vom Leben zu erhaschen, den Augenblick auszukosten, ja, das hatte er versucht, mit wechselndem Erfolg, meist kam ihm die Vernunft in die Quere oder die Angst, oder eins als Folge des anderen, nein, jetzt hatte er weder

Angst noch den nötigen Glauben an die Vernunft, auch wenn er denken konnte wie nie zuvor, wirklich klar denken, *sehen*, er sah die Zusammenhänge, nun verstand er mit einem Mal, er hätte nicht formulieren können, was, doch begriff er das Große und Ganze, das Gesamtbild, und er ordnete sich ein, ragte nicht heraus, wollte nicht einmal herausragen – vielleicht nennt man das Erkenntnis, dachte er, wieso kommt sie bloß so spät? Doch selbst diese Erkenntnis bedeutete ihm nichts in diesem Moment, der ein Gefühl war, in diesem Moment wollte er nur noch eines: leben. In diesem Moment wollte er nur noch genießen, fühlen, wahrnehmen, nicht den kleinsten Bruchteil dieses Moments versäumen, und in diesem Moment wünschte er sich, mit aller Kraft, nur noch eines: noch einen Moment.

In diesem Moment war wieder das Sausen zu hören. Spinne atmete durch; er war am Leben, ein neuer Moment war ihm geschenkt worden, weiß Gott woher. Wenn es ihn gibt, dachte er daneben routinemäßig mit einer Seitengehirnwindung weiter. Wenn es ihn gibt, dann ist es mit Sicherheit kein Er, auch keine Sie; höchstens ein Etwas, das höchste Etwas vielleicht. Nur Gott, dieses verkannte, verzeichnete, überladene, kaum erkannte Etwas, konnte es wissen, woher dieser Moment kam und wieso ihm, Jakob Spinne, ein neuer Moment geschenkt wurde. Wieso war ihm der vorige geschenkt worden und der vorvorige, und von wem? Beim vorvorigen hatte er es nicht einmal bemerkt, daß er ihn bekommen hatte, er hatte ihn einfach angenommen, und so war es ihm mit unzähligen anderen davor ergangen, und vermutlich ging es jedem so, in jedem Moment, außer man ist heilig oder weise oder man stirbt gerade. Spinne atmete durch; er war am Leben, empfand und schmeckte dieses kostbarste aller Geschenke. In seinen Ohren rauschte es, das Sausen wurde lauter, in der Ferne war ein dunkles, dumpfes Rollen zu hören, wie Donner, nein, eine plötzliche Explosion, die alles zerriß, ein ohrenbetäubendes Krachen, das ist das Ende, so ist das Ende, dachte Spinne, er dachte das Wort ‚Schrecken', ohne es als Schrecken zu empfinden, er sah die Wände einstürzen, beobachtete, beinahe interessiert, wie sich Mauerteile langsam vom Verputz lösten und den Boden nach und nach erst mit feinerem Staub, dann mit großen Mauerbrocken überzogen, er sah mächtige Balken, die sich aus der Betonumklammerung befreiten und sich von der Decke allmählich nach unten neigten, er hörte Fensterglas zerspringen, erst eines, dann immer mehr, unten auf der Straße prallten Dachziegel auf, jemand schrie, in der Ferne heulte eine Sirene auf, und dann begann es zu brennen. Dies alles passierte in einem Moment, doch jemand hatte für Spinne in diesem Moment die Zeitlupe eingelegt.

In diesem Moment merkte Spinne, daß sein Mund trocken wurde, daß seine Nase den Geruch von Staub und Mauerwerk aufnahm, er fühlte die Hitze der Flammen, die näher und näher kamen, er hörte seinen Herzschlag, fühlte die elektrische Ladung seiner Nervenbahnen, tausende winzige Geister, die sich emsig tummelten, einzig und allein, um ihre Informationshausaufgabe zu erfüllen und ihn einen weiteren Moment – gnadenhalber – am Leben zu erhalten. Ein ungeheurer Mechanismus ist notwendig, dachte er, um mir dieses Geschenk zu ermöglichen: die Blutkörperchen, die auch in diesem Moment alle Eindringlinge scannten, sie entweder sofort mit toxischen Waffen erledigten oder sie zur Begutachtung an andere, besser geschulte Abwehrspezialisten weiterreichten, die Millionen Zellen, die dafür sorgen, daß dieses Gesamtwerk, dieser Gesamtzellenberg, der auf den Namen Ich hört, nur einen Augenblick weiterbestehen kann. Und die Kraft, die hinter allem steckte, die diese Hilfskräfte einstellte, einschulte, sie züchtete, wachsen ließ, jene Kraft, die Aufgaben verteilte, die all die Arbeit organisierte, sie einem Zweck zuführte – führte sie auch ihn nun einem Zweck, einem Ziel zu, jetzt oder immer, oder bald? Was war sein Zweck, sein nächstes Ziel? Alles in ihm verband und sammelte sich zu einer kolossalen Anstrengung. Ein gewaltiges Werk war zu vollbringen. Jeder, aber auch wirklich jeder, der in seinem Inneren tätig war, mußte dafür gewonnen werden – dann konnte dieses große und einzige Ziel, das Spinne nun erblickte, vielleicht errungen werden – es schien beinahe unmöglich, und doch unternahm er einen Anlauf, er raffte alle Kraft zusammen, versuchte die verschiedenen Interessen und die einander oft widersprechenden Bestrebungen unter seiner Einwohnerschaft zu einem gemeinsamen, grandiosen Unternehmen zu bündeln, bot all seine Motivationskünste auf und formulierte bebend dieses erhabene und unschätzbare Ziel: noch einen Moment. – Und da Kraft und Energie, selbst wenn sie gebündelt auftreten, allein vielleicht nicht reichen würden, schickte er ein ‚Bitte' nach.

In diesem Moment fühlte Spinne: Tränen. Er weinte. Es war tatsächlich gelungen, er hatte ihn wieder bekommen, diesen Bonus, er war am Leben, er atmete. In diesem Moment erkannte Spinne, daß dieser Moment ein Hauch war, ein Hauch, der Einatmen bedeutet, und der nächste, wann immer es ihn geben würde, der könnte dann das Ausatmen sein. Beides auf eine noch nie erlebte Weise beglückend und unvergeßlich. Diesen Eindruck, dachte Spinne, möchte ich mitnehmen, wohin auch immer – das war das letzte, das er dachte.

Kein Aufschub mehr, hörte er, von irgendwo, das waren nicht mehr seine Gedanken, das war ein Gesetz. Ein Gesetz, das nicht zu umgehen war, durch keine Kraft der Welt. Mit einem gewaltigen Knall stürzte ein riesiger Balken auf ihn herunter, Spinne sank, am Kopf getroffen, zu Boden.

Kleine Flammen züngelten an ihm empor, fraßen sich satt an seiner Haut. Dort, wo zuvor noch gedacht wurde, schaltete man um auf Gewißheit. Dort, wo gerade noch mit einer – wenn auch minimalen – Zukunft spekuliert worden war, stand nur mehr die Gegenwart auf dem Spielplan und bald würde ein absoluter Stillstand einkehren: *die tote Saison*, das Schreckgespenst jedes Akteurs. Dort wo die Sinne gewöhnlich ihre Eindrücke weiterleiteten, erklärte man sich für die Entgegennahme derlei äußerer Begebenheiten unzuständig, nur noch innere Bewußtseinsinhalte gelte es zu verarbeiten – *neue Prioritäten*, verkündete die Betriebsleitung. Nun ginge es um Wesentlichkeit, vor allem aber, die einzelnen Bestandteile wieder ihrer ursprünglichen Bestimmung zuzuführen, wieso denn niemand dies verstehen könne oder wolle, man wäre sehr ungehalten, man hätte wenig Zeit, vieles sei zu erledigen, das müsse man doch begreifen, gerade jetzt, man wäre bereits im Verzug. Ja natürlich, die materiellen wie die immateriellen Bestandteile, präzisierte man gerade noch gnädig; nein, um den Verbleib jenes ‚Ich' könne man auf gar keinen Fall Auskunft erteilen, dafür wäre man weder befugt noch fähig, dafür wären höhere Instanzen zuständig, und im übrigen wünsche man nun endlich ungestört weiterarbeiten zu können, um endlich das Gesetz zu erfüllen.

Dort, wo früher Spinne war und wahrnahm, wohnte nun ein Etwas, das wahrnahm. Das Etwas fühlte, wie sich das, was sich Spinne nannte, aufteilte, ganz gerecht und ohne Schaden zu nehmen, und es nahm zur Kenntnis, wie sich die einzelnen Atome in einem Ozean der Energie auflösten. Und wie zur Bekräftigung, daß auch wirklich keine der unzähligen Wesenheiten, die seine Existenz ausgemacht hatten, aufgrund dieser veränderten Situation eine Beeinträchtigung erlitt, leuchteten die magnetischen Ladungen von all den unzähligen Teilchen kurz auf, wie ein letzter Gruß, und pulsierten verzückt in einem schwingenden, kosmischen Freudentanz – so klang das Sausen, so tönte die Ewigkeit.

Nein, das kann doch nicht alles gewesen sein! Das akzeptieren wir nicht als Ende, wir fordern eine Aufklärung! ruft die Gemeinde der Leser bzw. ihr rechtmäßig gewählter Vertreter aus der Hilfskammer, der Gemeinverstand.

Also gut. Zeigen wir uns gefällig, fügsam. Nehmen wir an, es war ganz anders. Kein Sausen, keine Explosion. Blenden wir zurück.

In diesem Moment –

In diesem Moment merkte Spinne, daß er wieder einmal nicht nur falsch reagiert, sondern erneut schlecht beobachtet hatte. Agnes blies nicht in das Päckchen, sondern schlürfte dessen Inhalt blitzschnell in sich hinein. Indem sie zuvor unaufhörlich mit dem Hineinblasen drohte, hatte er es tatsächlich so wahr- und vorweggenommen. Daß sie den Stoff schlucken könnte, damit hätte er nie gerechnet; jetzt war es zu spät. Sie sank zu Boden, der eine Arm versuchte noch, ihn festzuhalten (oder ihn mitzuziehen, wer weiß?), dann prallten ihre Knie hart am Parkettboden auf. Ihre Augen suchten die seinen, ein letztes Zucken, ein Wort, das sich auf ihren Lippen verzerrt als Frage abzeichnete. „Remis?" bot sie ihm gnädig an, obwohl sie verloren hatte; doch eine sehr eigenwillige Auslegung der Schachregeln.

Verwirrende Eingeständnisse

Spinne fühlte ihren Puls, versuchte eine Herz-Massage, lief zweimal nervös im Kreis; nichts half. Oh jemine, Selbstmord Nummer 5, noch dazu vor seinen Augen. Diese Dramatik! Würde ihn je wieder jemand engagieren?

Désirée hatte ihr Gesicht in den Händen verborgen. Sie schluchzte. Dann sah sie ihn mit leeren Augen an.

„Laß es. Die holt keiner mehr zurück."

„Es ist meine Pflicht", antwortete er. Was für eine Pflicht eigentlich, dachte er im Stillen. Die Pflicht des Stadtschreibers, die eines Ermittlers mit TV-gerechten Polizei-Allüren, die eines notdürftig moralischen Mitmenschen? Er langte nach seinem Handy, das irgendwo zertreten im Wald lag, und wählte die Nummer der Rettung, landete aber bei der Feuerwehr. Das Mädel an der Strippe versprach, gleich einen Wagen vorbeizuschicken.

„Aber mit dem Notarzt, nicht den mit den Schläuchen", rief er der verwunderten Stimme nach, die hinter dem Piep-piep-piep verschwand. „Es ist nur meine Pflicht", bekräftigte er in Richtung Désirée.

„Sehr ehrenwert. Aber chancenlos. Das Gift wirkt in Sekunden." Sie begann wieder zu schluchzen. „Ich hab es kommen sehen."

Eine Prophetin? Hatte etwa sie ihm diese Gabe unter der Hand bzw. unter dem Tisch weitergegeben?

„Früher oder später mußte man damit rechnen", räsonierte sie und gab sich einen Ruck. „Naja. Das Kapitel kann ich abschließen. – Wir sollten uns auf etwas anderes konzentrieren."

Sie schickte ihm einen verführerischen Augenaufschlag, darunter hatte sie noch immer nichts an, wenn man von dem BH absah, der das, was er aufbewahrte, noch deutlicher hervorhob.

Hatte er etwa ihre Jagdlust wieder erweckt? Dazu war er nun wirklich nicht in der Stimmung, aber sollte man nicht niemals nie sagen, wenn man ein Mensch mit kriminalistischer Vorbildung ist?

„Es wäre an der Zeit, daß du mir reinen Wein einschenkst."

Na typisch, diese Männer, mit ihrer kindischen Neugier; ärger als jedes Tratschweib.

„Die Hausbar ist dort drüben. – Aber wie ich Agnes kenne, hat

sie bloß hartes Zeug."
„Man sieht's. – Also los. Raus mit der Sprache."
„Ein Verhör?"
„Unter Androhung der Folter, nie wieder mit dir zu schlafen."
„Na, so ein Verlust bist du auch nicht, wenn du endlich hier wieder abhaust", sagte sie halblaut, und ganzlaut „Oh!", täuschte die erhoffte Riesen-Einbuße vor. Was will er denn, dachte sie. Er hatte doch sein einmaliges Gastspiel auf ihrer Bühne bereits absolviert. Einmalig, wie jeder, immerhin samt vorangegangener General-Probe in einem vollbesetzten Theatersaal.
„Ich wollte dir sowieso alles sagen."
„Ah", machte er ungläubig.
„Immer. Aber bei deinen Fragen kommt man nie zu Wort."
„Wenn du es willst, gelingt es dir aber meistens, dir Gehör zu verschaffen, bei dem, was du willst." Es kam keine Antwort, nur eine undefinierbare Geste. „Also, schieß los."
„Was willst du wissen?"
„Alles."
„Alles ist ein bißchen viel. Ich bin ja nur ein kleines, unschuldiges Mädchen."
„Also."
„Wie wär's mit Fragen. Sonst bist du immer so gut mit den Fragen."
„Okay. Wo fangen wir an? – Die Selbstmorde."
„Selbstmorde! Das war der einzige, den du soeben gesehen hast. Arme Agnes. Ich habe es immer befürchtet, daß es einmal so enden wird."
„Und die Waldarbeiter?"
„Die Waldarbeiter. Der erste hat Emkos Leute beobachtet, wie sie einen Türken umgebracht und dann verfolgt haben."
„Kann es sein, daß es umgekehrt war?"
„Schon möglich." Sie sah ihn ärgerlich an.
„Und er wollte sie zur Rede stellen?"
„Nein, er wollte mittun."
„Mittun?"
„Sicher. Wer mag sie denn schon, die Kümmelfresser?"
„Naja." Das paßte blendend zu ihrem Vokabular. ‚Negerdorf'

hätte ihn schon alarmieren müssen. Doch sie verstand es prächtig, hinter ihrem semi-katholischen Zerimonienamt eine Biederkeit vorzutäuschen, die sie dann in ihrer Freizeit umso entschiedener ablegte. Spinne versuchte sich zu entrüsten und ihr zumindest mimisch einen strengen Verweis zu erteilen. Die Angst, den Faden zu verlieren, war stärker. „Und dann?"

„Dann wurde es ihnen zu heiß, jemand dabeizuhaben, der nicht Teil ihrer Gruppe ist und die ganze Ausbildung mitgemacht hat."

„Sie hatten Angst, er verliert die Nerven, ich meine, die Brutalität, und die Menschlichkeit bricht durch?"

„Sie hatten Angst, er könnte plaudern."

„Dann haben sie ihn erschlagen."

„Das haben sie Irina überlassen. Seinem Kollegen."

„Irina? Der Vereinigungs-Irre?"

„Ja, ein schwerer Fehler. Er war neu in der Gruppe. Es sollte seine erste Mutprobe werden."

„Nicht bestanden?"

„Nur halb. Den Kerl erschlagen und ihn unter einen Baum legen, damit es wie ein Unfall aussieht; das schaffte er gerade noch. Doch nachher bekam er fürchterliche Gewissensbisse, suchte Trost beim Pfarrer, fand Heil im Weltchristentum oder in der Ur-Kirche oder was weiß ich, wie das Zeug heißt. Jedenfalls war er seither komplett übergeschnappt, lief in den Gassen herum, versuchte alle Leute zu bekehren. Er wurde ein echter Gefahrenherd, mußte aus dem Weg geräumt werden."

Aha. Das also war der Nebel, den er am Ende von Irinas Karriere gesehen hatte. „Wie haben sie ihn erledigt?"

„Er ist im See ersoffen."

„Wer hat nachgeholfen?"

„Die mobile Balkan-Eingreif-Truppe. Oder der Mossad. Was weiß ich. Ich weiß doch nur das, was mir Agnes erzählt hat. Zwischendurch."

„Zwischen was?"

„Wenn sie nüchtern war."

„Und du?"

„Ich war natürlich ebenfalls ein potentieller Gefahrenherd, mit meinen Familienverhältnissen..."

„Der Richter...“, warf Spinne ein, um zu zeigen, daß er mitdachte und der gehobenen Unterhaltung zu folgen wohl in der Lage war.

„...und mit meinem regen – äh kommunikativen Umgang.“

„Die Trauungen.“ Ein Gentleman ist eben immer höflich.

„Genau.“ Und eine Lady bedankte sich. „Aber Agnes hat mich beschützt. Sie hätte nie zugelassen, daß mir etwas zustößt.“

„Wie der Anschlag passiert ist, brauchst du mir gar nicht erzählen, da bin ich mittlerweile selbst dahintergekommen“, prahlte Spinne.

„Gratuliere, Herr Meisterdetektiv.“

„Ein Ballonfahrer hat biologische Kampfstoffe abgeworfen oder so.“

(Ist das nicht eine faule Ausrede, Herr Spinne? Können Sie das nicht näher erläutern, wie dieser Anschlag vor sich ging? – Nein, kann ich nicht. Sehen Sie im Internet nach, dann sind Sie die nächsten zwei Jahre beschäftigt. Und unterbrechen Sie mich gefälligst nicht mitten im Dialog).

„Das war nicht schwer herauszufinden.“

„Ursprünglich hätte ich eher auf das Feuerwerk getippt.“

„Nein, nein – das war viel zu spät am Abend. Viel zu wenig Leute auf der Straße. Da wäre die Erfolgsquote nicht so hoch gewesen.“

„Erfolgsquote!“

„Wenn man heutzutage fünfzig Prozent von dem erreicht, was man sich vorgenommen hat, muß man schon zufrieden sein.“

„Wie habt ihr den Anschlag überlebt?“

„Sie hat uns immunisiert. Ein Gegenmittel für alle, die ihr lieb und teuer oder wichtig waren, in den Kaffee. Oder ins Bier.“

Spinne dachte an den Enkel. Wollte der ihn vielleicht heimlich retten? „Nicht ins Trinkwasser?“

„Was ich weiß, nicht. – Übrigens, Irinas religiöser Tick stammt von Agnes. Von einem ihrer irren Seminare. ‚Dualität und Vereinigung. Mythen und Mysterien für Anfänger und Fortgeschrittene.‘ Oder war es ‚Gnosis und Hypnosis. Archaische Symbolik und Theurgische Erlösungs-Konzeptionen‘?“

„Das ist aber ein langer Titel.“

„Sie hat es dann in ‚Krimskrams‘ umgetauft.“

Ein umfassendes Pauschalbekenntnis

„Was hat Emko mit der ganzen Sache zu tun?"

„Das Milchgesicht? Der ist doch nur ein Bübchen, das großer Held spielen will. Im Bett wird er wieder kleines Bübchen. Der hat keine Ahnung von irgendwas."

„Das interessiert mich weniger."

„Mich mehr. Na gut. Emko war in den späten Neunzigern als Freiwilliger am Balkan und hat für die Nationalisten gekämpft. Frag mich nicht, auf welcher Seite."

„Auf welcher Seite?"

„Ich hab' keine Ahnung; er wahrscheinlich auch nicht. Hauptsache, er konnte dort das Messer schwingen. Er soll so ziemlich bei den übelsten Dingen dabeigewesen sein."

„Und?"

„Ein Jugo, ein Flüchtling, der in Köstendorf lebt, hat ihn im Supermarkt erkannt. Er trinkt nämlich immer die gleiche Marke. Willste wissen, welche?"

„Nein danke, sonst werde ich auch noch so. Und was weiter?"

„Der Jugo hat ihn verpfiffen. Und Emko ist nach Den Haag ausgeliefert worden."

Wenigstens sagte sie ‚Jugo', und nicht ‚Tschusch'. Doch vielleicht diente dies nur dazu, ihn von den ‚Kümmelfressern' zu differenzieren.

„Und?"

„Mangels an Beweisen ist er freigesprochen worden. – Niemand hat sich getraut, gegen ihn auszusagen, weil alle Angst hatten, daß er freikommt und sich rächen wird."

„Klingt logisch, aber irgendwie seltsam."

„Er ist freigekommen und hat sich trotzdem gerächt. Aber nicht mit Gewalt." Sie begann zu schluchzen. „Und jetzt soll das alles vorbei sein?" Die bewährte Theatralik drohte wieder aufzukommen, das Charakterfach.

„Für viele war plötzlich alles vorbei. Am 23. September, bei der Erhebung... Und was ist geschehen, als Emko aus Den Haag zurückkam?"

„Emko hat sich mehr auf das subtilere Quälen verlegt. Die grobe

Gewalt überließ er den anderen, die ihn allmählich als ihren Boß akzeptierten."

„Aber rächen wollte er sich trotzdem."

„Der Jugo lebte in der Zwischenzeit bei einer Bäuerin in Sommerholz. Emko hat sich von Agnes ein paar Anregungen geholt. Er hat Zuchtraupen ausgesetzt, die die gesamte Ernte dort oben aufgefressen haben. Eine extreme Züchtung. Resistent gegen so ziemlich alles. Gegen Pestizide sowieso. Ahnungslos haben sich die beiden wieder bei Agnes das einzige wirksame Gegenmittel besorgt, eben die ‚Mikros', wie sie die Mikro-Organismen immer genannt hat. Sie hat also ein doppeltes Geschäft gemacht."

„Ganz wie im traditionellen Waffenhandel."

„Ja, gerissen war sie immer schon..."

„Und was für ein Verhältnis hatte sie zu Emko?"

„Verhältnis? Er war ihr Bruder."

„Ihr Bruder?"

„Ja. Bruder und Mit-Eigentümer."

„Mit-Eigentümer? Von was?"

„Na, von Mayer & Co. Handel mit Kleinstlebewesen."

„M.- Co. Emko!"

„Na endlich hast du's geschnallt, Herr Meisterdetektiv."

„Und wie hieß er wirklich?"

„Ich weiß nicht, irgendwie uninteressant, Max oder Michael. Auf jeden Fall Mayer."

„Wieso rückst du immer so spät raus, mit allem, was du weißt?"

„Vielleicht bist du extrem spät dran beim Kapieren... Ich hab' dir immer wieder auf die Sprünge geholfen."

„Jaja, deine Tips. Ich weiß. Was hätte ich denn merken sollen im Schloß?"

„Wie bitte?" fragte sie gedankenverloren.

„Du hast doch gesagt, ich soll auf die Bewohner achten." Er imitierte sie: *„Aber auf wirklich alle, verstehen Sie?"*

„Und du hast wieder einmal nicht mitgekriegt, wer gemeint war."

„Na wer denn?"

„Die Hunde natürlich."

„Die Hunde! Etwas weniger kryptisch wäre es nicht gegangen?"

„Sei froh, daß sie dich nicht aufgefuttert haben."

‚Du' oder ‚Sie' schien keine Rolle mehr zu spielen, alle Menschen waren Brüder, manche Schwestern, und manche ausgemachte, hausgemachte Biester.

Jakob Spinne, der Stadtschreiber, versuchte in seinem Hirn die Fäden zu ordnen. Etwas, das nicht einmal in Normalform glückte, geschweige denn in Ausnahmefällen.

„Agnes war also die Drahtzieherin? – Wieso hat sie so viel Geld gebraucht?"

„Na, wieso wohl?"

„Schulden? Schlechte Geschäfte?"

„Das Crack natürlich. Erst 5 Gramm im Monat, dann 5 in der Woche, und dann 5 jeden Tag. Rechne es dir aus, was das kostet. Wo soll man das Geld denn hernehmen?"

Machte sie ihn etwa verantwortlich für die überhöhten Rauschgiftpreise?

„Sie hat immer mehr Schulden angehäuft und nur noch für das Crack gelebt."

„Und du? Hast du das Zeug auch genommen?"

„Kaum. Ein paar Mal. Aber mir hat das nicht so gut getan. Haste ja miterlebt."

„Wann denn?"

„Na, in der Pizzeria. Himmel, war ich da drauf. Fürchterlich!"

„Ach so, deswegen..."

„Ja, deswegen. Idiotisch!"

„Und wer hat die Erpresserbriefe geschrieben?"

„Na wer?"

„Agnes? Emko?"

„Hättest du rechtzeitig Handschriftenproben verlangt, dann wüßtest du es jetzt." Auf die Idee war er freilich nicht gekommen, als Neuling. Kein Hilfssheriff, der wirklich half, kein Buch, in dem man nachlesen konnte, niemand, der einen mit ernsthaften Tips versorgte, die weiterführten – ein Jammer!

„Du weißt es?"

„Ich sag es dir nur, wenn du es nicht weitersagst." Das schien zwar gegen die allgemeine Ermittler-Moral zu verstoßen, doch was für eine Wahl hätte er sonst?

„Okay“, murmelte er widerwillig, zerknirscht. Von draußen hörte er ein Tatü-Tata; der Notarzt war unterwegs, hoffentlich verirrte er sich nicht. Hatte er ihm überhaupt die Adresse gesagt? Agnes lag noch immer regungslos am Parkett.

„Du wirst es nicht glauben.“ Désirée versuchte es spannend zu machen.

„Ich glaub’ sowieso schon gar nichts mehr, nicht einmal mehr an die Vereinigung der Weltreligionen durch die vereinigten Geheimdienste. – Na, wer hat sie geschrieben? Die mit den braungrünen Augen? Du etwa?“

„Erraten.“ Sie war stolz darüber.

„Du Biest! Du weißt, daß du dadurch mit schuld bist? Das ist Erpressung, Beihilfe zum Mord, Amtsmißbrauch...“

„Aber du darfst es nicht weitersagen, du hast es versprochen, das mußt du einhalten. Sonst ist es Amtsmißbrauch.“

„Warum in aller Welt hast du denn sowas gemacht?“

„Agnes zuliebe. Sie war die einzige, die mir etwas bedeutet hat. Weit mehr als jede Affäre. Sie hat diktiert, und ich hab geschrieben. Erst dachte ich, es ist ein Scherz. Im Fasching kommen die Leute auf seltsame Ideen.“

„Doch nicht im Sommer.“

„Ich weiß. Aber auch einen Scherz muß man vorbereiten. Naja. Dann hat sie gesagt, es ist ein psychologischer Test. Ich soll auf jeden Fall meine Schrift verstellen. Du hättest es also mit den Handschriftenproben auch nicht herausgefunden, wer die Briefe geschrieben hat.“

„Beruhigend zu wissen.“

„Höchstens mit einem graphologischen Gutachten. Aber den einzigen Graphologen im Ort, den kenne ich ganz gut...“ Spinne konnte sich vorstellen, woher. „Der hätte dir bestimmt nichts verraten.“

„Trotzdem. So naiv kannst du doch nicht sein.“

„Als ich merkte, daß es ernst wird, habe ich ohnehin aufgehört.“ Das stimmte. Ab einem gewissen Zeitpunkt waren keine Briefe mehr eingetroffen. Da hatte es allerdings auch schon die ersten Todesfälle gegeben. „Ich hätte nie gedacht, daß sie die Briefe wirklich abschickt.“

„Auch nicht, als du die Adresse aufs Kuvert geschrieben hast.“
„Höchstens als Scherz.“
„Du bist eine Massenmörderin.“
„Ich bitte um Entschuldigung.“
„Ich hatte dir vertraut.“
„Kannste auch jetzt noch. Ich habe dir alles gesagt. Die wirklichen Schuldigen sind schon gerichtet. Der eine als Hundenahrung, und die andere – hat sich selbst gerichtet...“ Sie begann wieder leise und stockend zu weinen. Das Tatü kam näher.

Schwarzweiß-Malerei

„Wieso hat sie das Geld nicht abgeholt, vom Strandbad?“
„Das Geld? Agnes haßte Bälle! Was sollte sie mit den Eintrittskarten schon anfangen?“
„Sie wußte Bescheid?“
„Natürlich. Als Leiterin des Ehrenkomitees hat man ihr berichtet, daß die Eintrittskarten abhanden kamen, und da sie wußte, wie knausrig der Bürgermeister ist, konnte sie sich den Rest zusammenreimen. – Ich glaube aber, sie wäre so oder so nicht hingekommen. Sie hat viele Dinge voll Begeisterung begonnen, und dann hat sie plötzlich die Lust daran verloren oder etwas anderes entdeckt, genau wie bei den Seminaren. Jede Woche ein anderes Thema. Kaum jemand hatte Zeit, sich auf ein neues Angebot oder eine neue Geisteshaltung einzustellen.“
„Hatte sie nicht Kinder?“
„Kinder? Agnes?“
„Irgendwer hat doch so etwas erwähnt.“
„In ihrem Traum vielleicht. Nein, das Gerücht hat sie selbst einmal in Umlauf gebracht, damit sie nicht ins Gerede kommt. Eine Lesbe wird doch nicht Vorsitzende des Ehrenkomitees! – Nein, die einzigen Sprößlinge, die sie hat, sind...“
„...die Mikros.“
„Genau. Und die bleiben ihr Lebtag klein.“ Alte Nachwuchs-Zynikerin.
„Was ist im Schachclub passiert?“

„Na, trainiert haben sie."
„Für die Meisterschaft?"
„Informationsaustausch. Hast du nichts bemerkt?" Sie imitierte seinen Tonfall: *„So naiv kannst du doch nicht sein.* Wie oft warst du dort?"
„Was für Informationen? – Nachrichtendienstliche?" Er war stolz, daß ihm dieses Wort glückte und wie selbstverständlich in seinen Wortschatz einfloß. „Über die Flugkörper?"
„In Neumarkt sind sie schlau. Der Nato haben sie ganz offiziell den Luftverkehr freigehalten und die besten Flugschneisen empfohlen. Den Jugos haben sie diese im Hinterzimmer verraten. Leider haben das in Belgrad nicht alle gewußt."
„Wie haben sie die Informationen weitergegeben?"
„Ist dir im Schachclub wirklich nichts aufgefallen?"
Spinne versuchte sich zu erinnern. War irgend etwas verdächtig? Ja natürlich, der Lehrtisch! Auf einem besonderen Tisch wurde nur ‚analysiert'. Aber das schien alltäglich. Jeder Zug wird notiert, es fällt auch nicht auf, wenn ‚aus Schulungsgründen' ein Lehrbuch aufgeschlagen wird, in dem Diagramme zu sehen sind. Sorgfältig wurden die Stellungen in ein leeres Rasterfeld eingetragen, dafür haben die Spieler sogar weiße Faserschreiber mitgebracht; keine Buntstifte, allerdings auch kein weiter Schritt dorthin. Und er dachte, hier wurden Eröffnungen trainiert! Einmal hatte er auf diesem Tisch sogar kopfschüttelnd eine Stellung entdeckt, die im normalen Spiel niemals vorkommt: Beide Könige standen im Schach. Langsam dämmerte es ihm.
Die Diagramme... Jedes Diagramm, jede ‚Stellung' beinhaltete eine verschlüsselte, geheime Information. Deswegen wurden die Partien so säuberlich in die Diagramme eingetragen. Jede Figur stand offenbar für eine bestimmte Funktion, oder gar für einen Staat oder eine Armee?
„Welche Informationen haben sie denn weitergegeben?"
„Die Aufmarschpläne für den Nato-Bodenkrieg."
„Die Aufmarschpläne..."
Spinne blieb die Luft weg, Deswegen hatte Agnes behauptet, sie hetze die Männer im Schachclub aufeinander los; und er hatte geglaubt, das wäre eine ihrer halblustigen, satirischen Bemerkungen.

„Vorher waren es die Pläne für den Bosnien-Krieg, und noch früher die Truppen-Bewegungen der Warschauer-Pakt-Staaten. Was macht es denn für einen Unterschied? Irgendein Krieg ist doch immer. Zumindest in den Köpfen."

„Ich Idiot! Seit wann ging das denn schon?"

„Begonnen hatte es in der Zeit, als der Konsul noch mitspielte."

„Der Konsul?"

„Der Konsul von Belgrad."

Der Militär-Attaché! Und er dachte, mit dem ‚Konsul' wäre ein erfolgreicher Geschäftsmann gemeint: Ein kaufmännischer Ehrentitel, der in einem titelsüchtigen Land genauso verliehen wird wie ‚Professor'. Der Militär-Attaché von Belgrad! Der Vater des Gemeindevorstands. Das letzte Opfer des Geheimdienstes, wenn man Agnes nicht mitrechnete. Wann kam endlich der Notarzt? Die sollten Stadtpläne verteilen!

„Der Konsul hat Agnes angeworben?"

„Er hat sie nach Israel eingeladen. Dort haben sie ein Tauschgeschäft vereinbart."

„Informationen gegen Mikro-Organismen?"

„Ausnahmsweise richtig, Herr Detektiv. Zur Sicherheit hat sie der Mossad aber auch mit dem Crack bekanntgemacht, damit sie gefügig bleibt. Ein schwerer Fehler, sowas machen sie heutzutage nicht mehr. Die Leute werden zu unberechenbar."

„Und dann?"

„Das Geld blieb aus bzw. ging für das Crack drauf. Der Mossad fühlte sich hintergangen, weil die Informationen ausblieben. Agnes versuchte sie zu erpressen, entweder Geld *und* Mikros, oder sie läßt das ganze auffliegen. Kein Geheimdienst läßt sich erpressen, eher wird ausradiert, und sei es eine ganze Stadt."

„Also war es der israelische Geheimdienst?"

„Nein, der serbische. Agnes war auf Entzug. Das habe ich ihr geraten. Aber mit den Nerven war sie am Ende, nicht einmal für Sex hatte sie noch Interesse!"

Das mußte Désirée am härtesten treffen, armes Luder.

„Die Serben wurden mißtrauisch, haben ein Doppelspiel befürchtet. Plötzlich hatte Agnes von allen Seiten Gegner. Zu allem Überdruß ist es auch den Nato-Piloten aufgefallen, daß sie auf ihren Flügen überall erwartet wurden."

„Und das alles ging von unserem kleinen Land aus, und von dieser lieblichen kleinen Stadt..."

„Ja, die Beobachtung, das ist das Um und Auf. Solltest du dir merken, für deinen nächsten Fall. Aber verkaufe die Ergebnisse nur an *einen*, nicht an mehrere, sonst sitzt du in des Teufels Küche."

Um die Ergebnisse seiner Beobachtungen hatte sich noch nie auch nur *ein* Verlag gerissen; vielleicht sollte er doch das Metier wechseln.

„Was war weiter?"

„In ihrer Not ging sie ins Wirtshaus."

„Das machen viele."

„Aber nicht, um sich zu betrinken."

„Ah, verstehe." In des Teufels Küche. Zum renovierten Gastwirt. Wo unschuldige Tiere geschlachtet und den Kannibalen zum Fraß vorgesetzt wurden. Dort hatte er sie aufgespürt, doch das war nachher. Naja, vermutlich war sie auch vorher öfters dort.

„Was spielte der Wirt für eine Rolle?"

„Unbedeutend. Ein kleiner Mittelsmann."

„Aber er hatte Zugang zur Beobachtungsstation... – Und was wußte Kern von den Geschehnissen im Schachclub?"

„Nach und nach alles."

„Hat er das inszeniert?"

„Nein, nur geduldet. Wenn du weiterfragst, sage ich dir eines: du wirst kaum jemanden in Neumarkt finden, der *nicht* in dieses Geschehen verwickelt war. Nachdem es mit dem Tourismus nicht und nicht klappen wollte und auch aus dem Techno-Center nichts wurde, haben sie sich eben auf die Informationsbeschaffung verlegt; das bildet die Haupteinnahmequelle, für die Gemeinde und für die Bürger. Das saniert unser Budget."

„Wieso wußten alle alles, und ich nie was?"

„Na wieso wohl?"

„Die Wanze! Wer hat sie deponiert?"

„Ist dir niemand aufgefallen?"

„Nein. – Stefanie, meine Vermieterin?"

„Der Enkel."

„Und ich dachte, der schmiert mir Gift ins Trinkwasser!"

„Das hat er auch gemacht, aber nur ein Valium, falls du das Schlafmittel im Tee nicht trinkst...“

„Ihr seid eine verruchte Bande, der ganze Ort, nichts als Verbrecher!“

„Habe ich dir gleich gesagt.“

„Gleich nicht. – Und der Gemeindevorstand? Was wußte der?“

„Der war der einzige, der die ganze Zeit keine Ahnung hatte, genau wie du.“

„Nicht einmal über seinen Vater wußte er Bescheid?“

„Er hätte nie etwas Schlechtes gedacht. So ein seelenguter Mensch.“

Das klang sehr nach einer etwas idealisierten Darstellung dieses zynischen, böswilligen Kerls. Hatte da irgend etwas die Wahrnehmung getrübt?

„Eine Seele von Mensch“, bekräftigte sie, „mein Egon.“

Egon? Schalkhammer? Er hieß mit dem Vornamen Egon? War gar nicht zu erwarten, daß ein Vorstehersheriff auch einen Vornamen mit sich führt, und dann gleich Egon. Egon? Hatte er den Namen nicht schon einmal gehört? Und was bedeutete ‚mein‘ Egon? Der nächste in der Reihe?

„Wie stand der Bürgermeister dazu? Warum hat er mir das 3. Schreiben nicht gezeigt?“

„Damit du nicht über die rechte Szene schreibst, das hätte uns gerade noch gefehlt!“

„Und wie stand er zu Agnes?“

„Er hat ihr bloß den Kontakt zu dem Ballonfahrer vermittelt.“

„Der Ballonfahrer... Wußte der Bescheid, was er an Bord mitführte?“

„Wohl kaum, er ist doch selbst abgestürzt.“

„Mit seinem Ballon?“

„Nein, mit Crack.“

Alles schien klar, nun war es wieder so verschwommen wie eh und je.

„Hä?“

„Agnes sah keinen Ausweg mehr. Die Briefe waren eine Verzweiflungsaktion, an deren Erfolg sie selbst nicht mehr glaubte. Aber zumindest wollte sie sich eine Chance verschaffen, ihre

Drohung wahrzumachen.“

„Klingt reichlich irreal.“

„Dann denk dir halt was Gescheiteres aus“, pfauchte sie ärgerlich.

Zwei lokale Gewohnheiten hatten sich endgültig etabliert: Zu pfauchen, wenn die Wahrheit gesagt wurde. Und zu hüsteln, wenn man sie nicht hören wollte oder wenn sie nicht der politischen Korrektheit entsprach. Politisch korrekt! In einer Welt der Bespitzelungen und Morde, wo sich alles nur um Gewalt und Macht drehte. Um Geld und um den Einfluß, den man sich dadurch sichern konnte. Hauptsache nach außen korrekt, dem allgemeinen Sprachgebrauch entsprechend, nur ja niemanden diskriminierend. Wer hatte den Anschlag zu verantworten? Die Bürger, die sich dieser Korrektheit beugten? Die verlorengegangene Bescheidenheit? Die nie zu ihrem Auftritt gelangende Behutsamkeit? Seine eigene Phantasie? Seine Prophezeiungen? Sein ständig, wie ein wildgewordener Dackel, vorauslaufender Verstand? Seine Uhr, die immer stehenblieb und ihm alles Wichtige versäumen ließ? Seine Krawatten, die er zu diesen Anlässen nicht trug? Seine Lederjacke mit dem in ihr schlummernden geheimen Innenleben?

„Also wer ist nun für den Anschlag verantwortlich? Agnes? Die Nato? Der israelische Geheimdienst? Der serbische?“

Spinne mußte an den Trainer von Sturm Graz denken. Wie sagte der doch immer: ‚Wir müssen *kombinieren*. Besser kombinieren.‘ Das fiel ihm schwer; von ‚richtig‘ gar nicht zu reden.

Désirée lächelte. „Such es dir aus.“ Wußte sie es auch nicht?

Unten fuhr mit erheblichem Geräusch ein Auto vor. Endlich hatte der Fahrer kapiert, wo die Einfahrt zu dem Grundstück lag. Schritte trampelten die Treppe herauf. Der Notarzt, vermutlich mit zwei Sanitätern, mit einer Tragbahre und Sauerstoffgeräten. Sie würden das allermöglichste versuchen, die Unglückliche – gegen ihren Willen – vielleicht doch wieder ins Leben zurückzurufen.

Der eintretende Arzt, dem Jakob Spinne etwas überrascht ins Antlitz blickte, trug einen Helm und eine Uniform mit Abzeichen. Hinter ihm standen in einer Reihe, erwartungsvoll vorwärtsblickend, drei gleichfalls behelmte Uniformierte, ohne Abzeichen, jedoch mit einem Schlauch in der Hand. „Wo ist der Brand?“ fragte der Arzt.

„Kein Brand“, antwortete Spinne, „Eine Verunglückte. Können Sie helfen?“

Der Feuerwehrhauptmann wandte sich erst einmal um und erstattete seiner Truppe Meldung. Kaum hatte er sich zu ihnen gedreht, rissen sie die Hacken zusammen und standen stramm. „Brand aus. Gerät einfahren!“ rief er. Einer aus der Truppe salutierte und gab den Befehl weiter; dann trampelten sie wieder hinunter. Erst jetzt und nach einem kurzen Blick auf die am Boden liegende Gestalt war er bereit, Spinnes Frage zu beantworten.

„Ich bin kein Arzt“, sagte er, „Aber hier kann keiner mehr helfen, das sehe ich. Haben Sie einen Schnaps?“

Spinne blickte hinüber zu Désirée. Sie unternahm keine Anstalten, Gastgeberin zu spielen, auch er fühlte sich nicht als Personalvertreter des Dienstleistungsgewerbes, zumal sein Fall und seine Tätigkeit so gut wie abgeschlossen waren. Doch da er den leicht duseligen, schwammigen Blick des Löschmeisters auf sich lauern spürte, flüchtete er ins Nebenzimmer, in jene Richtung, in die Désirée zuvor vage gedeutet hatte, als sie die Hausbar erwähnte.

Er trat ein in das, was er als Nebenzimmer vermutete – und prallte zurück. Der Raum war eine exakte Kopie des Mausoleums im Schloß! Die stolze Agnes als Teil eines nekrophilen Kults? Der Schloßherr als Geldgeber? Oder nur als Ideenspender? Minuswachstum verbindet.

Bei genauerem Hinsehen erkannte Spinne doch ein paar Unterschiede. Die Säulen bestanden nur teilweise aus Marmor – schließlich hatte sie auch weniger Schulden als der Messezar – und die Stelle, die im Schloß für den Sarg bereitstand, der Schrein, war etwas kleiner geraten, eine Vertiefung, in die Mauer gehauen, mit einem weißen Tuch bedeckt, ein Altar. Alles wirkte sehr feierlich.

In der Wandvertiefung stand ein Kerzenhalter, dahinter hing ein Bild, das Altarbild. Doch keine Figur lächelte milde verzeihend von dem Bild, kein Buddha sonnte sich in seinem entlegenen Nirwana, kein Erlöser orientalischer Herkunft und westlicher Ausübung litt an einem Kreuz, keine Frauengestalt nahm geduldig die Gebete der muttergewöhnten Bitter und Bitterinnen entgegen, keine Vereinigungskirche hatte hier Einzug gehalten, auch kein mohammedanisches Nicht-Bildnis, keine zen-buddhistische Leere, keine rama-krishna-shiva-vishnu-bhakti-überladene Fülle, sondern ein schlichter Spruch, ein Vierzeiler; Dichtkunst also, wenn auch, wie so oft, in bedenklicher Verwendung:

Wir sind die rechten Richter
Rechts um ist unsre Welt
Bewahrer und Vernichter
Ganz wie es uns gefällt

Hier hatte er sie, die ganze Parole. Langsam begann er zu begreifen. Bewahrer und Vernichter! Genauso, wie beim Umzug gerufen wurde, und wie Emkos Bande im Wald gebrüllt hatte. Bewahrer und Vernichter. Das Medaillon! Das also bedeutete der Schriftzug „B & V". Nicht Bertram und Vinzenz! Désirée hatte gesagt: ‚Das hat mir eine gute Freundin geschenkt'. Wahrlich eine gute Freundin, so aufmerksam...

Spinne spürte einen leichten Lufthauch. Désirée stand in der Türe, lächelte. Lächelte ihr unergründliches Lächeln.

„Etwas hast du mir noch nicht gesagt. Wer war eigentlich der Drahtzieher?" fragte er. „Der Kopf von dem ganzen?"

Désirée setzte sich auf den steinernen Boden. „Agnes war der Kopf, ich bin der Körper. Und die Mikros sind die Hände. Kleine flinke Finger, diensteifrig, behende, hilfreich." Sie ließ eine lange Pause, als ob sie mit etwas endgültig abschließen oder Resümee ziehen müßte. „Der Konsul ist tot, Agnes ist tot. Die ganze Stadt ist mitschuldig, oder sagen wir, die halbe. Der Rest ist ausgestorben, dezimiert. – Sie haben ganze Arbeit geleistet. Gratuliere."

Spöttisch und zynisch bis in alle Ewigkeit, dachte er.

Sie erhob sich. „Und alles, weil du, ewig vorausblickend, deine

Gedanken nicht zügeln kannst."

Sie erhob sich noch mehr, wurde riesengroß, füllte den ganzen Raum aus. Als sie die Decke berührte, wurde sie allmählich kleiner, schrumpfte zusammen, auf die Größe einer Schachfigur, vereinigte sich mit dem in einer Ecke der Kammer bereits sehnsüchtig wartenden Hilfssheriff und verschwand vollends, löste sich in einer ätherischen Dunstwolke auf.

So kann man auch einer Bestrafung entgehen, dachte der Stadtschreiber. Typisch Frau.

„Wenn es keinen Schnaps gibt", hörte er aus dem Nebenzimmer, „Dann gehe ich eben wieder." Der Feuerwehrhauptmann entfernte sich wenigstens auf die übliche Weise, durch Schritte, die nach und nach verklangen.

Ein paar Minuten später verließ Jakob Spinne gleichfalls das Haus, und kurz darauf auch die Stadt. Niemand, den er verhaften konnte. Er durfte sich zwar rühmen, alles restlos aufgeklärt zu haben, doch wer würde ihm diese Geschichte glauben! Vielleicht würde man ihn wenigstens, nachdem er diesen Fall so blendend gelöst hatte, mit einer weiteren Aufgabe in einer anderen Stadt belohnen...

Der Trainer von Sturm Graz, obgleich aufgrund seiner Herkunft aus den Balkangebieten dringend verdächtig, hatte immer ein paar tröstende Worte für einen haltlos enttäuschten Reporter, für die unzähligen patriotischen Fernsehzuschauer, wie auch für den Nachwuchs im Ermittlungsgewerbe übrig: „Was wollen Sie. Es ist schon ein Erfolg für uns, hier mitspielen zu dürfen."

Der Bericht, den der Stadtschreiber zum Abschluß seiner Tätigkeit abgab, endete mit den in Großbuchstaben hingemalten Worten:

UND WENN MEINE FORDERUNGEN NACH EINER ADÄQUATEN PUBLIKATION DIESES ODER VERGANGENER SCHRIFTSTÜCKE NICHT LÜCKENLOS ERFÜLLT WERDEN, DANN MÜSSEN ALLE STERBEN...

Ausblick *oder:* ***Coda***

Aus irgendeinem Grund saß der Gastwirt eines Nachmittags in seiner Stube, sah auf sich und auf sein grünes Kellnertuch. Ich muß mehr auf mein Äußeres achten, dachte er, nahm das Tuch und warf es in den Müll. *Ton in Ton* ist besser, sagte er sich und holte ein frisches, himmelblaues Tuch aus dem Schrank.

Der Gemeindehilfssheriff tröstete sich nach seinem einmaligen Vergnügen mit Désirée damit, den nächsten Stadtschreiber bald mit ungeheuerlichen Erzählungen aus der Vergangenheit sowie mit zweckdienlichen Hinweisen und Kommentaren versorgen zu dürfen.

Die Gemeinden Köstendorf, Straßwalchen und Henndorf formierten sich und schlossen sich unter dem Namen *Neu-Neumarkt* zu einem monströsen Konkurrenzgebilde zusammen, das ohne Widerspruch zum Stadtstaat erhoben wurde. (Klein-Köstendorf zögerte noch, bangte um seine Eigenständigkeit und um seinen Ruf als ein minuziöses, keck der Metropole vorgelagertes Prae-Pretiosum). Das durch diesen Zusammenschluß entstandene Großreich trat sogleich dem neugeschaffenen transkontinentalen Bündnis, der Allianz für den Frieden, bei. Als erster Beweis für die Ernsthaftigkeit des Beitrittsgesuches mußte bloß der Budgetposten für die Rüstungsausgaben um das achtfache erhöht werden.

Nachdem Stefanie Wallner ihr tatsächliches Aussehen und ihr gegenwärtiges Alter erreichte, fand sie wieder zu ihren nicht beschriebenen, wie immer gearteten Charaktereigenschaften, die sie – bei einer Schale Kaffee vor dem Fenster – wie selbstverständlich auslebte. So können wir sie auch in hundert oder zweihundert Jahren noch mühelos dort auffinden.

Der Schach-Club löste sich, mangels kundiger Strategen, auf; es hieß, daß die wahren Regeln für das königliche Spiel mehr und mehr in Vergessenheit gerieten, genauso wie die unabdingbar erforderlichen, zynischen Begleit-Kommentare.

Statt eines Trainingscamps für Schachweltmeister entstand unter dem Titel „Völkerverbindung durch globalen Informationsaustausch“ eine Außenstelle des Heeresnachrichtendienstes, wo ehemalige Leiter der nationalen Sicherheitsbehörden zu einem angeregten fachkundigen Gedankenaustausch zusammenfanden und so manche Schrulle aus dem geheimdienstlichen Alltag von sich gaben; im Grunde nicht weit entfernt von dem, was Dr. Kern vorgeschwebt war, der sich alles in allem über diese Entwicklung nicht unzufrieden zeigte. (Den Ehrenschutz übernahm der Bürgermeister der ungarischen Patengemeinde, allerdings wurde ihm das Recht auf eine Eröffnungsansprache aus unerklärlichen Gründen verwehrt).

Im Schul- und Bildungszentrum lehrte man im Deutschunterricht nun das korrekte Verfassen von Erpresserbriefen und probte im Freifach „Darstellendes Spiel“ die Geldübergabe; man konnte ja nie wissen.

Eine Schule für kriminalistische Nachwuchsermittler ließ sich aus Budgetgründen leider nicht verwirklichen; der Bürgermeister sparte. Der Wahlkampf stand vor der Tür, die Tür stand sperrangelweit offen, draußen wartete die andersgefärbte Konkurrenz, und das Budget durfte nicht überschritten werden.

Es fand sich bald eine würdige Nachfolgerin, um die richtungsweisenden Seminare fortzusetzen. Genau, jene junge Thekenkraft und engagiert um ihr Seelenheil bemühte Nachwuchs-Adeptin namens Sigrid, die nach einiger Zeit auch die vakante Stelle im Herzensraum einer Gemeindebediensteten höherer Stellung einnahm und so deren primäre Neigungen erfüllte, nachdem die ohnehin bereits erheblich eingeschränkten sekundären Gelegenheiten in erschreckender Weise auf die Hälfte reduziert worden waren.

Die Wirtin von der ‚Krone' hatte sich längst dorthin zurückgezogen, wohin es letztlich alle Menschen zieht – nein, nicht auf den Friedhof, sondern in den Süden, weit hinunter, bis in den südlichsten Stadtteil von Neu-Neumarkt.

Manche der hier ausgesprochenen Prophezeiungen trafen rückwirkend ein: Am 27. August 1935, so hieß es, stürzte ein Militärflugzeug in die Ostbucht des Wallersees, also in unmittelbarer Nähe des Strandbads. Beide Insassen kamen ums Leben. Jegliche Schuld Jakob Spinnes an diesem Ereignis muß ausgeschlossen werden. (Dies gilt insbesondere dann, wenn man die Integrität eines zeitlich linear in eine Richtung verlaufenden Universums ohne Eingriffsmöglichkeiten – die Irreversibilität – als physikalischen Grundsatz nicht in Frage stellt).

Nachspielzeit

Geschätzte Leser, es ist nun an der Zeit, aufzuklären, warum ich diesen Bericht, den ich bei meiner Ankunft hier vorfand, wortgetreu wiedergegeben habe. Als mir die mittlerweile betagte Vermieterin Stefanie Wallner, die Sie sicher noch aus den Schilderungen von Jakob Spinne in Erinnerung haben, jenes vergilbte Manuskript überreichte, das mein Vorgänger hier zurückließ, bevor ihn sein Schicksal ereilte, zögerte ich zunächst, Sie, liebe Leser, mit Geschichten aus einer längst vergangenen Epoche zu belasten. Doch im Laufe der Lektüre hat sich mein Eindruck geändert, im gleichen Maße, wie ich mehr und mehr Menschen aus dieser Stadt kennenlernte, die so gar nichts mit jenen Menschen gemein haben, wie sie der gewiß phantasiereiche Jakob Spinne beschrieben hat.

Allzuviele unheilvolle Erinnerungen an die Zeit, in der Jakob Spinne hier gewirkt, ja man kann getrost sagen, gewütet hat, sind noch gegenwärtig. In vielen Köpfen spukt noch immer das Gespenst dieser ersten Stadtschreibergestalt herum, ob als böswilliger Verleumder, als gewissenloser Ausbeuter oder als charakterloser Chronist, wie ihn manche im Gedächtnis haben möchten oder bloß als unbeholfener Möchtegern und oberflächlicher Beobachter mit einem schlechtem Gedächtnis, wie ihn mildere Quellen beschreiben. Um dieses Bild ein wenig aufzuhellen, schien es mir angebracht, diese verloren geglaubten Zeilen für die Nachwelt zu bewahren und unkommentiert zu veröffentlichen – trotz all dem Widerwillen, den dieses Machwerk in mir auslöste und wohl in jedem geradsinnig denkenden und fühlenden Menschen auch in Zukunft auslösen wird.

Dabei muß ich um Verständnis bitten, sollten gelegentlich die Anmerkungen des Lektors von der Druckerei nicht als solche erkannt und als Teil des Textes mit dem Manuskript mitgedruckt worden sein.

Sie fragen sich vielleicht, was mit Jakob Spinne weiter passiert ist. Nun, er wurde unter dem Vorwand, Stadtschreiber von Murmansk zu werden, nach Sibirien gelockt und lebt dort seit einigen Jahren in einem Straflager; kein Wunder, werden Sie mir beipflichten, nach all dem, was wir bisher von ihm gelesen haben – eine harte, aber durchaus gerechte Strafe. Es geht ihm den Umständen entsprechend. Die Vorwürfe, die ihm zur Last gelegt wurden, reichten von Anstiftung zum Massenmord bis zu Hochverrat und Spionage, obwohl deren Wahrheitsgehalt nie lückenlos aufgeklärt werden konnte.

Die Stadt Neumarkt selbst blüht und gedeiht, wie ich Ihnen versichern darf. Nichts von den abstrusen Geschehnissen, die mein Vorgänger beschrieben hat, ist jemals Wirklichkeit geworden. Alle 5214 Einwohner erfreuen sich bester Gesundheit.

Ich hielt es für meine Pflicht, Sie über jene dunklen Schatten der Vergangenheit hinwegzutrösten, die der erste Stadtschreiber über diesen lichten Flecken gebreitet hat, auch wenn dieser seltsame Vorgänger ein denkbar schweres Erbe hinterließ. Doch nun, da diese Vorfälle, die nie stattgefunden haben, ohne Beschönigung offengelegt wurden, kann ich mich endlich meiner eigentlichen Tätigkeit zuwenden: Der ungetrübten Schilderung vom Leben und Treiben der Bürger von Neumarkt in ihrer lieblich-ländlichen Umgebung an einem bezaubernden See...

„Autorensolidarität“ auf Bestellung

Autorensolidarität – Börsenblatt österreichischer Autorinnen, Autoren & Literatur

Jahresabo:
öS 200,–/DM 40,–
Abo-Plus öS 350,–/DM 65,–
(Die Preise gelten bis 31.12.2001, ab 1.1.2002 sind die Preise von der Erhöhung der Posttarife abhängig.)

Bezug nur im Abonnement.

Probenummern werden auf Wunsch gerne zugesandt.

Die Zeitschrift „Autorensolidarität“ bringt viermal jährlich Beiträge und Stellungnahmen zu aktuellen kultur-, bildungs- und medienpolitischen sowie steuer- und sozialrechtlichen Entwicklungen.
Ein umfangreicher Serviceteil informiert über Literaturpreise und Stipendien im gesamten deutschsprachigen Raum, weiters über Publikationsmöglichkeiten in Zeitschriften und Anthologien sowie über neugegründete Verlage und Verlagsinitiativen und über sonstige für Autor/inn/en relevante Initiativen, Projekte und Veranstaltungen.

„Autorensolidarität“ – Abo-Plus
Zur lückenlose(re)n Information über Preise, Stipendien, Wettbewerbe, aktuelle Ausschreibungen und Veranstaltungen und als Ergänzung zum Serviceteil der „Autorensolidarität“ besteht die Möglichkeit, die „Autorensolidarität“ auch in einem erweiterten Abonnement zu beziehen: viermal jährlich „Autorensolidarität“ sowie vier- bis sechsmal jährlich zusätzliche Infos.

Bestellungen:
IG Autorinnen Autoren
A-1070 Wien, Seideng. 13
Tel.: 01/526 20 44-13
Fax: 01/526 20 44-55
e-mail: ig@literaturhaus.at

Guschlbauer
LUST IN HÜLLE UND FÜLLE
Die süße
Erhebung
A-4762 St.Willibald, Schaumrollenstraße 1, Telefon 07762/3442,
office@guschlbauer.at, www.guschlbauer.at